TODAS AS GAROTAS
DESAPARECIDAS

MEGAN MIRANDA

TODAS AS GAROTAS DESAPARECIDAS

Tradução
Petê Rissatti

4ª edição
Rio de Janeiro-RJ / São Paulo-SP, 2025

VERUS
EDITORA

Editora
Raïssa Castro

Coordenadora editorial
Ana Paula Gomes

Copidesque
Maria Lúcia A. Maier

Revisão
Érica Bombardi

Capa e projeto gráfico
André S. Tavares da Silva

Diagramação
Daiane Cristina Avelino Silva

Título original
All the Missing Girls

ISBN: 978-85-7686-618-3

Copyright © Megan Miranda, 2016
Todos os direitos reservados.
Edição publicada mediante acordo com Simon & Schuster, Inc.

Tradução © Verus Editora, 2017

Direitos reservados em língua portuguesa, no Brasil, por Verus Editora. Nenhuma parte desta obra pode ser reproduzida ou transmitida por qualquer forma e/ou quaisquer meios (eletrônico ou mecânico, incluindo fotocópia e gravação) ou arquivada em qualquer sistema ou banco de dados sem permissão escrita da editora.

Verus Editora Ltda.
Rua Argentina, 171, São Cristóvão, Rio de Janeiro/RJ, 20921-380
www.veruseditora.com.br

CIP-BRASIL. CATALOGAÇÃO NA FONTE
SINDICATO NACIONAL DOS EDITORES DE LIVROS, RJ

M645t

Miranda, Megan
  Todas as garotas desaparecidas / Megan Miranda ; tradução Petê Rissatti. - 4. ed. - Rio de Janeiro, RJ : Verus, 2025.
  23 cm.

  Tradução de: All the Missing Girls
  ISBN 978-85-7686-618-3

  1. Romance americano. 2. Rissatti, Petê. I. Título.

17-43758
CDD: 813
CDU: 821.111(73)-3

Revisado conforme o novo acordo ortográfico

Para meus pais

PARTE 1
VOLTANDO PARA CASA

O homem [...] não consegue aprender a esquecer,
mas se vê preso ao que passou: por mais longe
ou rápido que corra, a corrente corre junto.
— Friedrich Nietzsche

Começou com um telefonema, enganosamente simples e fácil de ignorar. O zumbido no criado-mudo de Everett, o brilho da tela — claro demais no quarto que ele mantinha tão escuro, com as cortinas blackout abaixadas até o peitoril da janela, pintada como uma segunda linha de defesa contra o brilho intenso do sol e da cidade. Ver o nome, pressionar o mudo, virar o celular com a tela para baixo, ao lado do relógio.

E então eu estava deitada na cama, imaginando por que meu irmão me ligaria tão cedo em um domingo. Repassando as possibilidades: meu pai, o bebê, Laura.

Tateei pela escuridão, as mãos raspando os cantos pontudos do mobiliário para encontrar o interruptor da luz do banheiro. Meus pés descalços palmilharam o chão frio enquanto eu me sentava na tampa da privada com o telefone recostado à orelha, sentindo a pele das pernas arrepiar.

A mensagem de Daniel ecoou no silêncio: "O dinheiro está quase acabando. Precisamos vender a casa. Mas o pai não quer assinar a papelada". Pausa. "Ele está mal, Nic."

Sem pedir minha ajuda, porque seria direto demais. Diferente demais do nosso estilo.

Pressionei "apagar", voltei para debaixo dos lençóis antes que Everett acordasse, toquei-o a meu lado para garantir.

Porém, mais tarde naquele dia, já em casa, dei uma olhada na correspondência do dia anterior e encontrei uma carta — "Nic Farrell", em letra familiar com tinta azul; o endereço preenchido por outra pessoa, com uma caneta diferente, mais escura.

Meu pai não telefonava mais. Telefones o deixavam ainda mais desorientado, distante demais de quem ele estava tentando localizar. Mesmo que lembrasse para quem estava discando, desaparecíamos de sua mente assim que atendíamos, nada além de vozes desincorporadas no éter.

Desdobrei a carta — uma página de agenda pautada com a margem irregular, a letra estendendo-se além das linhas, um pouco tombada à esquerda, como se corresse para anotar os pensamentos antes de eles escaparem por entre os dedos.

Sem saudação.

Preciso falar com você. Aquela garota. Eu vi aquela garota.

Sem despedida.

Retornei a ligação de Daniel, a carta ainda tremendo na mão.

— Acabei de receber sua mensagem — disse. — Estou indo para casa. Me conte o que está acontecendo.

DIA 1

Dei uma última olhada no apartamento antes de carregar o carro: malas esperando ao lado da porta, chaves num envelope sobre o balcão da cozinha, caixa aberta, cheia até a metade com coisas de última hora que embalei na noite anterior. Conseguia ver todos os cantos do apartamento estando na minicozinha — exposta e vazia —, mas ainda assim tive a sensação persistente de que estava me esquecendo de algo.

Eu havia organizado tudo às pressas, terminando as últimas semanas do ano letivo enquanto lidava com as ligações de Daniel e procurava alguém para sublocar meu apartamento durante o verão — sem tempo para uma pausa, para considerar o fato de que eu estava realmente fazendo aquilo. Voltando. Indo até *lá*. Daniel não sabia da carta. Sabia apenas que eu estava indo para ajudar, que eu tinha dois meses antes de precisar voltar para minha vida aqui.

Agora o apartamento estava praticamente vazio. Uma grande caixa, despojada de qualquer sentimento, aguardando o aluno de pós-graduação de aparência mais ou menos responsável que ficaria aqui em agosto. As louças iam ficar, pois eram um saco para embalar. O futon também ia ficar, porque ele pediu e acrescentou cinquenta dólares no valor final.

O restante — as coisas que não caberiam no meu carro, pelo menos — estava em um depósito a poucos quarteirões daqui. Minha vida inteira em um cubo retangular, lotado de móveis pintados e roupas de inverno.

O som de alguém batendo à porta ecoou nas paredes vazias e me fez dar um pulo. O novo inquilino só chegaria em algumas horas, e eu já estaria na estrada. Era muito cedo para qualquer outra pessoa.

Atravessei a sala estreita e abri a porta da frente.

— Surpresa — disse Everett. — Eu tinha a esperança de te pegar antes de você sair. — Ele estava vestido para o trabalho, asseado e elegante, e se abaixou para me beijar, escondendo um braço atrás das costas. Cheirava a café e pasta de dente, amaciante e couro, profissionalismo e eficiência. Puxou um copo de isopor fumegante de trás das costas. — Trouxe para você. Para tomar na estrada.

Inspirei profundamente.

— É por isso que eu te amo. — Eu me recostei no balcão e tomei um grande gole.

Ele deu uma olhada no relógio e se encolheu.

— Eu odeio fazer isso, mas preciso correr. Reunião cedo do outro lado da cidade.

Ambos avançamos de leve para um último beijo. Puxei seu cotovelo enquanto ele se afastava.

— Obrigada — falei.

Ele encostou a testa na minha.

— Vai passar rápido. Você vai ver.

Eu o observei partir, os passos estalados e cadenciados, os cabelos escuros tocando o colarinho, até ele chegar ao elevador no fim do corredor. Ele se virou quando as portas se abriram. Eu me recostei no batente e ele sorriu.

— Dirija com cuidado, Nicolette.

Deixei a porta fechar sozinha, e a realidade do dia de repente fez meus membros pesarem, a ponta dos dedos formigando. Os números vermelhos no relógio do micro-ondas avançaram, e eu me encolhi.

São nove horas de viagem da Filadélfia a Cooley Ridge, sem contar o trânsito, a parada para o almoço, para abastecer e ir ao banheiro. E, como eu estava saindo vinte minutos depois de dizer que sairia, já pude imaginar Daniel sentado na varanda, batendo o pé, enquanto eu estacionava na entrada de terra.

Enviei uma mensagem para ele enquanto segurava, com uma mala, a porta da frente aberta:

> A caminho, mas devo chegar às 15h30.

Foram duas viagens para arrastar a bagagem e as caixas restantes até o carro, estacionado do outro lado do quarteirão, atrás do prédio. Ouvi o início do congestionamento do horário de pico ao longe, um zumbido constante na rodovia, uma buzina ocasional. Uma harmonia familiar.

Liguei o carro e esperei o ar-condicionado funcionar. *Tudo bem, tudo bem*, pensei. Deixei o telefone no porta-copos e vi a resposta do Daniel:

> O pai está te esperando para o jantar. Não vá se atrasar.

Como se eu pudesse chegar três horas depois do que tinha falado. Este era um dos feitos mais impressionantes do Daniel: ele tinha aperfeiçoado a arte da mensagem passivo-agressiva. Vinha praticando há anos.

Quando eu era mais nova, acreditava que podia ver o futuro. Provavelmente por culpa do meu pai, que preenchia minha infância com chavões de suas palestras de filosofia, me fazendo acreditar em coisas impossíveis. Eu fechava os olhos e desejava que ele aparecesse, em pequenos e belos vislumbres. Via Daniel de beca e capelo. Através das lentes da minha câmera, minha mãe sorria ao lado dele enquanto eu fazia sinal para se aproximarem. *Põe o braço na cintura dela. Finjam que se gostam! Perfeito.* Eu via a mim e a Tyler, anos mais tarde, jogando as malas na carroceria de sua caminhonete cheia de lama, partindo para a faculdade. Partindo para sempre.

Na época, era impossível entender que a partida não seria um evento em uma caminhonete, mas um processo de dez anos de ruptura. Quilômetros e anos, preenchendo a distância lentamente. Sem falar que Tyler nunca saiu de Cooley Ridge. Daniel nunca se formou. E, de qualquer forma, nossa mãe não teria vivido para presenciar isso.

Se minha vida fosse uma escada, Cooley Ridge seria o primeiro degrau, uma cidade despretensiosa localizada nas encostas das montanhas Fumegantes, a perfeita definição de cidadezinha americana, mas sem a parte do charme. Todos os outros lugares — qualquer lugar — eram um degrau mais alto que eu alcançaria com o tempo. Faculdade a mais de trezentos quilômetros a leste, pós-graduação em um estado do norte, um estágio em uma cidade onde finquei raízes e me recusava a deixar. Um apartamento em meu nome e uma placa de identificação em minha mesa, e Cooley Ridge permanecia como o lugar de onde eu continuava me afastando.

Mas eis uma coisa que aprendi sobre ir embora: é impossível voltar de verdade. Não sei mais o que fazer com Cooley Ridge, e Cooley Ridge não sabe mais o que fazer comigo. A distância apenas aumenta com o passar dos anos.

Na maioria das vezes, se eu tentasse me concentrar nela de novo — "Me fale da sua casa, me conte como foi a sua adolescência, me fale da sua família", dizia Everett —, tudo o que eu via era uma caricatura na minha mente: uma cidade em miniatura, montada sobre aparadores nos feriados, tudo assentado no tempo. Então, eu lhe dava respostas superficiais, simples e nada específicas: "Minha mãe morreu quando eu tinha dezesseis anos, é uma cidade pequena à beira da floresta, tenho um irmão mais velho".

Mesmo para mim, mesmo quando eu respondia, parecia que não era nada. Uma polaroide desbotando pelas beiradas, as cores perdidas; a silhueta de uma cidade fantasma, cheia de fantasmas.

Mas um telefonema de Daniel — "Temos que vender a casa" —, e senti o chão ceder sob os meus pés.

— Estou indo para casa — falei, e os limites ondularam, as cores queimaram: minha mãe apertou a bochecha em minha testa, Corinne balançou suavemente nossa cabine no topo da roda-gigante, para frente e para trás, Tyler se equilibrou na árvore caída sobre o rio que se estendia entre nós.

Aquela garota, meu pai escreveu, e a risada dela fez meu coração sacudir.

Preciso falar com você. Aquela garota. Eu vi aquela garota.

Uma hora depois, um *segundo* depois, provavelmente, ele já teria esquecido, deixando de lado o envelope selado até alguém o encontrar abandonado na cômoda ou embaixo do travesseiro e descobrir meu endereço no prontuário dele. Mas deve ter havido um gatilho. Uma lembrança. Uma ideia perdida nas sinapses cerebrais; o disparo de um pensamento sem nenhum outro lugar para ir.

A página rasgada, a letra inclinada, meu nome no envelope...

E agora algo agudo e louco tinha sido liberado na minha cabeça. O nome dela, ricocheteando como um eco.

Corinne Prescott.

A carta do meu pai ficou dobrada dentro da minha bolsa nas últimas semanas, martelando minha mente. Sempre que eu estendia a mão para pegar a carteira ou as chaves do carro, sentia o raspar de uma borda, a batida em um canto, e lá estava ela de novo: os cabelos longos da cor de bronze caindo sobre os ombros, o cheiro de chiclete de hortelã, os sussurros em meu ouvido.

Aquela garota. Ela sempre foi *aquela garota*. Que outra garota poderia ser?

A última vez que voltei para casa fazia pouco mais de um ano — quando Daniel me ligou e disse que devíamos internar meu pai, e eu não consegui justificar o custo de um voo de última hora. Choveu quase a viagem toda, na ida e na volta.

Hoje, ao contrário, estava um dia perfeito para dirigir. Sem chuva, nublado, mas não escuro, claro, porém não brilhante. Percorri os três estados sem parar, cidades e entroncamentos apenas um vulto pelos quais eu passava, motivo por que eu amava viver no norte. Adorava o ritmo, como era possível preencher o dia com uma lista de afazeres, controlar as horas e dobrá-las segundo a sua vontade. E a impaciência do funcionário dentro da loja de conveniência na esquina do meu apartamento, a maneira como ele nunca tirava os olhos de suas palavras cruzadas — ele nunca me olhou de verdade. Eu adorava o anonimato disso tudo. De uma calçada cheia de estranhos e de infinitas possibilidades.

Dirigir através desses estados era assim também. Mas o início da viagem sempre é muito mais rápido que o fim. Mais ao sul, as saídas ficam mais esparsas, a paisagem é a mesma, cheia de coisas que você tem certeza de que já viu pelo menos umas mil vezes.

Eu estava em algum lugar na Virgínia quando meu telefone tocou no porta-copo. Procurei o dispositivo hands-free na bolsa, mantendo uma das mãos firme no volante, mas acabei desistindo e apertei o viva-voz para atender a chamada.

— Alô?

— Oi, está me ouvindo? — A voz de Everett estalou, e eu não sabia ao certo se era por causa do viva-voz ou da linha.

— Estou. Tudo bem?

Ele disse algo indecifrável, a voz cortando muito.

— Desculpe, sua voz cortou. Como? — praticamente gritei.

— Estou saindo para comer alguma coisa rápida — ele disse em meio à estática. — Só queria saber como você está. Os pneus estão aguentando bem dessa vez? — Ouvi o sorriso em sua voz.

— Melhor que o sinal de celular — respondi.

Ele riu.

— Provavelmente vou estar em reunião o dia todo, mas me ligue quando chegar.

Pensei em parar para almoçar, mas não havia nada exceto asfalto e descampados a perder de vista, por quilômetros, quilômetros e mais quilômetros.

———

Conheci Everett um ano atrás, na noite seguinte após ter enviado meu pai para a clínica. Voltei para casa dirigindo, tensa e desconfortável. Um pneu furou depois de cinco horas e tive de trocá-lo debaixo de uma garoa incessante.

Quando cheguei ao meu apartamento, estava à beira das lágrimas. Com minha bolsa pendurada no ombro, minha mão tremia demais para acertar a chave na porta. Por fim, apoiei a cabeça na sólida porta de madeira para me recompor. Para piorar as coisas, o cara do 4A saiu do elevador naquele instante, e senti que ele estava me encarando, possivelmente esperando o colapso iminente.

Apartamento 4A. Isto era tudo que eu sabia dele: ouvia música muito alto, tinha convidados demais e horários nada tradicionais. Havia um homem ao lado dele, educado como o outro não era. Delicado, enquanto o outro era rude. Sóbrio, enquanto o outro estava bêbado.

O cara do 4A às vezes sorria para mim quando passávamos no corredor à noite, e uma vez segurou o elevador para eu entrar, mas ali era uma cidade. As pessoas iam e vinham. Os rostos eram apenas vultos.

— Oi, 4C — ele falou mole, cambaleando.

— Nicolette — eu disse.

— Nicolette — ele repetiu. — Trevor. — O homem ao lado dele parecia estar com vergonha alheia. — Este aqui é o Everett. Parece que você precisa de uma bebida. Vamos, se enturme com os vizinhos.

Pensei que se enturmar com vizinhos significaria aprender meu nome um ano antes, quando me mudei, mas eu queria aquela bebida. Queria sentir a distância entre *lá* e *aqui*; precisava dessa distância das nove horas de carro até em casa.

Trevor abriu a porta enquanto eu caminhava na direção deles. O homem ao lado estendeu a mão e disse: "Everett", como se a apresentação de Trevor não valesse.

Quando fui embora, eu tinha contado a Everett sobre a mudança do meu pai, e ele disse que tinha sido a coisa certa a fazer. Contei sobre o apartamento, a chuva e tudo o que eu queria fazer no verão, embora eu estivesse fora. Quando parei de falar, me senti mais leve, mais à vontade, o que poderia ter sido culpa da vodca, mas eu gostava de pensar que tinha sido culpa de Everett. Trevor já tinha desmaiado no sofá, ao nosso lado.

— Ah, eu tenho que ir — falei.

— Deixa eu te levar — disse Everett. Minha cabeça ficou leve enquanto caminhávamos em silêncio. Então pousei a mão na maçaneta da porta e ele ainda estava ali. Quais eram as regras da vida adulta para essa situação?

— Quer entrar?

Ele não respondeu, mas me seguiu. Parou na minicozinha, que dava para o resto do meu loft, um cômodo com janelas altas e cortinas simples penduradas nos canos expostos, separando o meu quarto. Mesmo assim, eu conseguia ver minha cama através delas — desfeita, convidativa — e sabia que ele também via.

— Uau — disse ele. Era a mobília, com certeza. Peças que eu tinha garimpado em brechós e mercados de pulgas, lixado e pintado de cores extravagantes para combinar. — Sinto que sou a Alice no País das Maravilhas.

Tirei os sapatos e me recostei no balcão da cozinha.

— Aposto dez dólares que você nunca leu.

Ele sorriu e abriu minha geladeira, puxando uma garrafa de água.

— Me beba — ele disse, e eu ri.

Então puxou um cartão de visita, pôs em cima do balcão, inclinou-se para a frente e roçou os lábios nos meus antes de se afastar.

— Me liga — disse por fim.

E eu liguei.

A viagem pela Virgínia tinha se tornado infinita, com suas casas de fazenda brancas nas colinas e os fardos de feno pontilhando a grama ao redor. O que veio a seguir foram as montanhas — guardrails e placas com avisos para acender os faróis de milha — e a estática quando as estações de rádio iam e voltavam. Quanto mais eu dirigia, mais lenta parecia estar. *Relatividade*, pensei.

O ritmo era diferente na volta para casa. As pessoas não mudaram muito nem tão rápido ao longo desses dez anos. Cooley Ridge, mantendo você como a pessoa que sempre foi. Quando saí da rodovia, desci a rampa e cheguei à avenida principal da cidade, poderia apostar que ainda encontraria Charlie Higgins ou alguém como ele recostado na lateral dilapidada da farmácia. Poderia apostar que ainda encontraria Christy Pote dando em cima do meu irmão, e ele fingindo não notar, mesmo depois que seguiram com a vida e se casaram com outras pessoas.

Talvez fosse por causa da umidade e da maneira como tínhamos que lutar para abrir nossos caminhos, como xarope grudado no fundo de um frasco, doce e viscoso. Talvez fosse por viver tão perto das montanhas; mil anos de desenvolvimento, a movimentação lenta das placas sob a terra, as árvores que estavam aqui desde que eu tinha nascido e que permaneceriam aqui mesmo depois que eu morresse.

Talvez fosse pelo fato de ser impossível olhar qualquer coisa além disso aqui, quando estamos imersos. Apenas as montanhas, a floresta e a gente. É isso.

Dez anos e cento e sessenta quilômetros depois, atravesso a fronteira do estado — "Bem-vindo à Carolina do Norte!" —, as árvores ficam mais grossas, o ar mais pesado, e estou de volta.

As bordas borradas começam a ganhar foco, e minha mente volta no tempo. Nossos fantasmas ganham consistência: Corinne correndo no acostamento da estrada à minha frente, erguendo o polegar, as pernas brilhantes de suor, a saia voando quando um carro passa muito perto. Bailey pendurada no meu ombro, com o hálito quente de vodca. Ou talvez fosse o meu.

Meus dedos se desprendem do volante. Queria estender a mão e tocá-las. Ver Corinne se virando e dizendo: "Para com essa merda, Bailey", notando meus olhos e sorrindo. Mas elas desapareceram rápido demais, como todo o resto, e o que sobrou foi aquela pontada aguda de saudade.

Dez anos, trinta quilômetros, e posso ver a minha casa. A porta da frente. O caminho coberto de mato e as ervas daninhas se erguendo entre o cascalho da entrada da garagem. Ouço a porta de tela se entreabrir e a voz de Tyler: *Nic?* Parece um pouco mais profunda que minha lembrança, um pouco mais próxima.

Quase em casa agora.

Na saída, à esquerda do semáforo, o asfalto cinza rachado.

Uma placa recém-cravada no chão, bem na esquina, o fundo manchado com lama seca — parque de diversões de volta à cidade — e algo se agita em meu peito.

Lá está a farmácia com o grupo de adolescentes vadiando ao lado do estacionamento, como Charlie Higgins costumava fazer. Tem a fileira de lojas, letras pintadas nas vitrines diferentes das que eu via quando criança, com exceção do Kelly's Pub, que era a coisa mais próxima de um ponto de referência que tínhamos. Tem a escola primária e, do outro lado da rua, a delegacia, com o prontuário do caso Corinne enfiado em algum arquivo, juntando poeira. Imaginei todas as provas encaixotadas e jogadas em um canto, porque não havia outro lugar para colocá-las. Deixadas de lado, esquecidas no tempo.

Os cabos elétricos se estendiam sobre nós na beira da estrada, a igreja aonde quase todo mundo ia, fosse protestante ou não. E, ao lado dela, o cemitério. Corinne mandava a gente prender o fôlego quando passávamos por lá. Mãos para o céu nos trilhos da ferrovia, um beijo quando os sinos da igreja davam doze badaladas, e nenhuma respiração perto dos mortos. Ela nos obrigou a fazer isso, mesmo depois que minha mãe morreu. Como se a morte fosse uma superstição, algo que podíamos superar jogando sal sobre os ombros, cruzando os dedos atrás das costas.

Peguei meu celular no semáforo e liguei para Everett. Caí na caixa postal, como sabia que aconteceria.

— Cheguei — eu disse. — Estou aqui.

A casa era tudo o que eu imaginara durante as últimas nove horas. O caminho da garagem até a varanda da frente agora dominado pelo jardim, o carro de Daniel estacionado bem junto à cobertura para deixar espaço para o meu, o mato arranhando meus tornozelos no trajeto de uma alpondra a outra, minhas pernas avançando pelas lembranças. O tapume era cor de marfim, mais escuro em alguns pontos, branqueado pelo sol em outros. Tive de estreitar os olhos para encará-lo. Parei a meio caminho entre meu carro e a casa, formando uma lista na cabeça: *Pegar emprestada uma lavadora de alta pressão, encontrar um garoto para cortar a grama, arrumar alguns vasos de flores coloridas para a varanda...*

Eu ainda estava de olhos apertados, minha mão os protegendo do sol, quando Daniel deu a volta na casa.

— Pensei ter ouvido seu carro — disse ele. O cabelo estava mais longo do que eu me lembrava, na altura do queixo, do mesmo comprimento que o meu antes de eu ir embora daqui para sempre. Ele costumava mantê-lo bem curto, porque, na única vez em que deixou crescer, as pessoas disseram que ele estava parecido comigo.

Comprido assim parecia mais claro, mais para loiro, ao passo que o meu ficara mais escuro com o passar dos anos. Ele ainda era pálido como eu, e os ombros nus já estavam ficando vermelhos. Mas tinha emagrecido, as linhas firmes do rosto mais pronunciadas. Agora mal podíamos passar por irmãos.

Seu peito estava coberto de lama, e as mãos, cobertas de terra. Ele limpou a palma na lateral da calça, caminhando na minha direção.

— E antes das três e meia — falei, o que era ridículo. De nós dois, ele sempre foi o responsável. Foi quem abandonou a escola para ajudar com a nossa mãe. Foi quem disse que precisávamos conseguir ajuda para o nosso pai. Agora, era quem estava de olho no dinheiro. Minha chegada relativamente no horário não o impressionaria.

Ele riu e passou as costas das mãos na calça jeans.

— É bom ver você também, Nic.

— Desculpe — eu disse, me jogando para um abraço, o que era um exagero. Eu sempre fazia isso. Tentava compensar indo até o outro extremo. Ele ficou rígido com meu abraço, e eu sabia que estava sujando minha roupa toda. — Como está o trabalho, a Laura, você?

— Corrido. Tão irritável quanto grávida. Feliz por você estar aqui.

Eu sorri, depois voltei para o carro para pegar a minha bolsa. Não me dava bem com suas gentilezas. Nunca sabia o que fazer com elas, o que ele queria dizer com elas. Como meu pai costumava dizer, ele era uma pessoa difícil de decifrar. Sua expressão era naturalmente de desaprovação, então eu sempre me sentia na defensiva, como se precisasse provar alguma coisa.

— Ah — falei, abrindo a porta de trás do carro e fuçando nas caixas. — Tenho uma coisa para ela. Para vocês dois e para a bebê. — Onde é que estava? Era uma daquelas sacolas com um chocalho na frente, com glitter que mudava cada vez que a sacola se movia. — Está aqui, em algum lugar... — resmunguei. E o papel de embrulho tinha fraldinhas com alfinetes, o que eu realmente não entendi, mas achei que a Laura adoraria.

— Nic — disse ele, os dedos longos dobrados sobre a porta aberta do carro —, isso pode esperar. O chá de bebê é na próxima semana. Quer dizer, se você não estiver ocupada. Se quiser ir. — Ele pigarreou e tirou os dedos da porta. — Ela gostaria que você fosse.

— Tudo bem — eu disse, me levantando. — Claro. Com certeza. — Fechei a porta e comecei a caminhar em direção à casa, e Daniel me acompanhou a passos largos. — Está muito ruim? — perguntei.

Eu não via a casa desde o verão passado, quando levamos nosso pai para Grand Pines. Naquela época, havia uma chance de que fosse uma mudança temporária. Foi o que dissemos para ele. "Só por enquanto, pai. Só até você se sentir melhor. Só um pouquinho." Agora, estava claro que ele não melhoraria, que não seria só por um tempo. Sua mente estava uma bagunça. Suas finanças, ainda mais, um desastre que desafiava toda lógica. Mas ao menos ele tinha a casa. *Nós* tínhamos a casa.

— Consegui ontem que religassem a água, a luz, o telefone, mas tem algo errado com o ar-condicionado.

Senti meus cabelos longos colando na nuca, o vestido de verão colando na pele, o suor brotando nas pernas nuas, e não fazia nem cinco minutos que eu estava ali. Os joelhos cederam quando pisei na madeira lascada da varanda.

— Onde foi parar aquela brisa? — perguntei.

— Foi assim o mês inteiro — ele respondeu. — Eu trouxe alguns ventiladores. Não tem nada estrutural para fazer além do ar-condicionado. Precisa de pintura, lâmpadas, uma boa limpeza, e, obviamente, precisamos decidir o que fazer com tudo que está aí dentro. Se nós mesmos conseguíssemos vender, economizaríamos um bom dinheiro — acrescentou, olhando fixo na minha direção. Foi quando eu entrei. Além de lidar com a papelada do meu pai, Daniel queria que eu vendesse a casa. Ele tinha um emprego, um bebê a caminho, uma vida inteira aqui.

Eu tinha dois meses de folga. Um apartamento que estava sublocando pelo dinheiro extra. Uma aliança na mão e um noivo que trabalhava sessenta horas por semana. E agora um nome — Corinne Prescott — saltando na minha cabeça como um fantasma.

Ele abriu a porta de tela, e o rangido familiar bateu direto no meu estômago. Sempre batia. Bem-vinda de volta, Nic.

Daniel ajudou a descarregar o meu carro, levou a bagagem até o corredor do segundo andar e empilhou meus pertences na mesa da cozinha. Passou o braço no balcão, e partículas de poeira flutuaram no ar, suspensas em um raio de luz que atravessava a janela. Tossiu com o braço no rosto.

— Desculpe — disse ele. — Ainda não tinha entrado aqui. Mas já comprei os materiais. — Apontou para uma caixa de papelão no balcão.

— É por isso que estou aqui — falei.

Eu pensei que, se planejasse viver aqui durante esse período, deveria começar pelo meu quarto e assim ter um lugar para dormir. Passei a mala pelo topo da escada e carreguei a caixa de produtos de limpeza equilibrada no quadril, até meu antigo quarto. As tábuas do assoalho rangeram no corredor, a um passo da minha porta, como sempre. A luz das janelas atravessava as cortinas, e tudo no quarto parecia pela metade sob aquela luz silenciosa. Acionei o interruptor, mas não aconteceu nada, então deixei a caixa no chão e abri as cortinas, observando Daniel voltar da garagem com um circulador de ar embaixo do braço.

O edredom amarelo coberto de margaridas pálidas ainda estava amarrotado aos pés da minha cama, como se eu nunca tivesse ido embora. As marcas nos lençóis — um quadril, um joelho, a lateral de um rosto — ainda estavam lá, como se alguém tivesse acabado de acordar. Ouvi Daniel na porta da frente e puxei o edredom rapidamente, alisando as marcas.

Abri as duas janelas, aquela com a tranca que funcionava e aquela com a tranca que havia quebrado em algum momento do fundamental dois, e que nunca conseguimos arrumar. A tela havia desaparecido, o que não era uma grande perda; tinha se rasgado e entortado por anos de mau uso. Da minha parte, empurrando a base para fora, rastejando no telhado inclinado e caindo no monte de palha, o que doía apenas se eu errasse a distância, noite após noite. O tipo de coisa que fazia todo o sentido quando eu tinha dezessete anos, mas agora parecia ridículo. Como não conseguia subir de volta, eu me esgueirava pela porta dos fundos e subia as escadas na ponta dos pés, evitando o rangido do corredor. Provavelmente eu poderia ter me esgueirado para fora desse mesmo jeito, evitado saltar, evitando quebrar a tela.

Quando me virei, no quarto banhado de luz, percebi todas as coisas que Daniel já havia feito: algumas fotografias já não estavam nas paredes, a tinta amarelada desbotada onde ficavam penduradas; as velhas caixas de sapatos que se erguiam no armário até o alto, cuidadosamente empilhadas no canto da parede ao fundo, e o tapete rústico que tinha sido da minha mãe quando ela era criança, puxado para baixo das pernas da cama.

Ouvi o rangido da tábua do assoalho, e Daniel estava na minha porta, com o circulador de ar embaixo do braço.

— Obrigada — falei.

Ele deu de ombros.

— Por nada. — Inclinou o aparelho no canto e o ligou. Maravilha. — Obrigado por vir, Nic.

— Obrigada por começar com o meu quarto — agradeci, mexendo os pés. Eu não entendia como outros irmãos tinham um relacionamento tão fácil. Como conseguiam voltar à infância num estalar de dedos, deixando de lado todas as formalidades. Eu e Daniel estávamos prestes a passar o dia andando na ponta dos pés pela nossa casa vazia e agradecendo um ao outro até morrer.

— Hein? — ele perguntou ao ligar o ventilador. Então o zumbido baixo se transformou em um ruído claro e constante, abafando os sons do lado de fora.

— Meu quarto. — Apontei na direção das paredes. — Obrigada por tirar as fotos.

— Eu não tirei — ele me corrigiu, parando na frente do ventilador e fechando os olhos por um segundo. — Deve ter sido o pai.

Talvez. Eu não conseguia lembrar. Tinha estado ali um ano atrás, na noite seguinte em que fizemos a mudança dele, mas os detalhes... os detalhes se perderam. As caixas de sapatos estavam no chão? As fotos não estavam mais na parede? Senti que me lembraria dessas coisas. Aquela noite inteira era um borrão.

Daniel não sabia que eu tinha passado por aqui em vez de voltar direto para casa, como disse que precisava: "Tenho que trabalhar, preciso ir". Voltei para cá, vagando de um quarto a outro, com olhos secos e abalada, como uma criança perdida no meio do parque de diversões, buscando na multidão um rosto familiar. Eu me enrolei nos lençóis na casa vazia, até ouvir o motor na frente de casa e a campainha que não atendi. O rangido da tela, a chave na porta, as botas nos degraus. Até Tyler estar recostado na parede do meu quarto. "Eu quase senti sua falta", ele dissera. "Você está bem?"

— Quando foi a última vez que você esteve aqui? — perguntei a Daniel.

Ele coçou a cabeça, aproximando-se mais do ventilador.

— Sei lá. Eu passo por aqui de carro, de vez em quando dou uma olhada, ou venho pegar algo para o pai. Por quê?

— Nada — respondi, mas não era bem "nada". Agora eu estava imaginando a sombra de outra pessoa no quarto. Fuçando nas minhas caixas. Mudando meu tapete de lugar. Olhando. *Procurando*. A sensação era de que as minhas coisas não estavam onde deveriam estar. Eram as marcas irregulares de poeira, reveladas à luz do sol. Ou talvez fosse apenas a minha perspectiva. Eu cresci, e a casa ficou menor. Na minha casa, eu dormia em uma cama queen size que ocupava mais ou menos metade do apartamento, e Everett tinha uma cama king. Aquela cama de solteiro parecia feita para uma criança.

Imaginei que, se eu me aconchegasse no colchão, sentiria as marcas de outra pessoa. Talvez apenas o meu fantasma. Arranquei os lençóis da cama e passei por Daniel. Os vincos entre os olhos se aprofundaram enquanto me observava.

Quando voltei lá para cima depois de colocar a roupa para lavar, o quarto parecia um pouco mais como era antes. Do mesmo jeito que aconteceu comigo e com Daniel, eu e o quarto levamos algum tempo para nos acostumar um com o outro novamente. Retirei a aliança e a coloquei na tigela de cerâmica lascada sobre o criado-mudo antes de atacar o banheiro e as gavetas da cômoda. Depois me sentei no chão em frente ao ventilador e me recostei sobre os cotovelos.

Apenas duas horas e eu já estava procrastinando. Precisava ir ver meu pai. Precisava levar a papelada e ouvi-lo falar fazendo rodeios. Precisava perguntar para ele o que quis dizer naquela carta e esperava que ele se lembrasse. Precisava fingir que não doía quando esquecia meu nome.

Não importava quantas vezes já tivesse acontecido. Isso sempre acabava comigo.

Encontrei a documentação da tutela para levar ao médico do meu pai, para dar início ao *processo*. Para que, por ironia do destino, nos tornássemos tutores de nosso pai e de seus bens. Enquanto eu me preparava para sair, ouvi ruídos fracos e abafados vindos lá de fora — portas fechando, motor acelerando. Imaginei que Daniel tivesse chamado alguém para falar do jardim. Mas então a porta de tela rangeu, cortando o barulho do circulador de ar.

— Nic?

Reconheci aquela voz como doze anos de história arquivada em uma única lembrança, em uma única sílaba.

Eu me inclinei na janela e vi a caminhonete de Tyler parada ao lado da estrada. Havia uma garota no banco do passageiro. E as costas queimadas de sol de Daniel viradas para mim enquanto ele se recostava na janela aberta da caminhonete e conversava com ela.

Merda.

Girei a tempo de ver Tyler de pé, diante da porta aberta do meu quarto.

— Achei que seria falta de educação não entrar e dizer "oi".

Eu sorri sem querer, porque era Tyler. Uma reação espontânea.

— Assim como não bater na porta? — retruquei, o que o fez rir, mas *de* mim. Eu estava ficando transparente, e odiava isso.

Ele não disse "Como você está?", "O que está aprontando?" ou perguntou se eu sentia falta dele, brincando mas não ao mesmo tempo. Não mencionou as caixas, a bagagem ou o meu cabelo, que estava mais comprido que no ano passado e artificialmente encaracolado. Mas eu o vi observando tudo. Eu estava fazendo igual.

O rosto um pouco mais cheio, cabelo castanho um pouco mais desgrenhado, olhos azuis apenas um pouco mais brilhantes. Quando éramos mais jovens, ele tinha olheiras escuras que nunca desapareciam, mesmo que passasse o dia inteiro dormindo. Elas meio que acrescentavam um toque em sua aparência, mas, agora que tinham sumido, ele parecia bem. Mais jovem. Mais feliz.

— O Dan não me falou que você chegaria hoje — disse ele, agora completamente dentro do meu quarto.

Daniel gostava que nós dois ficássemos bem longe um do outro. Quando eu tinha dezesseis anos, ele me disse que eu ficaria falada se começasse a sair com um cara como o Tyler — ainda não tenho certeza se o menosprezo era contra mim ou contra ele — e nunca pareceu superar o fato de que estava errado.

— Ele também não me disse que você viria hoje — rebati, cruzando os braços.

— Em defesa dele, era para eu ter trazido o cortador de grama durante meu intervalo de almoço, cinco horas atrás. — Deu de ombros. — Mas eu tinha que vir para cá de qualquer jeito. Dois coelhos, certo?

Olhei para trás e vi a garota. Aproveitei para parar de olhar para ele. Embora tenha levado dias para Daniel e eu ficarmos confortáveis um com o outro, comigo e com Tyler não demorou nada. Não importava quanto tempo tinha se passado ou o que dissemos um ao outro quando nos vimos pela última vez. Ele está no meu quarto, e estamos nas férias de primavera de dois anos atrás.

Ele dá um passo à frente, e estamos no verão após a formatura na faculdade. Ele diz meu nome, e volto a ter dezessete anos.

— Ficante? — perguntei, vendo um rabo de cavalo loiro e um braço magro pendurado da janela.

Ele abriu um sorrisinho.

— Mais ou menos isso.

Olhei para trás de novo.

— Melhor voltar lá para fora — comentei. — O Daniel provavelmente está avisando a garota. — A parte superior do corpo do meu irmão desapareceu mais para dentro da caminhonete, e tive um sobressalto com o som da buzina. — Aliás — falei —, não foi sua ficante que buzinou.

Quando virei de volta, Tyler estava ainda mais perto.

— Como se eu não soubesse — disse ele. — Acho que ele não me quer perto da irmãzinha dele.

Eu me segurei para não sorrir com a piadinha frequente, porque essa era a parte perigosa. Não importava que houvesse uma garota em seu carro ou que ele estivesse indo para um encontro naquele segundo. Pois, toda vez que eu voltava, era isso que acontecia. Não importava que eu fosse embora de novo ou que ele não fosse. Que nunca falássemos sobre o passado ou o futuro. Que ele abrisse mão de qualquer coisa por mim, e eu fingisse não notar.

— Estou noiva — falei rapidamente, forçando as palavras.

— É, ele me contou essa parte. — Ele olhou para minha mão, para meu dedo sem nada.

Corri o polegar contra a pele.

— Está no criado-mudo — expliquei. — Não queria que sujasse. — O que pareceu ridículo e pretensioso e tudo o que Tyler odiaria numa garota com aliança.

Mas aquilo o fez rir.

— Bem, vamos ver, então — falou, a voz soando como um desafio.

— Tyler...

— Nic...

Tombei a tigela de cerâmica na palma da mão e joguei a aliança para ele, como se não valesse mais do que nós dois juntos. Os olhos dele se arregalaram por um minuto enquanto ele a virava nas mãos.

— Puta merda, Nic. Que legal. Quem é o sortudo?

— Ele se chama Everett.

Ele começou a rir de novo, e eu mordi o lábio para segurar o riso. Pensei a mesma coisa quando nos conhecemos — colega de quarto do meu vizinho, aluno de universidade renomada, sócio no escritório de advocacia do papai. *Claro que esse é o nome dele. Claro*, pensei. Mas Everett me surpreendeu. Continua me surpreendendo.

— O nome dele é Everett e ele te deu essa aliança — continuou Tyler. — Claro que sim. Quando é o casório?

— Não tem data ainda — eu disse. — Vai ser... quando for.

Ele assentiu com a cabeça e jogou a aliança de volta do mesmo jeito que eu a joguei para ele. Como se lança uma moeda para cima ou a arremessa em uma fonte. *Cara ou coroa. Faça um desejo. Uma moeda pelos seus pensamentos.*

— Quanto tempo você vai ficar? — ele perguntou enquanto eu punha o anel de volta na tigela.

— Não sei. Quanto tempo precisar. Estou em férias de verão.

— Acho que vou te ver por aí, então.

Ele já estava a meio caminho da porta.

— É alguém que eu conheço? — perguntei, apontando para a janela.

Ele deu de ombros.

— Annaleise Carter.

Era por isso que ele estava na vizinhança. A propriedade dos Carter ficava atrás da nossa, e Annaleise era a filha mais velha, apesar de ser mais nova que nós.

— Quantos anos ela tem, treze? — questionei.

Ele riu como se pudesse me ver por dentro.

— Tchau, Nic.

Annaleise Carter costumava ter grandes olhos arregalados, então sempre parecia inocente e surpresa. Vi aqueles olhos agora — eu a vi recostada na janela do carro, os olhos fixos em mim, piscando devagar, como se estivesse vendo um fantasma. Ergui a mão — *oi* — e depois a outra — *não tenho culpa*.

Tyler sentou no banco do motorista com um último aceno para a minha janela antes de sair com o carro.

Quantos anos tinha ela, vinte e três? Para mim sempre teria treze. E Tyler, dezenove, e Corinne, dezoito. Congelados no momento em que tudo mudou. Quando Corinne desapareceu. E eu fui embora.

———

Dez anos atrás, bem nessa época — nas duas últimas semanas de junho —, o parque de diversões estava na cidade. Eu não estive em casa nesse mesmo período desde então. E ainda assim, com todo o tempo e a distância, era uma das minhas lembranças mais agudas — a primeira coisa que me vinha antes que eu pudesse deixá-la de lado sempre que Everett perguntava sobre a minha casa: pendurada na beirada da cabine da roda-gigante, o metal pressionando minha barriga, eu chamando o nome dele, e Tyler lá embaixo, muito longe para o rosto ter foco, congelado e com as mãos nos bolsos, enquanto as pessoas acenavam ao redor dele, nos observando, me observando. Corinne sussurra no meu ouvido: "Vai". A gargalhada de Bailey, abafada e nervosa, e a cabine balançando devagar, para frente e para trás, suspensa sobre toda Cooley Ridge. "Tique-taque, Nic."

Eu, me inclinando na beirada, embora estivéssemos todas de vestido, a mudança no meu peso sacudindo a cabine ainda mais, meus ombros presos à barra no alto da gaiola atrás de mim, meus pés balançando no degrau abaixo, na altura da cintura. As mãos de Corinne em meus cotovelos, sua respiração em meu ouvido. Tyler observando quando a roda-gigante começou a girar para baixo de novo. O vento subindo do chão, meu estômago apertado, meu coração aos pulos. A roda rangendo até parar na base, e eu descendo um segundo antes de parar.

O impacto da plataforma metálica de embarque fazendo meus joelhos cederem ao descer a rampa correndo, zonza e cheia de adrenalina, retrucando para o funcionário que gritava comigo:

— Eu sei, eu sei, já estou indo! — Correndo na direção de Tyler, sorrindo de leve, seus olhos me dizendo tudo o que queria naquele momento quando parou perto da saída. Um *provocador*. Daniel o chamou assim, tentando encontrar alguém para culpar que não fosse eu.

Corre, Tyler fez com a boca. Eu estava sem fôlego, não estava rindo, mas quase, enquanto corria em sua direção. Seus lábios se inclinaram em um de seus meios sorrisos, e eu sabia que não conseguiríamos sair do estacionamento. Teríamos sorte se chegássemos até sua caminhonete.

Mas então uma mão me agarrou.

— Eu disse que estou indo. — Puxei o braço com tudo.

Mas não era o segurança. Era Daniel. Ele me agarrou, forte e vigoroso, e me bateu. Me atingiu no rosto com o punho fechado, e o impacto me derrubou de lado, o braço torcido no chão entre a barriga e a terra.

Choque e dor, medo e vergonha, tudo parece a mesma coisa na lembrança, tudo emaranhado com o gosto de sangue e terra. Ele nunca tinha me batido antes. Nem quando éramos crianças, na verdade. Dez anos se passaram e esse momento paira entre nós sempre que interagimos, em todas as mensagens de texto passivo-agressivas e em todos os telefonemas ignorados.

E mais tarde naquela noite, em algum momento entre o fechamento do parque de diversões e as seis da manhã, Corinne desapareceu, e tudo o que havia acontecido naquele dia assumiu um novo peso, um novo significado. Nas semanas que se seguiram, o cheiro de morte se tornou palpável. Estava ao nosso redor, intangível e sufocante, presente em cada fato novo. A possibilidade de que ela estivesse morta de mil maneiras diferentes era cada vez mais evidente.

Talvez tivesse partido porque sofrera abuso do pai. Talvez por isso sua mãe tenha se divorciado dele e deixado a cidade um ano depois.

Ou talvez a culpa fosse do namorado, Jackson, porque geralmente a culpa é do namorado, e eles andavam brigando. Ou do cara com quem ela estava flertando no parque, que nenhum de nós conhecia — aquele na barraca de cachorro-quente. Aquele que Bailey jurou que estava nos observando. Ou talvez ela tenha pedido carona de volta para casa, em sua minissaia curta demais e sua camisa transparente de manga comprida, e um estranho passando pela cidade a tenha levado, estuprado e abandonado.

Ou talvez ela simplesmente tenha ido embora. Foi o que os policiais concluíram. Estava com dezoito anos, era legalmente uma adulta e já estava cheia deste lugar.

"O que aconteceu naquelas horas com todos vocês?", os policiais perguntaram. Revelem os seus sergredos, com quem, como e por que, entre as dez da noite e as seis da manhã. Os mesmos policiais que dispersavam nossas festas, mas nos levavam para casa em vez de ligar para nossos pais; que namoravam nossas amigas e bebiam cerveja com nossos pais e irmãos. Mas aqueles segredos, os policiais não guardariam. Nem no bar, nem na cama, nem nesta cidade.

Quando a equipe da polícia estadual chegou para ajudar, era tarde demais. Já tínhamos definido nossas teorias, já acreditávamos no que precisávamos acreditar.

A linha oficial de investigação: a última vez que Corinne existiu para todos que a conheceram foi pouco depois da entrada no parque de diversões, e de lá ela desapareceu.

Mas, na verdade, não. Havia mais coisa além disso. Uma peça de cada um de nós que mantivemos escondida.

Para Daniel, ela desapareceu do lado de fora do parque, atrás da bilheteria.

Para Jackson, no estacionamento das cavernas.

E, para mim, ela sumiu em uma curva da estrada sinuosa, no caminho de volta para Cooley Ridge.

Éramos uma cidade cheia de medo, em busca de respostas. Mas também éramos uma cidade cheia de mentirosos.

———

O refeitório de Grand Pines é uma grande decepção — assoalho de madeira maciça e mesas cobertas com toalhas escuras, mais adequadas para um restaurante do que para um centro de reabilitação de longo prazo. Um piano no canto, embora pareça ser mais decorativo, e música clássica baixinha tocando ao fundo, durante o jantar. A comida, já ouvi dizer, é a melhor de todas as clínicas que existem no sul; bem, foi o que informaram ao Daniel quando ele escolheu este lugar, como se isso o fizesse se sentir melhor, e eu, por reflexo, também. *Não se preocupe, pai, vamos te visitar. E a comida é de morrer.*

Hoje, a enfermeira perto da recepção me escoltou até o quarto, e eu vi meu pai em uma mesa de canto para dois. Seus olhos deslizaram sobre mim e a enfermeira, então se concentraram novamente no garfo que enrolava a massa.

— Ele não disse que você estava a caminho, ou teríamos falado para ele esperar — a enfermeira explicou, com a boca retorcida de preocupação.

Meu pai ergueu os olhos enquanto ela me levava até a mesa e abriu a boca como se estivesse prestes a dizer alguma coisa, mas a enfermeira falou primeiro, com um sorriso praticado e contagioso, ao qual o meu e o do meu pai se abriram, em retribuição.

— Patrick, sua filha está aqui. Nicolette — ela disse, de frente para mim —, foi muito bom te ver novamente.

— Nic — eu disse à enfermeira, com o coração apertado enquanto aguardava, esperando que o nome pegasse, contagioso como um sorriso.

— Nic — meu pai repetiu, com os dedos tamborilando devagar na mesa, um, dois, três, um, dois, três, e então algo pareceu clicar. O tamborilar acelerou, umdoistrês, umdoistrês. — Nic. — Ele sorriu. Ele estava ali.

— Oi, pai. — Sentei diante dele e peguei sua mão. Meu Deus, fazia tanto tempo. Um ano desde que estivemos juntos no mesmo quarto. Algumas ligações, quando ele entrava e saía da lucidez, até que Daniel disse que elas o deixavam muito agitado. E então, apenas cartas com fotos minhas. Mas agora, ali estava ele. Como uma versão mais velha de Daniel, mas mais suave, por causa da idade e de uma vida inteira de álcool e fast-food.

Ele fechou a mão ao redor da minha e a apertou. Sempre fora bom nessa parte. No afeto físico, nas exibições de boa paternidade. Nos abraços quando cambaleava meio bêbado tarde da noite. A mão que apertava quando precisávamos de mantimentos, mas ele não conseguia sair da cama. *Aperto de mão, pegue o cartão de crédito*, e isso devia bastar.

Seus olhos pairaram até minha mão, e ele tocou meu dedo anelar.

— Onde está?

Por dentro eu me encolhi, mas sorri para meu pai, feliz por ele ter se lembrado desse detalhe. Eu ficava feliz quando ele se lembrava das coisas que eu lhe dizia em minhas cartas. Ele não estava perdendo a cabeça, só estava perdido dentro dela. Havia uma diferença. *Eu* vivia lá dentro. A *verdade* vivia lá dentro.

Fucei no celular, buscando uma fotografia, e dei zoom.

— Deixei em casa. Eu estava fazendo limpeza.

Ele estreitou os olhos para a tela, para os ângulos perfeitamente lapidados, para o brilhante.

— Foi o Tyler quem te deu?

Meu estômago pesou.

— Não foi o Tyler, pai. Foi o Everett.

Ele estava perdido novamente, mas não estava errado. Estava apenas em outro lugar. Dez anos atrás. Éramos crianças. E Tyler não estava exatamente me pedindo em casamento — ele a estendia como se fizesse um pedido. *Fique*, era o que significava.

Já essa aliança significava... Eu não fazia ideia do que ela significava. Everett tinha trinta anos, e eu estava chegando aos trinta. Ele fez o pedido no trigésimo aniversário, uma promessa de que eu não estava desperdiçando seu tempo e ele não estava desperdiçando o meu. Eu disse "sim", mas isso tinha sido dois meses antes, e nós não discutíamos a ideia de um casamento, não conversávamos sobre a logística de morar juntos quando meu contrato de aluguel terminasse. Era um *quando for*. Um *plano*.

— Pai, preciso perguntar uma coisa — falei.

Seus olhos se voltaram para os papéis que saíam da minha bolsa, e seus dedos se fecharam.

— Eu já disse para ele, não vou assinar nenhuma papelada. Não deixe o seu irmão vender a casa. Seus avós compraram aquele terreno. É *nosso*.

Eu me senti uma traidora. Aquela casa seria vendida de um jeito ou de outro.

— Pai, nós precisamos — falei com delicadeza. *Você está sem dinheiro. Você gastou sem pensar, sabe-se lá com quê.* Não restava mais nada. Nada além do dinheiro amarrado na laje de concreto, nas quatro paredes e no jardim descuidado.

— Nic, sério, o que sua a mãe iria pensar?

Eu já o estava perdendo. Logo ele estaria em outro tempo. Sempre começava daquele jeito, com minha mãe, como se invocá-la no pensamento o sugasse para um lugar onde ela ainda existia.

— Pai — eu disse, tentando mantê-lo ali —, não foi por isso que eu vim. — Respirei lentamente. — Você lembra que me enviou uma carta algumas semanas atrás?

Ele tamborilou os dedos na mesa.

— Claro. Uma carta. — Uma tática de adiamento, eu podia sentir como ele se vasculhava, tentando lembrar.

Puxei o papel, desdobrei-o sobre a mesa entre nós e vi seus olhos se estreitarem sobre a página.

— Você me mandou esta carta.

Seu olhar se demorou nas palavras antes de se erguer, os olhos azuis aquosos, escorregadios como seus pensamentos. *Aquela garota. Eu vi aquela garota.*

Senti o coração latejar na cabeça, como o nome dela, perambulando.

— Quem você quis dizer? Quem você viu?

Ele olhou ao redor da sala e se inclinou para mais perto. Abriu e fechou a boca duas vezes antes de o nome deslizar como um sussurro.

— A menina Prescott.

Senti os pelos da nuca se eriçarem.

— Corinne — eu disse.

Ele assentiu com a cabeça.

— Corinne — repetiu, como se tivesse encontrado algo que procurava. — Isso. Eu a vi.

Olhei ao redor do refeitório e me inclinei mais para perto dele.

— Você a viu? Aqui?

Tentei imaginar o fantasma dela vagando por aqueles corredores, seu rosto em forma de coração e seus cabelos cor de bronze, os olhos de âmbar e os lábios arqueados. E como estaria dez anos depois. Passando um braço no meu ombro, apertando a bochecha contra a minha, confessando tudo em um sussurro apenas para mim: *Melhor pegadinha do mundo, certo? Ah, para com isso, não fique brava. Você sabe que eu te amo.*

Os olhos de meu pai estavam distantes. E então se aguçaram novamente, absorvendo tudo em volta, os papéis na minha bolsa, a mim.

— Não, não, aqui não. Ela estava em casa.

— Quando, pai? Quando? — Ela desapareceu logo após a formatura. Antes de eu ir embora. Dez anos atrás. A última noite do parque de diversões. *Tique-taque, Nic.* Suas mãos frias nos meus cotovelos, a última vez que a toquei.

Nem um vislumbre desde então.

Pregamos sua foto do anuário nas árvores. Procuramos em lugares onde tínhamos medo de procurar, buscando algo que tínhamos medo de encontrar. Olhamos profundamente um para o outro. Desenterramos partes de Corinne que devíamos ter mantido escondidas.

— Eu devia ter perguntado para a sua mãe... — Seus olhos ficaram de novo à deriva. Ele devia estar puxando uma lembrança de anos atrás. De antes de Corinne desaparecer. De antes de minha mãe morrer. — Ela estava na varanda dos fundos, mas foi só por um momento... — Arregalou os olhos. — A floresta tem *olhos* — ele disse.

Meu pai sempre gostou de metáforas. Passou anos ensinando filosofia na faculdade comunitária. Era pior quando bebia — tirava trechos de livros, reordenava-os para se encaixar a seus caprichos ou repetia citações fora de contexto, das quais eu tentava desesperadamente encontrar significado. Por fim, ria, apertando meu ombro, e seguia em frente. Mas agora ele se perdia na metáfora e não conseguia sair dela. Seu momento de lucidez estava desaparecendo.

Eu me inclinei na mesa e apertei seu braço até ele se concentrar nas minhas palavras.

— Pai, *pai*, o tempo está acabando. Me conte sobre a Corinne. Ela estava me procurando?

Ele suspirou, exasperado.

— O tempo não está acabando. Ele nem é *real* — ele disse, e eu sabia que o tinha perdido; *ele* estava perdido, andando em círculos na própria mente. — É só uma medida de distância que inventamos para entender as coisas... como um centímetro ou um quilômetro... — Ele gesticulava ao falar para enfatizar a questão. — Aquele relógio — disse, apontando para trás. — Ele não está medindo o tempo. Está criando o tempo. Você enxerga a diferença? — Olhei para o relógio na parede mais distante, o ponteiro preto dos segundos em movimento, em movimento, sempre em movimento.

— E ainda assim eu continuo envelhecendo — murmurei.

— Isso, Nic, isso mesmo — disse ele. — Você muda. Mas o passado, ele ainda está lá. A única coisa em movimento é você.

Eu me sentia como um rato em uma roda tentando conversar com ele. Aprendi a não discutir, mas a esperar. Para evitar a agitação que rapidamente acabaria em desorientação. Eu tentaria de novo no dia seguinte, de um jeito diferente, em um momento diferente.

— Tudo bem, pai. Olha, tenho que ir.

Ele se recostou e olhou para mim, os olhos vagando pelo meu rosto. Não sabia que versão de mim estava vendo, se sua filha ou uma estranha.

— Nic, escute — ele disse, e ouvi o tiquetaquear do relógio. *Tique-taque, Nic.*

Ele tamborilou os dedos na mesa entre nós, duas vezes mais rápido que o relógio. Um estrondo ecoou do outro lado da sala. Virei a cadeira e vi um homem pegando uma bandeja de pratos que devia ter deixado cair enquanto limpava as mesas. Voltei para meu pai, que estava concentrado em seu prato, girando o macarrão, como se os últimos minutos não tivessem existido.

— Você devia experimentar o macarrão — ele disse e sorriu, carinhoso e distante.

Eu me levantei, alisei as bordas do papel na mesa, reagindo a seu sorriso carinhoso e distante.

— Foi muito bom te ver, pai — falei, dando-lhe um abraço forte e sentindo como ele hesitou antes de levar a mão até o meu braço e me abraçar também.

— Não deixe o seu irmão vender a casa — ele repetiu, a conversa em círculos, recomeçando.

―――

A luz da varanda estava acesa e o céu quase escuro. Recebi uma mensagem de Daniel quando estacionei na entrada de cascalho. Ele voltaria de manhã, e era para eu ligar se precisasse de alguma coisa ou se mudasse de ideia e quisesse ir para a casa dele.

Ali no carro, observando a lâmpada se mover com o vento e a luz lançando sombras na frente da casa, pensei no caso. Pensei em dirigir pela cidade e encher o colchão inflável no quarto do bebê. Porque eu conseguia nos ver, ver a nossa sombra, uma década atrás, contando histórias de fantasmas naquela varanda com a luz dançante.

Corinne e Bailey extasiadas enquanto Daniel lhes contava que havia um monstro na floresta — que não era algo que podiam ver, mas que podiam sentir. Que tomava as pessoas e as obrigava a fazer coisas. Eu podia ouvir aquela versão de mim dizendo que ele estava falando merda. E Corinne inclinando a cabeça para Daniel e se recostando na grade da varanda, estufando o peito, encaixando o pé em uma ripa de madeira, dobrando uma perna comprida e dizendo: "O que ela te obrigaria a fazer?" Sempre nos provocando. Sempre provocando.

Eu odiava que nossos fantasmas vivessem sempre aqui. Mas Laura estava quase dando à luz, e não havia lugar para mim lá. Além do mais, mesmo que Daniel tivesse oferecido, estava implícito que eu não aceitaria. Eu tinha uma casa aqui, um quarto aqui, um espaço aqui. Eu não era mais responsabilidade dele.

Abri a porta da frente e ouvi uma outra porta se abrir do outro lado da casa, como se eu tivesse perturbado seu equilíbrio.

— Olá? — chamei, paralisada no lugar. — Daniel?

Nada além do vento da noite sacudindo os vidros, fazendo um barulho familiar. Uma brisa, graças a Deus.

Acionei os interruptores de luz na parede, caminhando na direção da cozinha, que ficava nos fundos da casa. Metade deles funcionava, metade não.

Daniel não estava aqui. Ninguém estava aqui.

Girei o ferrolho, mas a madeira ao redor estava apodrecida e lascada, o parafuso atravessando o batente, quer estivesse trancado ou não. Tudo parecia estar como eu havia deixado: uma caixa na mesa, um copo usado na pia, tudo coberto com uma fina camada de poeira.

A aliança. Subi dois degraus por vez e fui direto até o criado-mudo, os dedos tremendo enquanto enfiava a mão dentro do pote de cerâmica, o coração batendo frenético até conseguir resvalar no metal.

A aliança estava lá. Que ótimo. Deslizei-a de volta ao dedo e passei a mão trêmula nos cabelos. *Está tudo bem. Respire.*

A cama ainda estava sem lençóis, mas eles estavam dobrados e empilhados sobre ela, do jeito que Daniel costumava deixá-los quando começou a assumir as tarefas que minha mãe não podia fazer. Levei as caixas de sapatos para o armário e o tapete de volta para debaixo das pernas da cama. Centralizei a caixa de joias sob o espelho, um quadrado sem poeira onde havia ficado no último ano, pelo menos. Tudo se reassentando, voltando ao lugar.

Senti as lembranças fazerem o mesmo. Voltarem ao seu lugar. A investigação. Tudo o que eu havia deixado para trás, encaixotado com cuidado durante dez anos.

Olhei ao redor do quarto e vi os retângulos de tinta descolorida. Fechei os olhos e vi as fotos que pendiam em cada lugar.

Meu estômago revirou, inquieto. Corinne estava em cada uma delas.

Coincidência, pensei. Corinne estava tão presente na minha infância que provavelmente eu encontraria sua sombra em qualquer coisa ali, se procurasse.

Eu precisava descobrir qual pensamento tinha surgido e depois vacilado que levara meu pai a uma folha de papel e a um envelope com o meu nome. Que lembrança cintilara na parte moribunda de seu cérebro, implorando atenção antes de desaparecer para sempre. Corinne. *Viva*. Mas quando? Eu precisava descobrir.

Tudo estava travado aqui. Esperando alguém intervir e reordenar as provas, as histórias, os acontecimentos — até eles se juntarem de um jeito que fizesse sentido.

Pensando assim, meu pai estava certo. Sobre o tempo. Sobre o passado estar vivo.

Desci os degraus de madeira até a cozinha, o linóleo se encolhendo para longe dos cantos. E imaginei, por um momento, vislumbrar uma garota com longos cabelos cor de bronze, seu riso ecoando pela noite enquanto pulava os degraus da varanda dos fundos...

Tique-taque, Nic.

Eu precisava me concentrar, entender esta casa e ir embora. Antes que o passado começasse a se esgueirar pelas paredes, sussurrando por entre as vigas. Antes que saísse lentamente daquela caixa, voltando tudo até o começo.

PARTE 2
VOLTANDO ATRÁS

É bem verdade o que a filosofia diz: a vida só pode ser compreendida olhando-se para trás.
— Søren Kierkegaard

DUAS SEMANAS DEPOIS

DIA 15

Se eu mantivesse os olhos fechados, quase conseguiria imaginar que estávamos voltando para a Filadélfia. Everett no banco do motorista, o banco de trás cheio de bagagem e Cooley Ridge desaparecendo no espelho retrovisor — sem garotas desaparecidas, nem carros sem marca circulando pela cidade, nem nada a temer.

— Você está bem? — ele perguntou.

Só mais um momento. Eu queria mais tempo. Mais um minuto para fingir que aquilo não estava acontecendo.

Não ali, em Cooley Ridge. De novo, não.

Outra menina desaparecida na floresta no meio da noite, sem deixar vestígios, não. Outro cartaz de desaparecida pregado nas árvores, pendurado nas vitrines das lojas; outro rosto inocente, pedindo para ser encontrado, não. *Por favor, desse jeito não.*

Mas minha nuca formigava enquanto o mundo mudava de foco, e lá estava ela, inescapável, os enormes olhos azuis encarando embaixo das letras vermelhas do cartaz de desaparecida no poste telefônico: Annaleise Carter. Desaparecida.

— Nic? — perguntou Everett. Meu Deus, alguns dias neste lugar e, pelo visto, ele também está me chamando de Nic. A cidade já enterrou as garras nele.

— Oi — falei, ainda olhando pela janela.

Meus olhos fitaram os dela de novo no semáforo seguinte, o rosto sob as letras brancas pintadas da Julie's Boutique, ao lado de um mostruário de bijuterias e um lenço de seda verde. Annaleise Carter, cuja propriedade ficava atrás da minha, que estava saindo com meu ex-namorado na noite em que desapareceu. Annaleise Carter, desaparecida havia duas semanas.

— Ei. — A mão de Everett pairou sobre meu ombro antes de pressioná-lo. — Onde você está?

— Desculpe, está tudo bem. — Eu me virei para Everett, mas senti o olhar da menina em minha nuca, como se tentasse me dizer algo. *Olhe. Olhe mais de perto. Você vê?*

— Não vou embora até saber se você está bem. — Sua mão descansava em meu ombro, o relógio prateado (de aço, ele me contou) espreitando através dos botões da camisa de manga comprida. Como ele não estava sufocando?

— Eu pensei que o motivo da consulta fosse esse. — Levantei para Everett o saquinho de papel com remédio. — Vou tomar dois e ligar pela manhã. — Forcei um sorriso, mas sua expressão ficou tensa quando olhou meu dedo nu. Pousei a mão no colo de novo. — Vou encontrar a aliança — garanti.

— Não estou preocupado com a aliança. Estou preocupado com *você*.

Talvez ele estivesse falando da minha aparência: cabelo para trás em um rabo de cavalo desgrenhado, shorts que cabiam em mim duas semanas atrás, mas agora estavam largos ao redor dos quadris, uma camiseta velha que encontrei no armário onde ficara pendurada nos últimos dez anos. Quanto a ele, o cabelo tinha um corte estiloso e ele estava vestido para trabalhar como se tudo fosse parte da programação: leve Nicolette ao médico porque ela não tem dormido, acompanhe a papelada referente ao futuro sogro, pegue o táxi até o aeroporto e prepare-se para o julgamento.

— Everett, sério, eu estou bem.

Ele estendeu a mão e afastou as mechas de cabelo que haviam escapado do meu rabo de cavalo.

— Sério? — perguntou.

— Sim, sério. — Meus olhos queimaram quando se voltaram para a foto de Annaleise. Só uma pessoa sã perceberia como estava próxima da beirada do abismo. Não como o meu pai, que não sabia quando cambaleava perto demais dessa beirada, sem parecer notar a mudança de velocidade enquanto tropeçava para dentro do precipício.

Mas eu sabia. Sabia como todos estávamos perto dessa beirada. E, se eu sabia, então estava bem. Essas eram as regras básicas para não fazer cagada, de acordo com Tyler.

— Nicolette, não quero te deixar aqui sozinha. — Um carro atrás de nós buzinou, e Everett deu um pulo, acelerando ao cruzar o semáforo verde.

Olhei para a lateral de seu rosto e observei a estrada perder o foco atrás dele.

— Eu não estou sozinha. Meu irmão está aqui.

Everett suspirou, e pude ouvir questionamentos em seu silêncio.

Garotas desaparecidas tinham um jeito de abrir caminho e entrar na cabeça das pessoas. É impossível não vê-las em todo mundo — quanto podemos ser tão fugazes e frágeis. Em um instante estamos aqui; no próximo, nada mais que uma foto que olha fixamente na vitrine de uma loja.

Era uma sensação que se instalava nos ossos e nos roía lentamente por dentro — o medo irracional de que as pessoas estivessem desaparecendo bem diante dos nossos olhos. Senti aquilo, persistindo em meu íntimo, no correio de voz assustador e monótono de Tyler e na expressão de Daniel, cada vez mais difícil de interpretar. Sentia com maior urgência todas as vezes que entrava em Grand Pines. Duas semanas de volta a Cooley Ridge e todos correm o risco de desaparecer.

Everett seguiu até a entrada de cascalho, estacionou e saiu do carro, sem falar nada. Encarou a frente da casa, como eu tinha feito quando cheguei.

— Preciso tirar meu pai de Grand Pines — comentei, caminhando em sua direção. Everett havia impedido os policiais de interrogarem meu pai, mas eu sabia que era só uma questão de tempo até que suas divagações sobre "aquela garota" lhe rendessem outra visita de detetives desesperados por uma pista.

Everett pôs a mão na minha cintura enquanto entrávamos. Senti como agarrou o tecido solto da minha camiseta entre os dedos.

— Você precisa se cuidar. O médico disse...

— O médico disse que não tem nada de *errado* comigo.

Everett insistiu em me acompanhar no consultório. Primeiro, o médico perguntou sobre meu histórico familiar, que era deprimente, mas desconexo. Então, veio a pergunta "Quando começou?", e Everett respondeu sobre Annaleise, minha *vizinha*, que estava desaparecida, e o médico meneou a cabeça como se entendesse. *Estresse. Medo. Um ou outro. Os dois.* Rabiscou uma receita de ansiolítico, um calmante para dormir e avisou sobre minha mente ficar cada vez mais embotada e lenta, se eu não dormisse um pouco mais. E sobre o risco elevado de sofrer apagões durante o dia, quanto mais essa situação persistisse. Então Everett acabou pegando as chaves do carro.

"Tente dormir", eu queria ter dito ao médico. "Tente dormir quando há outra menina desaparecida e a polícia quer interrogar seu pai doente. Tente dormir quando sabe que alguém esteve na sua casa." Como se tudo se ajeitasse se eu simplesmente conseguisse relaxar.

Everett ainda estava me segurando, como se eu pudesse flutuar no espaço.

— Vamos para casa comigo — ele pediu. Mas onde era "casa" de verdade?

— Não posso. Meu pai...

— Eu cuido disso.

Eu sabia que ele cuidaria. Por isso estava aqui.

— A casa — falei, apontando para as caixas desmontadas nos cantos, a porta traseira que precisava de reparo, todos os itens da minha lista que eu não havia resolvido.

— Vou pagar alguém para ajudar a terminar. Vamos, você não precisa ficar aqui.

Mas fiz que não com a cabeça. Não era por causa da organização, da reforma ou da limpeza. Não mais.

— Eu não posso simplesmente ir embora. Não no meio de tudo isso.

Tudo isso eram os olhos arregalados da menina no cartaz, observando todos nós, em cada poste telefônico, em cada loja. *Tudo isso* era a investigação que estava apenas começando. *Tudo isso* eram as partes mais sombrias da minha família, prestes a se revelarem de novo.

Everett suspirou.

— Você me ligou para pedir um conselho. Então aqui vai: você não está segura aqui. Este lugar, os policiais rodeando como urubus, se agarrando a tudo o que podem. Estão interrogando pessoas sem justificativa. Isso não faz sentido, mas não muda o fato de que está acontecendo.

Everett não entendia o porquê, mas eu sim: Annaleise enviou uma mensagem ao celular pessoal do policial Stewart na noite anterior ao seu desaparecimento, perguntando se ele podia responder algumas perguntas sobre o caso Corinne Prescott. No dia seguinte, sua chamada de retorno caiu direto na caixa postal. Nesse momento, ela já havia desaparecido.

Os policiais eram todos daqui, estavam aqui dez anos atrás, quando Corinne desapareceu. Ou ouviram as histórias ao longo desses anos enquanto bebiam no bar. Agora, havia duas garotas da mesma cidade, desaparecidas sem deixar vestígios. E as últimas palavras de Annaleise foram sobre Corinne Prescott.

Fazia todo sentido se você viesse de um lugar como Cooley Ridge.

Se toda a investigação oficial de Corinne estivesse dentro daquela única caixa que vi de relance na delegacia, eu imaginaria que ela teria as seguintes provas: um teste de gravidez enfiado em uma caixa de doces escondida no fundo de uma lata de lixo, um anel com restos de sangue tirado das cavernas, fitas cassete com horas de interrogatórios para transcrever — fatos, mentiras e meias verdades, enrolados numa bobina —, registros telefônicos de Corinne e nomes. Nomes rabiscados em pedaços de papel rasgados, em número suficiente para acolchoar toda a caixa, como enchimento.

Até pouco tempo, eu imaginava essa caixa lacrada com fita adesiva em um canto, escondida atrás de outras, mais novas. Mas agora tenho a sensação de que bastaria um empurrãozinho para derrubá-la, a tampa se soltar e os nomes se espalharem no chão empoeirado. A caixa é exatamente como são as coisas em Cooley Ridge. O passado, encaixotado e empilhado, longe de vista. Mas nunca longe demais.

Abra a tampa, porque Annaleise mencionou o nome de Corinne e desapareceu. Feche os olhos e enfie a mão lá dentro. Retire um nome.

É assim que funciona aqui.

É isso que está acontecendo.

Sim, eu liguei para Everett para ele me aconselhar. Sobre meu *pai*. Ele poderia me dizer o que fazer a respeito dos policiais que estavam armando uma emboscada para o meu pai senil naquela casa de repouso, mas embarcou em um avião três dias atrás, pagou uma quantia absurda de táxi e montou uma base de operações na sala de jantar. Apareceu aqui e ficou parado na varanda da frente, porque disse que eu o assustei, e eu o amei por causa disso. Amei que ele tenha vindo. Mas não conseguiria ir a fundo nessa história com ele aqui. Não conseguiria descobrir que diabos aconteceu com Annaleise sem arrastá-lo para dentro dessa situação.

Meu conselho para ele: *Vá embora. Vá embora antes que a gente te afunde junto.*

— É a minha família — eu disse.

— Eu não quero que você fique — ele sussurrou, apontando para o quintal que se estendia até onde a vista alcançava, sumindo na floresta. — Uma garota desapareceu aqui.

— Eu vou tomar o remédio e tentar dormir mais, prometo. Mas tenho que ficar.

Ele beijou a minha testa e murmurou no meu cabelo:

— Não sei por que você está fazendo isso.

Não era óbvio? Ela estava em todos os lugares onde eu olhava. Em cada poste telefônico. Em cada loja. Nos mesmos lugares onde pendurei cartazes de Corinne, pregando-os com o estômago apertado, entregando-os cada vez mais rápido, como se o fato de fazer isso depressa pudesse de alguma forma mudar o resultado das coisas.

Annaleise estava naqueles cartazes agora, com seus olhos grandes e abertos, dizendo para eu abrir os meus. Em todo lugar para onde eu olhava, lá estava ela. *Olhe. Olhe. Fique de olhos bem abertos.*

A empresa de táxi disse que um carro chegaria em vinte minutos, mas acho que a estimativa correta seria quarenta. Everett estava encostado no batente da porta da lavanderia, observando com um meio sorriso enquanto eu despejava suas roupas da secadora em um cesto plástico torto.

— Não precisa fazer isso, Nicolette.

Pigarreei e encaixei o cesto de roupa no quadril.

— Mas eu quero — retruquei. Eu queria dobrar suas roupas, enfiá-las na mala e lhe dar um beijo de adeus. Queria que ele chegasse em casa, abrisse a mala e pensasse em mim. Mas também queria que ele fosse embora.

Ele me viu dobrando as roupas em quadrados perfeitos na mesa da sala de jantar. E então me viu empilhá-las na mala, como se estivesse realizando uma cirurgia delicada.

— Veja se consegue rescindir seu contrato de locação — ele disse, caminhando na minha direção e envolvendo os braços em torno da minha cintura enquanto eu dobrava sua última camisa. Ele afastou meu rabo de cavalo para o lado e encostou os lábios no meu pescoço. — Quero você morando comigo assim que voltar.

Assenti com a cabeça e continuei movendo os braços. Seria fácil responder: "Sim, é claro que eu vou". Seria fácil imaginar: eu, minhas roupas ocupando metade do armário dele, nós dois juntos cozinhando, enrolados em seu sofá, com o cobertor vermelho sobre as minhas pernas, porque ele mantinha a temperatura uns dois graus abaixo da que eu gostava. Ele comentando sobre o tribunal, e eu falando sobre os meus alunos enquanto servia duas taças de vinho.

— Que foi? — Everett perguntou.

— Nada. Só estou pensando em tudo o que preciso fazer aqui primeiro.

— Você precisa de alguma coisa? — ele perguntou, recuando. Pigarreou e tentou fazer a voz soar natural. — Dinheiro?

Eu me encolhi. Ele nunca tinha me oferecido dinheiro. Nós nunca havíamos conversado sobre isso. Ele tinha e eu não, o que significava que rodeávamos o tema como uma fogueira que podia rapidamente sair de controle e nos consumir. Foi por isso que eu nunca trouxe à tona o assunto sobre casamento, porque então ele teria de mencionar o acordo antenupcial que eu sabia que seu pai exigiria que eu assinasse, e eu assinaria, e lá estaria eu, exposta, pronta para me queimar.

— Não, não preciso do seu dinheiro — respondi.

— Não foi isso que eu... Nicolette, eu só quero ajudar. Por favor, me deixe ajudar.

Quando nos conhecemos, ele me disse que eu era a personificação de tudo o que ele queria ser. Sair por aí no próprio carro, fazer carreira na faculdade, vencer por esforço próprio.

Mas, como eu lhe dissera naquela época, é preciso vir do nada para ter essa chance. É preciso pagar as próprias contas.

— É, bom, eu já tenho um empréstimo de dez anos — falei.

Às vezes eu me perguntava se, quando nos casássemos, ele o quitaria. Se isso me tornaria uma pessoa diferente. Se ele gostaria tanto assim de mim.

— Everett, obrigada, mas dinheiro não vai ajudar. — Fechei a mala e a encostei na parede.

Ao longe, ouvi um carro virar na estrada.

— Seu táxi chegou — sussurrei, cingindo sua cintura com os braços e recostando a cabeça em seu peito de novo.

— Vai pensar nisso? — ele perguntou, recuando. Eu não tinha certeza a que ele estava se referindo, a mudar para sua casa ou aceitar seu dinheiro, e odiei que ele trouxesse à tona as duas coisas bem naquele momento. Que a situação tivesse nos levado até ali, a ponto de ele me ver pairando perto de um abismo indefinível, que fizesse parecer que ele me queria ainda mais.

— Tudo bem — eu disse, e pelo olhar que ele me lançou imaginei se tinha acabado de concordar involuntariamente com alguma coisa.

— Queria poder ficar mais — ele disse, me puxando para um beijo. — Mas estou feliz por ter conseguido conhecer a sua família.

Eu ri.

— É, que maravilha.

— Estou falando sério — ele disse, e então mais baixo: — São boas pessoas.

— São — sussurrei e o deixei me abraçar tão forte que provavelmente ficaria com as marcas do seu colarinho em minha bochecha. — Como você — completei quando ele me soltou.

Ele afagou meus braços enquanto recuava e levou minha mão esquerda ao rosto.

— Vou ligar para o seguro amanhã.

— Talvez ainda apareça. — Eu me retorci. — Provavelmente está em uma dessas caixas meio abertas. Vou olhar de novo.

— Me avise se encontrar — ele disse, puxando a mala atrás de si, na direção da porta da frente. — E... Nicolette? — Meu coração estacou pelo jeito que ele me olhou. — Se você não estiver em casa no próximo fim de semana, venho te buscar.

———

Observei seu táxi se afastar, fechei a porta e girei a maçaneta para garantir. Rodei pela casa, verificando todas as maçanetas, fechando as janelas que Everett insistia em abrir e encaixando a cadeira da cozinha sob a maçaneta da porta dos fundos, que estava com o ferrolho quebrado. Tudo parecia lento e cansativo, até minha respiração. Era o calor. O maldito ar-condicionado que ainda não tinha sido arrumado. Eu me arrastei até a cozinha. Precisava de uma bebida. De algo frio e estimulante. Enfiei a cabeça na geladeira, ponderando minhas escolhas.

Água. Gatorade. Latas de refrigerante. Eu me ajoelhei na frente da porta aberta, respirando o ar frio — *acorde, Nic* —, a eletricidade zumbindo em meu ouvido e a luz da geladeira iluminando o espaço ao meu redor.

Ouvi um barulho repentino e agudo quando a cadeira raspou no chão. A porta dos fundos se abriu enquanto eu me virava, as costas para a geladeira aberta, as mãos agarrando qualquer coisa que pudesse usar para me defender.

Tyler estava em pé na entrada, os braços trêmulos, cobertos de suor, sujeira e algo que cheirava a terra e pólen. Seu corpo se sacudia como se estivesse louco de adrenalina e lutando para se manter imóvel. Ele franziu a testa para a cadeira caída de lado e depois examinou o cômodo atrás de mim.

— Tyler? O que você está fazendo? — As botas marrons de trabalho estavam cobertas por uma espessa camada de lama, e ele apoiou o braço no batente da porta. Eu me ergui e fechei a geladeira, e a casa ficou num silêncio desconfortável. — Tyler? O que está acontecendo? Fale alguma coisa.

— Tem alguém aqui? — ele perguntou, e eu sabia que não estava falando de *qualquer pessoa*.

— Ele foi embora — respondi. Seus braços ainda estavam tremendo. — Estou sozinha.

Ele não estava bem. Aquele era Tyler aos quinze anos, quando todos nós fomos à missa de seu irmão, e a bandeira americana dobrada foi deixada no colo de sua mãe. Ele parecia estar perfeitamente imóvel, sentado, mas, se você olhasse de perto, veria o corpo inteiro dele tremendo. Eu tinha certeza de que ele estava a ponto de desmoronar, e todos aqueles estranhos se aproximando cada vez mais dele só pioravam a situação. Aquele era Tyler aos dezessete anos, no dia em que ficamos juntos de verdade, quando raspei a porta do meu carro na porta do carro dele, e ele parecia tão tenso, toda a adrenalina reprimida, antes de notar que eu segurava a respiração, esperando sua reação. "É só um pedaço de metal", ele disse.

— Estamos só nós dois — sussurrei.

Ele deu um passo, entrou, e pedaços de terra encrostada caíram no chão de linóleo.

— Me desculpe — murmurou, vendo o que estava fazendo no chão.

— Aonde você foi? — perguntei.

Mas ele estava concentrado em seus sapatos e na lama do chão. Fiquei com medo de que ele fosse embora. Que fosse embora, desaparecesse, e eu nunca mais o visse.

— Aqui — falei, ajoelhando na frente dele, mexendo nos cadarços enlameados de suas botas. Sua respiração estava entrecortada e, de perto, consegui ver um pó amarelo fino grudado em sua calça. Eu me concentrei em manter as mãos firmes, tentando amainar o desconforto crescente. *Tyler. É apenas o Tyler.* Quando meu celular tocou na mesa, eu tinha desfeito o laço de um dos seus sapatos. Tomamos um susto. Tyler me observou atravessando a sala enquanto tirava a outra bota.

— É o meu irmão — eu disse, franzindo a testa para a tela do telefone. O rosto de Tyler refletiu o meu. Levei o celular ao ouvido.

— Nic — disse Daniel antes mesmo de falar "oi". — Me fala onde você está.

— Estou em casa, Daniel.

— Está com Everett? — ele perguntou, e pude ouvir o vento pelo telefone. Ele estava andando. E rápido.

— Não. Ele foi embora. O Tyler está aqui. — Olhei para Tyler, que tinha se aproximado. Estava no meio da sala, a cabeça inclinada para o lado, como se tentasse ouvir a conversa.

— Escuta — disse Daniel enquanto um motor ganhou vida ao fundo. — Saia daí.

Meu estômago se contorceu, e olhei as botas de Tyler mais uma vez.

— Saia daí. *Agora*.

Baixei a mão ao lado do corpo.

— Tyler? — perguntei quando o telefone escorregou da minha mão, estalando ao fazer contato com o assoalho. *Pólen*, pensei. *Terra*.

— Quê? O que ele disse? — perguntou Tyler, com a voz baixa, repleta de pânico.

Olhei para suas mãos, a lama encrustada embaixo das unhas, a fina linha de sangue seco desde o polegar até o indicador.

— Tyler — repeti. — O que você fez?

Ele se recostou em uma cadeira, os dedos apertando a madeira.

— Meu tempo está acabando, Nic.

E então ouvi, baixo e distante, o grito agudo de uma sirene.

Tique-taque, Nic.

— O que aconteceu? — perguntei.

Ele apertou os olhos, e um lento tremor atravessou seu corpo.

— Eles encontraram um corpo na Fazenda Johnson.

O campo dos girassóis. *Pólen. Terra.*

A sirene soou de novo, cada vez mais insistente.

Tyler se aproximou.

E o tempo perfeitamente parado, dolorosamente estático.

É apenas uma coisa que criamos. Uma medida de distância. Uma maneira de entender. Uma maneira de explicar as coisas. Se você permitir, ele pode se entremear e revelar algumas coisas.

Permita.

O DIA ANTERIOR

DIA 14

O tempo fugiu de mim. Eu estava procurando nas caixas de livros antigos e de material didático do meu pai enquanto esperava Everett adormecer, puxando pedaços de papel entre as páginas, buscando comentários às margens. Deve ter sido bem depois da meia-noite, e eu não estava encontrando nada importante. Era mais simples e seguro jogar tudo no lixo. Empilhei as caixas no corredor para levar até a garagem pela manhã.

O som das folhas farfalhando atravessou a porta aberta, e eu voltei silenciosamente para o meu quarto, com os pés descalços. Everett estava esparramado no meio da cama, o edredom amarelo jogado e amarfanhado no chão ao lado dele. Seu sono não era dos mais profundos, mas agora a respiração era lenta e contínua. Coloquei a mão em seu ombro, e as costas se ergueram e baixaram no mesmo ritmo constante.

O relógio do criado-mudo mostrava 3h04. Perfeito. Aquele era o intervalo vazio — aquele momento entre o horário em que todo mundo já tinha ido dormir, os últimos bêbados já tinham saído do Kelly's Pub e iam para casa e o horário em que os que acordavam mais cedo se levantavam, quando começava a entrega dos jornais. O mundo estava em silêncio, esperando.

Saí do quarto, pisando no pedaço de assoalho que rangia, andando na ponta dos pés pelo piso de madeira até o antigo quarto dos meus pais, até o armário que abrigava chinelos gastos, sapatos despedaçados e roupas de trabalho de que meu pai nunca mais precisaria. Deslizei a mão dentro de um sapato, onde eu havia escondido a chave até conseguir saber — até ter certeza — de onde era. Senti a marca de um pé na pelica falsa desbotada. Toquei a chave fria e, no escuro, não consegui enxergar os padrões intrincados no chaveiro de metal retangular. Mas conseguia senti-los, girando infinitamente, fechando-se um no outro, enquanto eu o apertava na mão. *Tique-taque, Nic.*

Meus tênis esperavam ao lado da porta dos fundos, e eu senti uma rajada de ar gelado nos braços. Everett devia ter aberto as janelas do andar de baixo de novo.

Saltei sobre o balcão e empurrei as janelas para baixo novamente, prendendo as travas.

E então saí.

Essa floresta é minha.

A floresta junto à qual cresci. Ela se estendia da minha casa e atravessava toda a cidade, ligando tudo, todo o caminho até o rio e até fora da cidade, nas cavernas. Anos se passaram, mas se eu parasse de pensar e me movesse com o que sabia de cor, conseguiria seguir inúmeros caminhos através dela, de dia ou de noite. Ela era minha e eu era dela, e eu não devia ter me lembrado disso. Mas agora havia muitas incógnitas. Os animais correndo na noite, algo tão perturbador dos notívagos, das coisas que precisavam da escuridão para sobreviver. Coisas que respiram, crescem e morrem. Tudo em constante movimento.

Essa floresta é minha.

Corri os dedos pelos troncos das árvores enquanto caminhava, enquanto repetia as palavras para mim mesma. Essa é a floresta onde eu costumava me esgueirar no meio da noite para ver Tyler, que parava o caminhão no estacionamento da loja de conveniência e me encontrava a meio caminho, em uma clareira que meu irmão me mostrara quando eu era mais jovem. Eu e Daniel construímos um forte com os galhos das árvores e cercamos a área com cipós espinhosos — "para manter o monstro lá fora", ele dizia. A tempestade que varreu tudo quando eu estava na escola destruiu o forte, e Daniel já estava velho demais para se importar naquela época, então a clareira ficou para mim, e apenas para mim.

Mas aquela também era a floresta onde Annaleise tinha sido vista pela última vez. Era a floresta onde dez anos atrás procuramos Corinne. A floresta que vasculhamos de novo na semana passada. Eu estava ali, sozinha, naquele intervalo vazio de tempo, quando apenas os animais noturnos e as pessoas que ansiavam pela escuridão vagavam.

Minha lanterna corria nas sombras, os ramos pendendo baixo e as raízes se erguendo da terra, e algo pequeno e rápido partiu em disparada quando me aproximei. Parei de me preocupar tanto em ficar em silêncio, e meus passos ficaram cada vez mais barulhentos à medida que eu me movia mais rápido.

Atravessei a linha da floresta, agora com passos firmes dentro da propriedade dos Carter. O estúdio onde Annaleise estava morando enquanto se candidatava à pós-graduação no ano passado estava escuro e ficava longe da casa principal. Não era especialmente grande, mas eles o mantinham bem o suficiente, à exceção do quintal e das telhas. A casa principal estava com as luzes de fora acesas, como se estivessem esperando Annaleise voltar a qualquer momento.

O lugar fora uma garagem no passado, antes de seu pai reformá-la para virar um estúdio de arte anos atrás — "Minha filha é uma grande promessa", ele dissera a meu pai. Mas isso foi antes de ele perder o emprego — "redução de pessoal", ele dissera, sentado na varanda dos fundos com meu pai, bebidas na mão. E antes do divórcio — "Ela fica com a porra da casa; era da *minha* família e ela fica com a porra da casa". Antes de ele ir embora para trabalhar em Minnesota ou Mississippi, eu nunca conseguia lembrar. Na época em que promessas eram algo que parecia real.

Anos atrás, quase fizemos a mesma coisa com a nossa garagem, para que Daniel pudesse usar. Encontrar um lugar para morar em Cooley Ridge não era tão fácil como no norte — não existem muitos apartamentos vagos, e a maioria das casas de aluguel fica ocupada durante anos. Havia apartamentos acima das lojas na avenida principal, porões para alugar, e era possível arrendar trailers e estacionar no terreno de outras pessoas mediante pagamento. Então, quando Daniel decidiu ficar, pensou que converter a garagem seria a opção mais barata. A Ellison Construções — a empresa do pai de Tyler — faria o trabalho, mas meu pai e Daniel ajudariam para reduzir um pouco o custo.

Construíram uma cobertura entre a garagem e a casa antes de começar. Chegaram até a cimentar o chão da garagem inacabada, deixando espaço para os tubos, mas nunca chegaram a fazer o encanamento. Corinne desapareceu, e o mundo parou. Daniel mudou de ideia sobre como gastar esse dinheiro, optando por morar com meu pai até anos mais tarde, quando comprou uma casa própria com Laura.

Imaginei que Annaleise era esperta demais para fincar raízes em Cooley Ridge. Ela acabou indo embora, no fim das contas. Saiu e voltou, e aposto que ela e Cooley Ridge não sabiam mais o que fazer uma com a outra. Este estúdio era dela agora, mas depois poderia ser do seu irmão, que estava no ensino médio. *Só por enquanto*, eu conseguia imaginá-la dizendo sempre que a questão surgisse. *Só até a oportunidade certa chegar. Só até eu encontrar o meu caminho.*

Uma calçada serpenteava da estrada até a parede lateral, e a partir daí era uma garagem. O carro de Annaleise e outros dois estavam alinhados sob a extensa cobertura, ao lado da casa principal.

Apaguei a lanterna, correndo a distância que faltava até a porta de trás do estúdio, os dentes da chave cortando a palma da minha mão. Dei um suspiro e guiei a chave para dentro da fechadura, cada sulco encaixando-se no lugar. A palma da minha mão tremeu quando virei a fechadura e o ferrolho deslizou sem esforço.

Todo o meu corpo formigava de ansiedade quando entrei. *Eu não devia estar aqui.*

Liguei de novo a lanterna, mantendo-a baixa, longe das janelas. O lugar parecia um pouco com o meu apartamento, com meias-paredes para dividir os cômodos, mas sem portas. Havia uma cama queen com um edredom branco na minha frente, e uma mesa de desenho encostada na outra parede, os materiais organizados em recipientes, alinhados em uma fileira perfeitamente reta.

Através da parede divisória, vi um sofá diante de uma televisão fixada à parede. O lugar inteiro estava decorado de forma esparsa, mas de um jeito harmonioso. Tudo era discreto e minimalista, exceto as paredes. Estavam cobertas de desenhos e esboços, que pareciam ter sido feitos a lápis ou carvão, tudo desprovido de cor.

Corri a lanterna de uma imagem a outra. Esboços emoldurados — de Annaleise, supus —, embora alguns deles parecessem réplicas de fotos famosas. Marilyn Monroe, olhando para baixo e para o lado, em pé, encostada em uma parede de tijolos. Uma menina com os cabelos escorridos voando diante do rosto. Eu tinha visto aquela imagem em algum lugar, mas não conseguia lembrar onde. E alguns que não reconheci e não consegui identificar se eram cópias ou originais criados por Annaleise.

Ah, mas havia um tema: garotas sozinhas, todas elas. Garotas parecendo expostas, tristes e cheias de algum anseio. Garotas ignoradas, esquecidas, encarando das paredes, como se dissessem: "Olhe. Olhe para nós".

Garotas, como Annaleise nos postes telefônicos, mudas e silenciadas.

Annaleise frequentara uma escola de arte bem conhecida, o que não era surpreendente. No ensino fundamental, ganhou um concurso de fotografia estadual, notícia que foi parar nos jornais regionais. Caía como uma luva para ela — a garota do outro lado da câmera. Tímida e com feições delicadas, com olhos enormes, cada movimento hesitante, cuidadoso, deliberado. Aquela que criava, via, mas nunca era vista. O oposto de Corinne.

Eu sabia que os policiais tinham estado ali, mas o lugar parecia completamente inalterado.

Obviamente, não houvera luta no apartamento. Além disso, sabíamos que ela tinha saído a pé. Se tivesse se machucado, não tinha sido ali. Sua bolsa desaparecera, mas talvez isso tivesse acontecido porque ela a carregava quando saiu. Seu carro estava ali. Esse era o Grande Sinal. Quem sai sem carro? Eles não encontraram o celular, então o consenso geral era de que estava com ela, onde quer que ela estivesse. E estava desligado, pois não tinham conseguido rastreá-lo.

Os policiais passaram por aqui, e provavelmente os pais dela, embora eu não tivesse ouvido nada sobre nenhuma prova ou indício. Mas essa chave era algo real, sólido e assustador. Essa chave era perigosa.

Fucei em sua mesa. No armário. Nos armários do banheiro. Até na lata de lixo, lembrando o teste de gravidez que encontraram na de Corinne, enfiado dentro da caixa de Skittles.

Não havia nada ali. Nem um lenço, nem um bastão vazio de desodorante, nem a embalagem de um sabonete. Embora fosse possível que alguém tivesse passado ali antes de a polícia chegar, limpando tudo atrás dela, poupando-a do constrangimento e permitindo que ela mantivesse em segredo as partes que deviam permanecer escondidas.

Verifiquei as gavetas da cômoda. Tudo bem dobrado e tudo dela. Sem roupas masculinas. Não havia escova de dentes sobressalente ao lado da pia, nem bilhetes em cima da mesa. Nada, exceto o laptop elegante ao lado de um emaranhado de fios. Mordi a lateral do dedão. Provavelmente já fuçaram nele. Eu poderia devolvê-lo antes que alguém notasse. *Eu poderia.*

Agarrei o computador antes que mudasse de ideia.

Olhei embaixo da cama antes de sair. Havia uma mala — mais uma prova em potencial de que ela não tinha ido viajar. E, ao lado dela, uma caixa branca que podia conter um grande álbum de fotografias. Coloquei o laptop no chão e puxei a caixa de sob a cama. Ao levantar a tampa, vi esboços que não tinham ido para a parede.

Folheei rapidamente os desenhos, a lanterna fria e metálica entre os dentes, e imaginei que ela pudesse ter enfiado qualquer coisa no meio dos desenhos. Algo que os policiais não viram, algo que ela tentou esconder. Mas não, havia apenas desenhos. Mais garotas tristes. Olhos abertos, olhos fechados, todas de alguma forma desoladas. Tive de estreitar os olhos para ver seus rostos, os contornos muito pálidos. Rascunhos, talvez. Esboços para escurecer, sombrear e trazer profundidade mais tarde. Todos se fundindo conforme eu os virava cada vez mais rápido.

Então parei e voltei algumas imagens. Tirei a lanterna da boca, corri a luz pelos ângulos familiares do rosto, a curva do sorriso, a sarda no canto do olho direito. A forma de arco da boca e o vestido solto de camponesa que batia logo acima dos joelhos…

Corinne.

Era um esboço de Corinne. Não, era uma maldita réplica de uma foto que estava pendurada no meu quarto. Estávamos em um campo de girassóis. Fazenda Johnson. Ficava a algumas cidades de distância, praticamente uma atração turística — as pessoas dirigiam horas para tirar fotos lá. Era o local preferido de Bailey para fotografar.

Aquela foto tinha sido tirada com a câmera de Bailey, no verão anterior ao último ano do ensino médio. Tiramos pelo menos uma centena de fotos naquele dia, posando uma ao lado da outra por tanto tempo que esquecíamos que estávamos posando. Bailey gostava de nos fazer girar o mais rápido que pudéssemos, e colocou a câmera em exposição longa, para que, depois que revelasse o filme, parecêssemos figuras assustadoras e desfocadas. Como fantasmas.

Eu nunca escolhi essas fotos para guardar — odiava como não era possível saber quem era quem quando estávamos girando. Peguei aquelas em que sorríamos, com os rostos congelados e felizes, e as pendurei nas paredes do meu quarto, como uma prova.

Eu também estava naquela foto. Os olhos de Corinne permaneciam fechados, e ela estava com um sorrisinho flagrado entre um instante e outro. Estava nos contando uma história que eu não conseguia mais lembrar, a mão alisando um girassol na altura da cintura. Eu estava de pé ao lado dela, observando-a e rindo.

Aquela era a minha foto favorita de nós duas. Mas Annaleise esboçou apenas Corinne. Ela me deixou para trás quando transferiu Corinne e preencheu com girassóis o espaço branco que eu ocupava. Desapareci, removida da lembrança. Uma complicação desnecessária, eliminada com facilidade. Sem mim no desenho, Corinne parecia solitária e triste, como as demais garotas naquela caixa.

Movi a página de lado, e havia outra atrás dela. Mais um esboço de uma das minhas fotos, dessa vez de Corinne, Bailey e eu. Novamente, o esboço era apenas de Corinne, olhando para o lado, desamparada. Nós duas encarávamos Bailey na foto, seu giro com a cabeça para trás e sua saia branca voando em torno das pernas escuras. Agora, era Corinne sozinha em um campo de girassóis.

Caramba, como Annaleise pegou minhas fotos? Ela devia ter entrado na minha casa. Ela devia ter entrado no meu *quarto*. Quem era essa garota que fora minha vizinha durante anos?

Annaleise era cinco anos mais nova que eu, e mal a notávamos na época. Nós a notávamos ainda menos porque era uma criança quieta, e as vezes em que me lembro dela, estava naquela fase esquisita entre a infância e a adolescência, magrinha e insegura.

Isso era tudo o que eu sabia sobre ela: seus pais a enviavam até a minha casa com comida por uns bons três meses depois que minha mãe morreu, e ela nunca parecia saber o que dizer nessas ocasiões, então nunca disse nada. Não tinha muitos amigos, pelo menos eu achava que não, porque sempre que me lembro dela no passado estava sozinha. Ganhou aquele concurso de fotografia, mas eu só sabia disso porque Bailey também havia entrado. E gostava de sorvete de morango, ou gostava o suficiente para estar tomando um no parque de diversões dez anos atrás.

Ela estava sozinha perto da entrada quando corri da roda-gigante; eu não a tinha visto no início. Só enxergava Tyler, esperando por mim. Só quando Daniel me bateu tão forte que eu caí de lado, só quando mexi o braço e virei a cabeça, vi seu rosto paralisado atrás de uma bola de sorvete derretendo, a língua ainda para fora, a meio caminho da casquinha.

Ouvi um punho colidir com carne — algo estalou — e não precisei olhar para saber exatamente o que era. A bola de sorvete de Annaleise caiu da casquinha, e ela saiu correndo pela entrada principal. Voltei a cabeça para o outro lado a tempo de ver gotas de sangue se juntarem no chão quando Daniel se inclinou, as mãos cobrindo o nariz, e Tyler xingando, sacudindo a mão.

Deslizei a caixa de volta para baixo da cama. Mas dobrei os esboços de Corinne e enfiei dentro do laptop. Afinal, eram quase meus.

———

— Nicolette? — Everett estava sentado ao lado da minha cama naquela manhã, e eu encarava o espaço vazio onde, no passado, as fotos pendiam das minhas paredes. — O que está fazendo?

— Só pensando. — Abri a gaveta de cima e tirei uma muda de roupa. Escondi o laptop e os esboços no armário do meu pai, junto daquela maldita chave, antes de me esgueirar de volta para a cama. Mas seus olhos se abriram quando deslizei para baixo dos lençóis, e senti que ele estava encarando a lateral do meu rosto enquanto eu me acomodava.

— Você chegou a dormir? Eu acordei e você não estava aqui.

— Um pouco. Fiquei um tempo sem conseguir dormir, então embalei mais algumas coisas.

Entrei no banheiro e liguei o chuveiro, esperando que Everett deixasse o assunto de lado.

— Eu te ouvi — ele disse, de pé na porta, observando conforme eu punha pasta na escova.

Comecei a escovar os dentes e ergui as sobrancelhas para ele, ganhando um pouco de tempo.

— Eu te ouvi entrar. O que você estava fazendo lá fora? — ele perguntou, fazendo um gesto na direção do bosque. Everett cresceu em uma cidade onde era perigoso uma garota vagar à noite pelas ruas. Onde as florestas não eram familiares, eram hostis ou uma aventura a ser compartilhada com amigos em uma barraca, com um pacote de seis cervejas mornas.

Cuspi na pia e disse:

— Fui dar um passeio. Esvaziar a mente.

Eu o senti no quarto, ocupando espaço, e segurei o fôlego. Ele sabia como chegar à verdade. Droga, era o seu trabalho. Se quisesse, podia forçar de todos os ângulos diferentes até eu rachar ao meio. Era muito bom no que fazia.

Mas deixou para lá.

— Preciso passar a manhã na biblioteca — ele disse. — Posso usar o carro?

— Sempre que ele precisava de internet, tinha que ir até lá. A casa não dispunha nem de uma linha telefônica.

— Sem problemas. Eu te deixo lá. — Observei a água circulando pelo ralo da pia, os pensamentos do outro lado das árvores, procurando entre os desenhos de Annaleise.

Ao meu lado, Everett puxou meu queixo, então fiquei de frente para ele, a escova de dentes meio para fora da boca. Recuei.

— O que foi? — perguntei.

Ele baixou a mão, mas o olhar se manteve, os cantos da boca se inclinando para baixo.

— Você parece exausta — disse ele. — Seus olhos estão vermelhos.

Desviei o olhar, abaixei a escova de dentes e comecei a me despir para o banho, esperando que ele se concentrasse em outra coisa.

— Você podia tomar algo para ajudar a dormir. Vamos ao médico amanhã.

No comando. Assumir a frente. Fazer o plano. Evitar a crise.

Pouco a pouco, o vapor começou a invadir o cômodo. Mesmo quando recuou, ele estava olhando nos meus olhos.

———

Estacionei o carro na entrada da biblioteca, que só parecia uma biblioteca se a pessoa soubesse o que estava procurando. Era uma casa vitoriana de dois andares, com sacadas envidraçadas e uma varanda inteiriça. Tinha sido parcialmente reformada — algumas paredes foram derrubadas para proporcionar mais espaço —, mas as escadas rangentes, o corrimão pesado e os banheiros singulares permaneceram.

— De quanto tempo você precisa? — perguntei.

— Desculpe, provavelmente quase o dia todo. Vamos a juízo na próxima semana.

— Não aceitaram a apelação?

Ele se virou para mim.

— Você não devia saber disso.

Eu nunca devia saber. Mas isso não me impedia de perguntar. Algumas noites antes de eu partir, estava tentando terminar toda a documentação do orientador escolar para o fim do ano letivo. Eu me sentei à mesa, na frente de Everett, enquanto ele trabalhava, o conteúdo de sua pasta espalhado por toda a mesa. Corri os dedos na papelada, as linhas destacadas, as anotações às margens. "Caso Parlito?", perguntei. Havia um rastreamento telefônico que ele estava tentando descartar. E, se li direito, havia uma proposta de acordo.

Ele abriu um sorrisinho e empilhou os papéis. Estendeu a mão por baixo da mesa até minhas pernas, apoiadas na cadeira ao lado dele, e apertou a panturrilha. Todas as vezes eu pergunto. Já virou um jogo. Ele nunca comenta. A verdade é que eu amo que ele não comente. Que ele seja bom no que faz, e bom até a alma.

— Me ligue quando tiver terminado — pedi, estreitando os olhos por conta do brilho no para-brisa.

Ele segurou meu cotovelo antes de abrir a porta do carro.

— Marque uma consulta com um médico, Nicolette.

Às vezes, quando não estou concentrada, acabo em algum lugar aonde não tinha a intenção de ir. Como uma memória muscular. Vou à loja, mas acabo na escola. Caminho até o banco, mas acabo no metrô. Dirijo para ver Daniel, mas me vejo na frente da casa antiga de Corinne. Acho que foi isso que acabou de acontecer, porque acabei estacionando na esquina do Kelly's Pub, apesar de ter tido a intenção de voltar para casa.

Meus olhos se deslocaram sobre a vitrine e o toldo, até a janela um andar acima, que tinha um aparelho de ar-condicionado pendurado na borda. As persianas estavam abertas.

De qualquer forma, eu precisava conversar com ele sobre essa chave. E ele não estava atendendo as minhas ligações — não que eu realmente o culpasse.

Empurrei a porta até o vestíbulo do Kelly's Pub e me encolhi quando o sininho tocou. À noite, pelo menos, o barulho dos clientes era muito alto para perceber. Senti o cheiro de fumaça, gordura e alguma coisa rançosa quando passei pela entrada aberta no caminho até a escada estreita.

— Ele não está! — alguém falou, e o som de uma gargalhada veio do ambiente na penumbra.

Subi dois degraus de cada vez e parei diante do apartamento à direita do corredor. Bati rapidamente três vezes, esperei e tentei de novo, pressionando a orelha na porta. Então liguei do celular e ouvi a vibração cíclica de seu telefone em algum lugar lá dentro, até cair na caixa postal: "Oi, aqui é o Tyler, deixe sua mensagem". Talvez estivesse no banho. Tentei ouvir o som de água passando pelos encanamentos ou qualquer movimento lá dentro. Liguei novamente — a vibração, a caixa postal e nada mais.

Outra rodada de risos no andar de baixo. Verifiquei a hora no celular: uma da tarde, domingo. As novas cinco da tarde. Eu costumava encontrar meu pai aqui durante as férias de verão. Mas não tão cedo. Nunca tão cedo.

Virei para ir embora, mas a sensação insidiosa de que eu estava sendo observada começou na nuca, abrindo caminho pela espinha. A escadaria estava vazia. A porta lá embaixo estava fechada. Ouvi um movimento em algum lugar próximo. Um escorrer pelas paredes. Um suspirar nas aberturas de ventilação. Havia uma sombra no pequeno facho de luz que escapava da porta do apartamento do outro lado do corredor, mas não se movia. Eu me aproximei silenciosamente.

Talvez tenha sido o ângulo — a luz do sol e o mobiliário —, mas... Olhei pelo olho mágico, inclinando-me para mais perto, meu rosto se distorcendo no reflexo. Como em uma casa de espelhos de um parque de diversões, olhos grandes demais, boca pequena demais, tudo alongado e bizarro.

Bati uma vez, suavemente, mas a sombra não se moveu. Os pelos na minha nuca se eriçaram. Fechei os olhos e contei até dez. Era o que acontecia durante uma investigação. A gente sentia olhos em todos os lugares. Suspeitava de todo mundo. Tudo se desfazia se a gente não se segurasse. *Segure-se.*

Corri de volta para o andar de baixo, meus passos reverberando no oco embaixo dos degraus, e atravessei a entrada do bar. Uma multidão de rostos que reconheci vagamente olhou na minha direção, e um homem se inclinou para dizer algo a outro. Observei seus lábios se moverem — *Aquela é a filha de Patrick Farrell* —, e o outro homem inclinou uma garrafa de cerveja e tomou um grande gole.

Tentei chamar a atenção do barman, mas ou ele não me viu, ou não deu a mínima. Provavelmente a segunda opção. Bati no tampo do balcão.

— Jackson — chamei, tentando manter a voz baixa.

Ele se aproximou, os músculos e os nervos do antebraço se tensionando enquanto limpava e empilhava pratos atrás do balcão, antes de me encarar com os olhos verdes injetados.

— Pois não, Nic?

— Quem mora no outro apartamento lá em cima? — perguntei. — Em frente ao do Tyler?

Seus olhos se estreitaram quando me olhou, e ele esfregou a mão bronzeada na barba rala e escura.

— Eu. Por quê?

Balancei a cabeça.

— Por nada. — Eu precisava chegar em casa. Precisava verificar o laptop e devolver na casa da Annaleise antes que alguém fosse procurar.

Ele fez uma careta enquanto lançava um olhar rápido sobre meu corpo.

— Sente aí, Nic — disse. — Parece que você está precisando disso. — Jackson serviu uma dose em um copo com marcas visíveis dos lábios do último cliente. — Vodca, certo? Por conta da casa.

Meu estômago revirou, e eu empurrei o copo de volta para ele sobre a superfície pegajosa.

— Tenho que ir.

Ele agarrou meu pulso e tentou esconder o apertão sob um sorriso descontraído.

— Tem um carro azul — disse ele, virando de costas para todo mundo. — Eu vi passar três vezes na última meia hora. Você não é a única que está procurando o Tyler. Ele ficou fora o fim de semana todo.

Fora o fim de semana todo. Mas o celular dele estava ali.

— Eu só estava de passagem — comentei.

— Claro que estava.

Imaginei se Jackson sabia de mais alguma coisa, mas seu rosto não indicava nada. Ele inclinou a cabeça, os dedos girando no meu pulso.

Um homem na outra ponta do balcão ergueu o copo, um amigo do meu pai, ou pelo menos alguém com quem ele costumava beber aqui. Tinha uns fios de cabelo grisalho e bochechas que queimavam, vermelhas como maçãs.

— Mande um abraço para o seu pai, meu bem. Está tudo certo com você? — Seus olhos deslizaram para a mão de Jackson, então de volta para mim.

— Sim. Tudo bem — respondi, afastando o braço.

Jackson franziu a testa, tomou a dose de vodca e bateu o copo de volta no balcão.

— Tem alguma coisa acontecendo, Nic. Você também sente, não é?

Como estática no ar. Uma rede se fechando, um carro circulando. Duas semanas fuçando o passado, e todas as mentiras já estavam vindo à tona. Annaleise desaparece, e a caixa de provas de Corinne é remexida, todos os nomes caindo de novo.

Eu estava na porta da frente quando vi. O sedã azul, os vidros fumê, rodando lentamente pelo quarteirão. Esperei que passasse antes de ir até meu carro.

O laptop de Annaleise não estava protegido por senha, o que achei um pouco estranho, mas talvez não fosse surpresa, pois ela morava sozinha no meio do nada. Ou talvez a polícia tenha hackeado, deixando-o sem senha. Fucei as pastas dos projetos da faculdade e as candidaturas de pós-graduação, ordenando por data de última modificação para ver se havia qualquer coisa nova potencialmente pertinente. Em seguida, fiz o mesmo com suas fotos.

As fotos não estavam classificadas por qualquer coisa que não a data, marcadas de até cinco anos atrás até as mais recentes, com três semanas. Parei em uma de Tyler com sua caminhonete, a boca ligeiramente aberta, a mão ligeiramente levantada: *Sorria, ela diz. Ele ergue uma das mãos para acenar ou bloquear a foto.* Um momento congelado. Cem diferentes possibilidades existentes de uma só vez. E, mais recentemente, algumas do parque de diversões deste ano. A roda-gigante se aproximando, cabines vazias, luzes brilhantes no ocaso. Uma criança comendo algodão-doce, a boca pegajosa com açúcar cor-de-rosa, as fibras de algodão derretendo assim que tocam os lábios. Vendedores estendendo a mão para entregar o troco ou um cachorro-quente, os dedos começando a se abrir, e as pessoas do outro lado, esperando os filhos ou já com eles nos ombros, já meio virados.

Imaginei Annaleise lá, em pé, do jeito que era quando criança. Uma espectadora da história, assistindo ao desenrolar de outras vidas. Fechei as imagens, examinei rapidamente os arquivos e vi a discrepância: os nomes estavam em ordem numérica, mas havia alguns saltos — algumas lacunas. O lixo havia sido esvaziado. Talvez Annaleise não tivesse gostado do resultado daquelas fotos. Mas eu não conseguia me livrar da sensação de que outra pessoa havia passado ali, procurando algo que não queria que fosse visto. Anotei o intervalo de datas nos arquivos que faltavam: um período de quatro ou cinco meses atrás.

Quando Everett ligou para que eu o buscasse na biblioteca, eu havia revirado o computador. Encontrado os portfólios que ela digitalizara e as fotos de seus desenhos. Verificado a lista dos últimos sites visitados, a maioria de universidades ou de ofertas de emprego.

Caramba, cadê você, Annaleise?

Limpei o teclado e o restante do laptop e deslizei a chave no bolso da frente dos shorts, o metal ainda quente da luz solar. Guardei os dois no armário do meu pai até que fosse noite de novo e o mundo estivesse dormindo, em silêncio e à espreita.

É provável que eu conseguisse encaixar todas as minhas conversas com Annaleise em uma hora, mas eu tinha uma estranha ligação intangível com ela, atada às minhas lembranças mais agudas. Pois, naquela caixa, aquela que eu imaginava no canto da delegacia, escondida e fora de alcance, seu nome estará para sempre ligado ao nosso.

Os policiais haviam interrogado cada um de nós, perguntando sobre aquela noite — por que Daniel estava com o nariz quebrado, por que Tyler tinha ralado os nós dos dedos e por que parecia que alguém havia me derrubado. Foi Tyler quem lembrou.

— Aquela menina, filha dos Carter — ele contara à polícia. — O nome dela começa com A. Ela estava lá. Ela nos viu.

Imagino que a tenham interrogado e que ela tenha confirmado nossa história, porque nunca mais nos perguntaram nada.

Annaleise tinha sido nosso álibi.

O DIA ANTERIOR

DIA 13

— **O** **Everett está aqui** — **murmurei** ao telefone, de frente para o canto do banheiro, com o chuveiro ligado ao fundo.
— O Everett está onde? — Daniel quis saber.

O vapor encheu o cômodo e o espelho se revestiu com uma fina camada de fumaça.

— *Aqui.* — Olhei para trás. — No meu quarto. Liguei para ele para falar sobre o pai, e ele apareceu ontem para ajudar. Ele *está* ajudando...

Eu conseguia ouvir Laura em segundo plano — algo sobre cheiro de tinta, gravidez e "abre essa merda de janela", o que me fez amá-la um pouco naquele momento.

— Tudo bem, ótimo. Isso é ótimo. — Uma pausa, e o imaginei se afastando de Laura. — O que você disse para ele?

Abri uma fresta da porta, e o vapor escapou para dentro do meu quarto, ondulando em direção às aberturas de ventilação. Everett ainda estava deitado de bruços na cama; eu podia apostar que estava de ressaca. Fechei a porta devagar e atravessei o banheiro minúsculo, saindo pela outra porta para o antigo quarto de Daniel.

— Disse a verdade, Daniel. Que a polícia estava tentando interrogar o pai sobre o desaparecimento de uma menina dez anos atrás, sem considerar o estado mental dele. Ele correu até a delegacia *e* até Grand Pines, ameaçando processar se acontecesse isso de novo.

— Só isso?

— Ele precisa acompanhar o caso na segunda-feira. Conseguir uma papelada do médico ou alguma coisa assim. Mas eles vão ficar longe até lá.

— Então ele vai ficar até segunda?

— Parece que sim.

Ouvi Laura de novo: "Quem vai ficar até segunda?" E então tudo pareceu abafado, como se Daniel estivesse cobrindo o fone com a mão. Pigarreou.

— A Laura quer que você o traga em casa para jantar hoje à noite.

— Agradeça pela gente, mas...

— Ótimo. Vejo vocês às seis, Nic.

Deixei Everett dormir até quase meio-dia, e só o acordei porque o trabalho estava empilhado no meio da mesa de jantar, e eu sabia que ele precisava compensar o tempo perdido de ontem. Eu o cutuquei no ombro e estendi os analgésicos em uma mão, um copo de água na outra. Ele gemeu quando rolou de costas, o olhar vagando pelo meu quarto, esforçando-se para se orientar.

— Oi — falei, agachando ao lado da cama e tentando esconder um sorriso. Gostava muito de Everett pela manhã, quando ele era preguiçoso e maleável, quando seus pensamentos demoravam alguns segundos para se formar; parecia sempre surpreso enquanto a mente corria atrás do que estava acontecendo. Antes de a cafeína atingir sua corrente sanguínea e ele se concentrar.

Gostava dele ainda mais nas raras manhãs em que ele acordava no meu apartamento, se sentava e se atrapalhava para desligar o alarme do telefone, avaliando mal a distância do criado-mudo, confuso por causa da disposição da mobília chamativa.

— Oi — ele disse, então estremeceu. Apoiou-se nos cotovelos e engoliu os analgésicos antes de voltar a cair de costas no colchão.

— Quer dormir um pouco mais?

Ele olhou para o relógio, cobrindo os olhos com o braço.

— Ugh, não.

Ele tinha apagado por cerca de doze horas. Nesse tempo, eu havia levado todas as caixas da sala de jantar para a garagem recém-construída. Eu as empilhei junto à parede e as organizei por nomes: *Pai, Daniel, Eu.*

Todo o restante seria descartado. E algumas outras coisas empilhei no meio do assoalho, em sacos de lixo: livros de receitas e bibelôs de vidro, revistas velhas e cortinas florais que já tiveram dias melhores, avisos de cartões de crédito antigos e canetas que ficaram sem tinta.

— O café está lá embaixo — eu disse. — Quando quiser.

Servi uma caneca de café para mim e parei diante da janela da cozinha, com vista para a varanda dos fundos, que dava para a floresta. Everett roçou meu braço, e dei um pulo.

— Desculpe, não queria te assustar — disse ele, me contornando para chegar até a cafeteira.

Levei a xícara aos lábios, mas o líquido me pareceu amargo, me causando um gosto desagradável na boca. Cuspi o café na pia enquanto Everett enchia sua xícara.

— Vou fazer um novo — comentei.

O vapor subiu enquanto ele tomava um gole.

— Está perfeito. Vista bonita — disse ele, parando ao meu lado.

Estávamos entranhados no vale, então não tínhamos uma vista muito além das árvores, mas imaginei que fosse melhor que a da cidade — apenas céu e prédios ou, do meu loft, somente o estacionamento. Havia também a colina que se erguia atrás de nós, com uma vista excelente para o vale deste lado, e a floresta que se estendia até o rio do outro lado. Eu devia levá-lo até lá. Mostrar algo que valesse a pena ver. "Este pedaço de terra", eu diria, "pertence à minha família há três gerações." Não era muito, mas meu pai tinha razão: por menor que fosse, era nosso. A propriedade dos Carter avançava sobre a nossa em um riacho que havia secado muito tempo atrás e agora era uma vala estreita que ficava cada vez mais rasa com as folhas que apodreciam e o terreno que erodia. A próxima geração teria de erguer uma cerca ou colocar uma placa se quisesse saber onde ficava a divisão.

Everett não passou muito tempo diante da janela. Ele se jogou em uma cadeira na mesa da cozinha e esfregou a têmpora enquanto bebericava o café.

— Meu Deus, o que eles colocam nas bebidas por aqui? Diga que foi alguma substância ilícita para eu poder conservar um pouco do respeito próprio.

Abri um armário e examinei as xícaras.

— Ha — zombei. — Estamos no sul. Você bebe o que paga. Nem tudo é diluído em água e tem preços exorbitantes. — Eu podia levar a louça do casamento dos meus pais para a casa do Daniel hoje à noite e ficar com a cozinha quase terminada. Podia deixar o dinheiro para ele antes que percebesse e dissesse "não". E, como Everett estava aqui, provavelmente era tudo o que eu poderia fazer, de qualquer forma.

— O Daniel e a Laura querem que a gente jante com eles hoje à noite — comentei.

— Parece ótimo — disse ele. — Melhor ainda se tiverem internet.

— Tenho certeza de que eles têm. Mas provavelmente a Laura vai fazer trezentas perguntas sobre o casamento. Então se prepare.

Ele inclinou a cabeça para trás e sorriu do outro lado da sala.

— Trezentas, hein?

— É o preço do acesso à internet.

— Acho uma troca justa.

Ele caminhou até a sala de jantar, onde, sobre a mesa, estavam seu laptop e a pasta. A saleta era visível da cozinha, onde eu estava organizando e guardando a maioria das caixas. Ele olhou ao redor da sala vazia.

— Você já adiantou bastante. Faz tempo que acordou?

— Um tempinho — respondi alto, abrindo o restante dos armários, o que tornou o espaço ainda menor, as paredes se fechando em volta. — Olhe isso. Ainda tem muito o que fazer.

— Bom, eu podia ter feito isso para você na metade do tempo, se você tivesse esperado...

— Everett, por favor — estourei com ele.

Ele bateu a caneta na mesa da sala de jantar.

— Você está estressada.

Peguei uma pilha de pratos e os deixei sobre a mesa, diante dele.

— É claro que estou estressada. Imagine a polícia tratando o seu pai desse jeito.

— Tudo bem, calma — disse ele e, de repente, odiei o jeito como ele pareceu prático e condescendente. Ele se mexeu na cadeira, fazendo a madeira estalar. — Sobre o seu pai, Nicolette.

— Sim? — Parei do outro lado da mesa, com os braços cruzados na frente do peito.

— Posso impedir as pessoas de interrogá-lo oficialmente, mas não posso impedir que ele dê informações por livre e espontânea vontade. Você entende isso, certo?

Meu estômago revirou.

— Mas ele nem sabe o que está falando! Está a um passo de ficar caduco. *Você* entende *isso*, certo?

Ele concordou com a cabeça, ligou o computador, lançou um olhar para mim e voltou para a tela.

— É possível que ele tenha algo a ver com isso?

— Com quê? — perguntei.

Ele manteve os olhos na tela. Fingiu que estava trabalhando, mas eu o conhecia muito bem.

— A garota. Dez anos atrás.

— Não, Everett. *Meu Deus* — falei. — E o nome dela é Corinne. Ela não era uma *garota* qualquer. Era minha melhor amiga.

Ele se encolheu, o olhar pairando sobre mim como se tivesse acabado de acordar no meu quarto de móveis repintados.

— Você age como se eu devesse saber, mas você nunca falou dela. Nem uma vez. Não fique brava comigo porque você não me deu essa informação.

Não deu a informação. Como se fosse minha obrigação. Minha falha. Minha culpa. Todas as histórias que não contei para ele: eu e Corinne no gabinete do diretor; eu e Corinne na cozinha com minha mãe, cheias de farinha nas roupas, lambendo o açúcar dos lábios; eu e Corinne no banco de trás do carro do policial Bricks no último ano do colégio, no primeiro mês de serviço dele, tentando manter a expressão séria quando disse: "Não sou taxista. Da próxima vez, vou levar vocês até a delegacia e fazer seus pais te buscarem". Quase todas as histórias da minha infância incluíam Corinne. E Everett nunca tinha ouvido seu nome.

Ele não gostava quando os detalhes o surpreendiam. Uma vez foi pego de surpresa no meio de um julgamento por informações que seu cliente escondera dele e perdeu o caso. Para ele foi um resultado totalmente imprevisível, e aquilo o atingiu com uma crueldade inesperada. Fechou-se entre quatro paredes, se isolou e ficou à beira da depressão. "Você não iria entender", ele dizia o tempo todo, e tinha razão. Eu não iria entender. Três dias depois, começou um novo caso e estava de volta. Nunca mais mencionou aquele fato.

Se Corinne estivesse aqui, teria atacado essa vulnerabilidade repetidas vezes, até conseguir expô-la, e então a dominaria. E faria o mesmo com ele.

Eu era mais generosa com as falhas das pessoas. Todos tinham seus demônios, inclusive eu.

— Também não sei nada sobre você na época do colégio — retruquei. — Porque adivinha? Não importa.

— Minha família nunca fez parte de uma investigação por possível assassinato. — Ele não me olhou quando disse isso, e eu não o culpei.

Inclinei-me sobre a mesa, as palmas suadas no tampo.

— Ah, entendi. Seria ruim para você, não é? Macular sua imagem de família perfeita?

Ele bateu a mão sobre a mesa, mais forte do que esperávamos, a julgar pela cara que fez. Correu a mão pelos cabelos e se recostou na cadeira, me observando.

— Essa não é você — disse ele.

Era culpa minha. Eu não sabia se Everett algum dia realmente percebera quem eu era. Começamos a namorar quando eu estava em férias de verão, então passei a maior parte desse tempo sendo sua namorada. Eu podia ser o que ele precisasse, sempre que precisasse. Eu era a perfeita definição de "flexibilidade". Eu podia levar almoço para ele no escritório, dizer "oi" para o pai dele, ficar fora quanto quisesse e dormir até o meio-dia. Podia ajudar a irmã dele a mudar de apartamento, procurar mercados de pulgas na parte da tarde, estar sempre disponível quando ele chegasse em casa do trabalho, sempre disposta a fazer o que ele queria. Quando voltei ao trabalho no mês seguinte, ficamos amontoados o triplo do tempo no mesmo espaço.

Eu me mantinha discreta e coube perfeitamente em sua vida pregressa. Um ano depois, ele sabia coisas sobre mim como uma lista de provas apresentadas em um caso — tudo retirado da cena do crime, rotulado e numerado em sacos plásticos. Nicolette Farrell. Idade: vinte e oito anos. Pai: Patrick Farrell, demência vascular após acidente vascular cerebral. Mãe: Shana Farrell, falecida após ser acometida por um câncer. Cidade natal: Cooley Ridge, Carolina do Norte. Educação: bacharel em psicologia, especialização em assistência social. Irmão: Daniel, perito em sinistros. Comidas e shows preferidos, as coisas de que eu gostava e como gostava. Meu passado era apenas uma lista de fatos, não uma coisa que realmente existiu para ele.

— Não vim aqui para brigar — ele disse.

— Eu sei. — Respirei fundo. — A Corinne estava na merda, e eu não enxerguei. Ou ignorei. Sei lá. E a investigação foi uma merda maior ainda. Mas meu pai não fez nada.

— Então me conte — ele pediu. — Conte a história. — Quando hesitei, ele levantou as mãos, como se estivesse tentando me acalmar. — O meu trabalho é esse. Sou bom nisso.

A história. Era exatamente isso que ela era agora. Uma história com lacunas que tentávamos preencher com coisas que faziam sentido. Uma história com diferentes perspectivas, diferentes narradores e uma única garota no centro de tudo.

— Tínhamos dezoito anos e acabado de nos formar. — Minha voz ficou baixa, e até para mim soou assombrosa. Assombrada. — Foi nesta época do ano, quase exatamente dez anos atrás. O parque de diversões estava aqui, como na semana passada. Naquela noite estávamos todos no parque.

— Quem é "nós"? — ele perguntou.

Ergui as mãos.

— Todos nós. Todo mundo.

— Até o seu pai?

A imagem me veio à mente — eu no banco das testemunhas e Everett fazendo perguntas. Chegando à verdade.

— Não, meu pai não. O Daniel, eu, a Corinne e nossa outra amiga, Bailey. Fomos juntas no carro do Daniel. Nossos amigos estariam lá. Todos os nossos amigos.

— E vocês saíram juntos?

— Everett, você vai me deixar contar a história ou vai me interrogar?

Ele cruzou as mãos sobre a mesa.

— Desculpe, é força do hábito.

Meus membros se contraíram. Muita cafeína. Caminhei diante da mesa, tentando esgotá-la.

— Não, não saímos juntos. Eu e o Daniel brigamos. Foi meio caótico depois disso acompanhar exatamente quem ficou e quem foi embora. Mas eu saí com outra pessoa quando a Corinne ainda estava lá. — Dei de ombros. — Essa é a minha parte da história. A Bailey não conseguiu encontrar a Corinne, então, mais tarde, pegou uma carona para casa com o meu irmão. Ela achou que a Corinne tinha reatado com o ex, o Jackson. Mas o Jackson jurou que não a viu naquela noite.

Everett deu um gole no café, em silêncio, esperando mais.

Dei de ombros novamente.

— A mãe dela ligou para a minha casa de manhã, procurando por ela. Depois para a casa da Bailey e do Jackson. No fim da noite, já estávamos procurando na floresta.

— É isso?

— É isso.

Era impossível explicar o restante para alguém que não estava lá. Que não conhecia Corinne nem a gente. Essa era a versão mais resumida dos fatos, algo para terminar em uma frase de impacto, embotada e afiada ao mesmo tempo.

— Sei como são essas coisas, Nicolette.

Assenti com a cabeça, mas não me sentei. Nem me aproximei.

— Além da investigação ridícula que fizeram, as coisas ficaram feias... Pessoas se acusando, dizendo coisas sobre a Corinne... Todos os segredos descobertos, os pensamentos e as suspeitas de todo mundo. Foi uma bagunça. Eu fui embora no fim do verão, mas nada mudou. Nunca a encontramos.

Everett fez uma pausa. A luz sobre seu rosto se alterou quando a tela do computador apagou por falta de uso.

— Então, quem foi?

— Como?

— Quer dizer, se eu me sentar no bar — ele teve um calafrio —, depois de me recuperar da última noite pelo menos... Se eu me sentar no bar, pagar umas bebidas para as pessoas e perguntar "O que aconteceu com a Corinne?", o que elas vão dizer? Sempre tem um nome. Mesmo que nunca chegue a uma prisão ou a um julgamento, sempre existe um suspeito em comum. Então, qual é o nome?

— Jackson — respondi. — Jackson Porter.

— O namorado?

"Aquele que preparou suas bebidas na noite passada", quis dizer para ele. Mas "o namorado", sim, a investigação o resumiu a isso.

— Sim — falei.

Everett tomou outro gole e voltou ao trabalho.

— Geralmente é isso. Estão investigando o cara por causa dessa outra garota?

— Annaleise — falei, voltando a olhar pela janela. — Sei lá. Talvez.

— O que você acha? Foi ele?

— Não sei. — Tinha muita coisa para explicar, muita coisa para reduzir a uma declaração sob interrogatório no banco das testemunhas. — O problema é que o Jackson e a Corinne estavam sempre brigando. Isso não era nenhuma novidade.

Eles passaram pelo menos metade do tempo de namoro rompendo e o restante juntos. Se Corinne não tivesse desaparecido, eu poderia imaginá-los ainda presos a esse ciclo. Ela o provocava a fazer algo que ele não devia fazer, ele se enchia e ia embora, ela o "perdoava" e ele voltava para ela. Sempre voltava para ela.

Não importava que uma vez ela tivesse mandado Bailey atrás dele quando ele já estava bêbado além da conta, para ver se ela conseguia fazer com que ele a beijasse. Ou que Corinne não aparecesse quando havia dito que apareceria. Ou que aparecesse inesperadamente, jurando que eles tinham planos e *Como você pôde esquecer?*, *Você tá ficando maluca?*

Não importava que ela ficasse o tempo todo tentando fazer com que provássemos nossa lealdade a ela.

— Ela gostava de testar o Jackson — eu disse. — Gostava de testar todo mundo. Mas ele ainda a amava.

Everett levantou a sobrancelha.

— Essa era sua melhor amiga?

— Sim, Everett. Também era intensa e linda, e éramos amigas desde pequenas. Ela me conhecia melhor do que ninguém. Isso conta muito, sabe.

— Se você está dizendo.

Ele voltou para o trabalho, calmo e contido, mas eu estava tensa de adrenalina.

Everett nunca tinha sido uma adolescente — talvez houvesse algum equivalente no adolescente do sexo masculino, algo que ferve lentamente sob a superfície de uma amizade como essa. Mas a verdade pura e simples é que, quando uma garota como Corinne te ama, você não pergunta por quê. Só espera que isso não mude.

Tyler nunca entendeu isso também. Inevitavelmente, foi ele quem mudou as coisas entre a gente. Nas férias de inverno do último ano, Corinne me arrastou para uma festa à qual eu não queria ir, principalmente porque o meu irmão estava lá. "Não conte para o Tyler", dissera Corinne. "Vai ser surpresa." Ela me disse para encontrar um lugar para guardar os nossos casacos, e eu vi lá de dentro como ela praticamente se atirou em cima do Tyler, que estava sentado na caçamba da sua caminhonete, com a porta traseira abaixada e as pernas penduradas sobre a borda. Ele a empurrou, não muito forte, é verdade, mas, como ele era corpulento, Corinne bateu no carro ao lado do dele.

— Você me agrediu, seu cuzão — disse ela, esfregando a lateral do corpo quando um pessoal começou a se juntar. Eu já estava lá fora, tinha ido na direção deles quando vi Corinne encostar em Tyler.

— Não me interessa — retrucou Tyler, os olhos examinando a multidão e parando em mim. Ele abriu caminho em meio àquela gente toda e entrou na casa, e Corinne contou a história para todo mundo que quisesse ouvir.

— Você realmente teve dúvida do que eu faria? — ele disse para mim. — Não sou um joguinho nas mãos dela. Não brinque comigo, Nic.

— Eu não estou brincando — eu disse. — Eu não sabia que ela faria isso.

Ele atravessou a multidão com os olhos, e eu vi onde eles pousaram. Observei enquanto Corinne encarava de volta.

— Você é amiga dela, já está no jogo.

Verdade ou desafio. Desafio. Desafio. Sempre aceite o desafio.

Tique-taque, Nic.

Eu a confrontei quando estávamos indo embora, enquanto Tyler me esperava na porta da frente.

— O que foi aquilo, Corinne? — perguntei.

— Você precisava saber — ela disse, sorrindo para mim. — E agora você sabe. — Ela esfregou o braço e chegou perto quando viu Daniel nos observando. — Mas me diz uma coisa, ele sempre empurra forte assim?

Isso foi seis meses antes de ela desaparecer. Comecei a me afastar, pouco a pouco. Dezoito anos, início da vida adulta, e o tempo todo sentindo que a qualquer momento eu poderia explodir. Eu estava presa e precisava escapar de Cooley Ridge.

Tinha perdido alguma coisa. Foi o que disse a Everett. Ignorei as ligações dela enquanto estava com Tyler. Deixei-a de lado quando ela aparecia, fingindo que tínhamos planos, saindo com Tyler e não com ela.

Eu não estava prestando atenção, e então ela se foi.

———

As peças dessa história ficaram naquela caixa imaginária — a investigação oficial —, nas declarações das testemunhas, nas suspeitas das pessoas.

Tyler empurrando Corinne entrou na caixa.

Bailey beijando Jackson entrou na caixa.

Mas houve inúmeras histórias que nunca entraram. As coisas que omiti pareciam particulares demais, como seu sussurro no meio da noite, no saco de dormir ao meu lado. Como a vez em que um pássaro entrou pela janela alta da sala de estar de sua casa e ela não se encolheu, apenas revirou os olhos, pegou uma pá da garagem e o golpeou para fora, fazendo com que as asas batessem na calçada. Esse barulho de asas batendo no concreto me assombrou durante meses. E também suas palavras: "De nada", ela disse depois.

Ou a viagem de formatura para um acampamento, como me arrastou com ela para o banho ao ar livre — "Não seja tão santinha" —, fazendo com que parecesse um show, nossos pés descalços visíveis embaixo da porta vai e vem, pendurando nossas roupas sobre a divisória. "Ensaboa as minhas costas?", ela perguntou, alto o bastante para alguém lá fora assobiar. Ela se virou devagar para que eu pudesse ver o corte desde a espinha até o ombro, e outro abaixo, fino e preciso, como se feito por uma navalha. Eu nunca disse nada, simplesmente passei o sabonete, nunca perto demais. Nunca soube se tinha sido Jackson, seu pai ou outra coisa, mas ela me mostrou, e eu sabia.

E quando saímos, nossa pele úmida grudando nas roupas secas, senti o calor do olhar de Jackson — senti como me espreitava por entre as árvores pelo resto daquela viagem.

Corinne era maior que a vida. Ficou ainda maior por ter desaparecido. Mas ela era só uma menina de dezoito anos que não aguentou, pois acreditava que o mundo se curvaria à sua vontade. A primeira vez que percebeu que ele não se curvaria, algo bom dentro dela deve ter se despedaçado.

Everett empurrou as janelas para cima. Suas bordas rasparam com uma resistência aguda e os papéis revoaram sobre a mesa, em um barulho hipnótico.

Passei o resto da tarde enrolando louça em jornais velhos, a ponta dos dedos preta e coberta de fuligem, e carregando o carro com caixas para o meu irmão. Quando chegou a hora de ir para a casa de Daniel e Laura, fechei e tranquei as janelas que Everett tinha aberto.

— Vai estar um forno quando voltarmos — ele comentou.

— À noite esfria. Você está nas montanhas. Vá até o carro e ligue o ar — falei.

Ouvi o motor ligar e espiei a janela da cozinha mais uma vez. Então arrastei uma cadeira e a encaixei sob a maçaneta da porta dos fundos. Se alguém tentasse entrar de novo, eu saberia. A cadeira seria derrubada. Ou as janelas seriam destrancadas.

Eu saberia.

Havia manchas escuras sob os olhos de Laura quando ela cumprimentou Everett, e Daniel esfregava a nuca como se estivesse com um torcicolo terrível, mas Laura era uma anfitriã sulista e não podíamos esperar menos do que isso. Ela estava tão barriguda que tínhamos de abraçá-la de lado, e era exatamente o que Everett estava fazendo, a expressão dela assumindo um brilho bem treinado.

— Já ouvi falar muito de você — ela disse a Everett, com os dedos inchados em sua nuca enquanto dava um beijo no ar e encostava o rosto no dele.

— E eu de você — ele disse, afastando-se e enterrando as mãos nos bolsos. — Estou muito feliz por finalmente conhecê-la.

— Eu também — disse ela. — Mal posso esperar para saber tudo do casamento! A Nic esteve ocupada demais com a casa desde que voltou. — E lançou um sorriso brincalhão na minha direção.

Everett reprimiu um sorriso quando levantei a sobrancelha para ele.

— Quando chega o bebê? — ele perguntou.

Ela passou as mãos pelo vestido floral, esticado sobre a barriga.

— Daqui a três semanas.

— Já sabe o que vai ser?

Laura olhou direto para mim.

— Uma menina — respondeu ela.

— Já escolheram o nome?

Mais uma vez, ela lançou aquele olhar para mim, pois ficara óbvio que, na verdade, eu não tinha falado muito sobre ela com Everett.

— Shana.

— Bonito.

Ela inclinou a cabeça para o lado.

— É o nome da mãe do Dan e da Nic.

Everett assentiu rapidamente com a cabeça, e Daniel apontou para a sala de estar, nos resgatando.

— A Nic disse que você precisa enviar alguns e-mails. — Daniel o levou até o sofá, e Laura parou com a encenação. Os ombros caíram enquanto ela descansava, encostada na parede.

— Chegamos em um momento ruim? Está tudo bem com você? — perguntei.

Laura me puxou para a cozinha, com os olhos arregalados.

— Ai, meu Deus, Nic. — Ela era assim, acreditava que o rótulo de cunhada significava que éramos oficialmente confidentes, sem que tivéssemos de conquistar a confiança uma da outra. Não importava que ela tivesse me ignorado durante o ensino médio inteiro, e inclusive depois, até começar a namorar o Daniel, quatro anos atrás. Era como se ela de repente tivesse decidido que nos aproximaríamos, e estava determinada a fazê-lo.

— O que foi? — perguntei.

Um timer sobre o fogão começou a apitar, mas Laura pareceu não notar.

— *A polícia* acabou de sair daqui — sussurrou. Estava quase grudada em mim, e o timer estava ficando mais insistente. Senti uma dor de cabeça se formando atrás dos olhos. Daniel finalmente atravessou a sala e bateu no timer, franzindo o cenho para o jeito que Laura e eu estávamos de pé.

— O que eles queriam? — perguntei, encarando Daniel.

— Ah, quer dizer além de me empurrarem para um trabalho de parto prematuro? — Ela esfregou a barriga novamente, deixando escapar um lento suspiro. — Eles foram te ver?

— Laura, o que eles disseram?

— Ah, não disseram nada. Eles *perguntaram*. *Questionaram*. Me trataram como... como...

— Laura — advertiu Daniel.

Everett estava na porta, com o laptop fechado no quadril.

— Tudo bem?

— Terminou? — perguntei, afastando-me de Laura.

— Só precisava enviar alguns e-mails que já estavam prontos. — Seus olhos se moveram sistematicamente de mim para Laura e para Daniel.

Laura se mexeu, incomodada.

— Você é advogado — disse ela. — Então me diga: não é proibido interrogar alguém sem motivo?

— Laura... — Eu não queria envolver Everett naquilo. Não queria envolver aquilo na minha vida com ele.

— Espere um momento — disse Everett. — Ainda estamos falando do seu pai?

Ela se recostou no balcão.

— A polícia acabou de vir aqui e me fez perguntas sobre Annaleise Carter. Sem motivo nenhum! Eles podem fazer isso?

O rosto de Everett ficou tenso, mas logo relaxou.

— Eles não prenderam ninguém, então não precisam ler seus direitos. E você não é obrigada a falar com eles. Mas, ainda assim, eles podem tentar.

Ela balançou a cabeça, em sinal de discordância.

— É claro que você é obrigado a falar com eles.
— Não, legalmente...
Ela riu.
— Legalmente. — Afastou-se do balcão e encaixou as mãos na lombar. — Se você não falar, eles vão achar que você teve algo a ver. Até *eu* sei disso.
— O que você disse? — perguntei para Laura.
— Eu não tinha *nada* para dizer. Foi o Bricks, sabe, Jimmy Bricks. Lembra dele? Mas também tinha outro cara, sem uniforme. Esse eu não conhecia. Foi ele que falou a maior parte do tempo. Perguntou se a conhecíamos, e é claro que a conhecíamos, mas não muito bem. O Bricks podia ter dito isso a ele. Então ele perguntou quando tinha sido a última vez que conversamos com ela, e eu não soube dizer com certeza. Talvez na igreja, algumas semanas atrás? Ou talvez ela tenha perguntado sobre a bebê? Não sei. Eu mal conhecia a menina. Daí ele perguntou se o Daniel a conhecia.
— Só estavam jogando verde — disse Everett.
— E você? — perguntei para Daniel. — O que *você* disse?
— Eu não estava aqui — ele respondeu, com a mandíbula apertada. Foi então que eu percebi do que exatamente a polícia estava atrás. Porque Laura pensou que eles podiam ir atrás de mim em seguida. *Daniel.* Seu nome estava sendo arrastado para fora da caixa.
— Você sabe o que pensei quando eles apareceram? Pensei que tinha acontecido alguma coisa com o Dan — disse Laura, com as mãos de volta à barriga, enquanto respirava fundo. — Eles não deviam poder fazer uma coisa dessas. — As mãos dela se apertaram em punhos. — Essa é a *nossa* vida.
Daniel esfregou suas costas.
— Tudo bem. Já passou.
— Não passou *nada* — Laura disse, os olhos brilhando ao encará-lo. — Estão apenas começando.
Depois disso, nenhum de nós tinha nenhuma palavra de conforto. Afinal, tínhamos passado por aquilo antes.
Embora Annaleise tivesse sido nosso álibi, corroborando minha história de que eu e Daniel estávamos brigando e ele me bateu, aquilo não limpou a barra dele. Na verdade, só piorou. Quando a história correu a cidade, as pessoas se perguntaram o que mais ele fazia comigo a portas fechadas. E aquelas contusões nas minhas costas? O que acontecia naquela casa sem mãe, com um pai meio ausente?

"Ele e Corinne alguma vez se envolveram?", eles perguntaram.
"Nunca", Daniel afirmou.
"Nunca", Bailey afirmou.
"Nunca", afirmei.

O jantar foi frango na grelha e legumes que a própria Laura plantava. Ela também tinha feito chá gelado à moda sulista, bem doce, que Everett obviamente nunca tinha provado. Seus olhos o entregaram quando ele tomou um gole, mas ele se recuperou bem o bastante, e apertei sua perna embaixo da mesa.

— Açúcar e álcool — falei. — Nós levamos os dois muito a sério.

Ele sorriu, e pensei que talvez pudéssemos passar por aquilo na boa. Mas bastou o segundo intervalo de silêncio — facas deslizando nos pratos, pão estalando na boca — para Laura recomeçar.

— Eles deviam ficar de olho nos trabalhadores de dez anos atrás, ver se tinha alguém trabalhando no parque. Eu disse isso para eles. Duas ocorrências formam um padrão, certo? — As pontas de seus longos cabelos loiros estavam a centímetros de encostar na comida, e fiz um gesto com o garfo na direção de seu prato. — Ah — ela disse. — Obrigada. — E jogou os cabelos para trás.

— O jantar está delicioso — eu disse.

— Pode passar a manteiga? — pediu Daniel.

— Estão procurando nos lugares errados — continuou Laura. Tentei olhar para Daniel, mas ele estava concentrado na carne que tirava do osso, com a expressão ilegível. Ela empurrou a cadeira um pouco mais para fora, virando para o lado. — Sinceramente, eles deviam conversar mais com o Tyler. — Minha mão ficou paralisada, a faca sobre o frango. Ela se inclinou para mais perto de um jeito conspirador. — Sem querer ofender, Nic. Mas *ele* estava saindo com ela, e ouvi dizer que a última ligação gravada foi dele... — Daniel bateu o copo na mesa um pouco forte demais.

— Quem é Tyler? — Everett perguntou.

Laura riu para ele antes de perceber que estava falando sério.

Daniel pigarreou e respondeu por ela:

— Um amigo que cresceu com a gente. Estava saindo com a Annaleise. Ele e o pai são donos de uma empresa de construção e estavam nos ajudando com algumas reformas.

— Você sabe, o Tyler da Nic — disse Laura, como se assim esclarecesse tudo.

— Ai, meu Deus — eu disse, revirando os olhos. — É meu ex-namorado, Everett. O Tyler foi meu namorado no colégio.

Everett fez força para sorrir para Laura.

— O Tyler da Nic, hein? — Depois, para mim. — E ele está ajudando com a casa?

— Ah — Laura interveio. — Mas isso faz anos. Ele é gente boa. Você ia gostar dele.

Daniel engasgou, tossiu na dobra do cotovelo, e Laura lhe estendeu o braço.

— Você está bem?

Meu garfo tremeu sobre o prato, e apertei as mãos nas pernas para acalmá-las.

— Você acha que ele está envolvido no desaparecimento da Annaleise? — perguntei. — Foi isso que você disse aos policiais?

— Não, eu não quis dizer isso, só quis dizer que eles deviam fazer perguntas para *ele*, e não para a gente. Provavelmente ele sabe mais... Ai! — Laura ofegou, agarrou minha mão e a pressionou em sua barriga. Fiquei paralisada, tentando me afastar educadamente, quando algo se mexeu, de forma lenta e lânguida, e eu me vi segurando o fôlego, chegando mais perto, movendo as mãos, tentando experimentar a sensação de novo. — Você está sentindo? — ela perguntou.

Olhei para o rosto dela — um pouco mais redondo que bonito, equilibrando com os traços rústicos de Daniel — e senti naquele momento como aquele bebê seria sortudo. Ao contrário de minha mãe, Laura viveria. E Daniel saberia o que fazer, não se encolheria sob o peso das responsabilidades.

— Um dia vai ser a vez de vocês — disse ela, e gentilmente afastei as mãos.

Everett finalmente fingiu não ouvir parte da nossa conversa, concentrando-se em sua comida. Daniel fez o mesmo.

— Está realmente bom, Laura — falei.

— Está mesmo — Everett concordou.

Tirei a mesa com a ajuda de Everett.

— Vamos lá fora tomar uma cerveja? — Daniel disse a Everett.

— Eu te acompanho até lá, mas vou ter que passar a cerveja. — Ele sorriu para mim. — A Nicolette me levou para jantar e me embebedou a noite passada. Aqui vocês não brincam em serviço.

Daniel riu.

— Não, acho que não brincamos. Aonde ela te levou?
— No Murry's? — perguntou Everett. — Ou será Kenny's?
— No Kelly's — Daniel corrigiu enquanto eu esfregava os pratos na pia.
— Não me diga!

Eu me virei.

— Daniel, mostre o quintal dos fundos para ele. Sério, Everett, se você achou nossa vista boa, este lugar é impressionante. Senta lá — falei para Laura quando ela tentou ajudar.

— Obrigada. Não queria te botar em apuros com o Everett.

— Você não me pôs em apuros — respondi. — Eu só não falo muito de casa. Provavelmente isso o pegou de surpresa.

— Tudo bem. Bom, desculpe — disse ela. — Eu só estava abalada porque a polícia veio aqui. E, quando fico nervosa, falo demais.

Assenti com a cabeça e então fiz algo que surpreendeu a nós duas enquanto ela caminhava até a porta dos fundos. Eu a abracei. Minhas mãos estavam ensaboadas, as pontas de seu cabelo tinham algumas migalhas, e senti seu abdome apertado na lateral do meu corpo.

— Você e o Daniel vão ficar bem — eu disse e, quando me afastei, ela fez que sim com a cabeça bem rápido, com os olhos marejados. Em seguida pigarreou.

— Você vem? — Apontou para a varanda dos fundos, onde Everett e Daniel estavam sentados, observando o pôr do sol.

— Em um segundo. Preciso ir ao banheiro.

Peguei minha bolsa e esperei no corredor até ouvir a porta de tela fechar com uma batida. Agora que o quarto do bebê estava quase pronto, o escritório de Daniel ficava numa despensa embaixo da escada, do tamanho de um closet. Tirei o envelope pardo cheio de dinheiro e usei uma caneta para escrever o nome do meu irmão nele. Não achei que Laura entrasse muito ali, mas imaginei que devia deixar dentro da gaveta da escrivaninha para garantir.

Eu devia dinheiro a Daniel. Mas, se eu lhe desse um cheque, ele não descontaria, e, se eu lhe entregasse o dinheiro, ele não aceitaria. Eu poderia dar o dinheiro a Laura, mas tinha certeza de que ela não sabia dessa dívida. Contar para ela agora só a faria imaginar que outros segredos Daniel estava escondendo.

Eu não pagara essa dívida antes porque fora difícil juntar a quantia, tendo que arcar com as despesas de aluguel e dos empréstimos estudantis. Mas como eu ficaria hospedada ali durante o verão, e aquele rapaz havia me pagado adiantado pela sublocação do apartamento, então, se eu atrasasse só aquele mês a prestação do carro, podia deixar esse dinheiro para o meu irmão. Antes da chegada do bebê. Todas as dívidas quitadas. Todos os laços rompidos.

Ele tinha me dado esse dinheiro antes de eu ir embora, por alguma ideia de responsabilidade equivocada. Ele me deu o dinheiro e não terminou a obra na garagem. "Para os estudos", disse e falou para eu ir embora. Uma boa irmã nem teria pegado o dinheiro. Mas ele ainda estava com aquele nariz quebrado, e era difícil não se lembrar. Difícil dizer "não" para seus olhos roxos. Ele disse que queria que eu levasse o dinheiro, que ficasse com ele.

Mas, principalmente, queria que eu fosse embora.

Abri a gaveta de Daniel e empurrei a pilha de blocos de anotações para o lado, para que ele visse o envelope no lugar vazio ao lado deles. Mas a luz do corredor bateu em alguma coisa no fundo da gaveta. Um brilho prateado. O brilho de uma chave. Olhei para trás e, em seguida, enfiei a mão lá dentro. Parecia a chave de uma casa, e estava presa por uma argola simples a um chaveiro prateado entalhado, as voltas e rodopios se unindo em uma letra A artística.

Não, por favor.

Ouvi risadas vindas de fora. A porta de tela rangendo ao se abrir.

Peguei a chave. Deixei o dinheiro em cima da mesa e enfiei a chave no bolso.

— Everett? — chamei. — Desculpe, não estou me sentindo bem.

Eles entraram devagar, discutindo quando poderíamos voltar à cidade. Daniel pegou um cartão de visita de Everett, prometendo ligar se precisasse de alguma coisa. Everett pôs a mão no meu braço enquanto caminhávamos no crepúsculo até o meu carro.

— Foi divertido.

— Mentiroso — retruquei.

Lancei um olhar rápido para Daniel, que nos observava pela janela da frente.

O A pode ser de qualquer coisa, eu disse a mim mesma.

A chave pode ser de qualquer lugar.

Ela não precisa necessariamente significar nada. Nem significa que é do meu irmão.

— Então, você nunca ia me contar sobre esse tal de Tyler?

Se o percurso fosse uma linha reta em um mapa, levaria apenas cinco minutos. Mas as estradas serpenteavam sem necessidade, cortando florestas e montanhas, e provavelmente isso nos custou quase vinte minutos.

— Você não vai me encher sobre os meus ex-namorados, não é? — Olhei para ver se ele estava brincando. — Ah, você vai.

— Pare de tentar ser fofa — disse ele.

— Não há nada para contar, Everett.

— Não foi o que a Laura achou.

— As coisas aqui são assim. As fofocas de dez anos atrás ainda são relevantes. Porque ninguém vai embora.

— Mas você foi.

— Eu fui.

Ele franziu a testa, nada convencido.

— Éramos apenas crianças, Everett.

Ele se esticou, encostou a cabeça na janela e retorceu a boca.

— Você foi ao baile de formatura com ele?

— Pode parar — eu disse, mas ele estava provocando, e eu rindo. — Nada de baile.

— Perdeu a virgindade com ele aos dezesseis, na traseira da picape?

— Você é tão idiota.

— Porque acertei? — Ele abriu um sorriso enorme.

— Não — respondi. *Foi aos dezessete. No quarto dele. Em sua cama, que era só um colchão sobre uma cama box, com um cobertor a mais que ele tirou do sofá porque sabia que eu gostava de ficar mais quentinha. Era meu aniversário, e as mãos dele tremiam nos botões do meu vestido, e eu coloquei minhas mãos sobre as dele para acalmá-las e ajudá-lo.*

No carro estava muito quente, e eu abaixei as janelas, o ar passando pelo meu cabelo como uma lembrança que eu não conseguia entender.

— Isso faz uma vida, Everett.

Estacionei o carro na frente de casa, deixando os faróis iluminarem o alpendre vazio.

— Tudo bem, então esse Tyler pode ter feito alguma coisa para a Annaleise? O que você acha? — perguntou Everett.

Meu Deus, ainda estávamos falando daquilo? Desliguei o carro, a noite escura e viva.

— Ninguém sabe se aconteceu alguma coisa com ela. O irmão dela a viu entrando na floresta, mas ninguém sabe se ela voltou. Talvez tenha voltado. Talvez tenha ido embora mesmo.

— Mas ele poderia ter feito?

Se *poderia* ter feito? Era uma boa pergunta.

Ele aproveitou minha pausa.

— Não quero que você fique aqui sozinha.

— Você não está falando sério.

— Seu ex fez a última ligação registrada para uma menina que desapareceu na floresta no seu quintal. E ele tem trabalhado na sua casa.

— O Tyler não me machucaria — falei enquanto entrávamos.

— As pessoas mudam ao longo de dez anos, Nicolette.

— Eu sei. — Mas não era verdade. *Não mesmo*. As pessoas eram como bonecas russas, versões enfiadas dentro da última edição. Mas todas viviam lá dentro, inalteradas, apenas escondidas. Tyler era *Tyler*. Um homem que nunca me machucaria, eu não tinha dúvida. Mas um homem que também adorou quando sua namorada ficou pendurada na borda de uma roda-gigante, um homem que empurrou Corinne no meio de uma festa e nunca pediu desculpa.

Chequei a cadeira da cozinha, encaixada na porta dos fundos. Estava um pouco fora do lugar? Um pouco para o lado? Foi exatamente assim que eu a deixei?

— Você está bem? — Everett perguntou em voz alta.

Senti a eletricidade em todos os lugares. No ar, nas paredes.

— Só estava pensando — eu disse.

— Venha para a cama.

— Não estou com sono — falei.

Então observei nosso reflexo na janela. Everett se aproximando. Sua mão puxando meu cabelo sobre o ombro. Sua boca apertada contra a pele do meu pescoço.

— Venha para a cama comigo — ele insistiu.

Eu me concentrei na distância para além dos nossos reflexos, para além das árvores.

— Não estou com sono — repeti.

Senti o peso da chave no meu bolso, as nervuras apertando a minha pele — todas as possibilidades que existiam de uma só vez.

O DIA ANTERIOR

DIA 12

Havia algo na casa.

"Com os esqueletos", meu pai dissera ontem. Não fazia nenhum sentido, mas, se as pessoas ficassem desesperadas o suficiente, podiam tentar encontrar significado em seus pensamentos deturpados, exatamente como eu estava fazendo. E daí eu não seria a única a procurar.

Eu tinha ligado para Everett me dar conselhos sobre meu pai, e ele disse que cuidaria disso. Mas ele estava na Filadélfia, e eu estava aqui, e não soube mais dele desde o telefonema do dia anterior. Se Everett não pudesse me dizer como fazer isso parar, eles acabariam vasculhando esta casa, assim como eu estava fazendo a noite inteira. Até que percebi o que meu pai queria dizer: o closet. Ele quis dizer o closet dele. Eu já havia revirado o meu. E o de Daniel estava completamente vazio.

Ele quis dizer aqui, no closet sem iluminação do quarto principal. Era isso.

Mas tudo o que pude encontrar foram suas antigas roupas de trabalho, que ele nunca mais usaria, os chinelos que eu realmente precisava jogar fora e algumas moedas esparramadas pelo assoalho de madeira, coberto de pó.

Tirei todas as roupas dos cabides, numa tentativa desesperada de encontrar alguma coisa, os cabides de metal batendo uns nos outros enquanto balançavam. Até que me vi sentada no meio de uma pilha de roupas mofadas, tentando me recompor.

Isso é que dá ouvir aquele velho, Nic.
Isso é que dá.

Eu me levantei e respirei fundo para controlar as mãos, mas o tremor ainda corria pelos meus dedos. Abaixei a cabeça e tentei de novo, apoiando os braços na parede à minha frente, a testa encostada no gesso, os olhos concentrados nos veios da madeira embaixo de mim.

Poeira no chão, um grampo de bobe que devia estar aqui desde que minha mãe era viva, e dois pequenos parafusos ao lado do meu pé esquerdo, chutados para o canto. *Se eu estivesse perdendo a memória, onde guardaria as coisas?* Toquei os parafusos com o dedão descalço do pé e, enquanto rolavam, vi que a cabeça estava pintada de branco, como as paredes. Olhei para cima — havia um respiradouro de ar-condicionado com dois parafusos inferiores faltando. O canto superior direito estava apenas parcialmente preso. Respirei fundo e tive a sensação da descoberta, da esperança. As mãos trêmulas torceram o parafuso solto até ele cair no chão com os outros, a tampa do respiradouro pendurado num ângulo estranho, o duto retangular atrás dela agora exposto.

Eu não conseguia enxergar lá dentro desse ângulo, então enfiei a mão nele e senti algo com textura de papel — cadernos com espiral. Puxei-os para fora, e eles caíram no chão, algumas folhas soltas chovendo lá de cima. Fiquei na ponta dos pés, enfiei a mão mais fundo e puxei o que pude do respiradouro. Papéis, poeira e cadernos se espalharam no chão do closet. Até que profundidade aquilo continuaria? Quantos segredos do meu pai esta casa escondia? Imaginei papéis encaixados entre os espaços das paredes, como esqueletos. Empurrei o monte de roupas contra a parede e subi nelas, me erguendo mais alto para poder ver dentro da escuridão. O respiradouro dobrava em um ângulo, subindo em noventa graus perto do fundo. Puxei os poucos restos de papel, a ponta dos dedos apenas raspando o canto de uma página amarelada, quando a campainha tocou.

Merda.
Merda merda merda.

Não tiveram tempo suficiente. Não com essa rapidez. Como podiam ter conseguido um mandado de busca tão rápido? Eles sabiam o que estavam procurando? Sabiam onde procurar?

Fiquei paralisada, segurando a respiração. Meu carro estava na frente. Eles sabiam que eu estava em casa.

A campainha soou de novo, e em seguida ouvi o baque surdo de alguém batendo na porta. Eu não precisava atender. *Saí para caminhar, estava no banho, amigos vieram me buscar*. Mas importava se eu estava ali ou não? Se tivessem um mandado, não precisavam que eu estivesse ali para que entrassem, disso eu tinha certeza.

Gemi e enfiei tudo de volta no duto. Amassei as páginas e as joguei o mais longe possível. Então rosqueei os dois parafusos, mas a campainha tocou de novo e eu procurei o terceiro. Sem tempo para apertá-lo, eu o enfiei no bolso, desci as escadas correndo, o cabelo desgrenhado, as roupas desleixadas, como se eu tivesse acabado de sair da cama.

Ótimo.

Respirei fundo, forcei um bocejo e abri a porta.

O sol brilhava atrás de Everett, que estava com o celular em uma mão, a outra erguida em direção à porta, prestes a bater mais uma vez. Ele abriu um sorriso quando me joguei em seus braços, infinitamente aliviada. *Everett*. Não era a polícia. Era Everett.

Minhas pernas se enrolaram em sua cintura, e respirei seu aroma familiar — seu gel de cabelo, seu sabonete e a camisa engomada — enquanto ele nos levava para dentro, rindo.

— Estava com saudades também — disse ele. — Não queria te acordar, mas queria que fosse surpresa.

Deslizei do seu corpo, olhei sua calça jeans, a camisa polo leve, a mala na varanda.

— E foi — eu disse, sentindo seus braços fortes e a força do seu aperto. — O que está fazendo aqui?

— Você pediu minha ajuda e eu vim. Esse é o tipo de coisa que precisa ser tratada pessoalmente. Além disso, queria uma desculpa para te ver — ele respondeu, rapidamente examinando minha aparência desgrenhada. Seu sorriso vacilou, e ele tentou esconder, fingindo estar momentaneamente confuso. — Onde eu coloquei a mala? Ah, ali... — Puxou a mala para dentro e, quando olhou de novo para mim, seu semblante adquiriu aquela sua expressão típica, de calma e ponderação.

— Então, o que precisamos fazer? — perguntei, os ombros tensos, uma dor de cabeça se formando atrás dos olhos.

— Já passei na delegacia a caminho daqui. Entreguei a papelada e exigi que cessassem todos os interrogatórios com o seu pai até uma avaliação.

Senti o corpo inteiro relaxar, os músculos ficando lânguidos.

— Ah, meu Deus, eu te amo.

Ele ficou no meio da sala, observando tudo: as caixas empilhadas na sala de jantar e no vestíbulo, a mesa bamba e a porta de tela que rangia. O piso que tivera dias melhores, os móveis desleixadamente afastados das paredes para a pintura. E eu. Ele estava definitivamente me encarando. Encaixei a palma das mãos nos quadris para mantê-las paradas.

— Eu disse que cuidaria disso — ele comentou.

— Obrigada.

E assim éramos apenas Everett e eu neste lugar que eu pensava que ele nunca veria, e não tinha certeza do que fazer em seguida.

Seus olhos passaram por mim mais uma vez.

— Vai ficar tudo bem, Nicolette.

Assenti com a cabeça.

— *Você* está bem?

Tentei imaginar o que ele devia estar vendo: eu, uma completa bagunça. Não tomava banho desde o dia anterior, e fiquei vasculhando armários a noite toda. Tinha bebido café demais, e minhas mãos ficavam tremendo se não estivessem segurando algo.

— Tem sido estressante — respondi.

— Eu sei. Percebi na sua voz ontem.

— Ai, porcaria, você não tem que trabalhar? — Que dia era mesmo? Quinta-feira? Não, sexta. Definitivamente, sexta-feira. — Como você fugiu?

— Trouxe isso aqui comigo. Odeio fazer isso, mas vou trabalhar quase todo o fim de semana.

— Quanto tempo vai ficar? — perguntei, passando por ele para arrastar sua mala, maior que para dormir uma única noite, para longe da porta de tela.

— Vamos ver os médicos do seu pai hoje, e espero que entreguem a papelada de que precisamos na segunda-feira. Mas vou ter que ir depois disso.

Pensei nos cadernos dos respiradouros. A porta que não trancava. As pessoas desaparecidas, no passado e agora.

— Devíamos ficar num hotel. Este lugar não é ventilado, você vai odiar.

— Que bobagem — disse ele. — O hotel mais próximo está a pelo menos quarenta quilômetros daqui. — Então ele tinha checado, e não estava contando com o hotel barato de beira de estrada, entre esta cidade e a próxima, que certamente tinha vagas.

— Então, me mostre a casa — disse ele.

De repente, eu não queria. Encolhi os ombros, desprezando a casa e tudo o que ela representava — não pensava mais: *Essa é a cadeira do meu pai e a mesa da minha mãe, que era dos meus avós e ela lixou e reformou.* Em vez disso, transformei-a em uma caixa de madeira, tentando vê-la pelos olhos de Everett.

— Não tem muita coisa. Sala de jantar, sala de estar, cozinha, lavanderia. Banheiro no fim daquele corredor e uma varanda na parte de trás, mas a mobília já foi embora e os pernilongos são assassinos.

Everett parecia procurar um lugar para deixar seu laptop, especificamente a mesa da sala de jantar.

— Aqui — falei, organizando os recibos e papéis em pilhas, tirando coisas e jogando-as nas gavetas da cozinha que eu havia acabado de esvaziar.

Ele colocou o laptop na mesa limpa, ao lado da pasta estilo sanfona.

— Posso trabalhar aqui?

— Claro. Mas não tem internet.

Ele fez uma careta, depois pegou um recibo que eu havia deixado, da loja Home Depot, a data quase ilegível destacada em amarelo brilhante, e franziu a testa.

Peguei-o de suas mãos e amassei até virar uma bolinha, como se não fosse nada.

— Faz mais de um ano que ninguém mora aqui. Meio desperdício pagar internet.

Sem mencionar que não tínhamos uma linha para internet antes. O serviço aqui é via satélite, entra e sai do ar ao menor sinal de tempo ruim, e não valia o aborrecimento para meu pai. A maioria das pessoas podia verificar e-mails em um celular, mas apenas se a operadora funcionasse, e a de Everett não funcionava.

— Você pode ir até a biblioteca. Fica perto da delegacia. Não é muito longe. Eu posso te levar agora.

— Não precisa, Nicolette. Mas acho melhor a gente passar na biblioteca no caminho para ver seu pai, para eu poder enviar um arquivo.

— Tem certeza? Porque...

— Eu vim aqui para te ver — ele disse. — Não para ficar sentado em uma biblioteca. Estava com saudades.

Quando ele mencionou isso, notei que nunca tínhamos ficado separados por tanto tempo. Não que tivéssemos nos esforçado para nunca estar separados, mas me perguntei se estávamos presos em um momento, sem dar um passo para trás ou para a frente. O que aconteceria se parássemos um pouco e respirássemos?

Com certeza ele sentiu minha falta e queria ajudar. Mas também tive a sensação de que seu caso estava dando nos nervos. Talvez ele precisasse de um tempo. Afastar-se um pouco. Pude ouvir isso na voz dele ao telefone.

— O que a polícia disse?

Ele passou a mão pelos cabelos.

— Não há muito o que dizer. Eles não ficaram felizes em me ver, mas não parece que é a prioridade deles no momento. Não sei se o depoimento dele ajudaria na situação atual. — Ele olhou para mim de soslaio enquanto armava seu escritório na mesa. — Me fale dessa garota desaparecida. Os cartazes estão em toda parte.

— Eu não a chamaria de "garota" exatamente. O nome dela é Annaleise Carter. O irmão a viu entrar no bosque, e ela não estava em casa na manhã seguinte. Desde então, ninguém mais a viu. — Meus olhos involuntariamente se desviaram para o quintal, na direção da propriedade dos Carter.

— Você a conhece?

— Everett, numa cidade dessas, a gente conhece todo mundo. Nós nunca fomos amigas nem nada disso, se é isso que você quer saber. Ela é mais nova que eu, mas vivia atrás da gente. — Inclinei a cabeça na direção da cozinha, e Everett foi até a janela.

— Só estou vendo árvores.

— Tudo bem, não fica bem atrás da casa. Mas são nossos vizinhos mais próximos.

— Hum. — Ele não se afastou da janela, e isso me deixou nervosa. Havia segredos naquela floresta. O passado se erguia e se sobrepunha, uma trilha inescapável de dominós em movimento. Balancei a cabeça para clarear os pensamentos enquanto Everett se virava. — Qual é o problema? — ele perguntou.

As meninas desaparecidas; a polícia, meu pai e as coisas que ele estava dizendo; os papéis no armário dos quais eu precisava me livrar antes que alguém viesse procurar.

— Eu perdi a aliança — contei para ele com a respiração entrecortada, tentando atenuar o pânico. Senti o ardor quando as lágrimas transbordaram dos meus olhos, e a imagem de Everett virou um borrão. — Desculpa. Eu tirei para encaixotar as coisas, estávamos tirando tudo do lugar, e agora não consigo encontrá-la. — Minhas mãos começaram a tremer, e ele as agarrou e me puxou para perto. Pousei a testa em seu peito.

— Tudo bem. Não tem problema. Está em algum lugar da casa, então?

— Sei lá. Eu perdi. — Ouvi um eco na casa, meu fantasma, talvez, outra versão de mim mesma naqueles corredores de outra época. Puxei as mãos para trás, fechando-as em punhos. — Eu perdi. — Duas meninas desaparecidas, com dez anos entre um desaparecimento e outro. O parque de diversões de volta à cidade. E todos nós. Aproximando esse espaço de dez anos como se não tivesse mais que centímetros. Apenas um piscar de olhos. Uma olhada rápida para trás.

— Não chore — disse ele, passando o polegar na minha bochecha para limpar as lágrimas. "É só um pedaço de metal", Tyler dissera. "Só dinheiro."

— Está no seguro — acrescentou Everett. — Tenho certeza de que vai aparecer.

Fiz que sim com a cabeça ainda grudada em seu peito. Suas mãos pressionaram levemente meus ombros.

— Tem certeza de que está bem?

Assenti com a cabeça de novo. Senti, pelo movimento do peito, que ele ria.

— Nunca te imaginei capaz de chorar porque perdeu uma aliança.

Respirei devagar e me afastei.

— Era uma aliança muito boa.

Ele riu de verdade, mais alto dessa vez, a cabeça inclinada para trás, como sempre.

— Venha cá. — Passou um braço sobre o meu ombro enquanto subia as escadas, carregando a mala na outra mão. — Vamos terminar nosso tour?

Eu ri ao lado dele.

— Você vai querer ir para o hotel.

Ficamos juntos no corredor estreito, que se estendia por todo o andar de cima. Um quarto principal com suíte, mais outros dois ligados por um banheiro compartilhado.

— Esse é o quarto do meu pai — eu disse, apontando para a cama queen e o antigo armário. Puxei Everett e fechei a porta quando passamos. — Este era o do Daniel — disse na porta ao lado —, mas ele levou a mobília. — Virou um depósito de coisas para as quais meu pai não tinha um destino: romances velhos, livros didáticos, caixas de planos de aula, livros de filosofia cheios de orelhas e anotações feitas com sua letra inclinada. — Vamos receber uma caçamba na próxima semana. Vamos em frente. — Pigarreei. — E este é o meu.

— A cama amarela tinha um ar desmazelado e tudo parecia pequeno demais agora que Everett estava aqui. Ele não gostava de ficar no meu apartamento; não conseguia nem imaginar como estava se sentindo ali.

— E se ficássemos no outro quarto? Tem uma cama maior — disse ele.

— *Não* vou dormir na cama dos meus pais. Eu durmo no sofá se aqui for pequeno para você.

Ele me olhou. Olhou a cama.

— Depois resolvemos isso.

―――――

Everett segurou o telefone na janela do carro e murmurou um sarcástico "Aleluia" quando estávamos no meio do caminho para Grand Pines. Seu telefone apitou em resposta, baixando e-mails agora que estávamos de volta para a terra dos dados móveis.

Ele observou os arredores rapidamente antes de mergulhar em seus e-mails.

— Temos que voltar no outono. Aposto que é uma vista daquelas — ele disse. *Tuc, tuc, tuc* na tela do celular, digitando.

— Pois é — falei, embora soubéssemos que não voltaríamos. O outono chega vingativo aqui depois que as folhas caem. Durante dois dias, quando o vento sopra, elas chovem como em uma tempestade, cobrindo tudo como neve.

— É mais bonito no inverno — comentei.

— Hum.

— A menos que você esteja tentando chegar a algum lugar. Então essa estrada parece a Passagem de Donner.

— Hum. — *Tuc, tuc, tuc* no teclado e um *uuuush* quando a mensagem foi enviada.

— Tem um monstro aqui — eu disse.

— Hum. Espera aí. Quê?

Sorri para ele.

— Só para ver se você está atento.

―――――

A mulher que trabalhava na recepção do Grand Pines começou a se endireitar quando passamos pela porta. Costas retas, cabelo arrumado, peito para fora. Eu estava acostumada com isso, o jeito inconsciente como as pessoas reagiam a Everett. Everett é a velha e endinheirada Filadélfia. Toda sua família é assim, como edifícios antigos e majestosos, o calçamento e a hera. E como acontece com o Sino da Liberdade, as imperfeições só os deixam mais interessantes. Mais dignos da vida que o destino lhes concedeu. Everett sempre é o centro das atenções, mesmo com seus amigos, mesmo comigo. É um feitiço, um feitiço bonito, o jeito como ele é assertivo sem ser mandão, confiante sem ser presunçoso. Imagino que seus familiares aprenderam a seguir esse padrão quando estavam aprendendo a engatinhar — *Saiba quem somos e o que fazemos*. Todos em perfeita harmonia, todos eles, com um pai para desaprovar instantaneamente se eles saíssem da linha.

Permaneci confiante ao lado de Everett enquanto ele entrava no Grand Pines. Eles não tinham chance, e eu sabia disso.

Quando ele saiu para ver o diretor, a mulher atrás da recepção ergueu a sobrancelha para mim, então o canto da boca, como se dissesse: *Que gato*.

Assenti. *Eu sei*.

Mas então seus olhos me avaliaram, como se ela quisesse me afastar dali, e senti as roupas que não se encaixavam bem, o cabelo que não estava arrumado e as mãos que provavelmente ainda tremiam por causa da cafeína.

— Vim ver meu pai. Patrick Farrell — eu disse.

— Tudo bem, claro — respondeu, pegando o telefone.

A enfermeira que vi no primeiro dia me levou à sala de uso comum, onde meu pai estava com uma pilha de cartas, jogando algo parecido com paciência, mas não parecia seguir as regras que eu conhecia.

— Olha quem eu encontrei, Patrick. Sua filha.

Ele olhou para cima, abriu um sorriso largo e sincero, e senti meu rosto fazer o mesmo.

— Oi, Nic.

Uma frase tão simples e bonita.

— Você está bem popular hoje — disse a enfermeira, deixando-nos a sós.

Agarrei seu braço antes de ela se afastar.

— Quem esteve aqui? A polícia?

— A... o quê? — Ela encarou meus dedos em sua manga, e eu rapidamente a soltei. — Não, o homem que vem para o almoço. — Ela passou a mão pelo braço, tirando o amassado.

— O Daniel? — perguntei, olhando para ela e para meu pai.

Ela negou com a cabeça.

— Não, o outro. Patrick, quem é o homem que vem almoçar às sextas-feiras?

Ele tamborilou os dedos na mesa, olhou para mim e deu um sorriso leve.

— Não posso te contar, Nic.

Eu sorri para a enfermeira como se achasse aquilo bonitinho. Engraçado até.

— Quem esteve aqui, pai?

— Eu não posso te contar. — Ele teve a audácia de gargalhar.

A enfermeira piscou o olho para o meu pai e depois se virou para mim.

— Um cara bem-apessoado. Olhos azuis, cabelos castanhos, sempre de jeans e botas de trabalho...

Virei a cabeça de volta para o meu pai, que estava mordendo a bochecha por dentro.

— O *Tyler*? — perguntei.

A enfermeira deu um tapinha no ombro de meu pai e se afastou. Ele pegou as cartas e se concentrou em lidar com a pilha que estava entre nós dois. Eu não tinha ideia do que fazer com a minha mão. Ele jogou um rei e pareceu esperar alguma coisa de mim.

— Por que o Tyler está vindo aqui?

— Por que ele não viria? Você apresentou um pedido exclusivo de direito à amizade de Tyler Ellison? Sua vez — disse ele, apontando para as minhas cartas.

Eu joguei um ás, tentei relaxar os ombros e evitar que essa conversa se afastasse dele muito rápido.

— Ha. Eu não sabia que vocês tinham tanto em comum.

Meu pai franziu a testa quando pegou a pilha e depois jogou um cinco de ouros.

— Preste atenção.

— É exatamente o que estou fazendo. Me diga o que o Tyler quer de você. — Parei de jogar, tentando capturar seu foco.

Ele deu de ombros, evitando me olhar.

— Não quer nada. Ele só vem. — Apontou para a minha mão até eu jogar uma carta aleatória. — Ele é um bom garoto, Nic. Acho que gosta da comida. — Olhou ao redor da sala, como se estivesse momentaneamente confuso. — Ou talvez da jovem enfermeira que trabalha às sextas-feiras. Não sei. Mas ele vem almoçar.

Olhei para trás, vi a enfermeira se aproximando da recepção na entrada. Ela era mais baixa que eu, o uniforme era comum e o batom estava bem borrado, fora da linha dos lábios, mas era atraente. Os cabelos eram escuros e bem-arrumados. Era jovem. Jovial.

— E você não ia me contar? — perguntei.

— Claro que não. — Dois de copas.

— E por quê? Se não tem nenhum outro motivo para ele vir? Pense nisso, pai. — Dois de espadas.

— Você não está prestando atenção — ele disse enquanto puxava uma carta, e eu não soube dizer se ele dissera aquilo se referindo às cartas ou a Tyler.

Um novo grupo de residentes chegou, e algumas enfermeiras entraram e saíram carregando pranchetas. Nosso tempo estava acabando. Meu pai empilhou todas as cartas, e eu coloquei a mão sobre a dele.

— Pai, preciso conversar com você.

— Achei que estávamos conversando — disse ele.

— Pai, olha só. Nós vamos cuidar disso. A polícia não pode te interrogar. *Não deixe* ninguém te interrogar. Conte para a gente imediatamente. Ou para a enfermeira. Ou para o médico. Eles não têm permissão para isso. Você não precisa falar com eles. Entendeu?

— Eu... Claro que não. Eu não faria uma coisa dessas.

Mas você fez.

— Eu queria ter sido um pai melhor, Nic.

— Pai, não...

— De verdade. Consigo ver que agora já foi. Mas a gente não pode voltar, pode?

Fiz que não com a cabeça. *Não, não pode.*

Ele deu um tapinha na lateral da cabeça.

— Esta é a minha penitência, não acha? — Como se perder a sanidade fosse o preço a pagar por ter sido um pai de merda.

— Você não foi ruim. Não foi malvado. — Ele não era nada. Ele me fazia rir e me deu um teto, comida e nunca levantou a mão para mim, nem mesmo a voz. Para muitas pessoas, isso o transformava em uma boa pessoa. Um bom pai. *Um bom homem.*

Ele se inclinou sobre a mesa e tomou minha mão de novo.

— Você está feliz, Nic?

— Sim — respondi. Eu tinha tudo o que queria me esperando na Filadélfia. Uma vida inteira lá.

— Bom, muito bom.

Apertei a mão dele.

— Você não merece isso. Nada disso.

Ele começou a tamborilar os dedos de novo, rapidamente, inclinou-se para mim e abaixou a voz até um sussurro rouco.

— Nic, ouça. Eu preciso pagar. Preciso.

— Vou cuidar de tudo — eu disse. — Não fale mais sobre isso. Nada. Nem uma palavra. Para *ninguém*. Entendido?

— Entendido — respondeu.

Mas eu sabia que duraria apenas uma hora, mais ou menos.

— Preciso que você se concentre. Preciso que se lembre disso.

— Eu vou lembrar, Nic. — Ele ergueu o rosto para me encarar, os olhos como os de uma criança esperando uma explicação.

Olhei minha mão sobre a dele, as manchas senis que salpicavam as costas de sua mão, as minhas sardas.

— Pai, eles querem te levar para a delegacia. Precisa parar de falar. *Por favor.*

Ele abriu a boca para falar, mas levantei a mão para impedir. Um pouco atrás do meu pai, vi Everett em pé ao lado da entrada da cantina. Seus olhos rapidamente me encontraram. Ergui a mão, e meu pai seguiu minha linha de visão.

— Pai, quero te apresentar uma pessoa. Este é o Everett — falei enquanto ele se aproximava. *Lembre quem é Everett. Por favor.*

Ele olhou para Everett, depois para minha mão sem aliança, e sorriu.

— Claro, claro. Muito prazer, Everett.

Ele apertou a mão do meu pai.

— O prazer é meu, Patrick. Desculpe pelo Natal, não deu para vir. — Nós deveríamos tê-lo visitado na noite de Natal, antes de voltarmos para passar o restante do feriado com a família de Everett, mas uma tempestade de neve descarrilou nossos planos, e nunca reservamos uma nova data. Mas aquele era um detalhe muito difícil para meu pai puxar da memória. Ele fez um ruído evasivo que talvez soasse como desagrado para o meu namorado.

Everett virou para mim.

— Tudo resolvido aqui, a menos que você queira ficar para o jantar.

De repente, senti que tinha dezessete anos de novo, sentada na cozinha, meu pai perguntando se eu ficaria ou ia embora. "Vou embora", disse. Eu sempre ia embora. Pus o pé porta afora assim que parei de tentar me convencer de que minha mãe talvez sobrevivesse.

— Tenho muita coisa para fazer — falei. — Mas te vejo mais tarde, pai.

Everett colocou seu cartão na mesa.

— Eu já falei para o diretor e os enfermeiros lá na frente, mas se alguém vier falar com o senhor, qualquer um, é só me ligar.

Meu pai ergueu a sobrancelha para mim enquanto eu me afastava. Quando olhei para trás, ele ainda estava me observando. Balancei a cabeça uma vez, rezando para ele se lembrar.

Pedi licença para ir ao banheiro enquanto Everett conversava com a mulher da recepção. Fechei a porta da cabine e liguei para Tyler, a ansiedade correndo pelas minhas veias.

— Atende, desgraça — murmurei, mas claro que ele não atendeu.

Pensei em chamar o serviço de informações e conseguir o número do Kelly's para ver se ele estava lá. Mas, de fora do banheiro, ouvi o eco suave da voz de Everett:

— O que exatamente Patrick Farrell estava dizendo?

Saí do banheiro correndo.

— Everett? — chamei, notando como ele se afastava devagar da recepção. — Tudo pronto?

Fofoca. A parte mais perigosa de uma investigação. Contagiosa e inescapável. Era algo com que eu estava bem acostumada, mesmo antes de meu trabalho como orientadora educacional.

Ela é perigosa porque cresce a partir de uma coisa real, uma semente na terra, gerando vida por si só. Tudo se emaranha, a verdade, a ficção, e às vezes fica difícil separar as coisas e lembrar quais partes realmente existem.

Quando Corinne desapareceu e ficamos sem saber onde mais procurá-la, que pessoas questionar, que pistas seguir, a única coisa que restou para o povo foi comentar.

Sobre Corinne, sobre Bailey, sobre mim. Negligentes, bêbadas e inconsequentes. Como passávamos uma garrafa adiante na clareira do lado de fora das cavernas e convidávamos os garotos para entrar. Como afanávamos barras de chocolate da loja de conveniência (um desafio, sempre um desafio) e não respeitávamos a propriedade ou a autoridade. Como não tínhamos limites umas com as outras, um emaranhado de braços e pernas, cabelos e peles banhadas de sol — "Elas até trocam de namorado, sabia?"

Porque olhe as provas que estão na caixa: Jackson beijando Bailey, Corinne dando em cima de Tyler enquanto eu olhava. Nós três girando, meio desfocadas, como fantasmas em um campo de girassóis. E eu, do lado de fora da roda-gigante, observando a morte passar ao lado. Vivíamos perto demais, perto demais uma da outra, perto de mais de um limite misterioso, imprudentes demais, invencíveis, ingênuas demais da nossa mortalidade, simplesmente *demais*. Os comentários: talvez nós tenhamos causado aquilo.

Talvez tivéssemos.

E o outro lado dos comentários: Daniel, Jackson e talvez Tyler, aqueles a se observar com um olhar desconfiado. Aqueles que nos rodeavam, observando, esperando. Aqueles que deixavam a raiva explodir, que agiam. Que romperam conosco, que nos empurravam quando estavam descontentes e depois voltavam para mais.

Quem podia se surpreender, olhando de fora?

Depois de toda a fofoca, não entendi como todos eles ficaram ali.

Dirigi devagar por conta do brilho do sol que já quase desaparecia e das estradas que serpenteavam pouco a pouco e depois viravam com tudo, sem avisar. E do cervo que podia estar ali, paralisado na linha amarela dupla. E porque Everett estava fuçando em seus e-mails e estávamos prestes a ficar sem serviço na próxima curva.

Esperei até ele começar a xingar o celular.

— Quer parar na biblioteca de novo?

— Não — disse ele, recostando a cabeça na janela. — Pode esperar até amanhã.

— Com fome? — perguntei.

— Morrendo.

— Que bom. Vou te levar num lugar. — Olhei rapidamente para ele. — Tudo o que tenho em casa agora é comida de micro-ondas. Podemos passar no mercado amanhã.

— Você precisa comer melhor. Parece que emagreceu.

A julgar pelo caimento das minhas calças, provavelmente eu tinha mesmo. Estava ocupada, pulando refeições, enchendo a barriga de café e refrigerante até sentir o ácido corroer minhas entranhas. Tudo o mais tinha gosto metálico ou estragado.

Estacionei no terreno atrás do Kelly's Pub, porque as ruas da frente já estavam lotadas de carros e porque era ali que os moradores estacionavam. A caminhonete de Tyler não estava lá, mas a moto de Jackson sim, na vaga do canto.

A clientela de sexta à noite era diferente da clientela do dia. Os universitários que estavam em casa, procurando algo para fazer. Os trabalhadores que tomavam uma bebida antes de voltar para casa. Mas o cheiro era o mesmo de sempre: álcool, gordura, perfume misturado a suor.

Havia duas pessoas atrás do disputado balcão. Jackson na ponta e uma mulher que eu reconheci vagamente, com um top muito apertado e um cabelo super-reto até a cintura. Ela olhou na minha direção quando entrei.

— Podem escolher uma mesa — disse ela, acenando com a cabeça para as mesas, como se eu não soubesse como funcionava tudo ali.

Deslizei para uma mesa de duas pessoas apertada contra a janela, com plena visão da entrada que ligava as escadas aos apartamentos no andar de cima.

— Dê uma olhada no cardápio. Vou buscar umas bebidas para a gente — eu disse, me levantando. Everett acenou para o garçom e as garçonetes que perambulavam por ali, mas fiz que não com a cabeça. — É mais rápido desse jeito. Confie em mim.

Fui até o lado de Jackson e bati no balcão, já que sua cabeça permaneceu baixa.

— Caraca, o que te trouxe aqui hoje, Nic? — ele perguntou com um sorriso presunçoso.

— Vodca tônica — respondi. — Dupla.

— Dia difícil?

— E uma água.

Jackson parou e olhou sobre meu ombro para Everett, que examinava o menu intensamente à luz fraca.

— Quem é aquele lá?

— Everett. Meu noivo — eu disse, os olhos injetados de Jackson me encarando. — Viu o Tyler por aí? Preciso falar com ele.

— Daí você pensou em trazer o seu noivo para a casa do cara? Isso é cruel mesmo para você.

Eu me encolhi.

— É uma emergência.

— Não vi, Nic — ele disse, deslizando as bebidas na minha frente. — Mas aquela — ele inclinou a cabeça para Everett — não é a melhor maneira de chamar a atenção do Tyler.

Dei um gole na minha bebida.

— Me faça um favor — eu disse, apontando para o meu drinque. — Vá mandando uns desses lá para a gente.

Na mesa, Everett me observava enquanto eu fazia os pedidos, e, quando a garçonete saiu, o canto de sua boca estava erguido, e não pensei que fosse por causa do álcool.

— Nunca ouvi você falar assim com ninguém além de mim — ele disse. — É fofo.

Meu sotaque nunca foi tão forte como o da maioria das pessoas daqui. Meu pai não era daqui. Minha mãe era, mas foi embora. Foi para a escola, conheceu meu pai e se casou. Teve uma carreira, uma vida inteira fora. Mas voltou com Daniel. Disse que queria criar seus filhos onde havia crescido, onde seus pais haviam morado, morrido e estavam enterrados. Agora, ela está enterrada ao lado deles.

Quando fui embora, aprendi a disfarçar o sotaque, por mais fraco que fosse — reduzir as palavras, encurtar as vogais, apertar os erres, afiar os es. Falar com uma eficiência casual. Até que parecesse ser de qualquer outro lugar.

O sotaque vinha quando eu ficava bêbada, e eu não ficava bêbada com frequência. Eu não estava bebendo agora, mas ainda assim o sotaque estava escapando.

— Você está querendo me embebedar para se aproveitar de mim, Nicolette? — Everett perguntou, e eu forcei um sorriso.

Passei a maior parte do jantar olhando para a porta aberta, irracionalmente irritada pela ausência de Tyler. Por suas visitas ao meu pai, pelas perguntas que tinha para fazer. Aliás, eu conseguia imaginar Tyler olhando o telefone, vendo que era eu e decidindo ignorar a ligação.

Tyler chegou quando tínhamos quase terminado nossos hambúrgueres, e Everett tinha acabado sua terceira vodca tônica. Ele parou um instante, examinou a multidão da entrada — me viu, viu Everett — e então desapareceu.

— Volto já — falei. — Banheiro.

Everett estava de costas para a porta, então não me viu abrir caminho na multidão e virar à direita, em vez de ir ao outro lado do balcão, onde ficavam os banheiros.

— Ei! — chamei, mas Tyler não parou de subir as escadas. — Preciso falar com você!

Ele parou nos degraus, mas não se virou.

— É ele?

Subi os degraus atrás dele, pisando duro, baixando a voz.

— Você está visitando o meu pai? Por que está visitando o meu pai? — Ele se virou, e ficamos próximos demais. Apoiei as costas no corrimão.

— Quê? Estou com um projeto ali perto, passo para almoçar uma vez por semana. Talvez ele precise de companhia. Estou por ali mesmo.

— Talvez ele precise de companhia? Está tentando fazer eu me sentir culpada?

— Não. Não estou tentando fazer você sentir nada. — Parecendo notar como estávamos próximos, ele respirou fundo e deu um passo para trás. — Sua mãe morreu e ele saiu do emprego. Eu sei, eu estava lá. Entendo. Você não deve nada para ele. Ninguém está te culpando.

— Não é por isso que eu não... Eu tenho um emprego, uma vida. Não posso simplesmente parar porque o meu pai literalmente tomou todas até esquecer.

Ele assentiu com a cabeça.

— Tudo bem, Nic. Você não precisa me convencer. Então eu visito o seu pai. Essa escolha é minha também.

— Ele disse que não podia me contar — falei, porque aquilo tinha que significar alguma coisa. Eu tinha a impressão de que Tyler estava escondendo alguma coisa de mim, e naquele momento tive certeza. — Sobre o que vocês conversam? O que ele te disse?

Ele inclinou a cabeça para trás, olhando para o teto.

— Nada. Nós só... conversamos. Ele não pode contar nada para você por causa disso, Nic. *Este* é o motivo.

Encostei o dedo no meio do peito de Tyler.

— Não minta para mim.

A mandíbula dele se contraiu.

— Eu não minto para você. Você sabe.

Eu costumava ter certeza disso. Não havia ninguém em quem eu confiasse mais. Mas permaneceu o fato: ele não me contou que tinha visitado o meu pai e não queria que eu soubesse.

— Só me diga por quê, Tyler.

— Dá um tempo, não tem nada para dizer! — Ele se aproximou. — Ele é a sua família, e você era a minha. Você foi embora, mas ele não. Eu não corto as pessoas da minha vida quando não me servem mais. Simples assim, Nic.

Envolvi minha cintura com os braços. *Quando não me servem mais.*

— Faz dez anos que eu não sou mais *sua*. Ele não é mais problema seu. Isso sim é simples.

Por um segundo pensei que ele discutiria. Que me diria todos os motivos por que eu estava errada, todas as coisas que eu não entendia. Em vez disso, ele riu. Riu de olhos fechados, e a risada saiu como uma careta.

— Tudo bem. Sem problemas. — Ele subiu um degrau, então tirou o chaveiro. — Dez anos, hein? Eu poderia jurar que não fazia tanto tempo assim. — Ele tirou uma chave do chaveiro (a *minha*) e jogou para mim, mas eu deixei bater na escadaria, ecoando quando caiu. — Olha, eu preciso cuidar de algumas coisas. Me faça um favor, fique longe.

E então eu senti, como um soco no estômago, que havia algo que valia a pena manter e eu estava perdendo. De novo.

Ergui a mão para impedi-lo, mas os olhos dele estavam fechados.

— Leve o cara daqui. Quero ir lá para baixo e tomar a porra de uma bebida, e não quero ter que olhar para a cara dele.

— Tyler...

— Não, Nic. — Ele apontou na direção do bar. — Eu não consigo... — Ele deixou o braço cair. — Olha, vamos facilitar as coisas. Você me pediu para te deixar em paz, e agora estou pedindo para você fazer o mesmo. É o que nós dois queremos, certo? Viu? É simples.

E lá estava eu, uma garota de dezoito anos terminando com seu namorado. Era isso que significava aquele pedaço de metal batendo no concreto em uma escada imunda. Nunca tivemos esse momento, e talvez tenha sido culpa minha por ter fugido, ou culpa dele por fingir que eu não tinha feito isso, mas o fato é que nós nunca terminamos oficialmente. Besteira pensar nisso agora. Que esses momentos dispersos constituíram o relacionamento mais longo e mais importante da minha vida. Que talvez estivéssemos juntos nesses dez anos porque nunca havíamos terminado. Eu simplesmente *fui embora. Apenas cortei as pessoas da minha vida quando não me serviam mais.*

Era essa sensação que eu não conseguiria suportar naquela época. Por isso eu fugi no meio da noite, sem sequer me despedir. Mas dez anos não mudaram nada, não impediram que a náusea devorasse tudo, não mudaram aquele olhar no rosto dele.

Eu me virei para ele não ver o que aquilo tinha feito comigo.

Abaixei para pegar minha chave, saí pisando duro e bati a mão no balcão. Jackson me observou de canto de olho.

— Foi tudo bem, hein?

— Não seja um babaca — eu disse. — Por favor.

Ele pôs a última vodca no balcão.

— Por minha conta. Hora de ir. — Peguei o copo, mas ele pegou meu braço.

— É sério — disse ele. — Cai fora.

Desta vez, tomei metade do copo antes de voltar à mesa.

— Vamos.

Tive que puxar Everett na direção do carro; ele passara muito do ponto da bebedeira. Vasculhei minha bolsa para encontrar as chaves, e Everett me cercou com os braços, pondo as mãos no teto do carro.

— Oi — disse quando ergui os olhos para ele. Então me beijou, os dentes batendo nos meus, a mão deslizando pelo meu corpo.

— Não esqueça essa ideia — eu disse, empurrando-o para trás. O apartamento de Tyler tinha vista para o estacionamento, e eu não era, como Jackson sugeriu, *tão cruel*.

— Acho que estou bêbado — disse ele.

— Acho que você acertou — eu disse, ajudando-o a entrar no lado do passageiro.

Ele fez uma pausa, a mão no meu ombro, o olhar inclinado para o prédio.

— Tem alguém nos observando.

— Entre no carro, Everett.

— Tive essa sensação o dia todo. — Ele se balançou um pouco, depois se acomodou no assento. — Como se alguém estivesse espionando. Você não sentiu?

— Você só não está acostumado com a floresta — retruquei, mas um arrepio percorreu minha espinha, porque eu havia sentido a mesma coisa. Sentia olhos na floresta, fora das janelas escurecidas. Sentia esses olhos em todos os lugares.

A luz da lanterna se movia na varanda da frente, lançando sombras e fantasmas.

— É perigoso andar aqui no escuro — disse Everett, me seguindo pelo caminho de pedra.

— É perigoso quando se está bêbado — falei, levando-o para dentro.

Ele caiu para trás no sofá, o rosto voltado para o teto.

— Isso vai doer amanhã de manhã.

— Vou acender a lareira — eu disse.

— Vai virar um forno.

— Fica frio à noite. Descanse.

Enquanto ele estava lá, com os olhos fechados e o braço caído para o lado como uma boneca de pano, chequei a casa inteira, janela por janela, a porta dos fundos com a cadeira encaixada na maçaneta, minha janela do quarto destrancada. Nada parecia ter sido mexido. Por último, parei na entrada do closet do quarto principal, lançando a luz do celular lá para dentro. O respiradouro no closet do meu pai estava exatamente como eu deixara, mas por quanto tempo mais?

— Nicolette? — Everett chamou no andar de baixo.

Não havia tempo.

— Estou indo.

Eu o ajudei a ir até a cama e saí debaixo dele quando tentou me puxar para deitar com ele.

— Eu já volto — falei.

Desparafusei o respiradouro e levei os diários e papéis para o andar de baixo, onde me sentei em frente ao fogo crepitante. Vasculhei tudo — os diários eram mais como livros contábeis — e senti as peças do quebra-cabeça se alinharem apenas por um segundo. E as folhas de papel separadas: descrições das joias da minha mãe e recibos de venda, listas detalhadas de casas de penhor. Rasguei as páginas do diário e as joguei no fogo, observando quando as margens se curvaram, enegrecidas.

Então tirei os papéis da gaveta, tudo que antes estivera na mesa da sala de jantar, tudo aquilo em que eu estava tentando encontrar algum sentido. Os saques bancários. Os recibos destacados. Queimei todos eles. Viraram cinzas, nada, fumaça. Não podia me dar mais ao luxo de um exame detalhado, uma compreensão lenta e gradual. Tudo vinha com um sentimento de vingança, como as folhas do outono, que mudam de cor para avisar e então, em meio a uma ventania, caem todas juntas.

O DIA ANTERIOR

DIA 11

Os garotos espalhados em volta da clareira finalmente adormeceram, e percorri com cuidado todo o acampamento, pisando em latas vazias e sacos de dormir, seguindo pelo estreito caminho que conduzia às cavernas. A aurora já estava irrompendo entre as árvores, o céu rosado e nublado, mas a escuridão acenava da entrada da cavidade rochosa. O tempo não existia lá embaixo. Havia muitos cantos obscuros e a profundidade impedia a luz de atravessar. Era preciso se guiar pelas sensações e pelo instinto. Minhas mãos agarravam a cintura de Tyler, e eu seguia seus passos, o riso de Corinne ecoando lá do fundo...

Dez anos atrás, essas cavernas nos pertenciam.

Da minha casa, de carro, elas ficam a uns bons quinze quilômetros de distância, mas pela floresta o caminho é cinco vezes menor. Corinne, Bailey e eu costumávamos caminhar até aqui antes de termos idade suficiente para dirigir. Não percorríamos a trilha apenas até as cavernas. Elas vieram depois. Sempre foram o desafio. Primeiro havia a clareira, onde todos nos encontrávamos, como esses garotos.

O lugar costumava ser administrado e mantido pelo proprietário, mas agora estava abandonado, a um passo da ruína, mas ainda mantinha os banheiros antigos e o encanamento funcionando. O cenário perfeito para acender fogueiras e fazer festas. Pertencia aos adolescentes e, como por encanto, caía no esquecimento assim que eles se mudavam.

Atravessávamos os portões enferrujados da caverna, seguindo o caminho de corda lá no fundo, até onde nos atrevíamos. Apagávamos as lanternas, o frio correndo pela coluna e uma batidinha tocando nosso ombro: *Verdade ou desafio...*

Na escuridão, éramos mãos, gargalhadas e sussurros. Agarrávamos um ao outro ou nos apertávamos contra as paredes úmidas, tentando sobreviver. Fingindo ver fantasmas, fingindo ser nós mesmos os fantasmas, até que alguém cedia e acendia novamente a luz.

———

O passeio oficial pelas cavernas havia terminado na época dos nossos pais, depois de ocorrer um acidente. Um casal foi deixado para trás, perdido na completa escuridão, e apenas uma pessoa saiu viva pela manhã. A mulher escorregou nas rochas lisas, bateu a cabeça, e o marido não conseguiu encontrá-la no escuro. Ele deu a volta na caverna, engatinhando, chamando o nome dela, sem nunca fazer contato. Gritou por ajuda ao lado do portão trancado, as súplicas engolidas pela floresta interminável. A sensação que se tem lá embaixo é desorientadora — parece improvável duas pessoas ficarem presas na mesma caverna e nunca mais se encontrarem, mas, se alguma delas já tivesse estado lá, saberia que isso podia acontecer.

Eles a encontraram em uma poça de sangue, e ele, a pouco menos de vinte metros de distância.

Estavam explorando um túnel estreito fora da trilha. Não notaram quando todos saíram, até que as luzes se apagaram. Tatearam até voltarem à caverna principal, procurando o caminho, a corda que levava até a entrada. Foi quando ele a perdeu.

Claro, essa era a versão que ele contou à época. Mas então circularam rumores, sussurros intermináveis: ele a matara. Ele premeditara a coisa toda. Ou então o que aconteceu foi um acidente, um ataque súbito de raiva, um empurrão forte demais. Ou, como Daniel nos disse: o monstro o obrigou a fazer isso. Um monstro que vivia no bosque, dentro da caverna, e que só se comunicava com as pessoas por um sussurro que soava como o próprio eco.

De qualquer forma, o lugar fechou, o gerador queimou e a trilha de luzes apagou para sempre — e, com isso, o mais importante rendimento da cidade. Costumava haver mais de uma atração turística. As cavernas próximas, as montanhas ao redor e o rio que cortava tudo. A Fazenda Johnson e os campos de girassóis ficavam perto dali — as pessoas paravam no acostamento, caminhando por eles como em um labirinto, com câmeras penduradas no pescoço.

Mas ainda tínhamos as montanhas, a paisagem e o *estilo de vida* que as pessoas achavam pitoresco. No entanto, a cidade a trinta quilômetros da nossa também tinha tudo isso, além de uma ferrovia com um trem que parecia de desenho animado e um passeio panorâmico de um dia, levando assim todos os turistas que restavam.

Eles fecharam os portões de metal na boca das cavernas com correntes e cadeado, e puseram uma placa na frente. "Perigo. Proibido. Mantenha distância."

Como perguntar a um macaco se ele quer banana, isso caiu como um maldito Bat-sinal no céu: "Adolescentes, venham!"

E nós íamos.

Os portões e o cadeado eram mais para inglês ver. Todo mundo conhecia alguém que conhecia alguém que tinha uma chave. Provavelmente havia oito cópias diferentes dessa chave rodando quando nos formamos, entregues como um rito de passagem, de veteranos para calouros — os desafios, as apostas, a privacidade escura das galerias perdendo o apelo depois da formatura, quando aqueles que procuravam intimidades e segredos superavam as paredes frias, o chão úmido e iam para o hotel a meio caminho entre esta cidade e a próxima.

Quando Corinne desapareceu, os policiais não conseguiram procurar em todos os lugares. Havia área demais e recursos de menos, até que a ajuda do governo chegou. Especialmente para uma pessoa de dezoito anos, sem nenhum sinal definitivo de que havia sido vítima de um ato criminoso. Afinal, a possibilidade de que ela tivesse fugido não podia ser descartada.

Mas as cavernas ficavam perto da estrada principal entre o parque de diversões e a nossa cidade, uma estrada de acesso com pavimentação inacabada, do tempo em que havia financiamento para a região. Um lugar bem conveniente para deixar um corpo.

Jackson foi quem sugeriu isso quando a polícia nos organizou em grupos de busca, dois dias depois que Corinne desapareceu: "Alguém procurou nas cavernas?" Eles não podiam deixar de procurar. Não com a gente prestes a ir lá sozinhos, munidos de lanternas, uma dose de desespero e uma chave roubada.

Estávamos lá quando os policiais entraram: Bailey ao lado de Jackson, com o rosto recostado a seu peito, a camiseta já manchada com a maquiagem dos olhos; Tyler, os dedos entrelaçados aos meus, muito apertados; Daniel, com os braços cruzados diante do peito, mal-humorado e ansioso. Os policiais estavam com aquela ferramenta enorme pronta para cortar as correntes, mas não precisavam dela. O cadeado estava aberto, as correntes desenroladas, o portão pendendo, entreaberto, a escuridão acenando.

Jimmy Bricks desceu com uma lanterna grande, e o oficial Fraize tentou nos manter para trás quando nos levantamos com a multidão reunida. Esperamos uma eternidade, a espera apertando minha garganta, o ar do verão muito espesso, cheirando a podridão.

Ficaram lá por mais de uma hora, mas a única coisa que trouxeram de volta foi a aliança.

Uma aliança linda, única. Faixas prateadas entrelaçadas e uma fileira de pedrinhas azuis entre elas. Eles a empurraram sobre uma mesa na minha direção no dia seguinte, em um saco plástico selado.

— Olhe mais de perto — disse o oficial Fraize.

Algumas pedras estavam escurecidas, cobertas de sangue seco. Fechei os olhos e balancei a cabeça.

— Não é dela — afirmei.

Nas semanas seguintes, tentaram rastrear sua origem — soubemos pelo oficial Fraize, que era casado com a secretária da escola, que contou a história no clube de leitura. Tentaram relacioná-la a Corinne, depois a Jackson, com um recibo ou uma identificação de uma casa de penhores. Mas o anel apareceu do mesmo jeito que Corinne desapareceu.

Do nada.

Para o nada.

Bailey disse que não era de Corinne. Jackson disse que não era de Corinne. Mas a polícia se apegou a essa ideia, que havia algo que não sabíamos sobre ela. Algo que a levara até ali, fazendo-a penetrar nas paredes da caverna — seu osso a rocha lisa, seus dentes a pedra denteada, as roupas se desintegrando na escuridão —, e a única coisa que restara fora o metal de um anel e o sangue grudado nele.

Por que mais Jackson diria à polícia que procurasse lá? É o que o culpado faz quando a culpa ameaça afogá-lo. É da natureza humana querer contar. Para ser absolvido.

Então eles trancaram as cavernas novamente: correntes novas, portão novo, cadeado novo. Sem chaves. Pelo que eu sabia, não tinham sido abertas nos últimos dez anos.

Pensei que talvez os garotos que dormiam na clareira estivessem ali para fazer isso a noite passada: procurar Annaleise, como havíamos procurado Corinne anos atrás. Que talvez soubessem de mais alguma coisa, algo que estavam com medo de contar. Mas não.

Reviramos a terra quando Corinne desapareceu. Se a polícia não pudesse, se não fosse, nós continuávamos procurando. Nós nos lançamos tão profundamente em seu desaparecimento que alguns de nós nunca conseguiram voltar à superfície.

"O monstro vive lá dentro", Corinne costumava dizer. Então ela agarrava minha mão e me puxava para dentro, gargalhando, ofegante. "Venha nos pegar", ela gritava, e ouvíamos os passos — de Jackson e Tyler — e os pequenos feixes de luz lançados sobre o chão enquanto saíamos em disparada pelo caminho.

Eu estava na frente daqueles portões agora, as mãos segurando as barras enferrujadas, ouvindo a brisa correr na escuridão e ecoar em um uivo baixo. O cadeado estava fechado, a corrente coberta por um musgo grosseiro que saiu fácil demais e cobriu a palma das minhas mãos.

Segui o caminho da corrente até o cadeado. Puxei as barras, mas elas não cederam nada contra a pedra. Mal fez barulho quando o cadeado e as correntes resistiram. Apertei as barras com os dedos e me aproximei, o rosto pressionado no ferro, os olhos concentrados no lugar onde a luz desaparecia na curva.

— Olá? — sussurrei, ouvindo a palavra ricochetear nas paredes. Pigarreei e tentei mais uma vez. — Annaleise?

Nada além de minha própria voz ecoou.

Testei os portões em um ângulo diferente, puxando as barras de metal paralelamente à rocha para ver se cediam ou deslizavam. Segurei as barras e sacudi até ouvir uma menina murmurar de algum lugar perto:

— Você ouviu isso?

Eu me escondi entre as árvores antes que ela pudesse notar.

Tive um momento de pânico de não saber como voltar para casa sem um caminho planejado. Fazia tanto tempo desde que eu andara por ali sozinha. Mas tudo voltou. A trilha pisoteada até a clareira onde eu costumava encontrar Tyler, os sons do rio que eu seguia até em casa.

A onda de calor não havia cedido, e eu estava transpirando quando cheguei ao meu quintal.

Vi o carro de Daniel estacionado na entrada e fiquei paralisada à margem da floresta. Caminhei até a porta dos fundos que dava para a cozinha, tentando imaginar onde ele estava. Eu o ouvi ao telefone, os sapatos indo para lá e para cá no assoalho de madeira.

— Só me diga se ela está aí.

Uma pausa. Mais passos.

— Sem conversa fiada. Me fala que ela está bem. Tivemos uma briga e... ela está... Não sei. Não está bem.

Os passos aumentaram.

— Não, eu vim até aqui, o carro dela está aqui, todas as merdas dela estão aqui, mas ela não está em lugar nenhum.

— Daniel? — Empurrei a porta dos fundos do mesmo jeito que saí.

Ele virou em um canto, o celular apertado na orelha.

— Esquece — disse, enfiando o telefone de volta no bolso. — Oi, Nic — cumprimentou, hesitante e lento, com as mãos nos quadris, fingindo estar relaxado. — Onde você estava?

— Saí para dar uma caminhada.

Seus olhos se desviaram para as minhas roupas, as mesmas de ontem, e ele fez uma careta.

— Na floresta?

— Não. Pela estrada. — Pigarreei. — Ei, sabe se alguém verificou as cavernas?

A linha entre seus olhos se aprofundou e os cantos da boca se curvaram para baixo.

— Do que você está falando?

— As cavernas. A polícia já olhou lá dentro?

Daniel me olhou rapidamente, e eu fechei os punhos para esconder a terra e o musgo.

— Acho que é melhor deixar a polícia fazer o trabalho dela. Não adianta nada se envolver.

— Mesmo assim, alguém devia ir lá verificar.

— Nic — ele disse, acenando com a mão —, eu vim porque preciso falar com você. — Ele mexeu o pescoço, e por um segundo pensei que estivesse se preparando para pedir desculpas. Mentalmente me preparei para fazer o mesmo. — É sobre o pai. Tenho boas e más notícias.

Não, acho que não.

— Primeiro — disse Daniel —, temos uma audiência no tribunal. — Tínhamos duas declarações atestando a incapacidade total do nosso pai, e uma petição que Everett me ajudou a elaborar que colocaria Daniel como tutor principal, depois a mim, caso meu irmão morresse. — Mas só daqui a dois meses.

— Dois meses? — perguntei.

— Isso. E, se o pai ainda se recusar a assinar a papelada para botar a casa à venda, vai demorar até depois da audiência para colocarmos no mercado.

— Vou falar com ele.

Daniel pigarreou.

— Talvez você devesse ir para casa.

Meus olhos se prenderam aos dele. Ele sempre estava me dizendo para ficar ou ir embora, e eu queria saber por quê. Por que queria que eu fosse embora.

— Eu pensei que você quisesse a minha ajuda. Você disse. Disse que queria que eu viesse.

— Posso cuidar desse assunto — ele argumentou, com o rosto fechado e ilegível. Típico de Daniel.

— Vou falar com o pai — insisti. — Ele vai assinar os papéis. Vamos vender a casa.

Ele assentiu e encarou a floresta.

— Leve o celular da próxima vez que sair. Assim eu não fico preocupado.

———

Havia uma viatura na primeira fila do estacionamento meio vazio de Grand Pines e, instintivamente, estacionei mais ao fundo. Sabia que era irracional, mas mesmo assim fiz isso.

O policial saiu do prédio no mesmo instante em que saí do carro, e fiquei ao lado da porta, reorganizando a documentação de venda da casa. Havia algo vagamente familiar na maneira como ele caminhava, olhando para os pés com as mãos enfiadas nos bolsos. Alguma coisa nos cabelos muito pretos e curtos, em contraste com a pele levemente morena — "cor de canela", Jackson dizia da de Bailey. Como se sua etnia tivesse aroma ou sabor.

— Mark? — chamei, me afastando do carro. — Mark Stewart?

O policial a quem Annaleise havia deixado uma mensagem antes de desaparecer. *Tenho algumas perguntas sobre o caso Corinne Prescott. Podemos marcar um horário para conversar?*

Mark Stewart. *Aqui.*

Ele parou a meio caminho do seu carro, encalhado nas linhas azuis da vaga para deficientes físicos. Eu estava correndo até ele, meus chinelos batendo no asfalto, os papéis escorregando da pilha embaixo do braço. Prendi os papéis entre o cotovelo e a cintura e apontei para mim mesma, com o coração palpitando no peito.

— Nic Farrell. Lembra?

Seus olhos se arregalaram, surpresos, mas ele rapidamente substituiu a expressão por um aceno de cabeça e um sorriso.

— Oi, Nic. Uau, faz... — E deixou o pensamento pairar entre nós.

— É — falei. — Nossa, você cresceu. — Procurei algo em seu rosto, mas estava completamente fechado, ao mesmo tempo familiar e indefinível. Bailey sempre foi cativante, o tipo de pessoa da qual você não conseguia tirar os olhos, não importava quantas vezes a tivesse visto. Sua mãe era japonesa (seu pai a conhecera lá durante os quatro anos de serviço na marinha) e tinha aquele sotaque parcialmente empolgado que Bailey conseguia imitar perfeitamente.

A mesma combinação em seu irmão, o cabelo escuro, os olhos castanhos, a pele cor de canela, de alguma forma tinha o efeito contrário. Ele desaparecia em um grupo, longe do nosso foco. Perguntei se ele e Annaleise eram próximos. Se ele sabia algo a mais que guardara para si. Talvez porque ela tenha perguntado sobre o caso Corinne Prescott, para começar.

Mark tinha catorze anos quando fui embora. A única coisa que eu realmente lembrava sobre sua personalidade era o fato de ele ser excepcionalmente engraçado, com jeito de menino imaturo, quando estava em sua casa. Fora, era soturno e quieto. E quando corri até ele, longe de sua família, ele enrubesceu ao me ver, como se estivesse envergonhado por eu conhecer sua outra versão.

— O que está fazendo aqui? — perguntei.

Suas bochechas se tingiram de vermelho, e fiquei feliz ao ver que ainda tinha esse efeito sobre ele. Aquilo o faria compensar a situação, compartilhando informações comigo.

— Tenho uma pista — disse ele, olhando além de mim. — De uma enfermeira. Sobre um crime em potencial. Pediram para acompanharmos.

Assenti com a cabeça, tentando acalmar as mãos e a respiração. *Pode ser qualquer um. Quantos pacientes tem aqui? O que o folheto dizia? Seiscentos e vinte? Talvez duzentos e sessenta. Ainda assim, menos de um por cento de chance.*

— Então, como você está? Ainda morando na cidade?

— Que nada, só trabalho aqui. Moro a poucos quilômetros da casa da Bailey. Uma área ótima, você sabe.

Ele agia como se eu tivesse alguma ideia de como Bailey estava. Eu não sabia onde ela morava ou o que fazia. Não queria perguntar por aí, chamar atenção para a verdade desconfortável: eu e Bailey não conversávamos. Não depois de Corinne ter desaparecido. Quase já no dia seguinte ao desaparecimento.

Aquela caixa na delegacia, ela muda as pessoas. Faz as pessoas contarem coisas umas sobre as outras. Transforma-se em um registro permanente de sua traição, com sua assinatura abaixo.

— Bem, foi muito bom ver você, Mark.

Eu estava quase na porta quando ele me chamou de novo.

— Ei, Nic — disse, usando uma voz que eu nunca tinha ouvido nele. A voz de policial. — Você vai ficar na cidade por um tempo?

Dei de ombros.

— Estou só cuidando de algumas coisas. — Segurei os papéis com mais força para evitar que minhas mãos tremessem.

Ele não perguntou por que eu estava aqui ou quem eu estava visitando.

Ele já sabia.

Assim que as portas se fecharam atrás de mim, corri até o quarto do meu pai.

Meu pai estava especialmente desorientado, abalado ou as duas coisas.

Estava sentado na beirada da cama, olhando para a parede, balançando levemente para frente e para trás. Bati na porta aberta, mas ele não respondeu.

— Pai? — chamei.

Ele se virou para me olhar, depois voltou a encarar a parede, repetindo os mesmos movimentos anteriores. Estava se fechando novamente.

Não havia perigo iminente. Nenhum motivo para a diretora ligar para Daniel, agendar uma reunião ou explicar suas preocupações. Provavelmente estavam bastante satisfeitos consigo mesmos.

Mas, para mim, aquilo era muito assustador. Ele não estava se agarrando à sanidade, lutando para compreender o que se passava à sua volta ou se enfurecendo com as coisas que não conhecia. Ele estava largando mão.

Na parede em frente à cama havia fotos nossas, minha e de Daniel, das enfermeiras e médicos, pessoas das quais ele não precisava ter medo. Pessoas de quem deveria se lembrar. Estava olhando diretamente para elas agora. Fiquei ao lado da minha foto. Meu cabelo estava mais curto, eu estava sorrindo, e meu pai estava com o braço pendurado no meu ombro. Foi quando o trouxemos para cá no ano passado, tirada neste mesmo quarto, porque não conseguimos encontrar nenhuma foto recente de nós dois juntos. "Com a filha, Nic", estava escrito logo abaixo, com a letra de Daniel.

Meu pai continuava balançando. Murmurava alguma coisa, repetindo palavras para si mesmo, de um jeito ininteligível.

— Pai — tentei de novo, mas ele ainda estava olhando diretamente para mim.

Então parou, fez uma pausa e se concentrou.

— Shana? — perguntou.

Fechei os olhos, e ele voltou a balançar.

Não havia foto de minha mãe nas paredes. Tinha sido uma decisão difícil, aquela em que eu e Daniel mais hesitamos, colocá-la ali e enchê-lo com a esperança de que ela ainda existia. Ou fingir que nunca havia existido. O que seria pior? Eu e Daniel discutimos isso durante o jantar, na noite anterior à mudança. Fui eu quem tomou a decisão, porque eu sabia: a perda. A perda de alguma coisa que pensava que tinha. Isso era muito, muito pior.

Entrei no corredor, a luz brilhante demais, o zumbido da fluorescência que abafava o murmúrio das vozes nos outros quartos.

— Ei — falei para a primeira pessoa com aparência de profissional que andava pelo corredor. Sem avental, roupa casual de trabalho, cabelos soltos e uma cara de passarinho. Eu a reconheci da última vez que estive aqui. Agarrei seu braço enquanto ela tentava passar com um sorriso tenso. — O que vocês fizeram com ele? — perguntei.

Talvez tenha sido pelo jeito que agarrei seu braço ou pela expressão em meus olhos, mas ela piscou lentamente e disse:

— Vou mandar uma mensagem para o médico.

— Não. Quero falar com Karen Addelson — falei com firmeza, tentando invocar minha melhor impressão de Everett, chamando a diretora pelo nome completo.

— Ela está em reunião.

Se Everett estivesse aqui, ele a arrancaria daquela reunião sem que parecesse ideia dele. Deixaria essa mulher sem rumo: "Ela não deve demorar. Ah, entendo. Bem, talvez eu possa entrar lá rapidinho, ver se ela pode sair um instante". Faria com que parecesse ideia dela o tempo todo.

— Preciso falar com ela — eu disse.

— Vou avisá-la assim que ela terminar.

— Agora. Preciso falar com ela agora. Alguém veio ver meu pai? É por isso que agora ele está mudo, balançando para frente e para trás na cama? É isso que vocês querem dizer com — levantei as mãos, fazendo o sinal de aspas — "cuidados excepcionais com o paciente"?

As bochechas dela coraram.

— Muito bem. Pode se sentar na sala de espera. Vou dizer a ela que você está aqui.

Segui seus passos determinados pelo corredor.

— Por que a polícia esteve aqui? — perguntei.

Seu passo vacilou, mas ela continuou em movimento.

— Não sei. Os policiais apareceram faz uma hora...

— Policiais ou *policial*? — perguntei. — Mark Stewart?

Ela fez uma pausa à porta do escritório e virou para mim com um olhar questionador.

— Um policial. — Pigarreou. — Asiático, eu acho. — Ela corou de novo, como se aquele não fosse o jeito politicamente correto de descrever alguém.

Apenas um cara. Apenas um garoto atrapalhado e mal-humorado. *Mark*.

— E vocês deixaram que ele falasse com o meu pai? Vou responsabilizar pessoalmente todos vocês se essa situação — fiz um movimento de braço, tentando abranger tudo o que meu pai estava passando no momento — piorar.

Ela apontou na direção do sofá, depois se sentou na mesa no lado de fora do escritório.

— Eu estava aqui. Não tenho ideia do que aconteceu. — Pegou o telefone e apertou um botão. — Estou com a filha de Patrick Farrell na sala de espera.

Karen Addelson estava do lado de fora do escritório, acompanhando um casal e se desculpando pela interrupção, em exatamente um minuto. A diretora estendeu as mãos.

— Nicolette. Por favor, entre — disse, como se estivesse me esperando.

O escritório tinha alguns vasos, um pequeno jardim zen sobre a mesa de centro e um ancinho em miniatura com preguiçosas linhas curvas pela areia.

— O que vocês fizeram com o meu pai? Eu vi o policial Stewart no estacionamento, e o meu pai está praticamente catatônico no quarto. Que diabos aconteceu por aqui?

— Sente-se, por favor — disse ela.

Eu me sentei na cadeira de espaldar reto na frente da mesa, ignorando o sofá para o qual ela estava apontando. Difícil se sentir incontestável quando se está enfiada em um sofá grande demais, na frente de um jardim zen.

Ela se demorou para ir até o outro lado da mesa. Quando se sentou, cruzou as mãos sobre o risque-rabisque, as veias azuis correndo pelos nós dos dedos, fazendo-a parecer dez anos mais velha do que eu pensava antes. Por volta dos sessenta. A idade do meu pai. Meu Deus, ele não devia estar aqui.

— Srta. Farrell — ela começou —, não posso impedir que a polícia interrogue um paciente, mesmo querendo que não fosse esse o caso. Foram apenas algumas perguntas. Aparentemente, seu pai pode ter sido testemunha de um crime.

Eu ri.

— Claro. Tenho certeza de que estavam esperando que ele fosse uma ótima testemunha para poderem usar no tribunal.

— Srta. Farrell — disse ela —, mesmo se ele fosse considerado juridicamente incapaz, nossas mãos estão atadas. Não temos o direito de impedir que a polícia interrogue um paciente. Essa responsabilidade é de vocês.

— A senhora viu o meu pai? Ele está arrasado. Nada do que diz faz sentido.

— Veja bem. Ele estava conversando com uma enfermeira, e a enfermeira disse que ele a chamou de Nic e ficava mencionando a garota desaparecida. Que ele sabia o que tinha acontecido. Ela teve que reportar esse fato, entende?

Eu me segurei para não demonstrar surpresa, mas uma onda de náusea veio com tudo, abrindo caminho do estômago até a garganta.

— Não, a *senhora* não entende? Se ele estava pensando que outra pessoa era eu, então já não sabia o que estava dizendo. Não entende como a lógica dele não faz sentido? Nada do que ele diz faz mais sentido.

— Pelo contrário, o seu pai é um homem muito inteligente. Sempre há uma verdade ali, escondida em algum lugar. Talvez a senhorita devesse perguntar a ele. Pergunte sobre a garota desaparecida, veja o que ele diz.

— A senhora estava lá? — perguntei.

Ela esperou um momento para se recompor, e eu reconheci sua pausa como uma tática que Everett usaria. Fique calmo. Mantenha a emoção sob controle, mantenha a vantagem.

— Não. Ele insistiu para conversar em particular. Afinal, eles são da polícia. Não posso fazer muita coisa a respeito.

Eu me afastei da mesa. Sempre que fico com raiva, não consigo impedir as lágrimas. Como se as duas emoções estivessem totalmente ligadas. E isso me deixava mais furiosa, pois eu parecia fraca quando queria parecer confiante e exigente, como Everett. O melhor que pude fazer foi o gesto grandioso de irromper porta afora.

Levou mais de uma hora para meu pai me reconhecer. Fiquei sentada em seu quarto o tempo todo, aguardando. Então tudo pareceu se encaixar. Ele olhou para a foto na parede e para mim, na poltrona de visitas que havia no canto.

— Nic — ele disse, os dedos tamborilando na cômoda. — Nic, o seu amigo. O irmão da sua amiga. Sabia que ele é policial? Eu não sabia...

— Tudo bem, pai. Eu vou cuidar disso. Me conte o que ele perguntou. Me conte o que você disse. — Eu me levantei e fechei a porta, e ele ficou me observando de canto de olho.

— Sobre aquela garota. A menina que desapareceu.

Estremeci.

— Você não precisa responder. Foi há dez anos, e o Mark provavelmente nem se lembra...

— Não, a Corinne não. Quer dizer, sim, ela. Mas também a outra. A outra garota. A...

— Annaleise Carter? Você não pode ser testemunha. Você já está aqui há...

— Pigarreei. — Você já estava aqui quando ela desapareceu.

— Quanto tempo, Nic? Quanto tempo faz que estou aqui? É importante.

Congelei.

— Um ano, mais ou menos.

Ele respirou fundo.

— Estou atrasado.

— Pai, o que eles perguntaram? — questionei, tentando manter sua concentração.

— Eles queriam saber se eu a conhecia bem. E sobre o seu irmão. Sempre o seu irmão. Ele nunca devia ter feito isso. — Ele olhou para a lateral do meu rosto como se pudesse ver a marca que Daniel deixou dez anos atrás, como se tivesse acontecido há um segundo. Senti a dor emergir como uma lembrança, e passei a língua por dentro da bochecha, esperando sentir o gosto de sangue. O golpe que o condenou a inúmeras suspeitas. — E se eu achava que os casos tinham alguma ligação. Corinne e Annaleise. Isso. Foi o que ele quis saber. Tem muita coisa naquela casa, Nic.

— Não tem nada em casa, pai. Eu juro.

— Tem muita coisa — disse ele. — Eu preciso... Eu guardo lembranças. Um registro para ajudar a minha memória, um...

A enfermeira abriu a porta.

— A sra. Addelson quer que ele seja avaliado pelo médico. Vamos, Patrick — ela lhe disse, sem me encarar.

Ele levantou e se inclinou quando eu passei, a mão pesada pousando no meu ombro.

— Com os esqueletos — sussurrou. — Chegue neles. Chegue neles primeiro.

Voltei para casa ligando para pessoas que não atendiam o telefone. Daniel estava no trabalho, em campo em algum lugar. Provavelmente Tyler também estava ocupado no trabalho. Everett não atendeu, mas me enviou uma mensagem depois, dizendo que estava preso em uma reunião e me ligaria mais tarde.

Quando parei na frente da casa, Laura estava esperando na varanda, apoiada nos cotovelos, deslizando desconfortavelmente nos degraus de madeira.

Havia algo errado. Não tínhamos um relacionamento do tipo "passa lá em casa". Não nos falávamos desde o chá de bebê. E que tipo de notícia ela não podia dar por telefone? Segurei a respiração enquanto caminhava em direção aos degraus, o coração palpitando antes de ver os vasos e pacotes de terra espalhados na varanda.

— Oi — ela disse, um pouco insegura. — O Dan falou que talvez vocês usassem algumas dessas coisas para o jardim. Já arrumei tudo no quarto da bebê, e eu podia fazer isso sozinha, mas agora saio rolando quando tento jardinar. É uma vergonha.

— Obrigada. Você não precisava ter feito isso. Mas obrigada.

— E eu queria me desculpar por sábado. Pelos meus amigos.

Balancei a cabeça rapidamente.

— Não. Tudo bem.

— Tudo bem não — disse ela. — Às vezes eles não pensam. São gente boa, na verdade, mas isso não é desculpa.

— Tudo bem — insisti, somente para ela parar, e me sentei no degrau ao lado dela. — Eu te convidaria para entrar, mas lá dentro deve estar mais quente ainda. Quer beber alguma coisa?

— Não, estou bem — ela respondeu. — Você está ocupada? Ou tem um tempinho para eu te ajudar a cuidar um pouco do jardim?

Sua voz estava tão esperançosa que não pude mandá-la embora. Não daquele jeito. Não naquele momento. Não quando todos os outros estavam inacessíveis, e tudo o que restou para me acompanhar foram as palavras do meu pai. "Com os esqueletos", ele disse, e senti a mente querer mergulhar em um buraco.

— Sim — falei. — Tenho um tempinho.

Laura exalava um perfume de jardim que se enraizava nela. Como se estivesse florescendo ou brotando. Sua pele ficara transparente e as veias haviam escurecido enquanto o sangue corria debaixo da sua pele, permitindo-me ver o mapa fino que a percorria. *Vida*, pensei.

— Estas são de sombra — ela disse, apontando para um vaso —, então pensei que seriam perfeitas para o jardim lateral. — Parou, franzindo a testa. — Algum animal fez uma verdadeira bagunça nele.

Eu me afastei dos degraus e estendi a mão para ajudá-la a se levantar. Ela alisou o vestido, esticando o pescoço para olhar para a casa.

— O lugar tem uma boa estrutura — disse ela. — Só precisa de um pouco de trabalho. O Dan está feliz por você estar aqui.

— Ele tem um jeito engraçado de demonstrar isso.

Ela deixou o comentário de lado com um aceno de mão.

— Ele está cheio de coisas para fazer: o trabalho, o pai, a casa, a bebê... Só está estressado. — Sorriu. — Estou pensando em pedir para ele fazer um cômodo extra na nossa casa, mas acho que vou esperar até tudo isso passar. — Balançou a mão em torno da cabeça, e eu não sabia se ela estava se referindo à casa ou a *tudo*.

— Bem pensado. — Peguei os vasos maiores e caminhei para a lateral da casa. Laura carregou alguns menores, seguindo atrás.

— Sei que ele não é perfeito — disse ela. — Sei que vocês tiveram suas diferenças, mas ele cuida do seu pai e de nós. Vai ser um bom pai... Você sabe disso, não é?

— Claro — respondi automaticamente. Era a resposta esperada, a coisa certa a dizer.

Laura franziu a testa, como se pudesse ler meu pensamento.

— Ele era só uma criança naquela época, Nic. Você também.

Como se fosse algo que eles tivessem discutido. Como se Daniel a tivesse atraído para a nossa família, com toda a nossa história; não apenas como uma extensão, mas como algo mais. Uma parte do nosso passado, tanto quanto do nosso futuro. Ela se recostou no tapume e ficou me observando.

Suspirei e assenti com a cabeça.

— Tudo bem, Laura — falei, passando as mãos nas laterais da calça. — Por onde começamos?

Meu celular tocou quando eu estava no chuveiro, enquanto a terra se juntava e rodopiava ralo abaixo. Estendi a mão através da cortina e acionei o viva-voz para não molhar o aparelho.

— Alô? — atendi, esperando que a ligação fosse de Daniel ou Everett.

Mas a voz que chegou aos meus ouvidos era tão aguda quanto a minha lembrança. Tensa e rápida. Suave e insegura.

— É a Bailey.

— Oi — falei, parecendo uma idiota. Desliguei a água, os cabelos escorrendo e a pele se arrepiando.

— Vão levar o seu pai para interrogatório na delegacia. — Soltou um suspiro lento. — Não sei por que estou te contando isso.

Nada fica em segredo nesta cidade. Nem na cama, nem na mesa, nem no bar, nem entre familiares, amigos e vizinhos. Nem mesmo entre nós.

Fui tomada por uma sensação de pânico, a mente repleta de pensamentos e de uma lista de coisas para fazer, borrada e ilegível. *Everett. Ligue para Everett.*

— Te devo uma. Não sei nem como agradecer. — Minhas palavras ecoaram no banheiro, e tive que me esforçar para ouvir Bailey pelo jeito que eu estava respirando.

Uma pausa, e então:

— Fique longe de mim.

Se essas são minhas dívidas, se estou pagando por elas, então talvez essa seja a de Bailey.

Liguei para Everett com uma toalha enrolada no corpo, pingando no chão de madeira.

— Eu estava me preparando para te ligar de volta. Me desculpe — disse ele.

— Preciso de uma orientação — falei.

— Tudo bem — ele disse. — Sobre a tutela? Você recebeu as declarações, certo?

— Estão tentando interrogar o meu pai. Sobre um crime. Everett, ele não está bem da cabeça. — Minha voz vacilou. — Não sei o que ele está dizendo ou o que vai dizer. Preciso impedir. Me diga como impedir.

— Espere aí. O que está acontecendo?

Eu lhe contei fragmentos da história. Uma menina havia desaparecido dez anos atrás; agora outra, desarquivando o caso para uma investigação mais atenta. As palavras saíram agudas e entrecortadas, a voz completamente embargada.

— Vou cuidar disso — disse ele.

— Mas o que eu faço? Com quem eu falo?

— Eu disse que vou cuidar disso. Ligue para a casa de repouso, dê o meu número para eles, diga para me ligarem se alguém, qualquer um, tentar falar com o seu pai. Diga que vamos processá-los se não fizerem isso. Não vamos processar ninguém, mas diga de qualquer jeito.

Fiz o que ele disse. Liguei para Karen Addelson e deixei uma mensagem firme em sua secretária eletrônica, após tê-la praticado três vezes no espelho. Então liguei para Daniel e disse o que Bailey me contara e o que Everett dissera.

Tentei Tyler de novo. Pensei em deixar uma mensagem, mas sabia que seria uma má ideia. Tudo poderia ser usado em uma investigação quando nos interrogassem de novo, e já tinham motivos para ficar de olho em Tyler. Isso já tinha acontecido antes. Lembrei uma outra coisa que entrou na caixa do caso Corinne: a gravação de uma mensagem de voz de Corinne para Jackson. "Desculpa", ela disse, a voz sufocada, nada parecida com ela. O detetive da polícia estadual pôs a mensagem para eu ouvir, para ver se eu sabia do que ela estava falando. "Por favor, Jackson. Por favor, volte. Vou estar no parque de diversões. Me encontre lá. Faço qualquer coisa. Só não faça isso. Por favor."

Jackson jurou que eles não se encontraram. Mas, se eles tivessem se encontrado, se a última coisa registrada fosse Corinne e Jackson se encontrando... Bastava isso: uma mensagem de voz suplicante e, depois, ninguém mais a viu. Isso era o suficiente para condenar alguém em um lugar como este.

Desliguei quando a ligação caiu na caixa postal de Tyler e comecei a procurar. Procurei esqueletos na casa. Eu tinha de chegar até eles. Tinha de chegar até eles primeiro.

O DIA ANTERIOR

DIA 10

Não consegui dormir, preocupada se não estava deixando alguma coisa passar — quem quer que tivesse estado na minha casa já tinha ido embora. Saí para a varanda dos fundos um pouco depois da meia-noite para sentir o ar frio e refrescar a cabeça. Sentei nos degraus, mas mantive as luzes de fora apagadas — do contrário me sentiria exposta demais, sem nada além das palavras do meu pai ecoando na cabeça: *A floresta tem olhos*.

Encarei a noite — as sombras na escuridão — pairando entre a consciência e a inconsciência. As sombras mudaram quando as nuvens encobriram a lua, as formas escuras em minha visão periférica esgueirando-se feito monstros.

Os policiais não encontraram nada ainda — nenhuma prova concreta. Mas, mesmo se tivessem encontrado, não revelariam. Isso não era a cara deles. Não dos que eu conhecia. Fraize era policial dez anos atrás, quando Corinne desapareceu. Ele contou para a esposa sobre Jackson e Bailey, sobre mim e Tyler. A esposa dele era a secretária da escola, e talvez ele achasse que ela soubesse de algo que ajudaria com o caso. Ou talvez ele estivesse à procura de informações, mas na verdade estava revelando um segredo: "Bailey e Jackson? Corinne e Tyler? Você se lembra de Daniel Farrell? Me fale sobre ele. Me conte tudo".

Jimmy Bricks era veterano quando Daniel era calouro. Além de ser o primeiro dos Bricks a frequentar a faculdade, manteve o recorde escolar de mais cervejas tomadas com funil de uma só vez. O recorde permanecia intacto quando eu me formei. Nossa idade era muito próxima. Nossos círculos se sobrepuseram. Nós o víamos em festas quando ele vinha para casa nos intervalos da faculdade. Contava boatos sobre Corinne como se fossem fatos de uma investigação policial, e não o contrário.

O caso só ganhou força quando trouxeram Hannah Pardot, da Agência Estadual de Investigação. A detetive Hannah Pardot, que nunca sorria, nem mesmo quando tentava brincar, tinha olhos penetrantes e batom vermelho-sangue que às vezes manchava os dentes. Era quem mais me deixava nervosa, principalmente porque já tinha sido uma garota de dezoito anos. Parecia saber que havia mais coisas sobre Corinne do que qualquer um poderia dizer.

Naquela época, ela estava na casa dos trinta, tinha cabelos castanho-avermelhados encaracolados e olhos cinzentos que não revelavam nada. Talvez tenha tido filhos e sossegado. Talvez tenha se aposentado prematuramente. Ou talvez os casos tenham se embaralhado e não tenhamos ficado com ela — não que ela não tivesse ficado conosco.

Hannah era meticulosa e tinha sempre os lábios apertados, concentrando-se nos fatos frios e sólidos. Se estivesse aqui desde o início, talvez descobrisse o que acontecera com Corinne.

Talvez, se estivesse aqui agora, descobriria o que aconteceu com Annaleise.

Os fatos. Era difícil ver claramente os fatos. Eles eram como a visão da nossa varanda — sombras e formas na escuridão que podíamos criar com o próprio medo.

Havia alguma coisa lá fora. Passos esmagando folhas, ficando mais altos, se aproximando — *alguém* correndo. A adrenalina me fez levantar e o sangue me subiu para a cabeça. Os passos estavam se movendo mais rápido, aproximando-se à minha esquerda. Prendi a respiração, esforçando-me para enxergar, mas quem quer que fosse continuava escondido na linha da floresta. Passou pela minha casa, as folhas estalando sob os passos em um ritmo contínuo antes de uma pausa prolongada, enquanto saltava o riacho que havia secado muito tempo atrás no terreno dos Carter.

Procurei o celular — *lá dentro* — e pensei no tempo que levaria para outra pessoa chegar até ali. Os passos já sumiam enquanto eu considerava o que fazer.

Vai!

Atravessei a grama rapidamente, mas meus pés descalços recuaram quando entrei na floresta, hesitante. Engoli um grito quando um galho pontudo se agarrou a meu tornozelo, e me recostei a uma árvore, escutando o som de passos. Nada além de silêncio agora. Ele me ouviu? Foi embora?

Prendi a respiração, agarrei a árvore e contei até vinte.

Silêncio.

Pisei com cuidado, parando a cada poucos segundos para escutar os sons ao redor, até chegar à colina entre a nossa propriedade e a dos Carter. Agachei, subi a colina engatinhando, tentando encontrar uma visão melhor do lugar através das árvores.

Lá. Uma luz. Uma sombra se movendo entre as sombras do interior do estúdio. Avancei, circundando a colina. A luz era fraca, não vinha de uma lâmpada, apenas um brilho através das sombras. Uma lanterna, uma tela de televisão, um computador, talvez.

Esgueirei-me para mais perto, mas os vultos se afastaram e a sombra espiou o que acontecia lá fora. O luar que caía inclinado sobre a janela refletiu em seus olhos, lançou um brilho, e fechei os meus para evitar que fizessem o mesmo. Deslizei para trás da árvore mais próxima, as costas pressionadas contra o tronco, tentando acalmar a respiração.

Uma porta fechada, uma chave virada — a outra pessoa estava do lado de fora. Ouvi um movimento entre as folhas, circulando. Devagar no início, cada vez mais perto depois. E então mais rápido, afastando-se, distanciando-se.

Esperei alguns minutos, talvez mais, antes de voltar para casa, as pernas trêmulas, os pés entorpecidos sobre a trilha. Alguém foi até a casa de Annaleise no meio da noite. Alguém que conhecia bem a floresta. Alguém que tinha uma chave. Alguém que conhecia de cor o caminho na escuridão.

———

A água correu fria, e eu não tinha certeza se tremia por causa da temperatura ou da adrenalina que ainda restava em meu corpo. Mas estava boa. O calor do dia já havia aumentado, e eu nem tinha começado a procurar alguém para consertar o ar-condicionado. Tyler dissera que provavelmente era a ventoinha do condensador, mas Daniel queria uma segunda opinião. Uma opinião *real*, foi o que ele disse.

Eu me vesti, comecei a fazer um bule de café, afundei na cadeira da cozinha e apoiei a cabeça nos braços enquanto ele coava. Tentei acalmar a mente, esvaziá-la, mergulhar em um esquecimento despreocupado. Mas precisava encontrar Tyler antes que ele saísse. Precisava olhar em seus olhos quando eu perguntasse. Eu precisava saber.

Só mais um minuto. Só mais um instante, e então eu sairia.

―――

O café estava morno quando me levantei da mesa. *Merda*. Engoli rapidamente uma xícara e entrei no carro, indo direto ao Kelly's Pub.

A caminhonete de Tyler já não estava lá, mas eu podia ver as luzes fracas do bar através da janela suja. A moto de Jackson estava no estacionamento dos fundos, como sempre. Embora fosse uma manhã de quarta-feira, já havia alguns homens no bar. Uísque em um copo. Cerveja em uma garrafa. E uma tigela de castanhas diversas no balcão entre eles.

A sineta tocou quando empurrei a porta da frente. Detrás do balcão, Jackson fitou meus olhos.

— Posso te ajudar em alguma coisa?

Quando cheguei mais perto, vi que ele estava segurando um sorriso malicioso.

— Minha nossa, você trabalha aqui o tempo todo? — perguntei.

— É o meu trabalho — ele disse, com as mãos ásperas apoiadas no balcão, inclinando-se para os músculos se esticarem contra a camiseta, as tatuagens nos antebraços ondulando como se estivessem vivas. As unhas estavam roídas até o toco, e eu não sabia ao certo se as manchas na ponta dos dedos eram de bebida ou de nicotina. — Aliás, você se desencontrou dele por algumas horas — ele me falou sem me encarar.

Eu e Jackson sempre fomos cautelosos um com o outro. Mesmo quando suas palavras carregavam o peso de uma ameaça, ficavam soterradas por outra coisa. Eu o conhecia muito bem, e ele também me conhecia. Soubemos muito um do outro e de Corinne durante a investigação. Só depois que ela desapareceu percebi quão pouco minha melhor amiga tinha compartilhado comigo. Quando não consegui encontrar as respostas às duras perguntas de Hannah Pardot. "O que ela achava dos pais? O que ela dizia sobre o Jackson? Você sabia que ela tinha planos de encontrá-lo? Sobre o que ela estava perguntando nessa mensagem?" Eu só podia responder às hipotéticas. Aquelas, eu sabia. "Será que ela fugiria com alguém que acabou de conhecer? Ela fugiria de casa? Ela roubaria o seu namorado, fingindo que era para o seu próprio bem?"

Mas "Qual era o estado de espírito dela?", as coisas substanciais, as respostas tangíveis, reais, essas eram capciosas. Eu conhecia apenas a Corinne que existia nas possibilidades teóricas e hipotéticas: *talvez ela faria, talvez ela poderia.* Apenas quando Hannah Pardot a devassou eu a conheci por inteiro. Corinne Prescott: mais real dada como morta do que viva.

Jackson saiu impune com as coisas que manteve escondidas: "Eu não a vi, ela nunca me encontrou. Não sei do que se tratava a mensagem".

Mas só porque eu nunca o dedurei.

Naquela época, as pessoas queriam acreditar nele. "Jackson Porter, ele amava a Corinne e nunca faria isso."

Havia alguma coisa nele quando éramos adolescentes. Algo em sua aparência que fazia as pessoas quererem acreditar nele. Não parecia sincero, exatamente, mas suas feições faziam com que parecesse confiável.

As pessoas viam os olhos castanhos, grandes e emoldurados por cílios longos demais para um homem, fazendo-o parecer que estava sempre ouvindo, mesmo quando não estava. E os cabelos exatamente da mesma cor dos olhos, algo que parecia perfeitamente lógico, e faziam você querer confiar nele. Mas era mais que isso — era a harmonia em seus traços. Ela o fazia parecer incapaz de enganar. Quando Corinne desapareceu e as perguntas começaram, fui tomada pelo súbito pensamento de que Jackson sempre fora capaz de escapar de qualquer coisa.

E eu sabia que ele estava mentindo.

Eu não queria ficar em uma sala com ele. Ou falar sobre ele. E foi desse fato que Hannah Pardot se aproveitou. Não das minhas palavras, mas da distância que tentei colocar entre mim e Jackson. Essa falta de disposição de comentar qualquer coisa que Jackson tivesse dito. Nem para confirmar, nem para negar. Liguei a tecla do *Eu não sei.* De qualquer forma, era tudo o que Corinne havia me deixado.

No fim, não importou. Bailey se abriu na primeira batida, depois de ouvir sobre o teste de gravidez no banheiro de Corinne. Encheu aquela caixa com cada uma de nossas traições e com todos os seus medos. Disse o que Hannah Pardot queria ouvir: "A Nic? Ela acha que é boa demais para este lugar. Mas não é nada sem nós. Nada". E "Não, nós não sabíamos que a Corinne estava grávida, mas é provável que fosse do Jackson, e deve ter sido esse o motivo da mensagem de voz. E é claro que o Jackson não queria". Bailey seguiu as peças que Hannah estendeu diante dela, devolvendo-lhe a história que ela exigia: que

Corinne era impulsiva e inconsequente, tinha até queimado o celeiro dos Randall, e eu ainda estava chateada com ela por ter dado em cima de Tyler na festa. E Daniel sempre tinha sido rígido demais comigo — ênfase no *rígido*. "O Jackson não a perdoaria dessa vez", Bailey falou. "Ele me disse isso."

Foi ele. Tinha que ter sido ele. Ele não queria nem a mãe, nem o bebê.

Bailey fez disso uma história e, como era uma das melhores amigas de Corinne, tornou a história real — todas as outras pessoas acrescentando fatos novos a ela: "Ouvi a Corinne vomitar no banheiro; ela não usou mais aquelas camisetas curtinhas, porque certamente estava escondendo a barriga; ela andava envergonhada. O Jackson terminou com ela. Coitada da garota. Coitada, coitadinha. Mas foi ela que causou isso, sabia?"

Não sei o que me deu quando descobri. Por que empurrei Bailey, por que gritei, por que a acusei de arruinar o Jackson? Por que me importei?

Porque ela o arruinou. As pessoas acreditaram nessa história, mesmo que ninguém jamais tenha podido prová-la. E era por isso que ele estava trabalhando nesse bar, sozinho, e que nunca teve uma garota que ficasse ao seu lado. Agora, aqueles mesmos olhos com cílios incrivelmente longos faziam parecer que ele estava ouvindo demais, espiando, conspirando. Sua aparência coincidia com suas atitudes. Sua simetria era a máscara. E ele, o monstro por trás dela.

E aquele bar, o lugar mais seguro para deixá-lo.

— Por que você não vai embora, Jackson?

Ele não respondeu, as tatuagens ondulando enquanto limpava o balcão entre nós. Mas eu achava que sabia. Você espera pessoas aqui. Espera as pessoas voltarem. Para que as coisas tenham sentido.

— Por que você continua voltando? — ele perguntou.

— Estou ajudando com o meu pai.

— Então você só voltou por causa dele? — Ele sorriu novamente, evitando meu olhar.

Eu sentei em um banquinho do balcão.

— Desde quando ficou socialmente aceitável beber no café da manhã? — perguntei.

Jackson apertou os lábios e me olhou por um tempo longo demais.

— Já passou da hora do almoço.

Olhei o relógio atrás do balcão, o ponteiro dos segundos estacando a cada movimento. Eu devia ter ficado uma hora ou duas desmaiada na mesa da cozinha. Aproveitando o dia para dormir, pois não tinha feito isso à noite.

— O que você quer, Nic?

Tamborilei os dedos no balcão como meu pai faria, então parei. Estendi os dedos. Queria que não tremessem por causa da cafeína.

— Você sabe onde o Tyler trabalha?

— No mesmo lugar onde sempre trabalhou.

— Você sabe o que quero dizer.

Tyler não tinha um escritório. Ele e seu pai costumavam trabalhar de casa, onde Tyler vinha vivendo feliz até o que eu considerava uma idade além do aceitável; ele disse que preferia economizar.

— Por outro lado, você precisa gastar dinheiro com motel sempre que quiser ficar com uma garota — eu o provocava, em pé, perto demais.

Ele sorria e dizia:

— Eu vou para a casa delas.

E ele me levou para a minha casa para provar seu ponto de vista.

Mas agora ele morava ali. Em um apartamento em cima do bar. E eu não sabia ao certo se ele ainda trabalhava da casa de seus pais ou estava em um canteiro de obras.

Jackson jogou o pano sobre o balcão e fez sinal para eu segui-lo, onde ninguém nos ouvisse. Ficamos em pé no vestíbulo entre a porta da frente e a escada, e ele se aproximou.

— Se afaste dele. Confie em mim.

— Do que você está falando? — Senti os homens do bar se inclinando mais para perto, tentando ouvir, pressentindo todos os boatos que poderiam surgir nesse momento: "O Jackson e a Nic, sussurrando sobre o caso. O Jackson e a Nic, próximos demais".

— Annaleise Carter — disse ele. — Estão tentando enquadrar o Tyler no caso. E você aqui? Não vai ficar bom para ele.

— Como você sabe disso?

— Não importa. Só não bote mais lenha nos boatos, Nic.

— Que boatos? — Ele me encarou, e eu deixei o comentário de lado. — Eu estou noiva. Só preciso conversar com ele.

— Você precisa ficar longe dele. A Annaleise estava... — Ele parou de falar, pensativo. Annaleise ainda era uma menina de treze anos para mim. Fui embora e não vi em que ela havia se tornado.

— A Annaleise estava o quê?

— Ela estava obcecada. — Ele pigarreou. — Pela Corinne. Estava vindo muito aqui. Sendo amigável demais. Fazendo perguntas.

— Sobre o que aconteceu?

— Na verdade, não. Não que estivesse obcecada pelo que aconteceu exatamente. Estava obcecada... por ela. — Jackson olhou por sobre meu ombro, para o balcão, a boca próxima do meu ouvido. — Juro que dizia coisas que a Corinne costumava me dizer, com o mesmo tom de voz. Era assustador, Nic. Porra, era muito assustador. Ela conseguia passar uma imagem bem doentia. — A mandíbula se apertou, e cada músculo do corpo ficou tenso. — Eu nunca... Ela me assustava mais do que qualquer coisa. Mas os policiais falaram comigo. Estiveram aqui hoje de manhã. Aposto que estão com o Tyler agora, já que eles *também* queriam saber onde ele trabalhava. Aposto que logo vão falar com o seu irmão.

— Com o Daniel? Por que falariam com ele?

Os lábios de Jackson se contraíram, e ele me encarou, inabalável.

— Você não está falando sério — continuei. — O Daniel não faria isso.

Ele deu de ombros.

— Ouvi dizer que ela ligava muito para ele. Ela vinha aqui procurá-lo, do mesmo jeito que você está procurando o Tyler agora. Ouvi dizer que a mulher dele passou uns dias na casa da irmã, uns meses atrás, mas não sei se isso teve alguma coisa a ver. Boatos. Sabe como é.

Boatos. Sempre começam com algo. Daniel não me contou que Laura tinha ido para a casa da irmã. Por outro lado, será que ele contaria?

— Só me fale onde ele trabalha, Jackson.

— Eu realmente não sei — disse ele, com os olhos se afastando de mim.

Mentira. De novo.

Ele me deixou de pé na entrada do bar. E, em algum lugar no meio do caminho, quando senti que perdia o controle de tudo o que lutava para manter em pé — minha família — e fui tomada por uma onda de pânico, perdi todo o orgulho. Eu o segui e levantei a voz no silêncio penumbroso.

— Alguém sabe onde posso encontrar o Tyler Ellison?

O homem com o copo de uísque cobriu a tosse com a mão fechada. Caminhei até ele, ficando muito perto.

— O senhor sabe? — perguntei, inclinando tão perto que seu hálito alcoólico fez meus olhos arderem.

Ele segurou o copo entre nós como um escudo e sorriu enquanto o levava aos lábios.

— Que nada, só estou curioso para saber o que ele fez para uma garota entrar com tudo num bar procurando por ele. — E riu para si mesmo.

O homem que bebia cerveja o ignorou. Franziu a testa e inclinou o copo para mim.

— Você é filha de Patrick Farrell, certo?

O outro homem ficou em silêncio, e eu assenti com a cabeça.

— A Ellison Construções está com um projeto na estrada de ferro. Uma estação nova. Financiada pelo maldito município. — Ele tomou um gole de cerveja e bateu a garrafa no balcão. — Para os malditos turistas. — O outro homem murmurou algo sobre dinheiro e financiamento, ruas e escolas. — Meu palpite é que você vai encontrá-lo lá. Como está o seu pai?

— Nada bem — falei. — Está piorando.

— Vocês estão vendendo a casa? Foi isso que ouvi?

— Não sei — respondi. Tudo estava incerto de novo. Meu pai não havia assinado os papéis, mas a casa era apenas a ponta do iceberg. Eu me virei para sair, e Jackson agarrou meu braço.

— Fique esperta — advertiu.

E, como um eco, ouvi Tyler cochichando com Jackson ao longo do rio. "Fique esperto", ele disse, e então pisei em um galho, e os dois se viraram, fingindo que estavam falando de outra coisa.

"O Jackson disse para a polícia que não a viu depois do parque, Nic", Tyler me dissera mais tarde. "Ele alega que não a viu naquela noite."

Mas era mentira.

Eu *vi* Jackson e Corinne. *Depois* do parque. Mas se eu dissesse isso… É preciso entender como as coisas eram. As histórias que as pessoas podiam tramar com os poucos fatos que tinham, as verdades que conseguiam juntar daquela caixa.

Precisavam de alguém para culpar. Alguém para difamar e botar em uma cela para poderem se sentir seguros de novo. Alguém para desempenhar o papel, ser o monstro.

Eu não podia dizer aquilo. Seria o bastante para fechar a caixa para sempre. Eu o estaria condenando.

Jackson não era um cara ingênuo que deixava Corinne fazê-lo sempre de trouxa. Não era um garoto irritado que se sentiu traído, como a investigação faria qualquer um acreditar. O caso não tinha nada a ver com bebê ou com briga. Quando Corinne o provocava, ela o diminuía e o fazia recuar, o suficiente para afastá-la para longe — e ele gostava.

Sei disso porque todos nós gostávamos.

Ele gostava por causa do que acontecia depois; o telefonema implorando para ele voltar. Aquela mensagem telefônica que eles tocaram para todos nós: "Por favor. Por favor, volte". Do jeito que ela o amava, sem dúvida, quando ele voltava. Ninguém nunca amaria com tanta intensidade, de forma tão maliciosa e tão completa. E os segredos que a gente queria esconder — ela amava esses segredos mais que tudo.

— Nic — ela disse quando minha mãe morreu, me puxando para um abraço e chorando. — Eu te amo. Trocaria de lado com você se pudesse. Você sabe disso, não é?

Eu me agarrei a ela e não disse nada. Corinne falava desse jeito, como se as pessoas fossem coisas para trocar, peças em um tabuleiro de xadrez que podíamos mover e controlar.

— Quer ver uma coisa queimar? — ela perguntou.

Naquela noite, fomos ao celeiro abandonado dos Randall. Ela estava com um galão vermelho de gasolina que despejou, cercando a área.

Ela me deixou riscar o fósforo e segurou minha mão enquanto assistíamos ao celeiro queimar até ruir. Ficamos muito perto, tão perto que conseguíamos sentir cada vez que um pedaço de madeira pegava fogo, faiscava e acendia.

Em seguida ela ligou para Tyler vir me buscar e nos pediu para dizer que tínhamos ficado juntos a noite toda.

— Podem ir — ela disse, antes de ligar para a polícia e assumir sozinha o caso do celeiro. — Falei para eles que estava praticando fazer uma fogueira. Como no grupo de escoteiros, em caso de emergência. Mas saiu do meu controle. — Seu sorriso era enorme. E então tudo se resumiu a uma pequena concessão. Seis meses de serviço comunitário e a ira do seu pai, um presentinho para me ajudar a superar a morte da minha mãe.

Como eu *não* poderia amar Corinne Prescott naquela época? Como alguém não poderia? Eu queria acreditar que era por coisas assim e não porque eu estava atraída pela maldade dentro dela ou por como ela conseguia destruir as coisas sem ao menos pestanejar — um pássaro moribundo, um celeiro abandonado. Eu queria acreditar que ela fazia essas coisas porque também me amava.

Consigo ver tudo com um pouco mais de clareza agora, com o filtro do tempo. Como se, ao inclinar a moldura e mudar a perspectiva, talvez ela não tivesse assumido a culpa apenas por mim. Talvez fosse apenas mais um elo em uma corrente de dívidas, uma chantagem emocional que um dia seria invocada e cobrada.

Acho que Corinne acreditava que a vida podia se equilibrar de alguma forma. Que havia uma justiça subjacente a tudo isso. Que os anos na terra eram um jogo. Um risco por uma recompensa, um teste por uma resposta, uma contagem de aliados e inimigos e uma pontuação no final. Sei agora que tudo o que fizemos ou dissemos, e tudo o que não fizemos, foi mantido em um registro em sua mente — sempre escondido na nossa também.

———

Liguei para Daniel do carro, no caminho para encontrar Tyler. Ele atendeu no primeiro toque.

— Alô? — disse, digitando ao fundo.

— Me diga que você não estava saindo com Annaleise Carter.

A digitação foi interrompida.

— Pelo amor de Deus, Nic.

— Cacete, Daniel, você está de brincadeira? O que você tinha na cabeça? O que estava fazendo? E a *Laura*...

— Sei que você não está me dando uma bronca pela fidelidade, Nic. Mas não — disse ele. — Não — falou de um jeito mais enfático, mas não acreditei. É o que se diz quando se é questionado. É isso que a gente se apega contra tudo o mais, contra todas as provas. É isso que se diz e se reza para obter o apoio de alguém.

Eu já tinha feito isso por ele uma vez.

Dez anos atrás, ouvi Hannah Pardot perguntar ao meu irmão na sala de estar: "Você e a Corinne já tiveram algum tipo de relacionamento?" Apertei a orelha no ralo do chão do banheiro e ouvi como ele jurou: "Nunca. Nunca".

Quando foi minha vez, repeti suas palavras. "Nunca", eu disse. "Nunca."

— Nic? Você está me ouvindo? — A voz de Daniel ficou tensa ao telefone.

— O Jackson disse...

— O Jackson não sabe a merda que está falando. Estou cheio de trabalho. Então, você precisa de mais alguma coisa ou só ligou para me interrogar?

— Tudo bem. — Desliguei e senti uma onda de enjoo. Mais uma vez, vi uma menina desaparecida no centro de uma teia. As palavras de Jackson se retorciam em um aviso. Annaleise se infiltrava na vida de qualquer um que estivesse ligado a Corinne Prescott. Como se buscasse alguma coisa.

Um cartaz de "desaparecida" pairou na minha visão periférica quando parei no semáforo, os olhos arregalados, procurando. Uma palpitação me atravessou, e minhas mãos voltaram a ficar trêmulas.

Eu também estava procurando algo.

E imaginei que talvez ela tivesse encontrado.

Tyler não estava na ferrovia, mas cerca de cem metros adiante dela, onde estavam estendendo o trilho, uma estrutura larga e uma base de cimento já instaladas. Do outro lado da rua, mesmo cercado por homens, todos vestidos do mesmo jeito (jeans gastos, botas de trabalho marrons e camiseta, o mesmo uniforme que ele havia adotado onze anos atrás), consegui identificá-lo imediatamente. Enquanto o restante da equipe estava com capacete amarelo, ele usava um boné preto de beisebol, com ECC em letras maiúsculas na frente.

Um homem magro olhou por cima do ombro de Tyler, apontando com o queixo.

— Acho que você tem visita.

Tyler virou em câmera lenta. O rosto permaneceu estático quando me viu, o que não era nada do feitio de Tyler. Normalmente, eu aparecia, e ele se virava e sorria. *Oi, Nic,* como se tivesse passado só um dia, e não seis meses, um ano ou mais.

Mas agora seu rosto não mudou.

— Oi — ele disse. A contração do polegar era a única indicação de que eu era qualquer coisa menos uma estranha. Seus olhos se deslocaram rapidamente para o lado, de onde o homem magro nos observava. — Posso te ajudar com alguma coisa?

— Preciso falar com você. É urgente. — Eu me repreendi mentalmente. *Urgente,* como o Everett diria em uma reunião de negócios.

— Claro. — Ele apontou para um pequeno trailer, e fiquei preocupada em ter que conversar na frente de seu pai, mas, quando entrei, percebi que o escritório era dele. Lá dentro havia uma única mesa e as chaves da caminhonete estavam esparramadas sobre alguns papéis. Algumas cadeiras estavam espalhadas por ali. Projetos e autorizações podiam ser vistos presos a um mural de cortiça. Quando Tyler trabalhava para seu pai, durante a época da escola e mesmo depois, pensei que seria algo temporário. Que ele queria algo mais, como eu. Mas ele não fez faculdade depois que se formou no colégio, e eu deveria saber. Não só pensar que estava trabalhando para seu pai enquanto me esperava.

Dez anos depois, e ele estava dirigindo a empresa. Dez anos depois, com dois diplomas a menos do que eu, e era duas vezes mais realizado.

Ele me seguiu, fechou a porta e se recostou nela.

— Desculpe, não estava te esperando. — Olhou pela janela. — Este não é o melhor momento, na verdade.

— Sinto muito. Mas aconteceu uma coisa. — Tentei dar uma boa olhada em seu rosto, mas a aba do boné estava abaixada, e não conseguia ver seus olhos. Apenas a boca, uma linha definida.

— O que aconteceu? — ele perguntou, com as costas ainda grudadas à porta. A distância entre nós parecia tangível, forçada e estranha.

— Na noite passada, depois da meia-noite, alguém esteve na casa da Annaleise. — Um músculo na lateral do seu rosto se contraiu. Eu queria arrancar o boné dele. Precisava ver seus olhos.

— Como você sabe?

— Porque eu vi.

— Nic, você precisa ficar longe dessa porra de floresta. Tem que deixar isso para lá.

— Tyler...

— Quê?

— Preciso te perguntar. — Parei, desejando que ele não me revelasse nada. Ele reajustou a aba do boné e virou para olhar pela janela.

— O que você precisa me perguntar?

De quantas formas eu podia dizer aquilo? Eu me aproximei, mas seu rosto permaneceu na sombra.

— Foi você?

Ele olhou de volta para mim, como se a conversa o tivesse pegado de surpresa.

— Fui eu *o quê*? Caramba, do que você está falando?

Abaixei a voz, apesar de estarmos sozinhos.

— Você foi à casa dela ontem à noite? Depois da meia-noite?

Tyler virou e fixou os olhos nos meus — *O que você está dizendo, Nic?* —, até eu ser obrigada a desviar o olhar.

— Você tem a chave? — perguntei.

— Porra, você está de brincadeira?

— Você nunca me disse. Nunca me disse se estava a sério com ela ou só transando.

Ele tirou o boné, passou a mão pelos cabelos e o colocou de volta. Em seguida moveu o maxilar inferior.

— Só transando, Nic. Satisfeita?

— Não, não estou satisfeita. — Minha voz vacilou, e respirei lentamente para me controlar. — Alguém estava lá.

— Provavelmente a polícia. Eles acabaram de vir até aqui.

Caralho. A porra do Jackson está certo, merda.

— O que eles queriam? O que você disse?

Ele voltou a olhar pela janela.

— Eles querem encontrar a Annaleise. E acabar com o meu álibi, me pegando em uma mentira.

Refleti um instante.

— Qual é o seu álibi, Tyler?

Ele fez uma careta.

— Esse é o problema. Eu não tenho uma porra de um álibi. O meu álibi é que eu não estava lá. Tirando o fato de que estive lá algumas horas antes, é claro. Então o meu álibi é que eu não estava lá quando ela desapareceu. Que não tivemos uma briga feia.

— Isso é o que eles acham?

Ele deu de ombros.

— Essa é a história que eles querem que pareça. Que eu liguei para ela e nós brigamos. Por alguma razão que eles ainda não descobriram, concordamos em nos encontrar na floresta. Ela me acusou de estar com você, e eu... fiz alguma coisa. — Ele estendeu as mãos diante do corpo, os dedos se curvando como se estivessem em torno do pescoço esbelto da garota.

— Eles precisam provar isso — falei.

— É mesmo? Se todo mundo já acredita e você aparece no meu trabalho no meio do dia?

— Desculpe — sussurrei, o calor subindo pelo rosto. — Desculpe por ter vindo. Eu só precisava saber.

Ele assentiu com a cabeça.

— Não, eu que peço desculpas. Estou puto. Puto com eles, não com você. Provavelmente era a polícia na casa dela, Nic.

— Não, não era a polícia. Não tinha nenhum carro lá. Era alguém a pé. — Alguém que não queria ser visto. Alguém que tinha uma chave. Alguém que conhecia a floresta de cor.

— A família dela, então.

— Indo pela floresta, Tyler? Alguém atravessou aquela floresta.

Ele olhou novamente o vazio, caminhou em direção à porta, reajustou a aba do boné e meneou a cabeça.

— Não fui eu — afirmou e me olhou mais uma vez. — Vá para casa. Vá embora antes que batam na sua porta também.

Eu o segui quando ele saiu do trailer debaixo do sol, o canteiro de obras brilhante, como uma foto superexposta.

———

As refeições começaram a se confundir, assim como as horas e os dias. Era difícil de o sono chegar, e eu compensava com cafeína durante o dia inteiro. Já passava das nove da noite quando me lembrei de comer. Havia inúmeras possibilidades. Todos aqueles nomes e fatos unidos naquela caixa hipotética se entremeavam, desenrolando-se na minha mente. E mais: as histórias que nunca haviam entrado na caixa. As coisas que nunca nos perguntamos lentamente se revelavam.

Para resolver um mistério, para resolver um mistério *nesta cidade*, é preciso ser daqui.

Porque aqui havia pessoas que sabiam mais do que diziam, que escolheram manter o silêncio, como Jackson ao se encontrar com Corinne. Como eu, vendo-os juntos. Devia haver mais de nós. Eu precisava entender o silêncio. Com Corinne vem Annaleise. Com Annaleise vem Corinne.

Aplique um filtro na outra e observe tudo entrar em foco.

———

Havia uma luz lá fora, na floresta. Alguém perto da casa dela novamente. Nem me dei o trabalho de pegar o celular, apenas a lanterna que estava desde sempre na gaveta ao lado do micro-ondas.

Eu os estava perdendo de vista, e não podia. Tinha que saber.

O novo policial estadual, hospedado no hotel da cidade? Mais alguém? Annaleise?

Descubra quem são. Encontre respostas.

Eu me esgueirei silenciosamente pelo quintal como costumava fazer quando era criança, até chegar às sombras e à fileira de árvores. Vi a luz balançando ao longe e corri na direção dela até chegar bem perto. Mantive a lanterna apagada. O luar era suficiente para me orientar, ou talvez fosse a minha memória.

Mas a luz não estava mais se movendo para a casa de Annaleise ou para a minha. Estava indo embora. Recuando. Movendo-se com firmeza e determinação através da floresta. Em direção a um esconderijo, possivelmente. Ou a um carro na outra extremidade.

Ficamos em movimento por pelo menos meia hora, e um laivo de pânico se encaixou em meu peito. Eu estava em desvantagem, sozinha, desarmada, desprotegida — sem telefone, sem mapa, sem GPS. Minhas opções eram continuar seguindo a lanterna ou parar, sem ter ideia de onde eu estava.

Mesmo assim, eu tinha a sensação de que sabia aonde estávamos indo. Não pela direção, mas pelo tempo. Eu já tinha feito esse percurso antes, durante a noite. Mas só tive certeza quando chegamos à clareira. Um grande espaço aberto atrás da estrada. Um caminho pequeno e estreito, em estado de alerta, que levava até as cavernas. Permaneci na floresta, observando a lanterna. Por fim, outra luz apareceu no caminho, e aguardei que ela se aproximasse até iluminar a pessoa que eu estava seguindo.

Por um momento, acho que eu esperava ver braços magros, cabelos loiros e olhos enormes, pele pálida e roupas sujas. Talvez não fosse nada além de esperança, mas ela existia: eu esperava ver Annaleise.

Mas era um garoto. Um adolescente. *O irmão dela*. E a pessoa com ele era uma menina alta, de cabelos escuros, um braço erguido para proteger os olhos.

— Você está me cegando, seu babaca.

— Cadê o David?

— Está trazendo as bebidas. A Carly está no carro. Ela não gosta de sair quando somos só nós. Diz que não é seguro. — A menina fez uma pausa. — Soube de alguma coisa da sua irmã?

— Não — ele respondeu, abaixando a lanterna.

— Sinto muito, Bryce — disse ela.

Bryce. Certo. Ele não parecia especialmente abalado pelo fato de a irmã ter desaparecido. E eles não se pareciam — como eu e Daniel costumávamos parecer. Bryce era troncudo, tinha herdado o maxilar quadrado e os ombros largos do pai.

— Ela ainda pode aparecer — disse ele.

Nove dias, e isso era tudo o que ele podia dizer. Eu acharia suspeito se já não conhecesse o tipo dele, parte de uma geração de garotos que esperava tudo na mão: pessoas desaparecidas que retornavam, e o mistério estava resolvido para eles. Dez anos atrás, a gente botava a floresta abaixo. Seguíamos os policiais até os locais de busca, procurávamos em lugares aonde eles não iam. Mas esses garotos, não. Ao que parecia, podiam simplesmente dar de ombros, expressar condolências e esperar a próxima cerveja.

Talvez fosse porque Annaleise não fazia parte da turma deles. Um pouco velha demais, ela já tinha saído da cidade, cursado a faculdade e voltado. Não pertencia a eles nem a nós. Perdida em um lapso temporal sem ninguém para procurá-la.

Ouvi o ruído de um motor e me afastei das lanternas e faróis.

— Lá está ele — disse a garota. — Vamos, essa floresta me dá arrepios. Meu irmão costumava dizer que tinha um monstro aqui.

Bryce assentiu com a cabeça e a seguiu.

Se a pessoa se deixasse levar pela lenda, se deixasse que ela virasse mais do que uma história, não é tão difícil imaginar que Corinne tenha desaparecido sem deixar rastro. Isso acontece o tempo todo, em todo o país, especialmente na floresta, no meio da noite. E se Corinne desapareceu, então Annaleise também podia ter desaparecido.

Não era difícil imaginar um monstro, mesmo. Observando, esperando e nos obrigando a fazer coisas. Respirando no fiapo de fumaça enquanto os adolescentes acendiam uma fogueira. Observando-os tropeçar uns nos outros, em um emaranhado de pernas e braços jovens. Sentindo a terra fria se acomodar sob as unhas enquanto esperava, ouvindo as teorias, as histórias e as bobagens. Esperando até adormecerem para voltar às cavernas e ver que segredos elas tinham a oferecer — se é que houvesse algum.

Não era tão difícil. De onde estavam sentados, havia algo fazendo o mesmo, e eles não tinham ideia.

Naquele momento, o monstro era eu.

O DIA ANTERIOR

DIA 9

Eu estava com as costas pressionadas contra a parede do quarto, a orelha voltada para a janela aberta, como uma criança escutando a conversa lá fora. Daniel tentava mandar a polícia embora, impedir que nos arrastassem para mais uma investigação.

"Fique fora disso", ele me disse, e tinha razão.

Eu já havia prestado meu depoimento ao policial Fraize, inútil como devia ser. "Viu alguma coisa na floresta? Ouviu alguma coisa naquela noite? Nada mesmo?"

"Não, senhor, não, senhor, não, senhor."

Eu não tinha nenhuma relação com Annaleise. Não havia nada de sólido nos ligando, exceto aquela caixa hipotética de dez anos atrás na delegacia, e isso era apenas uma corroboração de álibi. E, no entanto, ali estava um novo policial na frente de casa, pedindo para falar comigo.

Sua voz era áspera, mas hesitante. Cuidadosa.

— Se eu pudesse apenas fazer umas perguntas rápidas sobre o relacionamento dela com Tyler Ellison... — E lá estava. *Tyler*. Tyler se ligava a mim, e eu me ligava a Daniel. De repente, toda a nossa confusão é sugada, cutucada e fuçada até revelarmos algo não intencional. Algo usado para nos separar. Hannah Pardot era especialista nisso. Esse cara, nem tanto. Estava cambaleando na frente de Daniel, ou Daniel o estava dominando. De qualquer forma, esse policial não entraria para me ver.

— Acho que ela está dormindo — ouvi Daniel dizer. — Olha, estou indo para o trabalho, não posso mais ficar aqui. Tente de novo à tarde.

— É importante. Uma mulher está desaparecida, e a cada dia em que não é encontrada corre mais risco. É nosso dever moral checar todas as pistas possíveis.

Como se isso tivesse saído do manual *As cento e uma maneiras de interrogar testemunhas*. Ele tinha o que, um mês de treinamento? Dever moral. Que hilário. Como se fosse seu *dever moral* abrir todas as facetas da vida de outra pessoa, em um intervalo de três gerações. Destruir os vivos para encontrar os mortos.

Fazia oito dias que Annaleise estava oficialmente desaparecida. Fazer perguntas sobre Tyler agora não mudaria o destino da moça. Eles não estavam procurando *por ela*. Estavam olhando *para ele*. Apesar das boas intenções de Daniel e de suas advertências, se eu não fosse lá, a polícia poderia pensar que eu tinha algo a esconder.

Coloquei roupas limpas e desci as escadas descalça, a conversa abafada por trás de madeira e gesso. Abri a porta de tela e protegi os olhos do sol.

— Daniel? — chamei.

Um carro bastante comum estava estacionado no meio do caminho que dava para a entrada. O policial queria que parecesse que estava de passagem, nada sério. O carro era azul-marinho com vidros fumê e precisava de uma boa lavada.

— Está tudo bem? — perguntei.

O homem não estava de uniforme e era maior do que eu pensava, e mais jovem, considerando sua voz. Tinha mais ou menos a minha idade, ou a de Annaleise — ou seja, jovem demais para ter feito parte da investigação de Corinne. O jeito como falava me fez pensar que não era daqui. Não desta cidade, de qualquer forma. Uma hora a leste era tudo que precisava para fazer diferença. As montanhas e a estrada única e sinuosa mantinham este lugar afastado, insular.

— Nicolette — ele verificou seu bloco de notas — Farrell? — Definitivamente não era daqui. Mesmo que fosse muito jovem para me conhecer pessoalmente, os nomes acompanham as casas. Não tem mistério. A propriedade dos Carter nos fundos da propriedade dos Farrell, e as terras dos McElray dos dois lados, sem nenhuma construção. Os Lawson fizeram uma oferta pela casa e pelo terreno do outro lado da estrada quando Marty Piper, o último membro da família Piper, faleceu após o terceiro e derradeiro ataque cardíaco, mas a casa e o terreno estavam desocupados, com problemas judiciais.

Eu estava encarando a floresta, na direção da casa de Marty, quando o policial perguntou:

— Senhorita?

— Sim?

Daniel ergueu o pescoço e ficou de pé ao meu lado na varanda.

— A senhorita é Nicolette Farrell?

— Sou.

— Eu sou o detetive Charles. Estava esperando para fazer algumas perguntas sobre o seu relacionamento com Tyler Ellison. — Ele parecia esperar algo, talvez que eu fosse o tipo de anfitriã sulista, como Laura, abrisse a porta de tela e acenasse para ele entrar, oferecendo um pouco de chá. Forasteiros só entram quando a investigação muda. O detetive Charles, eu tinha certeza, era a nova Hannah Pardot.

Ele deu alguns passos hesitantes em direção à casa, e eu desci os degraus da varanda, encontrando-o no meio do jardim, meus pés afundando no chão molhado da chuva da noite passada.

— Como está o hotel? — perguntei, apenas para checar. — Ou te botaram em algum lugar melhor?

Sua boca torceu.

— Me desculpe, já nos conhecemos?

— Você não é daqui, é?

— Não, senhorita — ele disse, folheando a prancheta e empertigando o corpo para que eu não pudesse ver o que estava escrito. Pigarreou, a caneta apoiada sobre o papel. — Vai levar apenas um instante. Estou acompanhando algumas questões do caso. Ouvi dizer que aqui pode ser um bom lugar para começar. — Ele não ergueu o olhar durante todo o tempo em que falou, até dizer: — Poderia descrever seu relacionamento com Tyler Ellison?

— Vai ser realmente muito rápido, detetive. Não temos relacionamento nenhum. Desculpe, você desperdiçou seu tempo vindo aqui.

Seus olhos fitaram os meus de relance, depois voltaram para suas folhas.

— E no passado?

— Ele foi meu namorado na escola — respondi. — Estou com vinte e oito anos.

Ele folheou as páginas de um lado para o outro, antes de encontrar o que estava procurando.

— Vocês estão juntos desde essa época? — perguntou. — Pelo que entendi, vocês têm sido vistos juntos desde então.

Sorri para ele.

— Eu moro na Filadélfia. Isso aconteceu quando eu costumava voltar para visitar a cidade, com certeza.

— E não mais?

— Estou noiva — respondi, e seus olhos se voltaram ao meu dedo sem aliança.

Ele virou novamente as páginas.

— Hum, ele foi visto na sua casa. Mais recentemente. Bem recentemente.

Eu estava irritada e não tentei esconder.

— Ele tem ajudado...

Daniel deu um passo à frente e me cortou.

— Eu pedi para o Tyler. Ele é dono de um negócio de construção. Estamos arrumando a casa. Está sendo a casa da Nic apenas por pouco tempo. Ele está *me* ajudando com esse favor.

O detetive Charles encarou meu irmão.

— Vocês são amigos?

Houve uma brevíssima pausa, mas eu a senti.

— Sim — disse Daniel. *Fique esperto.* Responda da forma mais breve possível. Feche o círculo, não dê aberturas desnecessárias, porque eles vão aproveitá-las e preencher as lacunas.

— Então, a questão é... — O detetive Charles folheou páginas, e vislumbrei uma folha em branco. O idiota estava jogando comigo, jogando conosco. As páginas não tinham nada escrito. Algumas palavras rabiscadas às margens, e ele estava fingindo que não nos conhecia, nem a nossa história. Na verdade, estava tudo arquivado em sua cabeça. Ele estava nos analisando e aproveitando a oportunidade. Meu Deus, havia quanto tempo ele *estava* aqui?

Pousei a mão no braço de Daniel, aplicando uma pequena pressão antes que o detetive Charles olhasse para trás.

— A questão é que não conseguimos encontrar o celular da Annaleise... e parece que ele está desligado. Mas demos uma olhada nos registros telefônicos. E a última chamada que ela atendeu, na noite anterior ao desaparecimento, foi de Tyler Ellison. Por volta de uma da manhã.

— Pelo que entendi, eles estavam saindo — falei.

Ele bateu a caneta na página.

— Não, veja, isso é outra coisa. O Tyler disse que eles tinham terminado. E quando verifiquei o motivo, porque é uma enorme coincidência terminar com uma garota e então ela desaparecer, falaram pela cidade que talvez tivesse algo a ver com a senhorita. E por que acha que estão dizendo isso?

Senti o maxilar e as mãos se apertarem.

— Porque, historicamente, foi isso que aconteceu. E, nesta cidade, o que aconteceu no passado é tudo o que sempre vai acontecer, detetive. Se você fosse daqui, saberia disso.

— Não precisa ficar na defensiva. Só estou tentando entender.

— Então pergunte ao Tyler.

— Eu perguntei. Embora ele seja um homem difícil de encontrar.

Houve um tempo em que tudo o que eu tinha que fazer era evocá-lo mentalmente — apenas um fiapo de pensamento — e lá estava ele, em carne e osso, como se eu o tivesse convocado. Mas agora eu tinha que concordar. Tyler estava começando a parecer um fantasma; se eu piscasse um pouco mais devagar, por exemplo, ele podia desaparecer por completo. O detetive Charles bateu na prancheta.

— Ele falou que ligou para Annaleise à uma da manhã e que, deixe-me ver, decidiu terminar. Porque, nas palavras dele: "Ela queria mais do que eu estava disposto a dar". O que acha que isso significa?

— Suponho que seja exatamente o que ele disse. Ele não gosta de ficar amarrado.

Ele sorriu, e foi perturbador: o tubarão pronto para jogar seu trunfo.

— É exatamente o contrário do que eu tenho ouvido. Parece que ele está bem amarrado por aqui.

Troquei o peso do corpo de um pé para o outro.

— Olha só, fazia mais de um ano que eu não conversava com o Tyler, até a semana passada. Não sei como o relacionamento dele funciona na intimidade. — Tive certeza de que o detetive pegou a inflexão na minha voz, e me esforcei para mantê-la firme enquanto Daniel pousava a mão nas minhas costas. *Acalme-se.*

— Srta. Farrell, não estou tentando trazer problemas nem nada disso. Só quero ter uma ideia do estado mental da Annaleise naquela noite.

Mentira.

— Quando a senhorita e Tyler Ellison estiveram pela última vez... juntos? — ele perguntou, mantendo os olhos no bloco de notas.

— Se está me perguntando o que eu acho que está, isso é uma questão pessoal.

— Esta é uma investigação sobre uma pessoa desaparecida. Claro que é pessoal. Pense na garota, srta. Farrell.

Pense na garota.

— No ano passado — respondi.

— Não foi na semana passada? Quando a senhorita voltou para casa?

— Não — confirmei.

— A senhorita volta para casa, e Tyler supostamente rompe com Annaleise na mesma noite, e então relatam o desaparecimento dela na manhã seguinte. Consegue enxergar a situação?

Eu conseguia enxergar quais histórias tinham inventado e aquela que queriam que eu confirmasse. Mas eu já tinha passado por isso antes. Todos tínhamos. Esse garoto, ele não tinha uma porra de uma pista.

— Eu entendo que, quando a polícia não tem pistas, todos ficam desesperados, tentando encontrar sentido onde não há nada, ligar pontos desconexos para formar uma imagem que possam entender. Seja verdade ou não.

O telefone de Daniel tocou, e ele atendeu no mesmo instante, sem se desculpar.

— Alô? Quê? — Ele continuou ouvindo, e eu continuei encarando o rosto de meu irmão para não ter que ver o detetive Charles, cujo olhar eu podia sentir abrindo um buraco na lateral do meu crânio. — Estou indo para lá — disse ele. Então, para o detetive: — Nosso pai não está bem. Temos que ir. Boa sorte com o caso. — E se virou para me encarar. — Precisam de nós para intervir. Agora.

— Ai, meu Deus — falei, entrando, trancando as portas e pegando os sapatos e a bolsa. Daniel já estava com o carro ligado quando cheguei lá fora, ao telefone com a companhia de seguros onde trabalhava como perito, explicando que não conseguiria chegar ao local.

Meu irmão ganhava a vida avaliando sinistros. Trabalhava de casa, indo para onde quer que uma das várias empresas o enviasse na região. Tudo era uma lista de verificação — havia uma fórmula para desastre, infortúnio e tragédia. Tudo tinha um valor e um custo. Suponho que se acostumou a cavar fatos, atribuir culpas, detectar fraudes. Ou descobriu que era bom nisso. Depois de ter vivido o caso de Corinne, talvez fosse um consolo para ele encontrar lógica no caos. Encontrar a verdade.

— Não — ele disse —, não vou conseguir fazer isso hoje. Eu dobro amanhã. Sim, pode dizer que é licença médica.

Ligou para Laura enquanto pegávamos a estrada. O detetive ficou sentado em seu carro, fazendo anotações, fingindo não nos observar conforme nos afastávamos.

Meu pai estava preso com contentores, deitado de costas, com os olhos fixos no teto. A sala estava cheia de gente, todos trabalhando em uma função ou outra. Quando eu e Daniel irrompemos no quarto, o médico fez uma ceninha, colocando os dedos no pulso do meu pai, que estava amolecido e preso por uma grossa correia preta.

— O que vocês estão fazendo com ele? — perguntei, passando pelo médico e abrindo uma correia que tinha sido afivelada em torno do outro pulso do meu pai.

— Srta. Farrell. — Uma mão pousou em meu ombro, mas a voz soava distante. — Srta. Farrell. — Era a voz de uma mulher, mais vigorosa agora, e então a mão se moveu para o meu pulso, contendo meus movimentos. — É para a segurança dele. E nossa.

Olhei para a mão no meu pulso, os dedos longos e os nós dos dedos rachados que levavam ao pulso nodoso e ao braço fino. Daniel.

Foi então que dei uma boa olhada em todos na sala. Uma enfermeira parecia abalada, metade do cabelo arrancado do coque. Havia dois homens que não pareciam ser médicos ou enfermeiros, e que observavam meu pai com desconfiança. E a mulher que falou meu nome, vestida de roupa social, parada perto da entrada.

— Ele está sedado agora — disse a mulher. — Mas não sabemos como vai estar quando acordar.

O ar estava parado, frio e parecia muito impessoal. Sem nenhum cheiro que remetesse ao lar. Só a remédios, produtos de limpeza e desinfetantes. Não podia ser bom para suas memórias. Ele precisava sentir o cheiro do assoalho de madeira e da floresta atrás da nossa casa. Precisava sentir o cheiro da fumaça que saía do escapamento do seu velho carro e da gordura que exalava do Kelly's Pub.

— Bem, quando ele acordar e se vir todo amarrado, posso garantir que não vai ser bom — comentei.

Ela apertou os lábios e estendeu a mão para mim, não me dando nenhuma opção além de pegá-la.

— Sou Karen Addelson, diretora daqui. Acho que não tive o prazer de conhecê-la ainda, srta. Farrell. Por favor, venham até o meu escritório, vocês dois. — Ela não soltou minha mão; ao contrário, segurou meu cotovelo com a mão livre.

— Ele vai ficar bem. Alguém vai ficar com ele. — Sua mão saiu do meu cotovelo e foi para as minhas costas, e ela me tirou da sala, com Daniel ao meu lado.

Karen Addelson estava bem-vestida, do jeito que eu me vestia na Filadélfia. Saia lápis, sapatilha preta da moda, blusa com modelagem para parecer profissional e feminina. Deixou a mão cair enquanto caminhávamos em linha reta, à direita do corredor, dando espaço para cadeiras de rodas e carrinhos de serviço. Sorrindo, mas tensa, olhou para trás para garantir que a estávamos acompanhando. Sua blusa tinha uma leve transparência, com uma combinação por baixo, e estava tão em desacordo com a cara lavada e o cabelo preso em um coque sério que me causou estranhamento.

Nós a seguimos até um escritório externo, ornado com vasos que ladeavam janelas avarandadas, e uma mesa com uma secretária que sorriu distraidamente em nossa direção.

— Segure minhas chamadas — disse Karen enquanto entrava no escritório. Havia três cadeiras acolchoadas e um sofá de um lado, sua mesa do outro. Ela apontou para o sofá. Daniel afundou nas almofadas, mas eu permaneci de pé. Everett nunca se sentaria ali: *Você vai ficar em desvantagem, Nicolette,* eu conseguia imaginá-lo sussurrando em meu ouvido. Everett era assim, sempre me ensinando a me portar em diversas situações, como se pudesse me moldar à sua semelhança. Eu imaginava seu pai fazendo o mesmo por ele, ensinando aquela postura para caminhar, e uma miniatura de Everett assentindo, aprendendo e imitando.

Karen sentou-se na cadeira diante do sofá, e eu fiquei de pé, de frente para ela, perto de Daniel.

— Estou preocupada — disse ela. — Seu pai teve um episódio esta manhã.

— O que isso quer dizer? — perguntou Daniel. — Um episódio?

— Ele ficou extremamente agitado...

— É porque não há nada aqui para ajudá-lo a se lembrar — eu disse. — Eu também ficaria agitada se acordasse em um lugar que não conheço.

— Talvez seja verdade, srta. Farrell, não nego o direito dele a esse sentimento. Mas a explosão do seu pai foi além da desorientação. Receio ter de chamá-la de paranoia. E isso me leva a questionar se este é o lugar certo para ele. Talvez o mais adequado neste momento seja transferi-lo para um lugar que possa cuidar dessas necessidades específicas.

— Paranoia? — perguntou Daniel.

— Isso. Ele ficou gritando que alguém estava atrás de sua filha e se recusou a permanecer aqui. Estava incontrolável. Ficou violento, insistindo que tinha que sair, ir até a senhorita. *Ajudar* a senhorita. — Ela olhou para mim, e eu desviei o olhar, imaginando-o gritar por sua filha, por mim. Senti um arrepio percorrer minha coluna. — Foram necessários dois homens para segurá-lo, para um médico poder sedá-lo. Mas tudo o que ele dizia era "Minha filha está correndo perigo".

Senti Daniel me encarando. Estremeci, e tudo à minha volta pareceu desmoronar.

— Se fosse um acontecimento do passado, eu poderia entender — continuou ela. — Estaria mais de acordo com o que sabemos da condição dele, não é? A senhorita já esteve em situação de perigo?

Fiz que não com a cabeça.

— Não sei o que está acontecendo com ele — falei, as palavras de meu pai ecoando repetidamente, como se eu mesma as ouvisse.

— Bem, como eu disse, delírios paranoicos me fazem questionar se ele está no lugar certo — ela completou, indo diretamente ao ponto de nossa reunião.

— A culpa é minha — disse Daniel.

— Como? — perguntou Karen. Nós duas olhamos para ele, suas bochechas queimando como se ele tivesse trabalhado muito tempo debaixo do sol.

— Nossa vizinha desapareceu. Annaleise Carter. Talvez a senhora tenha visto alguma coisa no noticiário. Eu contei para ele. Pensando melhor, acho que foi um erro. Escapou. Ela desapareceu na floresta atrás da nossa casa, onde minha irmã está hospedada. Eu queria que ele soubesse por mim e não pelo noticiário. Não devia ter dito nada para ele. Desculpe. Mas não foi paranoia. Foi confusão, um engano.

Karen inclinou a cabeça para o lado, avaliando as palavras do meu irmão. Por fim, assentiu.

— É compreensível. Preocupante, para dizer o mínimo. No entanto, vamos continuar monitorando-o. Se isso se transformar em um padrão...

— Me desculpe — disse Daniel. — Vou conversar com ele.

— Deixe que eu converso — eu disse. — Ele estava falando de mim. — Fiquei feliz por estar de pé, feliz pela confiança que minha postura transmitia.

Karen se levantou.

— Acho que é uma boa ideia.

— Sem as correias — exigi.

Daniel foi para a cantina pedir três almoços para levar ao quarto de meu pai. Eu estava sentada, de pernas cruzadas na cadeira do canto, tomando um refrigerante da máquina que havia no corredor, quando meu pai finalmente acordou. Havia um enfermeiro no quarto, perto da porta, a pedido de Karen.

— Oi, pai — eu disse, hesitante.

Ele esfregou distraidamente os pulsos, e pude ver a marca vermelha da fricção. Eu me inclinei sobre sua cama para que ele me visse antes de ver o quarto que não era dele e o homem que não conhecia.

— Você está bem — afirmei. — Eu também estou bem.

Ele se levantou sobre os cotovelos e estremeceu.

— Nic? — disse, os olhos se concentrando, estreitando, vagando.

— Você está em Grand Pines e está bem. E eu estou aqui e estou bem.

Ele estendeu a mão e tocou o meu rosto.

— Nic, graças a Deus. Não é seguro para você.

— Shhh, pai — murmurei, olhando o homem ao lado da porta. — Eu estou bem. — Daniel entrou com nosso almoço nesse momento, três caixinhas de isopor empilhadas. — O Daniel também está aqui, olha só! Estamos bem.

Meu pai sentou-se na cama como uma criança depois de um pesadelo, aliviado e aterrorizado ao mesmo tempo. Olhou para Daniel, para mim, para o homem ao lado da porta.

— Você vai cuidar dela? — perguntou ao meu irmão.

Daniel abriu as caixas, olhou dentro de cada uma delas e as distribuiu.

— Sim, pai — ele disse, e senti um nó na garganta. — Você não pode ficar agitado, tudo bem?

Meu pai esfregou os pulsos novamente, como se não conseguisse se lembrar de algo que deveria estar ali.

— Pai — disse Daniel —, é importante.

Eu me inclinei para a frente, estendendo um guardanapo no colo dele.

— Pai, está tudo bem.

Ele olhou para Daniel.

— Prometa — disse. — Prometa que você vai cuidar dela.

Daniel já estava abocanhando a comida. Nada conseguia tirar seu apetite. Ele manteve os olhos em nosso pai.

— Você sabe que eu vou — disse enquanto mastigava.

Karen Addelson entrou com o médico.

— Como estão as coisas por aqui? Patrick, está se sentindo melhor?

— Quê? Ah, sim. Sim. — Ele pegou seu sanduíche como se estivesse encenando um papel. — Esta é a minha filha. Já se conheceram? Nic, esta é a nossa Responsável. Responsável, esta é a minha filha.

— Muito prazer — eu e Karen dissemos. — Agora, Patrick — ela continuou —, que tal dormir um pouco? Almoce, e o médico vai lhe dar algo para dormir. Conversamos amanhã, tudo bem?

Assenti com a cabeça, em sinal de aprovação, e Daniel fez a mesma coisa. Meu pai olhou para nós dois e anuiu, até Karen sair do quarto. Em seguida agarrou meu pulso.

— Prometa, Nic.

— Prometo.

Eu não tinha ideia do que ele estava pedindo ou do que eu estava prometendo. Tive a sensação de que era melhor para nós dois assim.

Karen nos encontrou novamente na recepção.

— Vamos avaliá-lo amanhã e determinar a melhor maneira de proceder. Na próxima semana marcamos outra reunião. — Ela me entregou seu cartão. — Até lá, vamos manter contato.

Eu e Daniel permanecemos em silêncio. Então nos despedimos da recepcionista, agradecemos ao porteiro e entramos no carro abafado, dirigindo com as janelas abertas até o ar-condicionado funcionar.

— Que porra foi aquela? — perguntei.

— Sei lá eu — meu irmão disse, as mãos circulando o volante, o sol da tarde refletindo do asfalto como vapor.

— Você realmente contou para ele sobre a Annaleise? Ou foi só a primeira coisa em que conseguiu pensar?

— Não, eu contei mesmo.

— Não foi esperto da sua parte.

— Não. Não foi. — Ele suspirou, e sua expressão difícil de interpretar se tornou ainda mais impenetrável.

— Você errou ao fazer isso — falei.

Seu pescoço estava assumindo uma coloração avermelhada, enquanto os nós dos dedos branqueavam, como se o sangue estivesse vazando de um lugar a outro.

— Tenho plena consciência disso, Nic. Plena. Vou voltar amanhã para vê-lo.

— Tudo bem — concordei. — Que horas?

Ele olhou rápido para mim e em seguida para a estrada.

— Não se preocupe. Arrume alguma coisa lá em casa. Vou trazer os papéis da venda para ele.

— A casa não está pronta.

Sua mandíbula ficou tensa.

— Por isso que você precisa ficar em casa.

Minha onda momentânea de emoção por ele foi à toa. Sempre nos comunicamos assim. Nas coisas que não dizíamos. Tínhamos desenvolvido um hábito depois que nossa mãe ficou doente, lutando no espaço entre palavras sobre algo que ia além do que queríamos dizer.

Ele estava comigo no dia em que arranhei a caminhonete de Tyler ao abrir a porta do passageiro, no dia em que nos conhecemos de verdade. "Você nunca presta atenção!", Daniel gritou, batendo com tudo a porta do motorista. "Você estacionou muito perto!", gritei de volta enquanto Tyler olhava.

Nada sobre a lista de coisas que precisavam ser ditas: a crescente distância de nosso pai, o fato de que Daniel estava saindo da escola, o que aconteceria conosco depois que nossa mãe morresse. Não, discutíamos sobre como estacionávamos perto de outros carros, sobre uma lataria riscada, se eu estava atrasada ou ele adiantado. Foi assim que sobrevivemos. Era assim minha história com Daniel.

— Eu já tirei licença do trabalho hoje — disse ele. — Vou te dar uma mão. Vamos adiantar um pouco as coisas.

O que ele queria dizer nas entrelinhas era que eu não tinha feito nada sozinha.

―――

Eu vi primeiro. As coisas não estavam do jeito que eu as deixara. Parei na entrada, imóvel, enquanto Daniel passava por mim.

— Ele entrou aqui — falei.

Daniel virou.

— Quê? Quem?

Bati a porta e me recostei nela, a respiração acelerando.

— Aquele policial. Ele entrou na porra da casa. — Apontei para a mesa da sala de jantar, entulhada com o caos, mas o *meu* caos. Eu estava encaixotando as coisas não por itens, mas por períodos: coisas da minha infância, coisas mais novas que eu nunca tinha visto e coisas que eu podia ligar à lembrança dos dezoito anos, quando Corinne desapareceu. E as coisas que eu não tinha certeza estavam espalhadas em cima da mesa.

No entanto, não estavam agrupadas como eu as havia deixado. Haviam sido remexidas e tiradas do lugar. O livro de reforma de casas que eu havia encontrado na gaveta da cozinha, cheio de orelhas, e havia deixado na mesa, agora estava aberto em uma página marcada, quando eu o deixara fechado. Havia recibos com datas apagadas, embaralhados em pilhas erradas.

— Como você sabe? Este lugar está uma bagunça.

— Ele entrou aqui, Daniel. As coisas foram tiradas do lugar. Eu juro.

Seus olhos encontraram os meus, e nos encaramos até que ele disse:

— Cheque a casa.

Assenti e subi rapidamente as escadas até o meu quarto. Se o policial estivesse procurando sinais de Tyler, não devia ter verificado aqui? Mas o quarto estava exatamente como eu o deixara. Mesmo a gaveta de cima, que eu não tinha fechado em minha pressa de falar com o policial. O quarto do meu pai estava quase vazio, e o closet tinha poucas coisas: chinelos no chão, cabides de metal vazios, algumas roupas de trabalho. Mas o quarto de Daniel, aquele com as coisas antigas do meu pai, fora investigado. Caixas foram movidas e empilhadas, papéis foram remexidos, como se a pessoa que tivesse feito isso não estivesse nem um pouco preocupada em disfarçar.

Ouvi os passos de Daniel subindo as escadas, atravessando o corredor, e então pude escutar sua respiração pesada sobre o meu ombro.

— E aí? — ele perguntou.
— Aqui. Alguém passou por aqui — respondi.
Daniel olhou para a bagunça. Seu antigo quarto. A bagunça de nosso pai.
— Não tem ninguém investigando o Tyler, então — disse ele.
— Não — concordei.

Daniel encostou a mão no batente da porta, muito suavemente. Desde o episódio no parque de diversões, ele nunca mais socou as paredes, chutou o chão ou seu carro. Para que ninguém o visse fazê-lo. Para que aquilo não virasse um padrão. Mas estava se esforçando demais, e aquilo transbordava de dentro dele, o fato de se manter tão quieto. Ele deu meia-volta e voltou para o andar de baixo.

Eu o segui, observando-o verificar as janelas, empurrando-as até ter certeza de que estavam todas fechadas.

— Você trancou as janelas? — Ele se virou para mim. — Porque não tem sinal de que foram forçadas, Nic.

— Sim — respondi devagar. — Mas a tranca da porta dos fundos está quebrada.

Seus olhos se arregalaram, e ele murmurou em voz baixa, atravessando a cozinha, verificando ele mesmo. Puxou a maçaneta e ela cedeu, como eu tinha acabado de explicar.

— Eu disse — falei, com as mãos nos quadris.

A mão dele estava na maçaneta, girando, girando, como se fazendo isso pudesse resultar em algo diferente.

— Ela estava quebrada antes? Antes de você chegar?
— Sim.
— Tem certeza?
— Se tenho certeza? Claro, Daniel. Meu Deus!

Seu rosto ficou tão vermelho com a raiva que ele se esforçava para conter que me afastei.

— Caramba, por que você não disse nada? Por que não mandou arrumar? O que você fez até agora, afinal?

— Que diferença faria? Fala sério, Daniel, uma tranca mais forte impediria alguém que quisesse mesmo entrar? — *Seja racional. Fique calma.* Palavras de Everett, mas que eram inúteis na minha família. Era assim que funcionávamos.

— Não, Nic, mas seria uma prova. Uma janela quebrada, impressões digitais no vidro...

— Me poupe, Daniel. Ninguém vai desperdiçar tempo e dinheiro para investigar o arrombamento de uma casa onde não moramos e de onde nada desapareceu. Vão culpar a garotada. Ninguém liga.

— Ah, *alguém* liga — disse ele.

Engoli em seco, respirei fundo e tentei me concentrar, procurando uma explicação razoável.

— Talvez tenha sido o Tyler — comentei. — Ele ainda tem uma chave de anos atrás...

Daniel emitiu um barulho gutural profundo, embora eu não soubesse se era para mim ou para Tyler.

— Talvez ele tenha vindo consertar o ar-condicionado. E talvez...

Daniel ergueu as mãos e se aproximou.

— O quê? Ele se distraiu com pilhas de lixo e gastou um dia fuçando nas coisas do pai no meu antigo quarto?

— Babaca — murmurei. Acionei o interruptor na entrada para verificar o ar-condicionado, porque, meu Deus, como eu queria que fosse verdade. As outras possibilidades me deixavam nauseada, como se alguém tivesse balançado aquela caixa na delegacia com muita força, e ela tivesse começado a se abrir, os nomes circulando, apanhados em um redemoinho, cruel e desesperado.

Tyler era a única resposta segura. *Por favor, que tenha sido o Tyler.*

Girei o termostato do ar-condicionado para baixo e tentei ouvir as paredes. Nada. Nenhum ruído, nenhuma abertura estalando.

Os nós dos dedos de Daniel estavam brancos. Ele estava bem ao meu lado, e sua voz assumiu um tom estranhamente baixo.

— O Tyler trabalha. Não precisa fuçar por aí ou usar uma chave quando não estamos em casa. Tenho certeza que ele consegue entrar aqui só na lábia. Aposto que nem precisa falar.

Empurrei seu peito com suavidade, apenas para ter espaço. Então íamos brigar sobre Tyler de novo. Aquela, pelo menos, era uma discussão cujas frases já conhecíamos.

— Ele ligaria primeiro — disse ele. — Ele ligou para você? — Fiquei em silêncio. — Ligou?

— Não, mas não estamos... Ele não está falando comigo.

Daniel soltou uma gargalhada.

— Porra, é inacreditável. Você realmente conseguiu, Nic. Deixou puta a única pessoa que parecia imune. Parabéns!

— Você é um babaca.

— E às vezes você é tão burra que chega a ser irritante.

Ele me encarou, e eu o encarei de volta, como se o enfrentasse. O rosto dele ficou vermelho, o pescoço cheio de manchas, os punhos cerrados, algo de escuro e feio percorrendo minhas veias.

— Vai me bater agora? — perguntei.

Ele respirou pesada e furiosamente, e o terreno frágil em que estávamos pisando se estilhaçou.

Uma questão que criava um abismo tão grande entre nós e ainda nos puxava *para lá*. Seu punho acertando meu rosto, e o começo do fim de tudo.

Então ele se afastou, colérico, deixando a porta da frente entreaberta.

Eu me apoiei na parede, segurando o telefone grudado ao peito. Aquele lugar bagunçava comigo, me fazia esquecer de mim mesma. Liguei para Everett, mas o celular caiu na caixa postal.

Liguei para o escritório e mantive a voz treinada e firme enquanto conversava com a secretária, Olivia, que havia se tornado uma das minhas amigas mais próximas. Uma amiga ligada a Everett, mas uma amiga.

— Ele está preparando algumas testemunhas — disse ela. — Eu adoraria conversar, mas está uma correria danada aqui esta semana. Consegue ouvir? — Sim, eu conseguia: telefones tocando ao fundo, zumbidos baixos de vozes. Ela continuou: — Minha nossa, preciso de uma noite só de garotas. Quando você volta? Merda, tenho que ir. Eu digo que você ligou.

Encarei o celular, imaginando para quem ligar para me acalmar. A verdade é que não sou boa com amigos próximos. Sou ótima no casual, em encontros depois do trabalho e levar lasanha para um jantar. Sou excelente sendo amiga dos amigos de Everett. Mas não para trocar números de telefone e ligar apenas para papear.

Sempre deixo as pessoas para trás. Os cartões de Natal e Ano-Novo duram o intervalo entre um e outro apartamento, depois eu me mudo e esqueço de mandar o novo endereço. Os e-mails ficam sem resposta e as ligações telefônicas sem retorno. É um hábito. É mais fácil. Sou a amiga do grupo para quem as pessoas fazem uma festa de despedida, mas nunca mantêm contato. Eu tinha degraus para galgar, dívidas para pagar e uma vida para criar.

E com quem acabei depois de tantas mudanças? Com Everett, por um ano. Com minha colega de quarto da faculdade, Arden, mas ela era médica e ocupada, e todas as decisões que tomava eram caso de vida ou morte, e tudo o que eu dizia parecia banal diante disso. Com meu orientador de mestrado, Marcus. Eu podia ligar para ele, ventilar minhas questões de um jeito normal. Superficial. Mas não desse jeito: "Minha melhor amiga desapareceu quando eu tinha dezoito anos, tudo está voltando, estou perdendo meu pai e alguém esteve na minha casa. Talvez sejam policiais, mas talvez não".

Eram pessoas para quem eu ligava para contar as novidades: "Conheci um cara. Estou noiva. Tenho um novo emprego". Para compartilhar os altos e baixos. Mas amigos para ligar e conversar sobre assuntos profundos, assuntos que vivem nos recônditos mais escuros do coração? Fazia tempo que esse tipo de pessoa não existia para mim. Desde que fui embora de Cooley Ridge.

Everett ligou de volta à noite, quando eu estava limpando a casa — culpada pela desaprovação de Daniel, pus a mão na massa. Ouvi vozes ao fundo, desaparecendo enquanto ele se afastava.

— Oi, desculpe. Pensei que fosse mais cedo. Você não estava dormindo, estava?

— Não — respondi. — O que está acontecendo por aí?

— Coisas jurídicas chatas. Chatas, mas incontornáveis. — Ele suspirou. — Estou com saudades. Como está indo com o pedido?

— Apresentamos a papelada e estamos esperando uma data do juiz. Estamos trabalhando na casa. Como está o caso?

— Ah, você sabe. Fiquei feliz por você não estar aqui. Ainda estou no escritório. Você ficaria furiosa.

Olhei o relógio e vi que eram quase dez horas.

— Eu apareceria e levaria o jantar.

— Meu Deus, estou com saudades. — E então outra voz, feminina desta vez. Mara Cross. — Espere um pouco — disse ele, pousando a mão no fone. — Hum, o pad thai. Isso. Obrigado. — Então, para mim: — Desculpe. Estamos pedindo comida.

— A Mara está aí? — perguntei.

— Todos estão aqui — ele respondeu, sem titubear. Everett tinha uma relação dolorosamente saudável com sua ex, ao menos era isso que ele achava.

Mas o sorriso da mulher foi muito forçado quando ela olhou para mim, e tudo nela ficava tenso demais quando caminhava ao lado dele. Eles não eram amigos de verdade, apesar de Everett querer acreditar nisso. Olivia não suportava Mara, o jeito como falava com ela e depois comigo, como se fôssemos idiotas. Provavelmente foi assim que nos tornamos amigas.

Perguntei a Everett, muito tempo atrás, por que ele e Mara se separaram, porque ela sempre estava sorrindo, era atraente, perspicaz e *muito presente*. "Não éramos compatíveis", ele disse, o que, no início, não fez sentido para mim. Eles pareciam perfeitamente compatíveis. Iguais até. A mulher tinha opiniões fortes e trabalhava ainda mais horas do que ele, além de falarem sobre as mesmas coisas: responsabilidade civil, moções e tribunais recursais. Palavras que eu entendia, mas não tinham significado real para mim.

Eu gostava de imaginar que eram incompatíveis de outra maneira — na cama. Sempre que eu a via, sempre que percebia que ela olhava para Everett como se o conhecesse bem demais, eu me agarrava à palavra "incompatível", imaginando algo desajeitado e insatisfatório. Seu nome se transformou em sinônimo dessa visão, e eu ficava verdadeiramente surpresa quando ela vencia processos. *Ela? Ela é tão desajeitada. Seus argumentos são tão insatisfatórios.*

Mais fácil do que pensar que eu não devia ser nenhuma destas coisas: forte, obstinada, uma pessoa que dominava salas de tribunal. Caso contrário, pela lógica, também não seríamos compatíveis. O que ele viu em mim? Alguém que poderia moldar, criar, apresentar e colocar em seu mundo exatamente como queria? O que ele viu nos meus móveis reciclados e chamativos e na longa conversa no apartamento de Trevor? Uma tábula rasa? "É preciso vir do nada", eu lhe disse. Talvez ele tivesse entendido aquilo muito ao pé da letra, sem saber que eu já era alguma coisa.

Eu sabia coisas de Everett da mesma forma que ele sabia coisas de mim. A partir daquilo que ele escolhia compartilhar, ou que a família dele compartilhava daquele jeito, *Haha, lembra aquela vez...* Onde estavam seus esqueletos?

Ele tinha amigos, principalmente homens, que variavam em graus de infantilidade — o que era desagradável, mas não prejudicial. Nem assombroso. Nem definia nada. Eles contavam histórias de Everett tomando cerveja de cabeça para baixo e de uma vez em que ele engoliu um peixinho dourado, o que era repulsivo, mas não era o mesmo que ter a melhor amiga desaparecida e uma família de suspeitos. Se Corinne nunca tivesse desaparecido, talvez nos encontrássemos para beber quando estivéssemos na cidade, dividíssemos histórias como essa com os namorados ou maridos. "E então a Bailey vomitou nos tênis de Josh Howell..."

Havia uma diferença, um abismo, entre esse tipo de história e um passado real.

Everett também tinha seus segredos?

Onde estavam as histórias que o definiam, que o expunham, que o deixavam vulnerável?

Quem era esse homem com quem eu tinha aceitado me casar?

— Me conte alguma coisa sobre você — pedi. — Algo que ninguém mais sabe. — Ouvi a cadeira dele ranger quando se recostou, e imaginei como descalçava os sapatos e os deixava sobre a madeira escura. Erguendo os braços sobre a cabeça, os botões da camisa repuxando, o contorno da camiseta que usava por baixo.

— É um jogo? — ele perguntou, e ouvi o bocejo em sua voz.

— Claro — respondi. — Ou não precisa ser.

— Tudo bem, vamos ver... Não ria. Eu tentei usar o cartão de crédito do meu pai no ensino médio para comprar um filme pornô pela internet. Não pensei que as faturas vinham com as informações da compra.

— Que nojento — falei, rindo. — Mas isso não conta. Seu pai sabe.

— Ah, nem me lembre. Não consigo olhar nos olhos dele quando penso nisso.

— Que fofo. Mas não foi isso que eu quis dizer. Eu quis dizer algo mais, sabe? Algo que ninguém mais saiba.

Sua cadeira rangeu mais algumas vezes, e eu não achei que ele fosse responder. Mas então ele falou:

— Uma vez, eu vi um homem morrer. — O ar da sala mudou, sua voz ficou baixa, e senti sua boca se aproximando do telefone. — Eu estava no ensino médio. Houve um acidente de carro na estrada, e eu não devia estar na rua. Já tinha uma multidão por ali, ajudando. Uma ambulância a caminho. Eu não conseguia desviar o olhar.

Isso, pensei. *Aí está ele. Aí está Everett. Ele consegue sentir?*

— Conte mais — pedi.

Uma inspiração profunda. Ouvi passos, uma porta se fechando, o ranger da cadeira novamente. Não ousei interromper.

— Não sei se tenho estômago para o meu trabalho — ele disse. — Eu gosto de lidar com os fatos e a lei e acredito que todos têm direito a se defender, a ter um julgamento justo. Eu faço bem o meu trabalho, não me entenda mal. Mas às vezes tem um momento... um momento em que você sabe que a pessoa que está defendendo é culpada. E você não pode voltar atrás. E aí a justiça é essa faca de dois gumes. Como se eu estivesse defendendo a justiça com meu "impulso inflexível", para citar o meu pai. Mas qual é a verdadeira justiça, Nicolette? Qual?

— O caso Parlito?

— Qualquer um — ele respondeu e suspirou. — Sou um advogado melhor quando não sei.

— Você pode fazer outra coisa.

— Não é tão fácil.

— É, sim — falei. — Eu não me importo com o que você faz. Você sabe disso, certo? Não me importo se você é advogado ou não.

Ele fez uma pausa.

— Certo. Você é quem está dizendo. Nem todos temos esse luxo. Tenho trinta anos. Sou um *sócio*. Essa é a minha vida.

— O que estou dizendo é que não precisa ser. — *Mude o cabelo, esqueça os outros. Vá para algum lugar novo e não olhe para trás. Você pode fazer isso. Nós podemos fazer isso.*

Ele riu como se estivesse zombando de si mesmo, colocando distância entre ele e a conversa.

— Então me diga, Nicolette, você sempre quis ser orientadora?

— De jeito nenhum. Eu queria ser cantora country.

— Espere aí — disse ele. — Você sabe cantar? Isso é uma coisa que eu devia saber.

— Eu não canto nada.

A risada dele era suave como algodão.

A verdade é que eu era uma péssima orientadora. Dizia coisas erradas, nunca tinha o conselho certo para dar. Mas eu era uma ouvinte excelente, então aprendi a não falar muito. Podia instruir os alunos até o recurso correto, encontrar a ajuda de que precisavam. Percebia o que estavam escondendo e deixava que me mostrassem. Eles vomitavam seus fantasmas adolescentes coletivos no meu escritório. Teoricamente, eu era uma orientadora excelente.

Talvez fosse porque eles sentissem um espírito semelhante ao meu, ou viam algo dentro de mim, como o que vi em Hannah Pardot: a sensação de que ela sabia mais porque tinha sido uma de nós. Talvez soubessem que eu tinha visto coisas mais sombrias e entenderia.

Ou talvez sentissem que eu era excelente para guardar segredos.

E sou mesmo.

―――

Encerrei a ligação quando o jantar de Everett chegou, já sentindo que ele era inacessível e estava em um mundo muito distante. Com Tyler, tinha sido o contrário. Tive que excluir seu número do meu telefone para evitar ligar para ele por impulso depois de beber, depois de um encontro ruim, e especialmente depois de um relativamente bom.

Mas um segundo depois da ligação com Everett e tudo que eu conseguia sentir era a distância entre nós, ele se tornando insubstancial, uma invenção que eu evocava na esperança de que algo tão bom pudesse acontecer comigo.

Tive um sono intranquilo até desistir de dormir. Pensamentos demais revirando em minha mente, nomes demais. Pensei em alguém que teria motivos para invadir esta casa, fuçar nas coisas do meu pai ou vasculhar o antigo quarto de Daniel. A lista estendia-se por dez anos. Eu não sabia ao certo se estava resolvendo o que aconteceu na época ou o que acontecia agora. Talvez meu pai tivesse razão, esse tempo não era real. Apenas uma coisa que criamos para seguir em frente. Apenas um rótulo para dar sentido às coisas.

―――

— Se eu fosse um monstro — Corinne nos disse na varanda da frente, com as lanternas sacudindo e as sombras dançando —, fingiria ser humana.

Bailey riu, e Daniel esboçou um sorriso. Corinne caminhou até ele, tomou seu queixo na mão, virou a cabeça dele de um lado para o outro e estreitou os olhos enquanto fitava os dele.

— Não, humano da cabeça aos pés — ela lhe disse.

Em seguida olhou para Bailey e passou os dedos por seus longos cabelos pretos. Quando Daniel estava lá, ela sempre fazia um show. Seu nariz tocou o de Bailey, que nem se mexeu. Aprendemos a deixá-la ser do jeito dela. *Vá na onda dela que é melhor. Existe um plano que só a Corinne conhece, e somos parte dele.*

— Hum — disse ela. — Não, não, aqui não, mas ele esteve aqui. Ele faz uma visita às vezes. O que ele te obriga a fazer, Bailey? Te faz beijar o namorado dos outros? — *Essa é você, Corinne*, pensei, mas não disse nada. Nem Bailey. — Ele faz você gostar disso? — A mão dela estava nas costas de Bailey, debaixo da blusa, o corpo recostado no dela, e os olhos de Daniel ficaram escuros e nebulosos, enfeitiçados. — Faz você sonhar com ele à noite? Com garotos que não são seus?

Então ela recuou, quebrando o feitiço. Bailey piscou duas vezes, e Daniel entrou em casa.

Corinne sorriu como se nada tivesse mudado. Pegou meu queixo, olhou profundamente em meus olhos. Consegui me ver refletida em suas pupilas, na lâmpada que balançava no alto. Piscou e encostou a bochecha na minha, afastando-se de Bailey, e sussurrou em meu ouvido:

— Aí está você.

O DIA ANTERIOR

DIA 8

Agora que esvaziamos a garagem, pude ver por que Daniel tentou convertê-la anos atrás: janelas dos dois lados e a luz que atravessava de um lado para o outro, vigas expostas em um telhado pontudo, um canto escondido para depósito que seria um banheiro perfeito. Fiquei em pé na entrada, encarando as paredes inacabadas, perdida na lembrança de Daniel e do meu pai, de Tyler e de seu pai, trabalhando juntos aqui pela manhã, no início de junho de dez anos atrás. Antes de tudo mudar.

O ronco baixo de um motor interrompeu o devaneio, e eu me afastei da garagem.

— Nic? — Uma voz profunda chamou do outro lado do jardim. Uma que eu não reconheci de pronto. Minhas memórias se agitaram, puxando a meada enquanto eu tentava localizá-la.

Girei e encontrei um homem na estrada, descendo de uma motocicleta, o sol atrás dele, o rosto nas sombras. Caminhei em sua direção, a mão protegendo meus olhos, até que ele se tornou menos sombra, mais pessoa. Onde as mangas da camisa terminavam, começava a escrita escura — uma letra de mão, floreada — até os polegares.

— Jackson? — perguntei, ainda muito longe para ver seu rosto.

Ele assentiu com a cabeça.

— Sou eu, oi. Desculpe aparecer desse jeito. Estou procurando o Tyler.

— Ele não está aqui.

Fiquei na beira da estrada e observei como as palavras em seu braço pareciam ondular quando passou a mão pelos cabelos castanhos desgrenhados. Apague as tatuagens, corte os cabelos, troque as roupas e ele seria o típico americano. Mandíbula forte e maçãs do rosto definidas, ombros largos, compleição magra. Havia uma razão para ele ser da Corinne. Apenas uma versão aninhada dentro de outra agora. A mão esquerda estava tremendo quando levou um cigarro à boca, avaliando-me através da fumaça.

— Tem certeza? — perguntou.

Revirei os olhos.

— Está vendo a caminhonete? — Olhei para trás e juntei as mãos ao redor da boca. — Ei, Tyler, você está aqui? — Virei para encará-lo, a fumaça mais pungente agora. — Sim, tenho certeza.

— Não é brincadeira. Estou procurando por ele. E não sou o único. Não o vejo desde sexta-feira. — E estávamos na segunda. Sete dias depois de Annaleise ter desaparecido.

— Por que você acha que eu o vi?

Os calcanhares das botas pretas cavaram a terra quando ele se apoiou na moto.

— Eu trabalho num bar, Nic. Onde as pessoas falam. O Tyler mora ali em cima.

— Eu não o vi, Jackson. Eu juro. Desde sexta-feira não o vejo.

Ele fez uma pausa, mexeu os pés na terra solta onde a estrada se juntava à grama.

— Consigo ouvir o telefone dele dentro do apartamento. E... não quero ligar para a polícia. Não acho que seria uma boa ideia. Mas eu estava pensando se... você não teria uma chave? Apenas para checar.

Senti um frio no estômago; fazia três dias que eu não via Tyler. Não sabia nada dele. Pensei em muitas razões possíveis para ele não aparecer nos últimos dias, mas, até aquele momento, nenhuma delas tinha a ver com sua segurança.

— Eu não tenho a chave — falei. Eu costumava ter, mas então ele se mudou. Eu já estava voltando para pegar as chaves do carro. — Só vou pegar minha bolsa.

Jackson assentiu com a cabeça.

— Tudo bem.

Às nove da manhã de segunda-feira, o bar estava fechado, o que achei ótimo. Jackson sugerira que já havia rumores suficientes.

— A caminhonete não está aqui — falei, parando no estacionamento de cascalho atrás do bar. Olhei para a janela, e as persianas estavam fechadas.

— Eu sei. Desde o fim de semana. Mas o telefone...

— Não, você tem razão — eu disse.

— Eu posso ligar para o proprietário, mas não quero deixar provas contra o Tyler. Não com os policiais já em cima dele. Por um lado acho que ele só está evitando os caras... É o que eu faria. Mas...

— O telefone. — Estava tocando lá dentro e nem sinal de Tyler.

— Certo. O telefone.

Jackson destrancou a porta principal, e a área do vestíbulo pareceu claustrofóbica com o balcão escuro e fechado ao lado, a escada estreita e a porta de vidro manchada de sujeira. Ele trancou a porta atrás de mim e apontou para as escadas.

— Você primeiro.

Nossos passos ecoaram no tempo. O corredor exalou um leve cheiro de cigarro, e sua mão resvalou na minha no corrimão. As tábuas do assoalho rangeram no patamar, e Jackson parou atrás de mim, mexendo no celular.

— Posso? — perguntei. Peguei meu celular e liguei para Tyler, mantendo o telefone a meu lado, com a orelha encostada na porta.

— Está ouvindo? — perguntou Jackson, inclinando-se muito perto.

— Sim, estou. — Fechei os olhos, tentando ouvir mais. O gotejamento lento e contínuo de um vazamento de torneira. O barulho do ar-condicionado. Mas nada de passos. Nem o farfalhar de lençóis. Nenhum pedido de ajuda. — Não estou ouvindo o Tyler — comentei.

— Foi o que eu disse.

Há algo distintamente diferente em alguém falar que outra pessoa está desaparecida por telefone ou ver cartazes pregados nas árvores ou uma foto no noticiário e confirmar pessoalmente o fato, *sentindo* a ausência. É uma pontada de desconforto que cresce em um terror oco. É um vazio que se enche de todas as possibilidades horrendas que existem, todas ao mesmo tempo.

Bati de novo na porta, da mesma forma que cheguei os mesmos lugares buscando Corinne sem cessar — de volta às cavernas, imaginando se havia um canto que eu esquecera, um espaço escondido longe da visão.

— Tyler, sou eu — chamei, a voz vacilante com o pânico. — Tyler... — Meu punho estava cerrado quando Jackson me puxou para longe da porta.

— Venha — disse ele, descendo até o bar. Então me levou através do ambiente vazio até um depósito e pegou uma escada. Carregou-a sem esforço para fora, deu a volta no estacionamento e pôs a escada embaixo da janela de Tyler.

— Você vai ser meu álibi, e eu vou ser o seu. Não é arrombamento. Só estamos vendo se ele está bem. Entendido? — Assentimos com a cabeça, selando um pacto.

Ele checou as ruas atrás de nós, vazias naquele horário. Coloquei as mãos nos degraus, mas Jackson pousou a mão no meu ombro.

— Eu vou. Eu pareço gente da manutenção. Você parece uma garota bonita numa escada. As pessoas não vão questionar se me virem.

Eu odiava o fato de ele estar certo, porque eu queria entrar naquele quarto. Precisava ver que Tyler não estava lá, que as visões na minha cabeça de seu corpo sem vida ao lado do telefone tocando não eram reais e que ele estava bem em algum lugar. Precisava ver o celular e saber por que ele o deixara lá, olhar seu armário e saber aonde ele tinha ido.

Observei como Jackson mexia no ar-condicionado e se enfiava para dentro. Olhei para cima e esperei, o brilho do sol no alto da janela fazendo meus olhos arderem. A dúvida levou meu fôlego a falhar.

Jackson se inclinou para fora da janela.

— Vazio — ele disse, e passou muito tempo tentando pôr o ar-condicionado de volta. Quando finalmente desceu, fechou a escada e, sem dizer uma palavra, voltou para dentro do bar.

— O que você viu? Onde ele está? Você sabe? — perguntei e o segui até a despensa antes de ele responder.

— Não, não quis fuçar nas merdas dele. Ele não está lá. É tudo que eu sei. Talvez tenha ido acampar ou algo assim.

Jackson Porter, o inútil. Eu que devia ter subido aquela escada. Teria verificado o saco de dormir e os cantis. Teria procurado sua escova de dentes. Verificado seu telefone. Ligado seu computador e checado o histórico de pesquisa.

Ou talvez Jackson tenha feito isso e simplesmente não quisesse me contar.

Ficamos parados no meio do bar vazio, os bancos sobre o balcão, o pânico em meu peito se desenrolando devagar.

— Aqui — ele disse, descendo um banco. — Vou fazer um café da manhã para você. Assim podemos pôr o papo em dia.

Eu me sentei no banco, sentindo a adrenalina queimar a última gota de energia. A colisão só estava começando.

— Café — pedi. — Forte.

Ele manteve a placa de "fechado" virada e as luzes apagadas, então tudo o que tínhamos era o brilho através da janela. Meus olhos estavam se ajustando ao escuro.

— Você serve café da manhã no bar?

— Não — disse ele. — Mas faço para mim. Abrimos ao meio-dia hoje. Mesmo assim, se acendermos as luzes, as pessoas vão tentar entrar.

— E ainda falam que a economia está uma merda.

— Está mais que uma merda, Nic. — Ele quebrou um ovo e o jogou numa frigideira. — O que é ótimo para os negócios.

— Bem legal, Jackson. Não parece que você está se aproveitando?

— Não parece nada. Só se você pensar demais nisso. Quem sou eu para julgar? Enquanto isso, eu tenho o emprego mais estável do estado.

— Que bom — murmurei.

Ele deslizou um ovo estalado em um prato na minha frente, e eu o espetei com o garfo, a gema escorrendo.

— Qual é o problema? — ele perguntou. — Não gosta de ovo?

Comi um pouco, mas o gosto estava errado, meio metálico. Apenas um pouco estranho.

— Lembra da Hannah Pardot? — perguntei.

— Quem?

— Você sabe. A mulher da polícia estadual que investigou o desaparecimento da Corinne. — Como ele podia não se lembrar disso?

— Ah, sim. A detetive Pardot. Não tinha ideia de qual era o primeiro nome. Uau, ela deixou que você a chamasse de Hannah? Meu Deus. A mulher deve ter gostado muito de você.

Não, ela não gostava. E, agora que ele mencionou, ela nunca chamava a si mesma de Hannah, e eu nunca a chamava assim também. "Sim, detetive. Não, detetive. Obrigada, detetive. Desculpe, detetive." No entanto, eu me lembrava dela como *Hannah* Pardot.

"A Hannah quer falar com você, Nic." Esse era meu pai, parado ao lado da minha porta. "Você não precisa ir, mas acho que deveria."

"Eu já disse tudo para o Bricks."

"Então, conte a mesma coisa para a Hannah."

Esse era o meu pai. "Agradeço a ajuda, Hannah." Ele é um homem bem-educado e sabe recitar versos de poesia, citar filosofia na hora certa. É um viúvo apenas tentando sobreviver. Seu filho bateu em sua filha, e eu os escutei conversando pelo ralo do banheiro. "Ouça, Hannah... Posso chamar você de Hannah? Este é um problema familiar, só isso. Tenho a sensação de que o da Corinne talvez seja um problema familiar também. Aquela garota estava sempre aqui, tentando fugir de alguma coisa."

Meu pai era bonito daquele jeito que os professores às vezes são, com ternos, gravatas-borboleta, sapatos fechados e cabelos que não se incomodavam em arrumar. Tinha um sorriso fácil e olhos que brilhavam com o barato leve que carregava consigo durante o dia.

— Ouvi alguém chamá-la assim — falei para Jackson. — Ela também não gostava de mim.

— E o que tem ela? — ele perguntou.

— Vão trazê-la de volta. Ou alguém como ela. E, se estamos todos aqui, atrás de quem você acha que eles vão?

Ele fez uma pausa, levou o restante do café da manhã à boca, engolindo-o com meio copo de suco de laranja. Enxugou a boca com a mão.

— Todos nós devíamos fazer uma longa viagem.

Sorri.

— Isso não pareceria nem um pouco suspeito.

Ele pegou os pratos e os jogou debaixo da torneira da pia, sem olhar para mim.

— Quero te contar uma coisa. Você não precisa dizer nada.

— Tudo bem.

Ele se concentrou na água corrente, no jeito que batia no fundo da cuba prateada.

— Eu não machuquei a Corinne. Eu a amava.

— Eu sei.

Ele olhou para cima, e seu olhar quase me esmagou. Peguei minha xícara para ter o que fazer com as mãos.

— A questão, Nic, é que o bebê não era meu.

Fiquei paralisada, com a xícara a meio caminho da boca.

— O Tyler não te contou? — ele questionou.

— Não — respondi, quase sem voz.

— Não sei se ele acreditou em mim quando eu falei. Mas ele tinha razão... Eu não podia dizer isso. Seria mais um motivo. Ciúme, certo?

Concordei com a cabeça, imaginando Tyler e Jackson caminhando pelo rio. *Fique esperto*, ele disse.

— Mas eu não sabia, Nic. Nem eu sabia... Ela não me contou. Por que ela não me contou? — Ele colocou as mãos no tampo do balcão, bem diante de mim. — Nós nunca transamos, Nic.

Senti as bochechas queimarem, a xícara ficando escorregadia.

— Tá.

Ele balançou a cabeça e olhou de novo para mim com os cílios longos.

— Você acredita em mim? Ela contou para você? Contou de quem era?

— Ela não me disse nada — respondi. — Jackson, isso é o que os policiais querem. Querem que a gente comece a duvidar um do outro de novo, a nos questionar, a arrancar tudo isso para fora, como da primeira vez. Deixe para lá. Deixe a Corinne para lá.

Ele desligou a torneira, as mãos escorrendo enquanto as estendia.

— Não consigo. Sabe o que ela me disse naquela noite?

Ele a viu depois do parque, eu sabia, mas era a primeira vez que admitia, e eu não tinha certeza do motivo.

— Ela implorou para eu aceitá-la de volta, e eu disse que não. Disse que estava cheio dela. Que tinha encontrado outra pessoa. Fui tão burro, tão teimoso... Nunca teria dado certo, de qualquer maneira, não com a Corinne por perto. Para essa outra pessoa, eu também vinha em segundo lugar, depois da Corinne.

— A Bailey? — perguntei.

Ele se afastou do balcão e se recostou no armário de bebidas.

— A Corinne sabia, eu percebi. Ela disse que me queria de volta, e eu disse que não. Ela mesma fazia aquilo, sabia? Os cortes nas costas.

Assenti com a cabeça. Não soube na época, mas agora eu sabia.

— Meu Deus, eu devia ter dito "sim". Penso nisso o tempo todo. Eu era só um garoto idiota. Se tivesse dito "sim", ela ainda estaria aqui.

— Por que você está me contando isso?

— Porque eu confio em você. — Ele ficou onde estava, mas seu sorriso o fez parecer mais próximo. — Porque eu nunca falaria para ninguém que uma noite, na semana passada, o Tyler voltou de um encontro, sentou no bar, e o seu irmão entrou e pagou uma rodada para ele e pediu para ele te deixar em paz. E, em seguida, o telefone do Tyler tocou, e ele ficou com aquele sorrisão e disse para o Dan: "Você devia ter essa conversa com *ela*". E ele atendeu o telefone ali mesmo, bem aqui, bem na frente do Dan, como se estivesse ostentando. "Oi, Nic", ele disse, e então fez uma cara de arrasado, disse para você se acalmar, deixou a bebida no balcão e saiu correndo daqui, e o seu irmão foi também, alguns minutos depois. Os dois saíram em disparada do estacionamento para te encontrar, e aí a Annaleise desapareceu.

Minhas mãos tremeram embaixo do balcão, o corpo inteiro à beira do colapso.

— Não é...

— Tenho certeza que não — disse ele. — Mas você sabe como as merdas funcionam aqui. Você ouve uma história como essa, ou como a Corinne me implorou para eu aceitá-la de volta quando estava grávida de outro cara, fala algo assim e acabou.

Ficamos em silêncio, fingindo agir normalmente, como se ele não tivesse me ameaçado e confiado em mim ao mesmo tempo. E então comecei a rir.

— Eu odeio este lugar.

— Você sente falta — disse ele.

— Tanto quanto um ex-presidiário sente falta dos outros presos. — Como o gelo depois do murro. Um seguido do outro.

— Você acha que vai voltar para cá um dia?

— Nunca — eu disse e, diante do olhar de Jackson, acrescentei: — Eu vou me casar. Com um cara na Filadélfia.

— O Tyler sabe disso?

— Sabe.

— Mas foi para ele que você ligou depois da meia-noite... Não, você tem razão, nada disso é da minha conta.

Vi uma estrofe de Poe subindo por seu antebraço, uma linha de Kerouac atravessando seu pulso. Como se ele tivesse escavado os livros antigos do meu pai, pegado emprestado as palavras e se escondido embaixo delas.

— Preciso ir. Obrigada pelo café da manhã.

— Foi bom te ver, Nic.

Parei na porta, virei e vi Jackson ainda me observando.

— Ela está morta, Jackson.

— Eu sei — disse ele.

Passei na frente da casa dos pais de Tyler no caminho de volta, e a caminhonete dele também não estava lá. Durante todo o tempo que passamos juntos, não os conheci muito bem. Tyler não era do tipo que levava a namorada para jantar em casa. Ficávamos lá dentro só em caso de mau tempo. Sempre tivemos a caminhonete, e havia a floresta. À primeira vista, pode parecer que não há nada para fazer aqui, mas, sinceramente, aqui o mundo é seu. E a floresta era nossa. A clareira onde montávamos uma barraca. As cavernas, se estivéssemos com os amigos. E o rio. Passávamos muito tempo perto do rio, deitados de costas, os dedos ligeiramente entrelaçados.

    O rio passava entre nossas casas, o que agora parecia mais metafórico que físico. Eu conseguiria chegar à casa de Tyler saindo da minha se não fosse pelo rio. Tecnicamente, era possível atravessar na parte estreita, valendo-se de uma árvore que alguém havia derrubado na margem. Mas saía do caminho e era complicado no escuro. Um passo em falso e era o fim. A água mais fria que a gente podia imaginar, as rochas mais afiadas, a noite indiferente aos próprios perigos.

    Não, era melhor levar a caminhonete até a farmácia e ir de lá. Um caminho mais curto também.

    Eu passava por essa farmácia no caminho de volta para casa, depois pela escola primária, pela delegacia, pela igreja e pelo cemitério. Senti a cabeça ficando zonza no semáforo e prendi a respiração até a luz ficar verde.

Não entrei em casa ou na garagem; acidentalmente deixei a porta entreaberta quando saí às pressas com Jackson. Passei pela colina atrás de casa, olhando para o vale, imaginando todas as possibilidades do que poderia ter acontecido lá. A propriedade dos Carter era vizinha da minha, além do leito do riacho seco — eu podia ver uma parte branca da garagem reformada ao longe; o rio mais distante, agora escondido. No inverno, quando as folhas caíam, e dependendo do ângulo, era possível ter um vislumbre. Agora, tudo o que se podia ouvir era o ruído baixo e constante. Ficava mais alto depois de alguns dias de chuva.

    Às vezes eu encontrava Daniel aqui, embora eu pensasse que aquele lugar era apenas meu. Minhas assombrações, meus locais, provavelmente pertenciam a todas as crianças que já tinham morado aqui. Annaleise também deve ter se sentado aqui, examinando seu mundo. Deve ter dado de cara com o forte na clareira que eu pensava nos pertencer. Deve ter conhecido todos os caminhos através da floresta, todos os lugares para se esconder, assim como eu.

Segui aquele que eu melhor conhecia — aquele que dava direto na clareira. Costumava pensar que o mato pisado e a terra exposta vinham do desgaste dos meus passos e dos de Daniel ao longo do tempo, mas provavelmente tinham sido iniciados anos antes e continuariam anos depois.

Havia a árvore com o buraco no tronco. Enfiei a mão, puxei algumas bolotas e uma coleção de pedras que depositamos ali anos atrás. Havia um local no canto, a superfície mais plana onde Tyler e eu montávamos a barraca dele. Havia a junção entre dois troncos onde Daniel e eu reuníamos longos ramos, no caso de precisarmos afastar estranhos.

Corinne, Bailey e eu assumimos o controle da clareira uma vez, muito antes dos meninos, quando ainda brincávamos, e tentamos fazer com que Daniel e seus amigos a recuperassem. Corinne levantou uma vara grande, fingindo ser o mago de O senhor dos anéis, a que os meninos estavam assistindo na sala de estar. Aquilo se tornou um grande evento: eu, Corinne e Bailey guardando aquele local, Daniel e seus amigos tentando se esgueirar por dentro sem serem pegos, e a voz retumbante de Corinne: "Você não passará!", se desintegrando em um ataque de riso. Tínhamos brincado até escurecer, e Corinne tentou obrigá-los a declarar lealdade a ela como Rainha da Clareira, sacudindo um galho diante do corpo e balançando os quadris ritmadamente. Por fim, Daniel jogou Corinne no ombro; ela era magra e comprida, o cabelo quase varrendo o chão, ao que ela gritou: "Daniel Farrell, seu maldito!", porque já era Corinne Prescott, mesmo naquela época.

Eu conseguia senti-los ao meu redor aqui, antes de as coisas mudarem — como se o passado estivesse vivo, existente bem ao lado do presente. Daniel abandonou este lugar primeiro. Sempre responsável, maduro demais, sem tempo para coisas de criança. Corinne e Bailey não queriam vir para cá sozinhas. "Só é divertido se alguém estiver tentando lutar com você pela clareira", disse Corinne. "Caso contrário, que graça tem?"

Tentei manter a lembrança de todas as pessoas que estiveram aqui comigo. Daniel e Tyler, Corinne e Bailey.

E então tentei imaginar um estranho observando todos nós.

Todos aqueles momentos em que costumávamos nos assustar com sons de um animal, com a brisa. "Um monstro", Daniel dizia, e todos revirávamos os olhos. "Nada", dizia Tyler, me puxando para perto da tenda, "eu cuido de você." Mas e se houvesse alguma coisa? E se o monstro fosse uma criança apenas assistindo? E se Annaleise estivesse agachada nos arbustos? Tentei me diminuir, me fingir de tímida, fingir ser *ela* e ver nossa vida passando diante de seus olhos. Imaginei o que ela viu. O que achou? Quem eu era através do filtro de seus olhos? Eu estava em pé, vagando pelo centro da clareira, tentando nos imaginar.

Estava tão presa às lembranças de outras pessoas, à impressão de pessoas que compartilhavam este espaço comigo, que no começo não reconheci a impressão de alguém real. De alguém *agora*.

O estalo de um galho e o se arrastar no mato. Os pelos levantados na parte de trás do pescoço como reação.

Eu estava no meio da clareira, completamente exposta, e senti os olhos. Tenho certeza de que conseguia ouvir a respiração.

— Tyler? — chamei.

Odiava que ele sempre fosse meu primeiro instinto. O número que eu começava a digitar depois da meia-noite e então parava. O nome no qual eu pensava quando ouvia a porta da frente se abrir.

— Annaleise? — chamei, com a voz pouco mais alta que um sussurro.

Peguei o celular, porque, se houvesse alguém, ele ou ela veria que eu estava com ele.

Sons — passos — de algum lugar fora do alcance da visão, mais ao fundo na floresta.

Eu me afastei e caminhei em meio às árvores, aproximando-me da casa. Ouvi alguma coisa vindo da lateral e me virei naquela direção.

Ergui o telefone com as duas mãos. E tive sinal. Um sinal forte, vindo da floresta, da única operadora que cobria a região. Tirando isso, era um plano terrível — mas eu estava sozinha na floresta e *ele funcionou*.

Everett pegou meu telefone uma vez enquanto o dele estava no outro quarto, carregando. Tentou procurar o placar de um jogo, ficou frustrado e disse:

— Por que você está nessa operadora? É horrível.

— Não é horrível — eu disse. Mas era.

Agora, eu pensei: *Porque sim. Para garantir. Por esse momento. Para cá.* Pensei em todas as pequenas coisas que tinha mantido. Todas as pequenas coisas que levei comigo quando fui embora. Um fio fino, transparente, que me levava até meu lar.

Levei o telefone ao ouvido e liguei para a única pessoa que eu sabia que viria sem fazer perguntas.

O telefone tocou duas, três vezes, e eu estava à beira do pânico quando Daniel atendeu.

— Estou na floresta — eu disse. — Na clareira.

— Está certo — ele disse. — Você está bem?

Senti o leve traço de um aroma na brisa — fumaça de cigarro. Mas desapareceu tão rápido quanto surgiu.

— Não sei — respondi, com a mão no tronco da árvore com aquele buraco, a casca áspera e familiar, fixando os pés no chão.

Ouvi o pânico em sua respiração e o imaginei tomando impulso para se levantar.

— O que está acontecendo? — ele perguntou.

Meus olhos percorreram a floresta, buscando a fonte. Abaixei a voz.

— Não sei. Sinto que tem alguém aqui.

Eu o ouvi xingar em voz baixa.

— Estou indo. Fique no telefone comigo. Deixe claro que você está ao telefone. Faça barulho, Nic. E vá direto para casa.

Levaria uns vinte minutos para ele chegar até aqui, se estivesse em casa. Mais tempo se estivesse em algum local, trabalhando.

Eu não tinha ideia do que falar e acabei compartilhando a coisa mais idiota que consegui imaginar.

— Estou pensando em casar escondida com o Everett. — Algo totalmente vazio. — Não suporto a ideia de um grande casamento. Todas aquelas pessoas que eu não conheço, a família do Everett conhece todo mundo. Provavelmente vamos ter duzentas pessoas do lado dele e cinco do meu lado. E o pai... E se no dia ele não souber quem eu sou? E se ele não entrar comigo na igreja? Ou talvez fosse melhor fazer uma viagem de casamento só para a família. Em algum lugar quente.

— Onde você está? — ele perguntou.

— Isso. Estou na trilha, tem aquele carvalho bacana, lembra dele? — Peguei uma pedra pontuda fora do caminho e dei um giro rápido. Ouvi um barulho à minha esquerda. Um estalar de folhas. Continuei em movimento, mais determinada agora.

— Estou te ouvindo — disse ele.

— Se a família do Everett insistir em um casamento, acho que eu chamaria a Olivia, ela trabalha com o Everett, e a Laura, se ela quiser, claro. E provavelmente a Arden, da faculdade. — Não consegui pensar em outros nomes. — Algo pequeno, sabe? Mas significativo.

— Continue falando — disse Daniel. — Estou na Fulton Road.

Continuei andando, conversando, sem ter ideia se alguém ainda estava aqui, me seguindo.

Eu e Daniel não conversávamos mais sobre coisas pessoais, que fugiam do estritamente necessário. Se ele me ligava, tinha um motivo. Se eu ligava para ele, era para dar um novo endereço, contar sobre meus planos de Natal, para que soubesse que eu estava noiva.

— Uma vez fui a um casamento, quando eu estava fazendo estágio, dos pais de um ex-aluno. Foi muito estranho. O pai estava se casando novamente, e o filho me pediu para ir. Talvez tenha sido totalmente inadequado, agora que estou pensando nisso, um garoto de dezoito anos levar uma professora de vinte e três como se fosse um encontro, mas eu não pensei nisso dessa forma na época. Foi no verão, logo depois que ele se formou, e não era um encontro... Era como se ele tivesse me colocado na lista de convidados. Pensei que ele estava tentando me dizer alguma coisa. De qualquer forma, o casamento foi ridículo. Aquela gente era podre de rica, Daniel. Tipo, rico é um eufemismo. Um casamento que poderia pagar uma faculdade, alimentar um pequeno povoado. Não sei por que ele me levou. Não sei o que ele queria que eu visse. Não sei onde ele está neste momento.

— Cranson Lane, agora. Está vendo alguém?

Girei de novo, mas não consegui perceber de onde estava vindo a sensação.

— Não. Sinto que eu devia procurá-lo. E perguntar para ele. Teve um outro menino que me disse que eu *precisava* ver seu jogo de futebol. Eu estava lá de qualquer maneira, temos que ver um certo número de jogos por semestre. Mas ele não estava ligando de eu vê-lo jogar, na verdade. Estava me mostrando alguma coisa. O pai dele lhe dando uma bronca depois do jogo. A pressão. Ele não quis dizer isso, certo? Às vezes é mais fácil mostrar.

— Onde você está?

Olhei para trás, mas minha visão estava ficando um pouco turva por causa da adrenalina ou do medo.

— Ah, estou quase em casa agora. Preciso ligar para esse menino. Shane alguma coisa. Meu Deus, não consigo lembrar do sobrenome. Fui ao casamento do pai dele e não consigo lembrar do sobrenome? Faço uma confusão, são tantos! Ei, posso ver a nossa casa.

— Nic. Entre lá e tranque as portas.

Fiz isso. Soltei a pedra e corri, o telefone cortando o ar a cada vez que eu erguia os braços. Corri a distância restante entre a floresta e a casa, batendo a porta atrás de mim e trancando-a, como Daniel me orientou a fazer.

— Estou dentro de casa — disse, sem fôlego, caminhando até a janela da cozinha e olhando para a floresta. Não consegui ver nada. Nenhum sinal de vida.

— Você está bem?

— Estou dentro de casa — repeti, com a mão no peito. *Calma.*

— Fique aí dentro — disse ele. — Estou aqui.

O SUV azul entrou na garagem, e eu o vi sair do lado do motorista, mas ele não caminhou em direção à casa. Foi direto para a floresta.

Corri para fora de novo.

— Daniel? O que você está fazendo, caramba?

— Fique aí dentro, Nic. — Ele começou a correr para longe de mim.

Que inferno! Eu não podia ficar dentro de casa enquanto ele se embrenhava na floresta da qual eu acabara de fugir em pânico. Voltei para lá, aguardando sem cruzar a linha das árvores, tentando manter a respiração tranquila e controlada. Observei como aos poucos ele desaparecia — uma parte deslizando atrás de uma árvore, um braço perdido detrás de um ramo, os passos cortando o vento. Mantive os olhos concentrados no local onde ele havia desaparecido, desejando que voltasse.

Esperei, a respiração ficando mais alta, o pulso acelerando, e tive um sobressalto quando o telefone tocou na minha mão. Everett. Apertei o botão para silenciá-lo e imediatamente ouvi passos se aproximarem.

— Daniel? — sussurrei, estendendo o pescoço para ter uma visão melhor. E então disse mais alto: — Daniel?

Vi uma confusão de cabelos loiros primeiro, depois um ombro. Metade de um rosto, as pernas longas e magras. Ele saiu balançando a cabeça, enfiando algo na parte de trás da calça.

— Não vi ninguém — disse.

— Isso é uma *arma*?

Ele não respondeu. Continuou andando em direção à casa, esperando que eu continuasse.

— Você tem certeza de que ouviu alguém? — perguntou.

— Por que diabos você tem uma arma?

— Porque moramos no meio do nada e a polícia demora demais para chegar em casa. Todo mundo tem uma arma.

— Não, nem todos. Não é seguro andar por aí com essa coisa enfiada nas calças.

Ele segurou a porta para mim, nós entramos e eu respirei fundo.

— Nic, você tem certeza? Diga exatamente o que você ouviu.

Eu não conseguia encarar seus olhos.

— Eu estava na clareira, aquela em que costumávamos nos divertir, e pensei ter escutado passos. — Eu me esforcei para repassar tudo na memória, mas senti que estava criando o barulho da queda das folhas, amplificando o volume. — E ter sentido o cheiro de alguém fumando. Mas não tenho certeza.

Talvez alguém estivesse me observando, mas talvez não. Como Daniel dizia, existe um monstro lá dentro. Não é muito difícil imaginar coisas quando não se dormiu o suficiente, quando se acabou de ser ameaçada, quando as pessoas que você ama desaparecem. Não é muito difícil acreditar que realmente existem monstros aqui.

— Seria melhor se você tivesse certeza antes de ligar. Quase me borrei de susto.

Olhei feio para ele.

— *Eu* estava assustada.

Ele fez aquela técnica de respiração profunda, tentando não explodir comigo. Senti os ombros apertados, como os dele quando estava tenso.

— Seus olhos estão vermelhos. Você dormiu? — ele perguntou. Percebi que ele não confiava muito em mim. À medida que aumentava o tempo entre o antes e o agora, eu também não confiava muito em mim mesma.

— Um pouco... Na verdade, não consigo — confessei. — Não consigo dormir aqui...

— Eu disse para você ficar com a gente, Nic. Comigo e com a Laura.

Comecei a rir.

— Porque isso resolveria tudo, certo? Quando você conseguiu essa arma, Daniel?

Ele pegou alguns recibos de uma pilha sobre a mesa, estreitou os olhos e os colocou de volta onde estavam.

— A Laura me contou o que aconteceu no chá de bebê. Ela está péssima. Deixe que ela cuide de você. Ela está me deixando maluco.

— E como você explicaria isso? Por que de repente eu ia querer ficar lá?

— Pelo ar-condicionado — ele disse, o canto da boca se curvando por um segundo.

— Não posso, Daniel. Além disso, não me leve a mal, mas a Laura é muito xereta.

Ele balançou a cabeça, mas não discutiu.

— Olha só, tenho que me encontrar com um cliente amanhã, mas passo logo cedo para te ver. Se não conseguir me encontrar, sabe que pode ligar para a Laura. Ela pode cuidar disso.

— Está bem.

— Você não confia nela o bastante, não é, Nic?

Vi o contorno da arma enquanto ele se afastava.

— É um traço familiar — falei atrás dele, mas ele balançou a cabeça e continuou andando. — Daniel? — Ele parou e virou. — Obrigada por ter vindo.

Ele voltou a virar e acenou um "de nada" enquanto se afastava. Então apoiou os braços no teto do veículo.

— Você conseguiu fazer as declarações judiciais?

— Fiz uma — respondi. — Estou fazendo a outra.

Ele assentiu com a cabeça.

— A arma era do pai — disse ele. — Eu não achei seguro que ele ficasse com ela. Peguei dele para não se machucar. E para ele não machucar ninguém.

———

Então tínhamos um pai que bebia demais. Então, às vezes, ele não voltava para casa. E se esquecia de fazer compras. E deixou que a gente se virasse. Tivemos sorte. No grande esquema da vida, dez anos depois, consegui enxergar: tivemos sorte.

Corinne não teve tanta sorte. Nunca soubemos disso. Hannah Pardot foi a única a fazer com que o pai de Corinne se abrisse, que chorasse todos os segredos. Hannah Pardot sabia como e onde cutucar. Provavelmente por causa do que meu pai lhe dissera. "É uma questão familiar", ele disse, abaixando a voz, dando sentido à frase.

Corinne tinha dois irmãos bem mais novos. Tinha onze anos quando os pais tiveram Paul Jr. — PJ, como ela o chamava — e Layla veio dois anos depois. Eram crianças, sete e cinco, quando Corinne desapareceu. Silenciosas e estoicas, o que era incomum para crianças — foi o que Hannah Pardot disse a Bricks, e o que Bricks contou a todo mundo. Hannah fez perguntas quando se sentaram no sofá branco modular em sua sala de estar, e a mãe trouxe limonada, e eles olharam para o pai, esperando suas ordens. Olharam para o pai quando Hannah perguntou se Corinne parecia triste ou chateada, ou se eles a ouviram dizer alguma coisa. "Qualquer coisinha mesmo", ela dissera. Qualquer coisa sobre seu *estado de espírito*. Eles olharam para o pai, questionando. Olharam para ele como a própria resposta.

A mãe de Corinne a levou duas vezes ao hospital. Hannah Pardot leu os relatos em voz alta para o pai de Corinne: uma vez por um cotovelo deslocado — "subindo pela janela", Corinne nos contou, revirando os olhos; outra vez por um corte no couro cabeludo — "salto no rio, malditas pedras escorregadias".

— Sim — seu pai disse a Hannah Pardot. — Foram por minha causa. — Soluçou entre lágrimas grandes e feias. Hannah Pardot chamou Bricks e Fraize, porque tinha certeza de que ele confessaria tudo.

Ele não era o tipo de bêbado que se sentava no bar, como meu pai, e ficava perdido em pensamentos. Era o tipo que bebia uísque na sala de estar, achando pessoas para irritar em vez de se irritar.

— Eu não bati nela — afirmou. — Eu nunca bati nela.

Não, a mãe disse. Ele nunca bateu. Apenas a castigava. Ele a empurrava se ela tentasse retrucar. Ele a empurrou uma vez da escada. Apenas uma vez. Por isso o ombro.

A pegada dele era forte e inflexível. Jogava pratos nas paredes, que passavam por um triz da cabeça. Uma vez errou. Estava cheio de ameaças e, em algum momento, Corinne foi ficando imune. Imune ao som de um pássaro que voava para dentro da janela, as asas batendo no chão sem parar.

Ela saía de casa, ia para a minha, falava que tínhamos planos. Consigo ver isso agora, o significado por trás das palavras. "Como assim, você está ficando maluca ou algo parecido? Nós combinamos. Eu ia dormir aqui."

No fim das contas, parei de acompanhar seus dramas, e também a afastei.

Eles procuraram sangue na casa dela. Como prova. Como sinal de que houvera outro acidente que seu pai havia encoberto.

Eu não conseguia imaginar Corinne contando histórias falsas no hospital: *Eu caí. Estava fugindo pela janela e caí.* Deixando seu pai vencer. Não conseguia imaginar essa Corinne. Aquela que se acovardava, mantendo os olhos no chão. Seu poder, percebi, não era ilimitado, como todos acreditávamos. Ele tinha limites, e, quando saía daquela casa, ela se recusava a ceder um centímetro a mais que fosse. Era uma característica aprendida: como forçar, como manipular. Ela sabia como viver no limite. Aprendeu aquilo com seu pai: *Force, mas não force demais; rache, mas não quebre.* A escuridão mora em todo mundo. Ela sabia disso melhor do que ninguém. Todos tinham duas caras, e ela olhou profundamente em cada um de nós até encontrá-las.

Eu vejo uma Corinne todo ano. Consigo identificá-la do outro lado da minha mesa. A decidida, a cruel, a adorada. A menina triste, triste, esboçada a lápis, vista apenas quando se tiram as pessoas que a cercam.

Não as tire.

Por favor. Não.

"Ela é má, mas ela te ama", quero dizer a eles. "Espere, olhe mais de perto."

Vejo as mangas compridas e sei o que há por baixo.

A bandeja de almoço intocada, ignorada enquanto ela diminui alguém. Os meninos que ela afasta cada vez mais, esperando que eles voltem, porque não podem chegar muito perto. Ela não consegue deixar que cheguem.

Quero ligar para ela vir ao meu escritório sem nenhum motivo — ignorar aquele que está se esforçando por causa da pressão na escola, ou aquele cujos pais estão se divorciando, ou aquele que realmente está implorando por atenção. Quero *essa* garota, que não aparece nos meus arquivos. Quero chamá-la apenas para que saiba, à medida que eles crescem e que todos a abandonam — como vão abandonar inevitavelmente —, que eu estou aqui.

Dessa vez, eu estou aqui.

Tyler ligou, me acordando bem no instante em que eu tinha adormecido. Seu nome na tela, e lá estava ele, uma imagem em minha mente, próxima e segura.

— Alô? Tyler? — Eu me levantei da cama, andei pelo corredor no caso de ele estar na caminhonete na frente de casa, embaixo da garoa constante.

— Oi, Nic.

— Você está bem? Está em casa? — A noite estava escura e não vi nenhum sinal de Tyler.

— Estou. O Jackson disse que você estava preocupada.

— *Ele* estava preocupado. Quer dizer, eu também. Onde você estava?

— Cuidando de algumas coisas.

— Por que você não levou seu celular?

Uma pausa que dizia "Eu já devia saber".

— Esqueci.

Eu odiava quando Tyler mentia para mim. Nós não devíamos ficar mentindo um para o outro. Podíamos não dizer tudo o que estávamos pensando, mas nunca mentíamos — eu o fiz prometer isso.

— Tyler. Fale comigo. Por favor. Pensei que você estivesse ferido. Pensei que... — Eu me mexi desconfortavelmente no silêncio que se seguiu.

— Fui para o Mississippi — ele disse, a voz rápida e sussurrada. Sem o celular, claro.

— Até a casa do pai dela?

— Eu só queria checar por mim mesmo. Nem sinal da Annaleise — respondeu. — Nem sinal de nada.

Fiquei ao telefone, ouvindo-o respirar.

Por fim, ele rompeu o silêncio:

— Você tinha razão. Precisamos de espaço.

Senti que ele se afastava ainda mais enquanto conversávamos.

— Tyler...

— Precisa de alguma coisa, Nic? — ele perguntou, como uma cortesia profissional.

Do que eu realmente precisava? Dele? Para ele.

— Só queria saber se você está bem.

— Estou bem — ele respondeu. — A gente se vê por aí, Nic.

———

Havia alguma coisa ao mesmo tempo familiar e desconfortável na chuva aqui. Na cidade, ela batia nas janelas, nas ruas, e inundava as calhas, como se estivesse nos invadindo. O que causava engarrafamentos e deixava os saguões dos prédios muito escorregadios. Mas aqui a chuva era apenas mais uma parte da paisagem. Como se sua morada fosse aqui, e nós fôssemos meros visitantes.

Isso me fazia sentir pequena e fugaz; me fazia imaginar minha mãe nesta mesma casa, ouvindo esta mesma chuva. As mesmas moléculas de água, recicladas e relançadas, como o diagrama circular na aula de ciências. E, antes disso, meus avós compraram este terreno, construíram esta casa do zero e ficavam na frente desta janela, ouvindo a mesma coisa. "Algumas religiões acreditam que o tempo é cíclico", meu pai dizia. "Que existem eras repetidas. Mas, para outras, o tempo é Deus. Um presente que podemos esticar para existir dentro dele."

Era um conforto para mim, o som da voz do meu pai, tentando dar sentido às coisas. Porque a questão de ficar aqui, no meio das montanhas com a chuva caindo em uma casa construída por seu avô, é que fica muito fácil perceber como somos insignificantes.

Como é possível passar de alguma coisa para nada.

Como em um momento é possível ser uma menina rindo em um campo de girassóis e, no seguinte, um rosto assustador em um cartaz na vitrine de uma loja.

Como era aterrorizante, vazio e oco, e então: como é libertador.

Certa vez, levei Tyler para fora, na chuva. E lhe perguntei: "Você está sentindo?" Entrelacei meus dedos nos dele e esperei seu "sim" sussurrado. Ele podia estar falando de qualquer coisa, do frio no rosto, da água da chuva em seus sapatos, do céu sussurrando para ele sobre amor, solidão e sobre mim. Mas eu gostava de acreditar que ele sentia a mesma coisa, que era a pessoa que sempre entendia.

Tentei dormir novamente. Deitei na cama, fechei os olhos e me concentrei no som da chuva no telhado, esperando que ela esvaziasse minha mente e me ninasse até o gentil esquecimento.

Mas Cooley Ridge falava comigo a cada gota, me acordando aos cutucões.

Fique de olhos abertos. Olhe.

Se você permitir, o tempo pode se mover ao acaso e lhe mostrar coisas. Talvez fosse isso. Talvez Cooley Ridge estivesse tentando me mostrar algo e o tempo estivesse tentando me explicar coisas.

Tique-taque.

O DIA ANTERIOR

DIA 7

A casa parecia mais brilhante, mais **viva**, com a cobertura fresca de tinta que Laura havia escolhido: amêndoa-clara, assim ela chamava a cor. Mas os móveis tinham sido afastados das paredes e postos em ângulos inusitados, cobertos ao acaso com plástico, dando a todo o andar térreo uma sensação de casa de espelhos. Em algum momento durante a noite devo ter me tornado imune ao cheiro de tinta. Ele só me atingiu depois que saí para jogar o plástico no lixo e voltei para dentro: o paredão de cheiro forte, pegajoso e sufocante, que nenhuma janela aberta podia aliviar. Precisávamos fazer o ar circular, passar pelos filtros. Precisávamos do maldito ar-condicionado.

Posicionei os ventiladores de Daniel no térreo, liguei-os e deixei as janelas abertas.

E então saí. Um curto-circuito acidental de grandes proporções não seria a pior coisa que poderia acontecer nesta casa.

———

Há um brunch no domingo em Grand Pines que faz desse o dia da família. Vá para a igreja, depois visite o familiar que você enxotou. Um dia de penitência. Engorde por seus pecados. Culpado pela omelete.

Era um bufê, e eu estava atrás do meu pai na fila, a bandeja deslizando ao longo dos sulcos de metal atrás dele, parecendo pregos em uma lousa.

— Experimente o bacon — ele disse, e eu, obediente, coloquei uma tira no meu prato. — Pule os ovos — ele deu a dica, disfarçando com o canto da boca. — Biscoitos. Pegue dois. — Peguei um; não tinha apetite e não queria desperdiçá-los, caso não estivessem tão bons.

Na sacola pendurada em meu ombro, eu levava um documento que recebi na recepção, assinado por um médico. Uma declaração atestando a incapacidade mental de meu pai e sua necessidade de um tutor. Precisávamos de mais uma antes de apresentar ao tribunal, e o médico local já havia conseguido uma indicação de alguém que faria uma visita naquela mesma semana, o mais tardar.

Senti como se estivesse mentindo para o meu pai, colocando bacon no meu prato, aceitando seu conselho, agindo como se estivesse ali pela comida e pela companhia. Não que eu *não* estivesse ali por essas coisas, mas não eram a principal razão. Imaginei se Daniel e Laura tinham o hábito de encontrá-lo ali para o brunch. Provavelmente. Meu pai sorriu quando entrei, como se fosse a coisa mais natural do mundo minha presença ali, e parte de mim imaginou se era errado levar a tal declaração. Se talvez ele *estivesse* melhorando. Se tudo isso era reversível, uma coisa horrível e temporária que gradualmente se resolveria. *Meu Deus, pai, lembra daquele tempo em que você não conseguia se lembrar de nós? Realmente tomei um susto.*

Nós nos sentamos à mesma mesa da semana passada; pelo visto, seu lugar de costume.

— Você tinha que ver a Laura — eu lhe disse. — Fui ao chá de bebê ontem. Ela parece que vai estourar a qualquer momento.

Ele riu.

— O que vai ser? — Ele sabia. Devia saber.

— Uma menina. — Um leve aceno de cabeça dele. — Shana — eu disse, e seus olhos encararam os meus e depois se afastaram. Foi um erro dizer aquilo, agora eu o perderia para ela. E veria os dois desaparecerem.

— Sabe, quando sua mãe me levou para casa pela primeira vez, eu me apaixonei.

Ou dessa vez ele me levaria com ele.

— Por Cooley Ridge? — perguntei.

— Ora, não precisa fazer essa cara, Nic. — Ele abriu um sorrisinho. — Mas não. Não por Cooley Ridge. Eu me apaixonei por *ela*. Porque eu conseguia ver tudo dela ali. Ela era como uma peça de quebra-cabeça fora do contexto, mas quando eu a coloquei lá, de onde ela era, foi como se eu tivesse entendido. Ela era tão linda.

Minhas lembranças mais claras de minha mãe eram aquelas em que ela estava desaparecendo. Doente. Em uma cadeira de rodas com uma colcha amarela e azul sobre as pernas, porque sempre estava com frio, Daniel segurando uma xícara com um canudinho diante dela, os dois ficando cada vez mais magros, mais pálidos, mais nítidos. Nas fotos, ela era linda. Antes do câncer, era essa mistura perfeita de forte e suave, com um sorriso genuinamente caloroso.

— Você se parece muito com ela. Você e o Daniel, os dois, cuspidos e escarrados — disse ele.

— O Daniel se parece com você. — Experimentei o bacon, mas quando comi fiquei nauseada. Eu o quebrei em pedaços menores para que ele não percebesse.

— Bom, claro, é o que as pessoas dizem. Mas, quando vocês eram crianças, eram a Shana por inteiro. — Ele me olhou. — Imagine se ela não tivesse filhos. Tudo dela estaria perdido agora.

— É — concordei. Não gostava do jeito que ele estava me olhando, como se algo dela ainda estivesse vivo; uma peça de quebra-cabeça fora de contexto, parte dela presa no meu olho esquerdo, no meu lábio inferior, na minha coluna. Concentrando-se em mim como Corinne fez uma vez, até fingir que conseguira encontrar o monstro em nós.

— Nós quase não tivemos, sabia? Quando os pais dela morreram naquele acidente, e ela se viu sozinha no mundo, me disse que nunca teria só um filho. Era nenhum ou mais de um. Não tinha discussão. — Ele mastigou a comida e revirou os olhos. — Tão teimosa. Por muito tempo, pensei que não seria nenhum. Pensei mesmo. O Daniel nos pegou de surpresa, sabia?

— Não, não sabia. — Meus pais eram mais velhos quando nos tiveram, mas pensei que tinha sido algo proposital: carreira primeiro, depois família.

— Foi depois disso que viemos para cá. Ela estava desesperada para ter você o mais rápido possível. Meu Deus, ela me deixou maluco. Eu realmente não entendia por que esse era um problemão, mas ela estava determinada a não deixar o filho ter o mesmo destino que o dela. Sozinho, sem família. Ela era inflexível sobre o fato de que vocês sempre teriam um ao outro. Agora que ela se foi, posso ver que ela estava certa, claro. O Daniel precisava de você.

— Tenho certeza de que ele não concordaria com isso. — Ri. — Sou um pé no saco dele.

— Não, não, Nic. Você é exatamente tudo que ele precisa. Ele sabe disso. Mas você sabe como ele é.

Não havia mais assuntos seguros. Os médicos estavam enviando declarações para atestar que meu pai era incapaz. Garotas desaparecidas. Uma casa cheia de segredos. Filhos por acidente. Daniel. E havia olhos em todos os lugares. Não apenas na floresta. Naquele lugar também. Senti meus olhos pairarem, meus dedos tamborilando na mesa. Eu só podia conversar com meu pai sobre assuntos superficiais. Nada de deixá-lo agitado. Nada de trazer à tona coisas que precisavam permanecer submersas. Mas eu precisava que ele soubesse de algumas coisas, precisava que ele *entendesse*.

— O Tyler está fazendo uns trabalhos na casa para a gente — eu disse, pegando o biscoito.

— Que bom. Ele é um bom homem.

— Você não gostava dele quando éramos mais novos — brinquei.

— Não é verdade. Ele trabalhava duro e te amava. O que tinha para não gostar?

— Pensei que pais de adolescentes deviam odiar os namorados da filha. É uma regra.

— Nunca li o manual de instruções. Obviamente — ele disse, então se recostou na cadeira. — Nunca soube o que fazer com você, Nic. Quer dizer, a seu respeito. Mas você acabou bem, tudo por conta própria.

— Eu não acabei bem — falei, meio rindo, esmigalhando o biscoito para ele cair nas partes em que eu não havia tocado do prato.

— Acabou sim. Olhe para você. Olhe para você agora.

Eu precisava conduzir a conversa de volta com cuidado.

— O Tyler disse que a casa valeria mais se terminássemos a garagem — comentei. — Lembra quando você e o Daniel iam fazer isso?

Ele encarou meus olhos, sorrindo.

— Ele me pediu — disse, pensando na coisa errada, muito errada. — Ou ele me disse. Você conhece o Tyler. Ele me falou que queria se casar com você.

Senti o calor inundar meu rosto, a ponta dos dedos formigando, tentando imaginar aquela conversa. Eu não sabia daquilo, e a surpresa me pegou de assalto.

— Ele fez isso, é? O que você disse?

— Disse que vocês eram muito crianças, é claro. Disse para ele conhecer o mundo primeiro. Falei sobre o tempo... — Seus olhos pairaram ao lado, e pude sentir sua mente ficando à deriva também.

— O que sobre o tempo? — perguntei, puxando-o de volta.

Ele se concentrou de novo em mim.

— Que ele lhe mostra coisas se você permitir.

Inclinei a cabeça.

— Isso é o que a mamãe costumava dizer. — Quando ela estava doente, e eu chorando, ela dizia que podia me ver, eu e Daniel, as pessoas bonitas que nos tornaríamos.

— Bem, foi o que eu disse a ela. Quando estava grávida do Daniel, ela se preocupava tanto, e o mesmo com você, então costumávamos inventar essas histórias... — Meu pai estava sendo sugado pelas lembranças, e, se não o puxasse para o presente, eu o perderia.

— O que o Tyler respondeu? — perguntei. Talvez eu realmente quisesse saber. Escutar a conversa, como uma mosca na parede, Tyler sentado no sofá, meu pai em sua poltrona.

— Hum? — Ele ergueu os olhos e encolheu os ombros. — Não respondeu nada. Não estava pedindo minha permissão. Então, eu disse para ele: "Não vá ficar maluco quando ela disser 'não'".

Sorri.

— Achei que você devia saber disso. Foi no dia em que a menina Prescott... Bem. Houve coisas mais importantes depois disso, e então você foi embora. Mas eu queria que você soubesse disso. Ele é bom. É um cara do bem. Mas acho que ainda está com raiva de mim. Porque não dei seu telefone novo.

— Você é um bom pai — falei. — De verdade.

— Eu sou um pai de merda, e sei disso. Mas tentei fazer a coisa certa quando importava. Não tenho certeza do resultado.

— Pai, olhe para mim. Acabou. — Encarei seus olhos, querendo que ele se lembrasse dessa conversa. — O que aconteceu naquela época passou. Acabou. Está na hora de pôr a casa à venda.

Ele cortou o biscoito e apontou a faca de manteiga para o meu peito.

— Tome o seu café da manhã, querida. Você está começando a desaparecer.

———

Eu sabia que as respostas ao desaparecimento de Annaleise dependiam do que ela vira dez anos atrás, mesmo que a polícia ainda não estivesse lá. Eu sabia que as respostas viriam todas de uma só vez. Que as pessoas não descobririam o que aconteceu com Annaleise sem descobrir o que havia acontecido com Corinne. Nem eu descobriria.

Eu precisava voltar no tempo.

Precisava fazer isso enquanto a investigação ainda estava no estágio "Vamos encontrá-la", antes de se transformar em algo maior e pior.

Hannah Pardot apareceu na cidade dez anos atrás, com sua expressão severa e seu batom vermelho-sangue, com uma missão. A investigação se transformou de "Vamos encontrar a garota" em "Vamos resolver o caso". Eram duas coisas muito diferentes. Dois pressupostos muito diferentes.

Uma semana se passou desde o desaparecimento de Annaleise, e pude sentir a mudança começar.

Eu precisava entender como eram as coisas do ponto de vista de Annaleise — todo ele —, começando no início daquela noite, dez anos atrás. Começando com o que ela tinha visto no parque de diversões.

———

Na verdade, o parque não tem uma entrada oficial. Tem um campo que se transforma em um estacionamento que se afunila entre os edifícios que eram estábulos, usados agora para vender ingressos para passeios e jogos. Há um galpão de depósito para kits de primeiros socorros ao lado dos estábulos/bilheterias e, depois dele, nada além de árvores.

Através dos antigos estábulos, o espaço se abre para os campos onde, uma vez por ano, durante duas semanas, as cabines ganham vida e a roda-gigante se ergue, imponente e majestosa. No outono, balões de ar quente se levantam, presos à terra. Era o lugar aonde íamos para tocar o céu.

O ar da noite estava cheio de ruídos: crianças torcendo ou chorando, pais rindo e gritando. Música vinda dos brinquedos e dos sinos das cabines de jogos. Adolescentes gritando um para o outro pelo terreno, em mesas de piquenique, diante dos banheiros químicos, do alto da roda-gigante. Minha respiração ficou presa vendo aquilo tudo do estacionamento. Ao contrário da maioria das coisas, que pareciam menores agora que cresci, a roda-gigante parecia maior. Mais intocável. Tentei imaginar uma garota pendurada no lado de fora da cabine. Eu ficaria em pânico. Ficaria enjoada. Ficaria furiosa.

Uma garota de saia do lado de fora da cabine, sua melhor amiga sussurrando em seu ouvido, o namorado observando de baixo. Talvez nós tenhamos mesmo causado tudo aquilo.

Aquele lugar era o mais próximo que me sentia de Corinne em muito tempo. Conseguia sentir suas mãos frias em meus cotovelos, ouvir sua respiração em meu ouvido, sentir o cheiro do chiclete de hortelã em seu sussurro. Se eu pudesse simplesmente fechar os olhos, estender a mão através do tempo e segurar seu pulso... Envolvê-la em meus braços sem nenhum motivo. Mas eu não me atreveria. Nunca me atrevi.

Alguém trombou em mim; um menino pequeno, de uns três anos, colidindo comigo antes de mudar de trajetória, trombando em outra pessoa em sua pressa. Seus pais pediram rapidamente desculpas para mim e correram atrás dele. O sol estava baixo, quase se pondo, e as luzes do campo se acenderam enquanto eu ficava lá, observando. De repente o terreno ficou brilhante, e minhas pálpebras se fecharam instintivamente.

Caminhei entre as bilheterias. A grama sempre era gasta aqui: terra com alguns pedaços verdes. Bem perto da entrada, ali mesmo na terra, foi onde eu caí. Onde Daniel me bateu, diante da roda-gigante inteira. Virei, me lembrei de Annaleise recostada naquele lado do prédio, tomando seu sorvete de morango. Observando todos nós.

Eu, correndo para Tyler.

Tyler me esperando.

E Daniel me agarrando pelo braço, me atingindo no rosto.

Tyler se curvando, socando a cara de Daniel e depois agachando ao meu lado. Suas mãos puxando meu braço torcido para longe do corpo.

— Você está bem? Nic, você está bem?

— Não sei. Não sei... — *Freneticamente me mexendo na terra, me levantando, me inclinando sobre Tyler, sentindo tudo se realinhar, o ardor do golpe, a pontada do momento.* — Estou bem — eu disse. *As mãos dele estavam em toda parte. Empurrando meu cabelo para o lado, no meu rosto, no meu pescoço, nos meus braços, na minha cintura. Olhou além do meu ombro, a mandíbula tensa, e vi Corinne correndo na nossa direção. Bailey estava distante, passando entre a multidão.*

Eu não sabia se Annaleise ainda estava lá. Não olhei de novo. Talvez estivesse na frente da entrada. Talvez estivesse atrás do prédio, observando através das tábuas do estábulo que eu conseguia ver agora, com seus olhos de cervo inocente. Sim, ela confirmara nosso álibi, mas eu queria saber se ela também testemunhara o que aconteceu depois.

Tyler me ergueu, verificou de novo como eu estava, perguntando incessantemente se eu estava bem.

— Espere aqui — disse. Então ficou de pé sobre meu irmão, baixou a mão, se inclinou para ele e disse algo em seu ouvido. Daniel olhou diretamente para mim, diretamente em mim, e tive que desviar o olhar. — Nic — ele implorou do outro lado, mas nesse momento Corinne já havia chegado.

— Bailey, vá buscar um pouco de gelo — Corinne gritou quando ela se aproximou, e senti sua presença dominando, assumindo o controle.

Em seguida me afastei. Saí levando Tyler comigo, e encontramos o galpão de primeiros socorros, onde um homem estava sentado numa cadeira dobrável, com um pedaço de fumo na lateral da boca.

— Vocês estão bem, crianças? — perguntou, sem se levantar.

— O senhor tem gelo? — Tyler perguntou.

O homem abriu um cooler azul a seus pés, usou um copo de plástico para botar um pouco de gelo para mim em um saquinho.

Tyler me examinou e perguntou pela milésima vez se eu estava bem, as mãos correndo por todos os lugares.

— Tyler — falei. — Sua mão. — Dois dedos estavam ralados, como se tivessem atingido o ângulo errado em um traço afiado de Daniel, e sem cor. Pedi band-aid ao atendente.

Ele olhou a mão de Tyler.

— Talvez esteja quebrada — disse.

— Está tudo bem — Tyler respondeu, me puxando para longe. — Vamos.

Então percebi que o homem estava certo; a mão de Tyler estava inchada e vermelha, pendurada ao lado do corpo.

— Tyler...

— Eu também vou pegar um saco de gelo — ele murmurou.

— Pelo menos vá lavar a mão — falei.

Ele assentiu com a cabeça.

— Tudo bem. Não saia daqui, está certo?

— Não vou sair — confirmei, mas, no segundo em que ele saiu, tudo o que eu podia imaginar era Daniel sentado na terra, o nariz sangrando, o jeito como ele disse meu nome, como olhou para mim. Eu precisava falar com ele. *Precisávamos* conversar. Sobre aquilo. *Imediatamente.* Mesmo naquela época, consegui sentir como aquele momento era crucial. Como todo o nosso futuro de alguma forma dependia daquela conversa.

Eu saí para encontrar Daniel, mas não havia ninguém lá. Pensei que talvez todos tivessem sido escoltados para fora, ou alguém tivesse chamado a segurança para nós. Passei pelos estábulos e também não o vi em lugar nenhum do estacionamento.

Eu me virei para voltar onde Tyler havia me deixado, quando ouvi as palavras suaves de Corinne em algum lugar, longe do alcance da visão. Passei pelos estábulos à direita e fui atraída por sua voz, seu riso.

Vi Corinne primeiro. Atrás do prédio, logo na saída do parque, segurando uma toalha de papel molhada no rosto de meu irmão. Sua cabeça no ombro dele. A outra mão debaixo de sua camisa, em sua cintura, correndo por sua pele. Eu a observei apertar suavemente os lábios na mandíbula dele e sussurrar algo em seu ouvido. E pela postura dela, pelo jeito que meu irmão estava relaxado contra a parede, soube que não era a primeira vez. Soube que ele me viu porque ele moveu as mãos de um jeito rápido e ineficaz, empurrando-a para longe, antes de eu virar e me afastar. E ouvi as palavras dela praticamente o xingando quando ele a empurrou. Mas era tarde demais.

Ele mentiu, e sabe que eu sei. Ele sabe que eu menti por ele também. "Nunca", eu disse. "Nunca."

Imaginei se Annaleise viu aquilo. Se estava em algum lugar na floresta. Ou agachada entre os carros no estacionamento. Era muito nova para chegar em casa sozinha. Precisaria de um adulto. Devia estar por perto.

Imaginei como aquilo pareceria para ela aos treze anos de idade — o que ela achava que estava acontecendo a distância, de seu esconderijo? E se ela revisitou a situação como adulta, a lembrança mudou dentro dela? Teve uma compreensão diferente? Pensei que eu era a única que sabia sobre Corinne e Daniel, mas talvez não fosse.

Nunca soube exatamente o que aconteceu entre os dois, ou com Bailey, depois disso. Corri de volta para dentro do parque, fiquei ao lado do galpão antes que Tyler surgisse. Partimos em sua caminhonete, e ele me deixou dirigir por causa do ferimento que tinha na mão. Passamos por um grupo de meninos da escola que o provocaram.

— Porra, deixando a namorada dirigir sua caminhonete?

Ao que uma menina acrescentou:

— Esse é o verdadeiro amor.

Eu não sabia como Daniel e Corinne se separaram, quando ou como Corinne se encontrou com Jackson, ou por que Daniel estava levando Bailey para casa. Não ousei perguntar. Nenhum de nós perguntou.

Fiquei olhando as pessoas na entrada por muito tempo, tentando imaginar como esses momentos pareceriam através da lente de uma câmera. O que eu veria se esse momento fosse congelado? O que eu pensaria? Da mãe agarrando o braço da criança, a um passo de desaparecer na multidão; dos adolescentes em fila para o chapéu mexicano, se beijando enquanto os outros desviavam o olhar; da mulher com longos cabelos pretos segurando a mão de uma menininha, congelada no meio da multidão, que também me observava.

O rosto dela entrou em foco em minha mente, ganhando contexto, e caminhei até ela.

— Bailey? — chamei. *Bailey*. Seu rosto se desviou, os cabelos pretos cascateando em um arco enquanto virava...

Não era na igreja, mas em momentos como esse que eu quase acreditava em Deus ou algo assim. Alguma ordem no caos, algum significado. Quando trombamos com as pessoas de que precisamos, quando encontramos aqueles que vão nos amar, que há um motivo oculto para tudo. Bailey estava aqui, no meio do parque, na única noite em que eu decidi vir. Bailey, que eu não via desde que me formara na faculdade. Bailey, que estivera aqui conosco na noite em que todos nos separamos.

Todo o meu corpo formigou com a sensação de que eu deveria estar aqui, que o universo estava encaixando peças para mim, que aquele momento me mostrava alguma coisa.

Eu sabia que ela tinha me visto, que tinha congelado exatamente como eu, mas ela se afastava em meio à multidão. Eu estava a meio caminho dela agora, empurrando as crianças que corriam para o próximo brinquedo.

— Bailey! — chamei de novo.

Ela parou quando eu estava prestes a alcançá-la, olhou para trás e fingiu um olhar surpreso ao me ver.

— Nic? Uau! Há quanto tempo — disse.

Nós nos olhamos, nenhuma das duas falou nada, e a menina continuou segurando sua mão.

— Você tem uma filha? — perguntei, sorrindo para a garotinha. Ela se agarrou à perna de Bailey, metade do rosto escondida, um olho amendoado me encarando.

— Cadê o papai? — ela perguntou, com o rosto inclinado para a mãe.

— Não sei — disse Bailey, examinando a multidão. — Devia estar por aqui.

— Não sabia que você tinha se casado — eu disse.

— Bem, chegou tarde. Estou separada agora. Quer dizer, me separando. — Ela examinou a multidão de novo, supus que em busca do ex. — E você? — perguntou, ainda procurando. — Casou? Tem filhos?

— Não e não — respondi, embora não achasse que ela estivesse ouvindo.

— Ali — ela murmurou enquanto levantava a mão. — Peter!

Peter era alinhado, tinha a barba bem-feita, o queixo quadrado e mais alto que a média, e não gostei dele à primeira vista. Talvez pelo jeito que andava, como se soubesse que era algo que valia a pena ser admirado. Talvez pelo jeito que sorriu para Bailey enquanto a filha corria para ele, como se ele estivesse contando pontos e ela estivesse perdendo.

— Você está atrasado — ela disse, empurrando uma mochila para ele. — Ela tem natação às dez.

— Eu sei — ele respondeu, então olhou para mim e sorriu. — Oi, sou o Peter. — Levantei a sobrancelha para ele até seu sorriso vacilar. — Tudo bem, vamos, minha linda. Vamos deixar a mamãe se divertir.

Bailey se agachou, abraçou a menina e a segurou com força.

— Até amanhã, meu amor. — Em seguida se levantou devagar e os viu avançar dentro do parque. — Bem, foi bom te ver, Nic. Tenho que ir.

— Eu preciso te perguntar uma coisa. Sobre a Corinne.

Seus olhos se arregalaram. Então ela se virou e foi em direção à saída.

— Bailey. — Eu a alcancei ao lado do chapéu mexicano, os carrinhos chegando perigosamente perto da borda antes de serem puxados de volta.

— Não, Nic. Para mim isso já deu. Já deu para *todo mundo*.

Fechei os olhos bem apertados.

— Bailey, só responda à porra da pergunta e eu vou embora. — Eu estava falando com ela como Corinne teria falado, as palavras saindo antes que eu pudesse detê-las.

E ela estava esperando, como sempre fazia. Eu não queria pressioná-la, mas tinha que saber.

— Annaleise Carter. Você se lembra dela?

Ela cruzou os braços.

— Ouvi dizer que está desaparecida.

— Ela tentou falar com você? Sobre a Corinne? Sobre aquela noite?

Bailey começou a balançar a cabeça, depois parou, com os olhos brilhantes.

— Quê? — perguntei.

— Foi estranho — disse ela. — Quer dizer, eu mal a conhecia na época. E eu não moro mais lá. Mas uns meses atrás eu a encontrei na feira de fazendeiros, em Glenshire? — Bailey sempre terminou frases desse jeito, como se estivesse nos desculpando por algo que talvez não conhecêssemos. Assenti com a cabeça, esperando que ela continuasse. — Ou eu acho que ela trombou em mim. Eu não a reconheci, na verdade. Mas ela disse: "Bailey? Bailey Stewart?", como se tivéssemos sido amigas. Na verdade, acho que foi a primeira vez que ela falou comigo.

— O que ela queria? Ela perguntou sobre a Corinne?

— Não, de jeito nenhum — ela disse e fez uma careta. — Ela me chamou para almoçar. Perguntou se eu precisava de uma babá para a Lena. Parecia que queria... ser minha amiga.

— Você foi almoçar? Pediu para ela ser sua babá?

— Não. Estou velha demais para amizades assim... com pessoas da cidade. — Ela encarou meus olhos. — Eu cresci, Nic. Não sou a mesma menina.

— Você lembra...

Ela ergueu a mão.

— Você disse uma pergunta e que então iria embora. — Sua voz sumiu e ela perdeu a confiança, a boca ligeiramente entreaberta, os olhos seguindo algo que acabara de passar atrás de mim.

Vislumbrei as costas de um homem andando sozinho. Cigarro na mão, cabelo caído como um esfregão no rosto. Algo tão familiar na forma como andava, com os ombros curvados.

— Aquele é o Jackson? — perguntei.

— Hum? — Ela voltou à conversa. — Olha, não sei. Não o vejo há séculos.

— Da última vez que eu soube, ele estava trabalhando no Kelly's.

Ela deu de ombros.

— Não vou mais lá.

— Não foi ele, Bailey — eu disse.

Ela deu um passo para longe, e suas costas encostaram na lateral de uma barraca de cachorro-quente.

— Eu sei — disse, o que me surpreendeu. Foram as palavras *dela* que fizeram a suspeita recair sobre ele. *Suas* respostas a Hannah Pardot. *Suas* acusações.

— Então, por que você fez todo mundo pensar que tinha sido ele?

— Eles me disseram que ela estava grávida! O Jackson mentiu sobre isso. E então os policiais chegaram, exigindo respostas. Eu era só uma criança! — ela gritou.

— Não, você tinha dezoito anos. Nós todos tínhamos dezoito anos. Tudo o que você disse se transformou em prova. *Tudo*. Você acabou com a vida dele.

— Todos tinham um motivo, Nic. Se não fosse ele, quem acha que teria sido?

Bailey era mais esperta do que eu imaginava na época. Mas era capaz de enganar, pelo que eu lembrava.

— Sério? Qual era o *seu* motivo, Bailey? Meu Deus, você é horrível.

Mas eu achava que sabia. O homem que estava andando atrás de nós. Jackson Porter. *O que o monstro te obriga a fazer? Ele faz você sonhar com eles? Com garotos que não são seus?*

— Não era *eu*. *Ela* era o monstro. Você não consegue enxergar isso agora? Estamos todos melhores sem ela — Bailey falou.

— Não diga uma coisa dessas.

A verdade é que eu achava que Bailey teve sorte. Para Bailey Stewart, a vida com Corinne poderia ter tomado dois rumos muito diferentes. Bailey era linda e naturalmente atraente. Mas Cooley Ridge era de Corinne. A atenção era sempre dela. Bailey poderia se submeter a Corinne, se deixar arrastar para todo lado, ou Corinne poderia destruí-la. Bailey teve sorte por ser fraca. Por se dobrar com facilidade. Havia coisas piores do que ser capacho.

Mas Bailey também tinha uma escuridão dentro dela que a deixava ser manipulada e que queria sair. E ela teve sorte de ser amada por Corinne.

— *Verdade ou desafio, Bailey.* — *Corinne moveu o canudinho do refrigerante de um lado para o outro da boca.*

Desafio, *pensei*. Escolha o desafio.

— Verdade — disse Bailey.

O sorriso de Corinne se alargou.

— *Jackson ou Tyler? E explique.*

Não havia uma resposta correta. Nunca havia.

— *Mudei de ideia* — disse Bailey. — *Desafio.*

— *Não, não, não, Bailey, meu amor. Verdade ou pode ir embora. Agora me diga, qual dos nossos namorados você gostaria de ter?*

Eu me inclinei para trás, apoiando-me nos cotovelos, observando Bailey se remexer desconfortavelmente. Corinne viu meu olhar e abriu um sorrisinho.

— Sempre escolha o desafio, Bails — eu disse.

— Tyler — disse Bailey, as maçãs do rosto salientes tingidas de vermelho.

Gargalhei.

— Mentirosa.

Ela me encarou.

— Você tem passe livre em todos os lugares, Nic. As pessoas pensam que você é melhor do que é por causa dele. Esse é o meu motivo. Tyler.

Corinne riu.

— Bem pensado, Bailey. — Ela a puxou para si, a envolveu nos braços e a apertou. — Meu Deus, te amo até a morte. Vocês duas. Vocês são horríveis.

Odiei que Bailey agisse com tanta superioridade agora. Que chamasse Corinne de "monstro", como se pudesse esquecer todo o resto.

— Diga o que quiser para se convencer, Bailey. Você sempre foi ótima em mentir.

— Não aja como se não soubesse do que estou falando. Eu ouvi — disse Bailey. — Eu ouvi o que ela disse lá em cima, na roda-gigante.

Balancei a cabeça, fingindo não lembrar.

— Quem diz algo assim? — ela perguntou. — Ela estava doente, Nic. E era contagioso.

— Não sei do que você está falando.

Ela riu como se a piada fosse comigo agora.

— Tenho que ir.

— Espere — pedi. — Posso ligar para você mais tarde? Podemos nos encontrar em algum lugar. Sem tudo isso... — Quis dizer o parque de diversões, a roda-gigante lá em cima enquanto conversávamos, fazendo com que ficássemos ríspidas e na defensiva.

— Não — respondeu ela. — Deixe para lá.

Bailey sabia de mais alguma coisa, eu tinha certeza. Queria que Everett estivesse aqui para pressioná-la, convencê-la a revelar seus segredos, a se absolver. Peguei um guardanapo da barraca mais próxima, uma caneta na bolsa e rabisquei meu número de telefone.

— Se mudar de ideia, vou ficar na cidade por um tempo. Ajudando com o meu pai.

Ela enfiou o guardanapo no bolso traseiro. Meu Deus, ela estava linda. Cada movimento de seu corpo parecia coreografado.

— Tchau, Nic.

— Sua filha é linda — falei.

Ela começou a sair, jogou o cabelo sobre o ombro e me deu um último olhar abrasador.

— Espero que ela não seja como nós.

Ouvi o brinquedo ao nosso lado, as engrenagens mudando, metal sobre metal quando os carros pararam de um jeito abrupto e começaram a girar para o outro lado. Os gritos de alegria vindos lá de dentro. Tentei me concentrar naquilo, em cada som específico, então não pensaria em mim, em Bailey e em Corinne, no alto da roda-gigante.

Eu devia parecer tão patética para Bailey, parada ali, fingindo não saber do que ela estava falando quando aquela palavra sussurrada ficou cada vez mais alta com o passar dos anos. Tanto que, às vezes, quando eu pensava em Corinne, era a única coisa que eu escutava.

Suas mãos frias em meus cotovelos. Sua respiração em meu ouvido. O riso de Bailey, tenso e nervoso, ao fundo. O aroma do chiclete de hortelã de Corinne. Seus dedos dançando em minha pele. "Pula", ela disse.

Ela me mandou pular.

O DIA ANTERIOR

DIA 6

Eu ainda tinha algumas horas antes do chá de bebê de Laura, no porão da igreja. Mas, toda vez que eu pensava naquele lugar, imaginava o oficial Fraize nos organizando em grupos de busca e via as fotos de Annaleise e Corinne penduradas nas paredes, agora uma coisa só em minha mente.

— Então, você vai chegar lá ao meio-dia? — Daniel estava do lado de fora da casa com uma lavadora de pressão e tinha subido dois degraus numa escada inclinada contra o tapume.

— Eu disse que chegaria.

— Me dê a lista — ele pediu com a mão estendida.

— Sério? Você vai arrumar a casa agora? Vai prepará-la para vender?

Ele estendeu a mão uma segunda vez.

— Vai logo, não posso estar lá de qualquer jeito.

Estiquei a mão para entregar o documento, e ele espiou a folha.

— Lavadora de pressão, já foi. Tudo bem, vou fazer a argamassa depois disso e pintar, se o Tyler vier ajudar.

— O Tyler vai vir?

— Não sei. Ele ia vir, mas não tive mais notícias dele — falou, voltando os olhos para mim. — Então, por favor, arraste todos os móveis que puder afastar das paredes. Eu cuido dos maiores. Pegue os plásticos no porta-malas.

Ele voltou a limpar a casa com jatos de água. Realmente estávamos fazendo aquilo. Vendendo a casa. Preparando-a. Cuidando da nossa vida. Seguindo em frente.

— Nic — disse ele. — Porta-malas. Vai.

Eu me senti sem chão e atordoada enquanto caminhava até o carro. Tinha sido difícil dormir nas últimas noites, e a falta de sono estava mexendo com a minha cabeça, como se houvesse espaço demais para examinar e eu não pudesse me apoiar em nada sólido. Puxei os plásticos do porta-malas, o cheiro um pouco nauseante. Então os abracei contra o peito, e o cheiro subiu direto no meu rosto. Imaginei a mim mesma sufocando dentro deles, enrolando-os ao redor das cenas de crime. Minha mãe costumava colocar plásticos no chão, para eu e Daniel pintarmos sobre cavaletes na cozinha. No fim, eles ficavam cobertos de pingos multicoloridos, resultando numa bela bagunça.

Não conseguia respirar e os larguei no primeiro degrau da varanda. Daniel se virou para me olhar.

— Nic, francamente — disse ele, como se eu fosse a maior decepção da sua vida.

— Não estou me sentindo bem.

Ele desligou a máquina e desceu da escada.

— Bom, se não vai ajudar aqui — disse ele —, então vá para a igreja ajudar lá.

Assenti com a cabeça.

— Talvez eu volte tarde. Tenho um compromisso depois do chá.

— Você tem um compromisso depois do chá?

— Sim. Tenho um compromisso.

O compromisso consistia em querer ficar em qualquer lugar, menos ali.

— Você pode ficar com a gente hoje à noite. Esse cheiro de tinta é muito forte. Eu também não ia querer ficar inalando.

— Pode ser — falei.

Ele meneou a cabeça.

— Bom. Até mais tarde então.

Talvez fosse a proximidade da igreja com a delegacia ou o cemitério atrás dela, onde minha mãe estava enterrada ao lado de meus avós, mas havia algo perturbador nesse lugar, com os bancos de madeira cheirando à terra e a maneira como era preciso caminhar pelo corredor estreito e sobre o altar para alcançar os degraus do porão depois dele. Passei todos os domingos aqui quando criança, mas deixei de ir depois que minha mãe morreu, assim como Daniel. Meu pai também não costumava ir à igreja. Estava sempre muito ocupado dormindo para descansar da farra de sábado, ou simplesmente dormindo. E Tyler ia apenas se eu pedisse sua companhia. Para mim não havia mais nada debaixo desse telhado pontudo.

A igreja era apenas mais uma parte da minha vida aqui. Aquilo que fazíamos nos domingos de manhã, seguido de petiscos comprados na farmácia com Corinne e Bailey e quem mais estivesse saindo com a gente no momento. Sentávamos no capô dos carros no verão ou nos encolhíamos dentro da loja quando o tempo virava, Luke Aberdeen geralmente atrás da caixa registradora, bem de olho em nós por um bom motivo.

A última vez que estive nesta igreja foi no casamento de Daniel e Laura, três anos atrás. Também tive esse sentimento de inquietude naquela ocasião. Em pé ao lado do altar, com um vestido rosa-melancia que Laura escolhera, adivinhando também minhas medidas, porque eu nunca as enviara para ela. Tinha ficado um pouco longo demais — batia na canela e não logo abaixo do joelho —, um pouco apertado em cima e largo nas aberturas dos braços. Eu me senti deslocada. Parecia deslocada.

Eu me esgueirei para o porão depois disso, esperando a multidão sair. Tyler me encontrou jogando dardos sozinha, no salão de jogos. Ouvi seus passos dobrando o corredor, e logo depois, quando jogou o blazer na cadeira mais próxima, enquanto eu mirava o alvo com um olho fechado.

— Belo vestido — ele disse.

— Cala a boca.

— Quer ir para outro lugar? — Ele me mostrou uma saída secreta, um conjunto de degraus dentro de um armário ao fundo, um abrigo de tempestade, uma corrente com um cadeado que o mantinha fechado. Mas Tyler tinha o código de quando trabalhara ali embaixo depois de uma inundação. Ele tinha uma saída para tudo.

Daniel não me perdoou por ter perdido a recepção.

―――――

— Nic! — Laura berrou quando me viu, afastando-se com dificuldade de sua mãe e da irmã mais velha, que penduravam a decoração.

Sorri.

— O Daniel disse que talvez você precisasse de ajuda aqui.

— Ai, meu Deus, preciso — disse ela, inclinando-se mais perto. — Minha mãe está *louca*. A Katie está tentando mantê-la ocupada, mas ela já está ficando furiosa. Não sei se está empolgada ou apavorada porque vai ser avó.

Assenti rapidamente. Havia pequenos momentos, como esse, quando a tristeza de repente vinha com força. Era sorrateira e ardilosa, chegava sem avisar, e a gente só se dava conta quando ela já estava lá. Geralmente vinha diante de tarefas simples e rotineiras: minha mãe nunca penduraria bandeiras rosa no meu chá de bebê, e eu nunca me inclinaria para alguém e sussurraria de um jeito conspirador: "Minha mãe está louca". Ela nunca seria avó.

Laura deu um suspiro rápido e esfregou a parte superior da barriga, como se estivesse desfazendo uma torção.

— Vamos pegar um pouco de ponche para você.

— Não, obrigada. Só me bote para trabalhar.

— Tudo bem. Hum, Katie? — ela gritou para trás. — O que a Nic pode fazer?

Deixei que Katie me enchesse de atividades: pendurar os enfeites, organizar os jogos, arrumar os cupcakes nas mesas dobráveis. Seus olhos ficavam se desviando para o quadro que os policiais usavam no canto — a foto de Annaleise ainda estava presa ao mural, ao lado de uma grade branca que cortava a floresta, cada parte com uma letra. Bricks e o policial Fraize nos encontraram aqui e nos organizaram em grupos. Eu estava na equipe C, que vasculhou a propriedade dos Carter até o rio. Daniel ficou na A, que incluía a dos Piper (inclusive a casa abandonada; nada lá, ele nos contou depois), a dos McElray e a nossa. Tyler ficou na E, completamente longe da casa dos Carter — ele ficou com a vizinhança e a propriedade atrás da escola primária. E não ache que não percebemos.

Resolvi tirar tudo do mural, guardando embaixo da mesa.

— Obrigada — disse Katie. — Eu não me senti bem com a ideia de tirar os cartazes dali, mas quem quer olhar isso em um chá de bebê?

Ela balançou a cabeça. Tinha cabelos como os da irmã, longos e finos, mas os dela tinham tanto produto que ficavam fofos no topo. Katie já havia se divorciado duas vezes, mas vi uma aliança em seu dedo.

— Parabéns — eu a cumprimentei.

— Três é o número da sorte — ela respondeu com uma voz cantante. — E você? Ouvi dizer que está noiva de um advogado de sucesso no norte...

Senti seu olhar fulminando meu anelar.

— Isso. Tirei a aliança para fazer limpeza.

— Se precisar de conselhos sobre casamento, sabe para quem perguntar. — Riu da própria piada.

— Obrigada, Katie.

Uma hora depois, o lugar parecia uma homenagem ao algodão-doce, e os convidados começaram a chegar.

— Ah! — Katie exclamou. — A mesa de presentes. — Então empurrou algumas caixas embrulhadas sobre a mesa no canto, espalhando balinhas de menta revestidas de rosa e verde.

— Deixei meu presente no salão de jogos — falei. O salão ficava depois da cozinha, ao lado dos banheiros, e ouvi alguém dando descarga enquanto pegava minha bolsa com o presente. Fechei os olhos e tateei lá dentro para senti-lo uma última vez.

Fui a uma loja Babies R Us com a intenção de encontrar o presente perfeito, mas fiquei totalmente surpresa com a imensidão do lugar. Corredores e mais corredores, um setor inteiro dedicado aos pimpolhos, o que me deixou totalmente perdida. Além de tudo, eu não sabia o que Daniel e Laura queriam ou precisavam. Verifiquei o quiosque perto da porta para saber se havia uma lista, mas parecia não ter. Então comprei uma roupinha: um vestidinho de algodão rosa com chapeuzinho rosa e meinhas rosa, tudo combinando. Mais tarde, perguntei a uma das professoras no trabalho qual tinha sido o presente favorito que ela ganhara em seu chá de bebê.

— Uma bomba tira-leite — ela disse. — Ah, e não leve roupas.

Naquela noite, enquanto eu estava arrumando minhas coisas para guardar, abri aquele único pote que tinha levado de casa. As coisas da minha mãe, bem ali, desencaixotadas. Coisas que eu peguei de casa e nunca usei. Coisas que levei comigo, no fim das contas. Eu as deixava em um pote de plástico cinza, com muito medo de que estragassem ou que alguém entrasse no meu apartamento e as levasse.

E agora percebi que tinha esquecido o cartão. Que droga!

Laura saiu do banheiro, a cabeça inclinada para o lado, o cabelo caindo nos ombros.

— Para mim? — perguntou.

— Eu esqueci o cartão — lamentei.

— Ah, tudo bem. — Ela foi pegar a sacola da minha mão, mas eu não podia arriscar perdê-la no mar de presentes na mesa. Então ela moveu as mãos até os meus braços. — Posso abrir agora?

Eu assenti com a cabeça, e ela sorriu. Segurei a sacola enquanto ela tirava o papel de seda de lado, primeiro puxando a roupinha cor-de-rosa, seu sorriso se abrindo. Depois ela estendeu a mão mais fundo, e seu rosto se retorceu quando sentiu o metal frio — talvez os dedos tivessem resvalado na impressão. Tirou o porta-joias de prata com o nome da minha mãe gravado no topo. Tinha sido um presente do meu pai no dia do casamento deles. "Shana Farrell", o nome naquela escrita perfeita, floreada, mas fácil de ler, formal, mas despretensiosa.

Laura não disse nada. Uma lágrima rolou pela bochecha enquanto observava a luz incidindo sobre o nome na tampa.

— Ah, Nic — ela disse, levando a mão à boca e depois à barriga.

— Ai, não faça isso. Ah, meu Deus. Não vá ter o bebê agora. Não estou preparada.

Ela sorriu, balançando a cabeça.

— Eu não posso aceitar. É seu.

— Eu nunca vou ter uma Shana Farrell — falei. — Por favor. Ela teria dado para você se estivesse aqui. Tenho certeza. — Era verdade. Eu conseguia imaginá-la fazendo isso, podia senti-la em pé, neste mesmo lugar, estendendo o presente para Laura, alisando seus cabelos.

Ela balançou a cabeça novamente, segurando a caixa nas mãos.

— Obrigada — disse.

— Laura? — Katie apareceu ao fundo, esticando o pescoço. — Os convidados estão aqui, querida. Você está bem?

Laura enxugou as bochechas, segurou minha mão e a apertou.

— Nós vamos cuidar muito bem disso, Nic — disse ela. — Vamos?

— Eu já vou. Pode ir na frente — falei.

Passei alguns minutos no banheiro, que sempre foi meu lugar favorito para chorar.

———

O chá de bebê estava a todo vapor, os amigos de Laura com ponche na mão, agrupados com cupcakes e minissanduíches. A mãe e a irmã reabasteciam as bandejas e serviam os grupos. As pessoas faziam apostas sobre a data de nascimento em uma folha de papel que pendia sobre a mesa de presentes. Eu me inclinei na entrada, me preparando para o espetáculo. *Sorria. Seja simpática. Pela Laura.*

— Não acho que os dois casos estão relacionados — ouvi uma de suas amigas dizer enquanto tirava os papéis de debaixo da mesa. Ela estudava na classe de Laura no ensino médio; eu a conhecia. De vista, mas conhecia. O mesmo tom de cabelo, tingido de um ruivo profundo. Monica Duncan. Pelo menos era esse seu nome de solteira. — A Annaleise não tinha nada da Corinne Prescott.

Elas estavam ao redor do grupo de busca e da foto de Annaleise, que eu havia tirado da parede e escondido exatamente para evitar mãos curiosas e palavras xeretas — tudo o que eu odiava nesse lugar.

Laura estava do outro lado, de costas para nós, mas olhou para trás e disse:
— Monica, fica quieta.

Esperaram que Laura se virasse, e Monica baixou a voz:
— Que foi? — ela perguntou. — É verdade. Vocês não lembram? Aquela garota sempre ia às nossas festas quando não tinha nem catorze anos, *catorze*, todas elas. Lembram? — Laura olhou para trás de novo, e vi seu rosto ficar vermelho, os olhos examinando a sala. Recuei para a cozinha. — Dando em cima dos nossos namorados, agindo como se fossem donas da cidade... Quer dizer, o que elas achavam que ia acontecer? Se eram assim aos catorze, imaginem aos dezoito. Espere, nem precisamos imaginar. Já existiam boatos mais que suficientes.

Eu não conseguia acreditar que estavam falando daquele jeito no chá de bebê da Laura. Laura, que era casada com Daniel, um possível suspeito desse caso. Laura, cunhada da melhor amiga de Corinne.

— A Annaleise era um doce. Nunca fez escândalo. Sabia o lugar dela. Aquela garota, a Prescott, era diferente. Quem aqui se surpreendeu? Estava na cara que ia dar nisso.

— Sei lá — outra pessoa disse. — Parece que a Annaleise *estava* saindo com o Tyler Ellison. — Ouvi risadas nervosas. — Então talvez não fosse assim tão doce. — Todas riram.

— O Martin disse que a polícia foi na casa do Tyler hoje de manhã. Para interrogá-lo. Mas ele não estava lá — acrescentou a terceira mulher do grupo.

Meu Deus, os rumores, as teorias conspiratórias. *É assim que começa. É assim que as pessoas decidem sobre inocentes e culpados.* Era hora de sair do esconderijo, fazer com que parassem por causa da minha presença ali e porque, afinal, eram sulistas bem-educadas.

— Podemos não falar desse assunto no meu chá de bebê? — Laura sugeriu.

— Ah, querida, eu não quero te aborrecer! — Monica disse com a mão em torno da cintura de Laura. — O que estou dizendo é que não tem nada com que nos preocuparmos. São casos diferentes. Não existe um padrão. Não tem motivo para pensar que tudo está relacionado — ela sussurrou. Acho que não tinham ouvido falar da mensagem de texto que Annaleise enviara ao policial Mark Stewart, perguntando sobre o caso Corinne. Mas era só uma questão de tempo. Entrei no salão e fui até a mesa onde era servido o ponche. E Monica continuou: — A Corinne teve o que merecia. Colocou todas elas no lugar, não é?

Laura ficou pálida e olhou diretamente para mim.

— Monica — ela disse.

— Quê? — Monica retrucou.

Laura se afastou e veio em minha direção, mas eu saí do salão.

— Ah. Ops — ouvi Monica falar.

Não havia como passar por este chá de bebê sem fazer uma cena. Sem envergonhar minha cunhada ou suas amigas.

Laura ainda parecia pálida quando me seguiu até a cozinha.

— Sinto muito — falei, procurando minha bolsa. — Tenho que ir.

— Nic, não. Por favor.

Encontrei a alça da bolsa preta e a joguei no ombro.

— Parabéns, Laura — falei.

Elas tinham razão. Aquele não era o meu lugar. Eu conhecia o meu lugar, e não era ali, não era em Cooley Ridge.

Laura não conseguiu me acompanhar. Desapareci dentro da despensa, subi os degraus do fundo e me lembrei da combinação de três anos atrás ("Dez-dez-dez, as pessoas são mesmo muito ingênuas", Tyler disse). Em seguida empurrei a porta destrancada do porão e saí.

Corinne não era culpada, mas também não era inocente. Era isso que Monica — e todo mundo — insinuava. Corinne incitou ódio e paixão, raiva e desejo.

As pessoas não conseguiam evitar. Mas ela se punha nos holofotes, obviamente. Quando queremos nos convencer, dizemos: "Nunca serei eu".

"Ela não sabia o lugar dela."

"Ela incitava muita paixão."

Normalmente, são os homens que cometem assassinatos no calor da paixão. Seus dedos se apertam sozinhos ao redor de nosso fino pescoço. Os braços treinados avançam para a frente e descrevem um arco, além de suas intenções, atingindo nosso frágil rosto. Paixão. Calor. Instinto.

As mulheres são mais conscientes. Guardam em listas as mágoas veladas, computam as ofensas, montam um caso, recuam para dentro de si.

A paixão pertence aos homens. As estatísticas dizem que um ataque não planejado provavelmente virá deles. Assim, a investigação começou ali: Jackson, Tyler, Daniel, o pai dela.

Mas a polícia estava errada em começar por aí, com as estatísticas. Precisavam começar com Corinne, precisavam conhecê-la primeiro. Então veriam que, talvez, não houvesse nada mais apaixonado do que amar alguém mesmo sem querer. Não importava quem fosse. Se a pessoa gostava de Corinne, era pura paixão.

O que os detetives queriam eram os fatos. Os nomes. Os acontecimentos. Os rancores e desprezos que poderiam fazer com que uma garota perdesse a vida do lado de fora do parque de diversões do condado. Hannah Pardot expôs *essa* Corinne, a verdadeira. Mas eu não sabia se isso realmente importava. Se essa Corinne era mais real do que aquela que eu conhecia, que vivia dentro da minha cabeça. Uma imagem borrada e assombrosa, girando em um campo de girassóis. Nunca consegui entendê-la, mas ela era a pessoa mais real que eu conhecia.

"Pula", ela disse. Então se inclinou bem perto para que só eu pudesse ouvir e sussurrou: "Se eu fosse você, pularia".

Mas eu não pulei.

Os fatos. Os fatos eram fluidos e mudavam, dependendo do ponto de vista. Os fatos eram facilmente distorcidos. Os fatos nem sempre estavam certos.

"O que ela faria?", eles deveriam ter se perguntado.

Depois que eu disse "não".

Depois que Daniel a afastou.

Depois que Jackson a abandonou.

O que ela faria se todos nós a afastássemos no mesmo dia? Se ela não tivesse para onde ir? O que ela *faria*?

Consigo sentir seus dedos frios em meus cotovelos, e o sussurro se transformando em um grito: "Pula".

Queremos acreditar que não somos as pessoas mais tristes da face da Terra. Que há alguém pior, alguém lá, com você. Alguém sofrendo ao seu lado, passando por uma escuridão insondável.

"Pula", ela disse, como se eu não tivesse futuro.

Mas ela estava errada. Muito errada.

Porque quando eu estava em pé, na beirada da cabine da roda-gigante, a respiração perdida ao vento e Tyler me esperando lá embaixo, tudo ficou surpreendentemente claro.

———

Quero contar a alguém sobre aquela noite. Sobre Corinne. Sobre o que ela disse.

Sobre mim.

Mas não sei como. É impossível, na verdade. Não são coisas separadas. Vêm em pares. Um fato entranhado no outro, e não se pode contar uma história sem a outra. Estão sempre entrelaçadas na mente.

Dois dias antes do parque de diversões, em pé em seu banheiro, Corinne segurava o teste na mão.

— Um minuto e meio — disse ela, sem me deixar ver, só o tiquetaquear do relógio no criado-mudo do quarto. — Tique-taque, Nic.

— Fico feliz que você ache engraçado — eu a repreendi.

— Hora da verdade. — Ela olhou primeiro, e tive o súbito desejo de arrancar o teste de suas mãos. Ela sorriu e o virou.

As duas linhas azuis, e meu estômago revirou de novo. Caí de joelhos no chão de azulejos branquíssimos, me inclinando sobre a privada. Ela esfregou as minhas costas.

— Shhh — disse ela. — Vai ficar tudo bem.

Eu me sentei no chão e vi quando ela enfiou o teste no fundo de uma caixa de Skittles que já estava na lata de lixo.

— Não se preocupe — falou, a boca se retorcendo em um meio sorriso —, minha mãe também me teve com dezoito anos.

Eu não devia tê-la deixado me convencer a fazer o teste naquele momento, em seu banheiro, com ela em pé atrás de mim. Ela não devia ter sido a primeira. Não antes de Tyler.

— Preciso ir — falei. Ela não me impediu de sair de seu quarto, de sua casa, e de ir até o rio, onde me sentei e fiquei olhando para a água enquanto chorava, porque eu sabia que ninguém mais podia me ouvir. Liguei para Tyler e pedi que me encontrasse lá, me obrigando a parar de chorar antes de contar para ele.

Dois dias depois, vejo Tyler do topo da roda-gigante e por um momento penso que eu tenho tudo.

Corinne me desafiou a sair da cabine, e eu quis fazê-lo. Eu queria saber como era fácil abandonar tudo e dizer "não". Queria sentir a emoção, o poder, a esperança — tudo o que minha vida poderia ser.

Mas então senti sua respiração em meu ouvido: "Pula", ela disse, e naquele momento fiquei com medo do que Corinne poderia fazer. Como ela era sombria, em seu íntimo. Minha vida era apenas parte de um jogo para ela. Uma peça que ela podia mover, para ver até que ponto eu me dobraria. Ela deve ter me odiado intensamente, e a todos nós.

Fiquei com medo de que ela me empurrasse, que Bailey nunca contasse, que todos pensassem que eu queria morrer, quando não havia nada que eu quisesse mais naquele momento do que viver. Por Tyler, lá embaixo, e pela vida que poderíamos ter, todas as possibilidades que se estendiam diante de mim, que existiam todas de uma só vez.

Mas então eu me desequilibrei, o mundo se inclinou, e a dor de um soco atingiu meu rosto.

Corinne veio correndo para testemunhar a desgraça.

Uma menina tomando sorvete observou, uma lembrança que nunca deve ter morrido para ela.

Meu braço pousou instintivamente na barriga quando caí no chão, porque naquele instante entendi como tudo é frágil, como somos todos fugazes, como tudo é paralisante, e que alguma coisa estava começando para mim. Algo a que valia a pena me agarrar.

———

Passei o restante da tarde depois do chá de bebê de Laura à beira do rio novamente, até escurecer. Até eu saber que Daniel tinha ido embora. Até que a casa estivesse vazia e as paredes estivessem úmidas e pegajosas, o cheiro da pintura sufocando.

Ignorei as ligações de Daniel, mas enviei uma mensagem para ele, um breve:

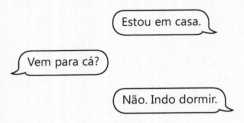

Mas não dormi. Não fiz nada.

Reservei aquela noite para sentir pena de mim mesma. Apenas aquela noite. Para chorar por Corinne e por minha mãe, por Daniel e por meu pai, por mim e por Tyler, e por todas as coisas perdidas.

Amanhã eu me levantaria. Amanhã não haveria mais choro. Amanhã eu lembraria que precisava continuar.

O DIA ANTERIOR

DIA 5

Eu não devia estar aqui. Eu não devia estar aqui. Eu não devia estar aqui. Eu estava balançando no sofá com a televisão na minha frente e uma xícara de café nas mãos, usando as roupas de ontem, o tecido rígido e acusador contra a minha pele.

O despertador tocou no quarto, e coreografei o que viria a seguir: ele iria bater no botão "soneca" duas vezes, xingar repetidamente enquanto corria para o chuveiro, vestir as roupas, pôr um boné nos cabelos ainda molhados, encher a caneca para viagem com café requentado de ontem.

Sentei no sofá, as pernas dobradas embaixo de mim, e tomei meu café fresco em sua caneca da ECC.

Tyler, ao contrário do que imaginei, veio direto do quarto, como se tivesse ouvido a televisão, embora eu tivesse deixado apenas um ponto acima do mudo. Ficou parado de cueca boxer preta, os olhos azuis totalmente despertos. Observei o peito e a barriga bronzeados. Ele engordara um pouco desde a última vez que estive aqui, mas de roupa não se notava. Eu era a única pessoa que conseguia mapear as mudanças durante aquela década — minhas mãos rastreando todos os contornos, como a memória muscular —, assim como ele conseguia fazer comigo.

Forcei os olhos a se concentrarem na tela e estendi a caneca na direção dela.

— Só me atualizando com as notícias — falei, observando a boca da repórter se mover. Ela estava parada na frente de um cartaz de Annaleise Carter, descrevendo os fatos novamente: vista pela última vez pelo irmão entrando na floresta. Agora, no segundo dia de buscas, com a ajuda de helicópteros. Nenhum sinal dela. Nenhuma novidade.

— Pensei que você tinha ido embora — disse Tyler, perto do sofá.

Mantive os olhos colados na tela.

— Preciso de uma carona até em casa. Acabei de fazer café — falei. — Está na cozinha.

— Não conseguiu dormir? — Sua voz percorreu o apartamento enquanto ele abria um armário. Não havia muita coisa: a sala de estar, seu quarto e a cozinha com a ilha no meio. O laptop estava fechado na mesa de centro.

— Na verdade, não — respondi. O que não era inteiramente verdade. Caí em um sono profundo e tranquilo quase que imediatamente, o melhor desde que voltei. Foi o ruído das pessoas saindo do bar quando fechou que me despertou, e não consegui encontrar o caminho de volta para onde estava, só Tyler era capaz de me levar até lá, me convencendo a sair dos meus pensamentos, a me esquecer. Passei as últimas horas me sentindo enjoada.

Ele pegou o cobertor amassado no assento ao meu lado e o pendurou no apoio de braço, onde estava na noite passada. Depois se sentou ao meu lado, um pouco perto demais — a caneca na mão, o braço direito atrás de mim, os dedos se movendo distraidamente no meu cabelo. Senti a tensão sendo liberada, meu corpo se desenrolando. Fechei os olhos por um segundo, ouvindo Tyler tomar café.

Isso. Nós. Havia algo de confortável aí. Era muito fácil se perder na sensação por um fim de semana. Meu celular tocou na mesa e eu o peguei, esperando que fosse Daniel, e senti o sangue desaparecer do rosto quando vi o nome de Everett na tela. Deixei a caneca de lado e atendi.

— Eu te ligo já — disse antes de conseguir registrar o som de sua voz. — Dez minutos.

— Estou a caminho do escritório — ele respondeu. — Ligo de novo na hora do almoço.

— Tudo bem. Até mais tarde, então. — Desliguei e me inclinei para a frente no sofá, a cabeça entre as mãos.

Tyler estava em pé.

— Preciso me arrumar para o trabalho — ele disse. — Te deixo no caminho. — Ele foi até o banheiro e parou na entrada do quarto. — Só me faça um favor. Não ligue para ele assim que eu entrar no chuveiro.

Estreitei os olhos para suas costas.

— Eu não ia fazer isso.

— Sei.

— Não faz assim — falei. — Não...

Ele deu meia-volta, uma mão no batente da porta, a outra apontando para mim.

— Você me pedindo para não fazer assim?

— Eu estava chateada! — expliquei.

— Eu sei, eu estava aqui.

— Eu não estava pensando direito.

— Até parece.

Ele olhou para mim da porta do quarto. Eu me concentrei de novo na boca da repórter.

— Não quero brigar com você — falei.

— Não, eu sei exatamente o que você quer de mim.

Afiado e cortante, mas nada se comparava ao seu olhar. Tudo certo na noite anterior, superexposto e inegavelmente errado à luz do dia.

— Desculpe. Mas o que *você* quer de mim?

Seus olhos se arregalaram mais, se é que isso era possível.

— Você não está falando sério — ele disse, balançando a cabeça e passando a mão no rosto. — Pelo que exatamente você está se desculpando, Nic? Só estou curioso. Por isso aqui? Pelo ano passado? Pelo ano anterior? Ou por ter ido embora da primeira vez sem dizer uma palavra?

Fiquei em pé, os membros tremendo com a adrenalina.

— Ah, não faça isso. Não traga isso à tona agora.

Esse era nosso acordo tácito. Não discutiríamos esse assunto. Não olharíamos para trás nem para a frente.

Depois que eu me formei no colégio, o plano era esperar um ano. Economizar um pouco, ir embora juntos. Mas Corinne desapareceu, e todos os planos viraram merda nenhuma. Daniel parou de trabalhar na reforma, me deu o dinheiro que podia. Fui embora sozinha, um ano de faculdade comunitária, depois me transferi para uma universidade com dormitório, empréstimos estudantis e um campus autossuficiente, separado do restante do mundo. Um lugar seguro e distante.

— Ou você está se desculpando por ter mudado o número do seu telefone? — Tyler continuou, aproximando-se um passo. — Por voltar para cá cinco meses depois, como se nada tivesse acontecido?

— Não posso fazer isso — falei. — Nós éramos crianças, Tyler. Apenas crianças.

— Não significa que não era de verdade — disse ele, suavizando a voz. — A gente podia ter conseguido.

— Podia. Talvez. Tem muito de hipotético nisso. Mas não conseguimos, Tyler. Não conseguimos.

— Porque você desapareceu! Literalmente.

— Não desapareci, eu fui embora.

— Você estava lá um dia e, no outro, tinha sumido. Qual é a diferença? Seu *irmão* teve que me contar, Nic.

— Eu não podia ficar — falei tão baixo que minha voz quase não atravessou a sala.

— Eu sei — disse ele. — Mas não era uma coisa temporária. Uma promessa temporária. O que eu disse para você era verdade.

Ele me deixou dirigir sua caminhonete porque a mão dele estava toda ferrada. Eu continuava tocando meu rosto com os dedos, esperando encontrar algo novo, algo mais substancial que uma marca vermelha e um lábio inchado.

— Sério, Nic, você está bem? — *ele perguntou.*

— Sim — *respondi.* — Só estou muito de saco cheio de todos eles. Do Daniel, da Corinne. Estou cheia dos joguinhos dela. Estou cheia do meu pai. Estou cheia deste lugar.

— Estacione — *ele disse.*

— Onde? — *A estrada era escura e sinuosa, e na maior parte do trecho não havia muito espaço de acostamento. Mas havia aqueles mirantes sobre o vale, guardrails colocados em torno de pequenos retângulos que se estendiam sobre as rochas lá embaixo.*

— Em qualquer lugar.

Pensei que sabia por que ele queria que eu estacionasse, e eu não queria ficar exposta ao brilho dos faróis.

— Estamos quase nas cavernas — *eu disse.* Entrei com sua caminhonete no terreno, levei-a para fora da estrada, sobre o afloramento de rochas e para dentro da clareira, em grande parte oculta por uma fileira de árvores.

Desliguei o motor, soltei o cinto de segurança, mas ele não me puxou para ele. No início, nem virou o rosto para mim.

— Eu vou cuidar de você, sabe disso — ele falou. — Vou ser bom para você. Vou te amar para sempre, Nic.

— Sei que vai — eu disse. Era a única coisa da qual eu tinha certeza.

Ele estendeu a mão para o porta-luvas e puxou uma aliança. Era simples. Linda. Perfeita. Duas faixas de prata entremeadas. Uma linha de pedras azuis onde elas se interligavam.

Para sempre. É o tipo de coisa que se diz quando tudo sempre foi só um punhado de anos. Quando não são décadas antes de você se tornar uma daquelas bonecas russas.

Havia uma pequena parte de mim que ainda era infantil e esperançosa, pensando que de alguma forma era possível ter tudo. Que Tyler podia se transformar em Everett, que Everett podia se transformar em Tyler. Que eu podia ser todas as versões de mim, guardadas uma dentro da outra, e encontrar alguém que quisesse todas. Mas a infância é assim. Antes de perceber que cada passo é uma escolha. Que para ganhar algo é preciso desistir de algo. Tudo numa escala, numa ponderação de desejos, numa hierarquia daquilo que se deseja mais e daquilo que se está disposto a abrir mão para consegui-lo.

Dez anos atrás, eu fiz essa escolha por nós dois, arrancando o band-aid e puxando pele junto. *Cortar pela raiz*, pensei na época. Mas nunca lhe dei essa escolha, nunca deixei que ele desse nenhuma opinião. "Você desapareceu", ele disse...

— Eu fui embora, me desculpe, mas isso foi há dez anos — retruquei. — Não posso voltar no tempo e desfazer nada.

— Mas você continua voltando, Nic.

Eu não sabia ao certo se ele queria dizer para Cooley Ridge ou para ele.

— Você vai se atrasar.

Ele correu os dedos lenta e forçosamente pelos cabelos.

— Você me deixa louco — falou, virando-se para o banheiro. Ouvi o barulho do chuveiro ligando e dos armários batendo, e senti como ele estava nervoso atrás da porta fechada.

Acontece assim: homens que se perdem em momentos de paixão. Nós os levamos a isso. Não é culpa deles.

Fechei os olhos e me encostei no balcão ao lado da geladeira, sentindo as unhas se enterrando na palma das mãos, e contei devagar até cem.

———

Tivemos que sair pela porta da frente, perto da entrada do bar. Mantive a cabeça baixa quando saímos. Segui Tyler até a caminhonete e apoiei a cabeça na janela enquanto partíamos.

Ficamos em silêncio no caminho para casa. Quando chegamos, ele estacionou na frente, e hesitei com os dedos na maçaneta, olhando pela janela.

— Você vai ficar bem aqui? — ele perguntou.

A casa. Vazia, pendida e esperando por mim. Além dela, a propriedade dos Carter e a busca por uma garota desaparecida. Saí do carro, e ele abaixou o vidro do passageiro.

— Nic?

Levou um segundo para eu olhar para trás enquanto caminhava. Ele havia perdido cada uma das garotas com quem estava todas as vezes que voltei para casa, e meu fantasma o seguia por toda parte nesta cidade. Eu não sabia ao certo por que ele fazia aquilo, se realmente pensava que alguma vez seria diferente, que alguma vez eu ficaria. Eu o magoei repetidamente, todas as vezes que fui embora, e isso era algo que eu podia encerrar. Um presente. Uma dívida que eu tinha com ele por tudo que o fiz perder.

Eu não podia voltar. A distância só havia aumentado.

— Não posso mais te ver — eu disse.

— Claro, tudo bem — ele respondeu, como se não acreditasse em mim.

— Tyler, estou pedindo. Por favor. Não posso mais te ver.

Silêncio quando ele apertou o volante com mais força.

— Estou arruinando a sua vida, Tyler. Você não consegue enxergar?

Seu silêncio e seu olhar me seguiram pelo jardim, subiram os degraus da varanda, até a porta da frente se fechar atrás de mim.

Achei que, quando ele olhasse de perto, poderia ver o que eu era.

A casa parecia diferente. Frágil, estranha, muitas possibilidades existindo ao mesmo tempo. Muitas vozes murmuraram para mim das paredes. A garagem através das janelas da sala de estar, tão despretensiosa à luz do sol, e, além, a floresta que se estendia infinitamente ao longe.

Não, eu não ficaria bem aqui.

Fui de carro até a igreja e desci até o porão, onde o oficial Fraize estava reunindo cerca de um décimo das pessoas do dia anterior. Ele me deu um mapa com uma seção limitada por um marcador alaranjado e me apontou dois adolescentes com cabelo muito preto que fuçavam nos pães e bolos doados no dia anterior.

— Oi — eu disse para a garota de costas.

Ela se virou e falou com a boca cheia de bolo inglês:

— Oi. — Era um pouco mais velha do que eu pensava, mais nova que eu, mas não era mais uma criança. — Você está com a gente?

"A gente" eram ela e um garoto da mesma idade, com uma barba de dois dias no rosto comum. Irmãos, imaginei, pela cor do cabelo.

— Parece que sim — respondi.

— Eu sou a Britt — disse ela. — E este é o Seth. — Ela olhou para o mapa, e vi que a raiz dos cabelos era castanha, vários tons mais clara que o restante dos fios. Talvez não fossem irmãos. — Parece que querem que a gente siga o rio. Deve ser fácil.

— Vamos parar na farmácia — disse Seth. — Preciso de um Advil ou algo assim. — Ele estremeceu para mostrar sua dor.

— Ressaca — sussurrou Britt, estendendo-lhe um pedaço de bolo.

Segui a picape de Seth e o esperei sair da loja. Além do Advil ou algo assim, ele também pegou algumas balas, e os pacotes barulhentos nos acompanharam quando cruzamos a rua e entramos nos bosques. Ele mastigou alto até que subimos a curva do rio, e então tudo o que consegui ouvir foi o barulho da água correndo.

Fiquei bem à margem, mantendo o olhar na água, procurando objetos que pudessem estar escondidos lá embaixo. Naquele trecho do rio a água não era profunda, e eu podia ver as rochas e raízes por baixo, mesmo à sombra. Chegamos a uma clareira, e meus olhos se estreitaram reagindo ao brilho do sol, que refletiu seus raios na superfície com muita intensidade, turvando minha visão.

— Você está bem? — Britt enrolou os dedos na manga da minha camisa assim que me senti desequilibrar.

— Sim — respondi. — Só estou vendo se ela pode ter caído.

Britt me puxou para longe da margem.

— Cuidado — disse ela. — Ouvi dizer que vão acabar mandando homens para a água, mas se ela estiver lá — apontou para baixo — não vai adiantar muito quando a encontrarmos.

Seth desembrulhou outra bala e enfiou a embalagem no bolso da calça.

— Aposto que ela achou que combinaria — disse ele. — Muito Ofélia. Muito artístico. Muito *significativo*.

— Vocês eram amigos dela? — perguntei.

A menina assentiu com a cabeça.

— Sim, eu acho. Mas não muito, na verdade. Quer dizer, éramos, tipo, antes de ela se transformar na Annaleise da Escola de Artes.

— O que ela era antes?

— Igual a todo mundo — Britt respondeu, escolhendo um caminho levemente desgastado, um pouco mais afastado do rio, e me guiando com ela.

— Sempre pensei que ela fosse quietinha — falei.

— A Annaleise? Acho que sim. Mas também acho que não. Era barulhenta com a arte dela. Tipo, ela fez o cenário da nossa peça da escola e escondeu todos aqueles detalhes doentios nele. Só percebemos depois. Foi como uma homenagem a todos que ela odiava na escola. — Seth riu, mas Britt não estava sorrindo. — Foi tão sutil... O suficiente para negar. E, para a gente, enfatizar isso significava admitir alguma coisa, sabe? Ela caminhava pelos corredores com aquele sorriso desagradável o tempo todo, como se estivesse escapando ilesa de alguma coisa e todos nós soubéssemos. Tinha uma maldade nela.

Todos nós temos. Corinne nos mostrou isso.

— Então, não — acrescentou Seth —, não éramos amigos.

— Alguma ideia de aonde ela iria?

Seth mastigou a bala com os dentes do fundo, esmagando-a enquanto falava:

— Aposto que ela nunca esteve na floresta.

— O irmão dela disse... — comecei.

— O irmão dela — repetiu Seth, me interrompendo — é um merdinha inútil. Quer saber por que o Bryce estava parado na janela depois da meia-noite numa segunda-feira? Provavelmente porque não queria que a mãe sentisse o cheiro do baseado.

— Ouvi dizer que ele vai largar os estudos — acrescentou Britt.

Um garoto sem futuro, o oposto da irmã. Observando a imagem dela desaparecer através da fumaça.

— Ninguém confia nele de verdade, mas isso não significa que tem algum outro lugar para ir — disse Seth.

— Você não acredita? Que ela saiu vagando para dentro da floresta?

— Depois da meia-noite? Ela saindo para caminhar na floresta de bolsa? Ah, convenhamos — disse Britt.

— Então, por que vocês estão aqui?
Seth deu de ombros e desembrulhou outra bala.
— Para ganhar um dia de folga.
Britt deve ter notado meu olhar.
— Além disso, tem helicópteros. Se ela estiver por aqui, vão encontrá-la.

Olhei para o teto de folhas e para baixo, para a água corrente, e esperei que aquilo fosse uma mentira que ela estava dizendo a si mesma para se sentir melhor com a própria indiferença.

Qualquer um poderia se perder naquela floresta. Qualquer um poderia se sentir perdido ali. Qualquer um poderia viver uma história totalmente secreta dentro dela, uma que vale por dez anos inteiros, sem testemunhas.

Desci aquele rio no inverno depois que fui embora, na primeira vez que voltei para casa.

Eu me matriculei em uma faculdade a uns cento e cinquenta quilômetros de distância a leste e usei o dinheiro de Daniel para encontrar um lugar barato para dividir com três colegas. Consegui um emprego no cartório, que viraria um trabalho de período integral no verão. Fui para casa durante a semana do Natal, que se transformou em duas semanas por causa de uma tempestade de neve que me impediu de ir embora.

Calcei minhas botas de neve, vesti minha jaqueta forrada e usei um gorro para cobrir meus novos cabelos ruivos. Depois me arrastei até o rio, onde meus pulmões queimaram com a respiração profunda e o orvalho brilhava na margem.

Então vi que não estava sozinha.

Caminhamos lentamente pelas margens em lados opostos, até chegarmos ao tronco que ligava o espaço estreito. Observei enquanto Tyler se equilibrava nele e ri quando ele escorregou, com os dedos enluvados.

Sorri quando atravessou o tronco inteiro.

— Gostei do seu cabelo — ele disse.

— Não precisa mentir.

Suas luvas cheiravam a lã e irritavam minha pele, assim como a barba que corria na linha de seu queixo. Seus lábios estavam rachados e sedentos, e sua pele estava quente no ar gelado. Fizemos um pacto naquele dia com nosso silêncio: não falaríamos das coisas que haviam acontecido e de tudo o que havíamos perdido.

Britt e Seth seguiram o rio até ele se ramificar, que era a marca no mapa que sinalizava o fim da nossa área de busca. Seth deu meia-volta, mas encarei os dois caminhos distintos, lembrando para onde eles levavam. Um para trás das cavernas; o outro serpenteava em torno dos campos abertos do parque, passando próximo ao Hotel Riverfall, em toda sua glória decadente.

— Ei, Nic — disse Britt. Eu tinha falado meu nome? Ela sabia quem eu era? — Desencana disso aí, colega.

— Eu vou continuar — falei.

— Vai o caramba — ela retrucou. — Não recebeu uma cópia das regras? Ficamos juntos. Voltamos juntos. Nos apresentamos juntos.

Eu os segui de volta até a estrada, até o posto de controle do policial Fraize. Então peguei um folheto de "desaparecida" e parti para o Hotel Riverfall sozinha.

O Hotel Riverfall era uma fileira de vinte quartos idênticos, erguidos bem ao lado da estrada, com um estacionamento de vagas inclinadas na frente de cada porta. Era amarelo e estava caindo aos pedaços, mas havia carros diante dele. Provavelmente por causa do parque de diversões. Talvez de alguns funcionários do parque. Foi lá que Hannah Pardot ficou hospedada durante o verão, dez anos atrás. Eu costumava passar na frente às vezes, só para ver se seu carro ainda estava lá.

Estacionei diante da recepção, entrei e observei o homem atrás do balcão tirar o olhar de uma novela que passava na tevê, sem se incomodar em desligar.

— Posso ajudar? — perguntou.

Coloquei o folheto de Annaleise no balcão, senti seus olhos me encarando e virei o papel para que ficasse de frente para ele.

— Viu essa mulher?

— Annaleise Carter? A polícia já esteve aqui. Não. Nunca vi — respondeu, já se virando de novo para a televisão.

— Tudo bem, obrigada.

Bati em todas as portas, mas a maioria das pessoas não me atendeu, mesmo com os carros estacionados na frente. Pessoas que queriam privacidade, que tinham segredos a esconder.

No terceiro quarto, ouvi passos. Vi uma sombra embaixo da porta, sabia que alguém estava olhando para mim pelo olho mágico, mas a maçaneta não girou. Virei o folheto, segurando-o na frente do pequeno orifício espelhado.

— Estou procurando essa garota — eu disse, e a porta se abriu. O quarto cheirava a velho e azedo, como se tivessem jogado álcool e leite no carpete.

O mundo estava cheio de gente que queria dar informações, que às vezes as inventava na esperança de que levassem a algum lugar. Mas também estava cheio de gente que não tinha intenção de chegar perto da polícia, que via as coisas e as mantinha escondidas. Pessoas que podiam reunir peças e compor a verdade se estivessem dispostas a fazê-lo. O homem não abriu a porta completamente, mas pude ver seu rosto, barbudo e esburacado. Eu não sabia por que ele estava ali, mas realmente não me importava.

— Não estou com a polícia — afirmei. — Sou só amiga dela. Estou procurando por ela. Pensei que talvez ela tenha vindo para cá. O senhor a viu?

Seus olhos me examinaram devagar, observando tudo, dos tênis cobertos de barro à camiseta velha e aos cabelos caindo do rabo de cavalo. Inclinou a cabeça, aproximando-se.

— Talvez — ele disse através da fenda na porta. — Amiga, você falou? — Encaixou o rosto mais perto, os olhos fixos nos meus.

Enfrentei seu olhar, recusando-me a recuar.

— Não — eu disse. — Ela não é minha amiga. Mas eu preciso encontrá-la.

Ele sorriu com os dentes amarelados, mas bem alinhados.

— Acho que vi uma garota vindo correndo da floresta. Talvez ela tenha aberto a janela do quarto no fim do corredor. Talvez tenha entrado. Mas nada disso é da minha conta.

— Obrigada — falei quando a porta fechou. — Obrigada.

Viu, Annaleise? Sempre tem alguém observando.

Dei a volta no prédio e testei a janela, que não estava trancada. Então a ergui e me vi em um quarto vazio, sem nenhum sinal de Annaleise. Verifiquei o banheiro, o armário, debaixo da cama. Não havia nada. Fechei os olhos e a imaginei correndo pela floresta, se esgueirando para dentro do quarto, como eu tinha acabado de fazer. Por que ela esteve aqui? O que queria?

Um lugar para respirar. Um lugar para juntar as ideias. Um lugar para bolar um plano. Não havia marcas no colchão nem toalha jogada no banheiro.

Peguei o telefone, ouvi o tom de discagem. Informação. Eu ligaria para o serviço de auxílio à lista. Se eu não estivesse com meu celular, ligaria para perguntar um número. Verifiquei o bloco de papel ao lado e percebi alguns pontos de pressão, mas nada além disso. Se ela tinha escrito um número de telefone, não consegui enxergar.

Apertei o botão de rediscagem.

O telefone tocou quatro vezes, e depois: "Você ligou para os Farrell. No momento não estamos em casa, mas retornaremos a ligação assim que possível". A voz de Laura. Annaleise tinha ligado para a casa do meu irmão. Ela esteve naquele hotel, ligou para o meu irmão e depois desapareceu.

―――――

Voltei para casa. Encontrei Daniel trabalhando, lavando o chão ao lado da garagem, carregando o carro com entulho.

— Alguma notícia? — perguntei, protegendo os olhos do brilho no jardim.

— Nada. — Ele enrolou a mangueira solta em uma bobina, seguindo a trilha em direção à lateral da casa.

Troquei o peso de um pé para o outro.

— O que você não me contou sobre a Annaleise, Daniel?

Ele parou de se mover e voltou os olhos para mim.

— Está dizendo que não acredita em mim?

O que você não me contou sobre a Corinne? Será mesmo que ele me contaria? Ou se agarraria ao seu depoimento oficial?

— Pode me contar — insisti.

Ele pegou a mangueira que deixara cair. Havia vozes vindo da floresta, e sua cabeça se voltou naquela direção.

— A polícia está na floresta — ele disse. — Você já comeu? A Laura mandou o que sobrou do almoço. Entre em casa, Nic.

Assenti e entrei. Reaqueci o cozido em uma panela no fogão enquanto observava Daniel pela janela. Percebi que ele sabia que era a polícia que estava lá, mesmo que ela não estivesse visível. Ele estava parado ali, observando a floresta e ouvindo.

O que você não me contou, Daniel?

Nós nos comunicávamos no espaço entre as palavras. Então eu me perguntei: O que ele estava dizendo agora?

O DIA ANTERIOR

DIA 4

A chuva diminuíra até parar, mas continuou pingando das folhas, caindo no telhado como se estivesse controlando o tempo: *Tique-taque, Nic*. O relógio da cozinha já marcava cinco da manhã, e ainda não havia sinal de Daniel ou da caminhonete de Tyler.

— Você teve notícias dele? — perguntei, enchendo um copo na torneira da pia.

— Como eu teria notícias dele, Nic?

Encaramos o telefone de Daniel sobre a mesa da cozinha. Minhas mãos estavam trêmulas quando entreguei um copo de água a Tyler. Seus dedos mancharam a base com pó enquanto ele tomava, esfregando a outra mão na nuca. O céu estava começando a se iluminar no horizonte.

— Preciso ir para casa — disse ele. Estava coberto de terra e sujeira, e as mãos estavam brancas como as minhas. — Preciso me trocar antes da busca. Preciso de um banho, merda. Posso pegar o seu carro? Devolvo assim que o Dan me trouxer a caminhonete de volta.

Ele me entregou o copo, e eu esvaziei o restante.

— Não sei se isso seria bom. Meu carro na sua casa. As pessoas vão falar.

— As pessoas sempre falam — disse ele.

— Agora é diferente.

— Por quê? Porque você está noiva? Podemos ser amigos, não?

Nós nunca tínhamos sido amigos. Nem antes, nem depois. Eu não sabia nem como começar.

— Porque a sua namorada está desaparecida — falei. — Fique esperto, Tyler.

Ele virou para mim, atento. *Fique esperto*. Então se recostou, a cabeça descansando na geladeira.

— Não consigo acreditar que isso está acontecendo. Me fale que não está acontecendo.

— Está acontecendo.

— Eu vou ser um dos suspeitos se ela não aparecer, não vou? — ele perguntou.

— Tyler, você vai ser o principal suspeito. — Como Jackson foi. *O namorado* era a explicação mais fácil.

Ele apertou os olhos, e tive vontade de acarinhar seus cabelos, pressionar os polegares na base do crânio, como eu costumava fazer sempre que seu pescoço ficava tenso com o trabalho.

— Tome banho aqui — falei. — Posso encontrar algo no quarto do meu pai para você usar. Não seria bom você ir para casa assim.

Ele olhou para suas roupas, pernas e mãos.

— É. Tudo bem.

Limpei o chão com trapos úmidos, tentando tirar todas as marcas, todas as pegadas, e em seguida os joguei na máquina de lavar. Ouvi o gemido dos canos e depois o som da cortina do chuveiro sendo puxada enquanto vasculhava as coisas antigas do meu pai.

A roupa de trabalho do meu pai ficaria muito pequena para Tyler; ele teria que se contentar com uma calça de moletom cinza puída, que não fazia parte da lista de mudança, e uma velha camisa manchada das poucas vezes em que meu pai trabalhou no jardim.

Entrei no banheiro, a umidade do cômodo grudando na minha pele, cobrindo o espelho.

— Sou eu — falei, deixando as roupas em cima da pia.

— Ei — ele disse. — Espere aí.

Fiquei de costas para a porta, observando o movimento da cortina do boxe listrada de cinza e preto, o contorno obscurecido de sua sombra. Parecia mais fácil conversar com a cortina entre nós, sem termos que nos olhar diretamente.

— Estou morando numa casa nova — disse ele.

— Onde?

— Em cima do Kelly's. Não é lá grande coisa. Só um apartamento. Mas tem um sofá e um cobertor, e você pode ficar lá comigo, Nic. Sem cobranças. Você não precisa ficar aqui.

Eu ri, e pareceu grosseiro.

— É uma péssima ideia, por muitos motivos.

— Não seria a pior desta semana — ele disse enquanto eu recolhia a pilha de roupas sujas.

Abri a porta do banheiro, sentindo a corrente de ar frio quando saí.

— Vou lavar suas roupas. Deixe um pouco de água quente para mim.

Quando voltei ao meu quarto, ele estava com as roupas do meu pai, secando os cabelos com a minha toalha. Estava olhando pela janela para a garagem, e eu parei ao lado dele e fiz o mesmo. Ele se virou para mim e usou o polegar para limpar uma sujeira no meu rosto.

— Eu não entendo o que está acontecendo — falei. Senti as lágrimas surgirem inesperadamente, e Tyler inclinou meu rosto para cima. — Como...

— Ei — ele disse. — Não faça isso com você mesma. Estão cuidando de tudo. Tudo bem?

Tentei deixar suas palavras entrarem na minha cabeça — "Eu cuido de você", aos dezesseis; "Eu te amo", aos dezessete; "Para sempre", aos dezoito anos —, mas a distância era grande demais. Eu não conseguia voltar. Em vez disso, o som familiar da caminhonete de Tyler parando na frente de casa me fez agir.

— O Daniel chegou — falei, saindo do quarto, descendo as escadas correndo.

Meu irmão parou no caminho para a garagem enquanto eu saltava os degraus da frente de casa, seguida por Tyler, um passo atrás. Daniel saiu do lado do motorista sem olhar para a gente, jogou as chaves em direção a Tyler e foi direto para o próprio carro.

— Tenho que ir — ele disse, sem olhar para mim.

— Daniel, espere — falei.

— Eu preciso ir — ele insistiu.

Cruzei o jardim atrás dele, mas não sabia o que dizer para chamar sua atenção. Olhei para Tyler para que me ajudasse, mas ele estava carregando a caminhonete, levando suprimentos e cobrindo tudo com uma lona.

— O que você disse para a Laura? — perguntei.

Daniel abriu a porta do carro.

— Que eu estava aqui. Que ficamos trabalhando até tarde.

— Te vejo nas buscas — disse Tyler, pulando na caminhonete.

Corri para dentro antes de vomitar, a pia da cozinha coberta com água, bile e um fino pó branco.

Limpei a cozinha, tomei um banho escaldante e enxuguei o piso.

Quando a secadora terminou, dobrei as roupas de Tyler e as escondi na última gaveta da minha cômoda vazia.

Nós nos encontramos no porão da igreja. Todo mundo estava lá, quase toda Cooley Ridge faltou ao trabalho, apertada no salão de jogos, transbordando até a cozinha, apinhada nos degraus.

Na crise, nos uníamos. Na tragédia, nos erguíamos. Se alguém sofria uma perda, nós o alimentávamos por um ano. Se alguém desaparecia, revirávamos a terra até encontrá-lo.

Bricks estava lá na frente, em pé sobre uma cadeira. A linha dos cabelos estava começando a recuar, o que era possível ver porque ele mantinha o cabelo raspado quase até o couro cabeludo.

Eu tive de ficar na ponta dos pés, abrindo caminho na multidão, para ver na direção do que ele estava apontando. Do que ele estava falando? Comecei a pegar fragmentos da conversa, ouvindo de longe a voz de Bricks. "Desaparecida. Corinne Prescott. Se perdeu. Levada. Monstros."

— ... em regiões. — Uma mão pousou em meu ombro. Eu precisava me concentrar. *Laura*. Olhei para trás e a vi, e ela ergueu a sobrancelha. *Tudo bem?*, fez com a boca.

Assenti com a cabeça. Bricks apontava para um mapa de Cooley Ridge, a floresta lá longe, o rio serpenteando por ela.

— O que eles acham? — Laura perguntou num sussurro. — Que ela se perdeu por aí?

Comecei a suar de leve. Não consegui ver Daniel, mas ele devia estar por perto, se Laura estava ali. Também não consegui encontrar Tyler. Bricks segurava a prancheta na qual havíamos posto nosso nome.

— Vamos designar uma região para vocês, cada uma com um líder. — Ele ergueu um retângulo roxo. — Quando eu chamar seu nome, siga o oficial Fraize aqui.

Ele começou a nos separar em equipes, e Laura se inclinou para perto.

— Vocês estão trabalhando duro demais naquela casa. Precisam pegar mais leve. Vocês dois.

— Eu sei — falei, mantendo os olhos em Bricks.

— Além disso — ela comentou —, ele devia estar pintando o quarto da bebê. Sinceramente. Posso dar à luz a qualquer momento agora.

Virei a cabeça com tudo.

— Não se preocupe, não vai acontecer *agora*.

— Você pode estar aqui? — perguntei.

— Nic Farrell...

Abri caminho na multidão, seguindo o oficial Fraize, sem conhecer ninguém mais do meu grupo, apenas vagamente. Havia oito pessoas na equipe.

— O chão vai estar molhado — disse ele. — Então, cuidado por onde andam. E sempre se mantenham visíveis para a pessoa ao lado. Mexam-se como se fossem um só, no mesmo ritmo. E garantam que todos estejam presentes na hora de ir embora. Não temos rádios suficientes, então... — Ele olhou para o grupo, entregou o rádio a um homem mais velho que reconheci como o pai de alguém com quem estudei. — Entrem em contato pelo rádio se encontrarem alguma coisa.

— Ei — eu disse, e o oficial Fraize me deu uma olhada de soslaio, indo em direção ao próximo grupo. Se me reconheceu, não deixou transparecer. — Vocês contataram o pai dela? Os amigos da faculdade?

— Sim, estamos providenciando isso. Sabemos como fazer uma investigação. Ou você tem algo para acrescentar? Não sabia que você tinha voltado, Nic.

Os cabelos na minha nuca se arrepiaram.

— Não voltei. Estou na cidade só por um tempo.

Ele fez uma pausa, a mente procurando alguma coisa, organizando os dados.

— Está ficando na casa antiga do seu pai?

— Estou.

— Por acaso viu alguma coisa na floresta na noite de antes de ontem? Ou viu alguma coisa estranha ou algo assim?

Fiz que não com a cabeça. *Não, senhor, não, senhor, não, senhor.*

Ele se concentrou em mim por um momento longo demais.

— Podem ir, então — disse e examinou a multidão antes de passar para o próximo grupo.

Eu sabia exatamente quem ele estava procurando.

Começamos perto dos fundos da casa de Annaleise, indo na direção do rio. A busca acabou sendo um trabalho tedioso, exacerbado por uma senhora que não conseguia acompanhar o ritmo. Estávamos nos movendo feito lesmas, e ela sempre parava para pegar qualquer coisa que parecesse fora do lugar. Uma pedra que havia sido deslocada, uma pilha de gravetos, uma marca em uma árvore. O homem encarregado de levar o rádio a lembrava o tempo todo: "Nós estamos procurando *a garota*. Não estamos investigando a cena do crime".

Não éramos próximos o bastante para manter uma conversa baixa; afinal, deveríamos estar atentos, ouvindo. Para pedidos de ajuda ou algo assim. De vez em quando, a garota que encabeçava o grupo chamava: "Annaleise? Annaleise Carter?" Porque talvez houvesse mais de uma Annaleise perdida na floresta.

Quando nos aproximamos do rio, encontramos outra equipe.

— Fomos longe demais — eu disse.

Nosso líder, Brad, examinou o mapa.

— Que nada, chegamos à beira do rio. Eles que estão fora da zona. Ei! Vocês estão fora da zona!

— Quê? — um homem gritou de volta.

— Eu disse que vocês estão no lugar errado!

Eles começaram a berrar a distância, então os dois líderes caminharam um na direção do outro, com os mapas estendidos, discutindo. Eu me sentei em um toco de árvore e esperei. Aquilo era desperdício. Não fazíamos ideia se as equipes estavam cobrindo as seções certas. Nem todos estavam familiarizados com a floresta. Nem todos conheciam os marcos certos.

— Acho que encontrei uma coisa aqui! — A senhora estava agachada sobre uma pilha de folhas a cerca de três metros do rio. A menina ao meu lado revirou os olhos. A mulher pegou algo que brilhava à luz do sol, segurando-o sobre a cabeça, semicerrando os olhos. — O que é isso? — perguntou.

Eu me levantei, caminhando devagar na direção deles.

— Uma fivela — alguém disse. — Só se for de uma fada. É muito pequena.

— Ah — disse ela. — Caiu de uma pulseira, talvez? — Virou a peça nas mãos. Tinha duas letras flutuando dentro de um círculo, as bordas cobertas de lama. — As iniciais são MK, então não pode ser dela.

— Ah, pelo amor de Deus — eu disse. — Vamos mesmo ficar pegando lixo da floresta? Isso é ridículo.

— A senhora não devia tocar nisso — disse um adolescente que provavelmente tinha visto séries policiais em demasia.

A mulher franziu a testa, pôs o objeto de volta no lugar e moveu as folhas ao redor para parecer natural.

— Isso não vai funcionar mesmo — eu disse. Peguei a fivela de volta e virei algumas vezes na mão. — É de uma coleira de cachorro. Ela tem um cachorro?

— Acho que não — disse o garoto.

Brad fez um gesto para darmos meia-volta.

— Vamos lá — disse ele. — Vamos começar a voltar.

Segui os outros por alguns metros, examinando o chão ao redor enquanto nos movíamos. Enfiei a fivela no bolso de trás. Não era de uma coleira, de um colar ou de uma pulseira. Reconheci o logotipo. Era de uma bolsa.

―――

Peguei o caminho mais longo para casa, parando na farmácia para comprar refrigerante. Fui ao banheiro, joguei a fivela na lata de lixo e dei tchauzinho para Luke Aberdeen ao sair.

―――

Estava na frente de casa, a cabeça inclinada para o lado, tentando vê-la como um estranho veria. Nada de especial, nada que chamasse a atenção de ninguém. Meus pés começaram a afundar na lama, e eu os puxei, a sucção prendendo meus tênis antes de soltar. Caminhei em direção à varanda, com passos lentos e difíceis, como se meus pés estivessem grudando na terra. Esperei ao lado do terraço da frente, me preparando para entrar.

Esta casa mantinha guardados muitos segredos, inclusive os meus. Os de Daniel e do meu pai e os que pertenciam à geração anterior. Nas paredes, sob as tábuas do assoalho, dentro da terra. Imaginei Corinne derramando um galão de gasolina e eu riscando um palito de fósforo e o jogando na beirada lascada da varanda, as duas em pé, perto demais, enquanto a madeira se contorcia e estalava, a casa se incendiando, transformando-se em escombros, fumaça e cinzas. As chamas pulando para o galho estendido de uma árvore, levando a floresta com eles.

— O que você está fazendo?

Olhei para trás. Tyler vinha andando de sua caminhonete, as pernas se movendo tão devagar quanto as minhas. Virei de volta para a casa — para a minha janela acima do telhado inclinado.

— Imaginando um incêndio — respondi.

— Ah — ele disse, pousando a mão na minha cintura quando parou do lado. Ele observou a mesma varanda lascada, a mesma janela, e pude imaginá-lo pensando a mesma coisa que eu. — Quando foi a última vez que você comeu? — perguntou.

— Sei lá — eu disse.

— Venha. Comprei algo para jantar.

———

O bar estava às escuras, mas não vazio. Tyler parou entre mim e a porta, bloqueando a visão ao atravessarmos a entrada, a sacola de comida chinesa enfiada embaixo do braço. Eu o segui pela escada estreita, peguei a sacola de suas mãos enquanto ele destrancava a porta e a abria para mim com o pé.

— Então é isso — ele disse.

Deixei a sacola de comida na ilha da cozinha, à esquerda. O lugar precisava de alguns eletrodomésticos novos, uma boa demão de tinta, um tapete ou dois sobre o assoalho riscado de madeira, mas, tirando isso, ajustava-se perfeitamente a ele. Tinha o que precisava: sofá, televisão, cozinha, quarto. Se algo não importava para Tyler, ele não o fazia só para agradar outra pessoa. Ele tirou a comida da sacola e serviu em pratos de cerâmica, enquanto eu andava pelo apartamento, verificando os detalhes.

A cama estava feita. Era uma queen size, e o edredom era bege e simples. A cômoda com que ele havia crescido estava no canto, e havia uma nova que não combinava de jeito nenhum, mas que de alguma forma funcionava. A porta do banheiro estava aberta: creme de barbear na pia, sabonete em uma vasilha. Verifiquei o armário ao sair. Apenas roupas masculinas, apetrechos de acampamento no canto.

— Passou na inspeção? — ele perguntou quando voltei para a cozinha, e me ofereceu um prato.

— Você comprou o meu preferido — eu disse.

— Eu sei. — Ele caminhou até o sofá, sentou no chão, as costas apoiadas nas almofadas, e colocou duas cervejas na mesa de centro diante dele.

Eu me sentei a seu lado.

— Você não é muito fã de cadeiras, pelo visto.

— Faz só seis meses que estou aqui. Cadeiras são o próximo item na minha lista — explicou, levando o arroz frito à boca. — Nic — ele disse, apontando o garfo para o prato à minha frente —, você precisa comer alguma coisa, sério.

Meu estômago se apertou quando olhei o monte de comida. Tomei um gole de cerveja, recostando-me no sofá.

— Que tipo de bolsa a Annaleise usava? — perguntei.

Senti Tyler tenso ao meu lado.

— Não quero falar sobre ela.

— É importante. Eu preciso saber.

— Tudo bem. Era... — Ele fez uma pausa, pensativo. — Sei lá, era verde-escura.

— Mas você sabe a marca?

— Não, é claro que não sei a marca. Vai me dizer por que está perguntando?

— Encontramos uma coisa no meu grupo. Uma fivela. De uma bolsa Michael Kors. Lá embaixo, no rio. — Respirei fundo. — Tenho certeza que é dela.

Ele deslizou o prato sobre a mesa e deu um longo gole na garrafa de cerveja.

— E onde está essa fivela agora?

Olhei para ele, seus olhos injetados.

— No lixo do banheiro feminino da farmácia.

Ele apertou os dedos, pinçando o alto do nariz.

— Nic, você não pode fazer isso. Você não pode bagunçar a investigação, ou as pessoas vão ficar imaginando o motivo. De verdade, acho que ela está bem.

— De verdade, acho que ela *não* está — retruquei. — Acho que, quando as pessoas desaparecem, é porque não estão bem, Tyler.

— Ei — ele disse. — Não chore.

— Não estou chorando — falei, descansando a cabeça no braço, limpando a prova. — Desculpe. Meu Deus. Faz o que, quase três dias que eu não durmo... Estou perdendo a cabeça.

— Você não está perdendo nada — ele disse. — Está aqui comigo e está bem.

Eu ri.

— Essa não é a definição de "bem". Sinto que o mundo inteiro está um caos. Como se eu estivesse perdendo o controle. Como se tivesse um penhasco bem na minha frente e eu nem tivesse percebido que estou a um passo de cair.

— Mas você percebeu, e essa é a definição de manter o controle.

Fiz que não com a cabeça e dei uma mordida no rolinho primavera, lutando para engolir.

— Você está bem? — perguntei.

— Na verdade, não.

Nossos pratos estavam na mesa, ao lado das garrafas de cerveja pela metade.

— Não sei o que estou fazendo aqui — falei.

— Somos apenas amigos jantando depois de um dia de merda.

— Somos? Amigos, quero dizer?

— Somos o que você quiser, Nic.

— Não faça isso.

— O quê?

— Mentir — eu disse.

— Tá — disse ele. Então apoiou o braço no sofá atrás de mim, abrindo espaço. Eu me inclinei para o lado dele, e ele deslizou o braço ao meu redor, e ficamos lá, sentados, encarando a televisão desligada no outro canto da sala.

— Se era a bolsa dela — falei —, ela não está bem. Eu devia estar lá fora, devia estar procurando aquela bolsa.

— Nic, você precisa relaxar. — Senti a lenta expiração contra minha testa.

Ficamos em silêncio, mas os sons das pessoas que saíam do bar subiam pela janela.

— Eu não sei o que fazer com a casa. — Comer um pouco daquele jantar foi um erro. Respirei fundo, tentando me recompor. — Não consigo dormir lá.

— Então não durma — ele respondeu. — Fique com a minha cama. Eu durmo no sofá. Você precisa mesmo descansar um pouco.

— As pessoas vão...

— Só por hoje. Ninguém sabe que você está aqui.

Descansei a cabeça em seu ombro. Fechei os olhos e senti seus dedos distraidamente na ponta do meu cabelo, o que de repente pareceu íntimo demais, mesmo que ele mal tenha me tocado.

Mas talvez não houvesse nada mais íntimo do que alguém que sabia de todos os seus segredos, cada um deles, e mesmo assim estivesse sentado ao seu lado, comprando sua comida favorita, passando os dedos distraidamente pelos seus cabelos até você dormir.

— Por sinal — ele disse —, gostei do seu cabelo.

Eu sorri, tentando não pensar no amanhã. Um dia eu poderia voltar aqui, e talvez ele tivesse ido embora. Um dia eu poderia estar andando pela floresta, desaparecer do nada, deixando para trás apenas a fivela de uma bolsa. Todos nós, no fim das contas, empilhados em caixas na delegacia ou embaixo da terra, passados, ultrapassados, sem ninguém para nos encontrar.

Levantei a cabeça de seu ombro, deslizando até ficar sobre ele, uma perna de cada lado, os braços se encaixando em sua nuca, os dedos acariciando seus cabelos.

— Espere aí. Não pense que é... Não foi por isso que eu...

Tirei a blusa por cima da cabeça, vi seu olhar se voltar à cicatriz no meu ombro e depois se afastar, como sempre fazia.

Tyler agarrou minhas coxas, me imobilizando. Descansou a testa em meu ombro nu, com a respiração acelerada.

Se existe uma sensação de volta para casa, algo que é ao mesmo tempo confortável e nostálgico, para mim é isto: comida de mãe, o animal de estimação da família aos pés da cama, uma rede velha amarrada nas árvores do quintal. É Tyler. É saber que existe alguém que viu todas as diferentes versões de mim, observou enquanto se encaixavam uma dentro da outra, conheceu todas as escolhas que fiz, as mentiras que contei, as coisas que perdi, e ainda assim ficou a meu lado.

— Vou ter que pedir por favor? — perguntei.

Senti sua respiração entre o ombro e o pescoço, os lábios se movendo enquanto falava.

— Não — ele disse —, nunca. — E puxou minha cabeça para perto da dele.

Porque a questão com Tyler é que ele sempre me dá exatamente o que eu peço.

O DIA ANTERIOR

DIA 3

Annaleise foi declarada desaparecida, ainda que não oficialmente, quando a delegacia abriu naquela manhã. Contudo, as tempestades que atravessavam as montanhas indicavam que não haveria buscas naquele dia. Ela tinha vinte e três anos e estava desaparecida havia apenas um dia, mas foram as circunstâncias que deixaram a polícia curiosa: seu irmão disse que a viu caminhar até a floresta em algum momento depois da meia-noite. Sua mãe foi buscá-la para irem visitar uma escola de pós-graduação por volta da hora do almoço, mas ela não estava em casa. O celular estava caindo direto na caixa postal e sua bolsa havia desaparecido.

E, então, havia a mensagem de texto. Aquela que ela enviou ao policial Mark Stewart, em que perguntava se podiam marcar um horário para discutir o caso Corinne Prescott.

Tyler apareceu na minha casa logo depois do café da manhã, vestido com uma calça cáqui e uma camisa social. Estava circulando pelo andar de baixo, deixando pegadas de chuva no chão.

— Essa mensagem vai deixar todo mundo inquieto por aqui.

— A polícia sabe por que ela a enviou?

— Não que eu saiba. Mas não importa. É uma baita coincidência, não acha? — Ele abriu a boca para falar mais alguma coisa, mas ouvimos pneus esmagando o cascalho sob a chuva.

— Chegou alguém — eu disse, caminhando até a janela.

Um SUV vermelho que não reconheci estacionara na frente da minha garagem, atrás da caminhonete de Tyler. Uma mulher com mais ou menos a idade de meu pai saiu — cabelos grisalhos como os dele, rosto redondo e traços suaves — e abriu um guarda-chuva sobre a cabeça, mantendo os olhos na floresta enquanto subia as escadas da varanda. Era mais forte que Annaleise, mas os olhos eram tão grandes e perturbadores quanto os dela.

— É a mãe da Annaleise — eu disse, indo até a porta. Apertei as costas contra a madeira e observei como Tyler encarava a parede além de mim, como se pudesse ver através dela. — O que você está fazendo aqui, Tyler? *O que você está fazendo aqui?*

Ele piscou duas vezes antes de responder:

— Estou consertando o ar-condicionado.

— Então vá consertar — chiei antes de abrir a porta da frente.

A mãe de Annaleise estava olhando para a entrada da garagem, com o guarda-chuva ainda aberto, embora estivesse sob a proteção da varanda; a chuva escorria das varetas em câmera lenta.

— Oi, sra. Carter. — Abri a porta de tela e fiquei sob o batente.

Ela virou o rosto devagar para mim, e seus olhos se demoraram um momento ainda. Estava olhando para a entrada da minha garagem, para a caminhonete de Tyler.

— Bom dia, Nic. Que bom te ver por aqui. — Boas maneiras em primeiro lugar sempre.

— O mesmo digo eu, sra. Carter. Ouvi falar da Annaleise. Alguma notícia?

Ela negou com a cabeça, apoiando o guarda-chuva ao lado do corpo.

— Meu filho diz que a viu andando na floresta. Ela é assim, sabe? Gosta de ficar sozinha, de sair para caminhar. Eu já vi a Annaleise na floresta, nada de estranho, de verdade. Mas nós tínhamos planos para ontem... E o celular dela... Bem... — Ela apertou os lábios. — Era bem tarde, já passava da meia-noite. Como nossa propriedade é vizinha, queria verificar. Por acaso você a viu? Ou viu alguém? Alguma coisa?

— Não, me desculpe. Eu estava limpando a casa e fui dormir cedo. Não vi nada.

Ela fez que sim com a cabeça.

— Querida, essa é a caminhonete de Tyler Ellison?

— Ah, é. Meu irmão contratou o Tyler para fazer uns trabalhos na casa.

— Não tenho o telefone dele e precisava falar com ele. Você se importa? — Ela avançou, obrigando-me a recuar, e entrou na casa, deixando o guarda-chuva aberto no chão.

— Claro, só preciso chamá-lo. Desculpe pelo calor, é o ar-condicionado. Quebrou. Por isso que ele está aqui. Tyler? — chamei do corredor. — Tyler, tem alguém aqui querendo falar com você!

Ele desceu os degraus e, antes que pudéssemos ver seu rosto e ele pudesse nos ver, gritou:

— Acho que é a ventoinha do condensador. Se você comprar a peça, posso... Ah, oi — ele disse, seus passos diminuindo.

— Tenho tentado falar com você — disse a sra. Carter.

— Desculpe, estou com muito trabalho. Estamos com um projeto com um prazo maluco. Na verdade, tenho uma reunião às dez no gabinete do secretário do condado. Eu já devia estar a caminho.

— Claro. Só queria saber se você tem notícias da Annaleise.

— Não tenho.

Ela deu outro passo para dentro da casa.

— Quando você a viu pela última vez? O que ela disse?

Tyler tirou o boné, passou a mão pelos cabelos e o recolocou.

— Fomos ver um filme depois do jantar na segunda à noite. Eu a deixei em casa pouco antes das dez. Tinha que acordar muito cedo no dia seguinte.

— Ela comentou alguma coisa? O que estava planejando?

— Não, a gente não se viu mais depois disso.

— Ela comentou que ia visitar algumas escolas de pós-graduação?

— Não — ele respondeu.

— Sabe o que ela estava fazendo na floresta?

— Não. Sinto muito.

Suas perguntas foram rápidas, mas as respostas de Tyler vieram mais rápido ainda.

— Sinto muito, mesmo — falei, abrindo a porta de tela. — Por favor, avise se souber de alguma coisa.

— Tudo bem — ela disse, tirando os olhos de Tyler. — Se ela não aparecer até amanhã, vão organizar uma busca... — Sua voz falhou.

— Estarei lá — disse Tyler. — Mas tenho certeza de que ela está bem.

Ela pegou o guarda-chuva e seus olhos se deslocaram entre mim e Tyler enquanto se afastava.

A mãe de Corinne veio me ver uma semana após seu desaparecimento, depois de termos revirado a floresta, o rio, as cavernas.

— Só me diga, Nic. Diga o que acha que eu não quero saber. Diga para podermos encontrar a minha filha.

Lembrei-me da sensação de querer dizer alguma coisa, lhe oferecer alguma coisa. Lembrei-me de pensar que ela era jovem demais para perder uma filha adulta.

Mas fiz que não com a cabeça, porque eu não sabia. Isso foi antes de Hannah Pardot devassar a vida de Corinne, e tudo o que eu tinha a dizer para sua mãe era: "Ela tinha uma maldade, uma escuridão dentro dela. Ela me amava e me odiava, e eu sentia a mesma coisa". Mas eu não podia dizer isso à mulher derrotada, prostrada diante de mim na varanda de casa; não com meu pai na cozinha, não com Daniel lá em cima no quarto, provavelmente ouvindo pela janela.

— Diga — ela falou. — Você acha que ela está bem?

Uma semana era tempo demais para continuar com a brincadeira, mesmo para Corinne.

— Não — respondi. Porque isso também era algo que eu podia lhe oferecer.

Um ano depois, conforme a investigação sumia para virar uma lembrança para todos os outros, a sra. Prescott se divorciou. Pegou aquelas crianças e foi embora de Cooley Ridge. Não sei para onde foram. Talvez para algum lugar onde não houvesse floresta para atravessar ou cavernas para se esgueirar. Ou um rio para cruzar e troncos para escorregar. Onde um homem não a empurrasse das escadas ou lhe jogasse pratos com a intenção de lhe atingir a cabeça. Onde os filhos que lhe restaram não dominassem a cidade e não fossem abandonados.

Tyler ficou ao meu lado na varanda quando a mãe de Annaleise foi embora.

— Tenho que ir — disse ele. — Tenho uma reunião de trabalho, mais tarde eu volto.

— Tudo bem, pode ir.

Ele estava perto demais, como se fosse beijar minha testa, e teve de mudar o movimento no último minuto. Passou o braço em volta do meu ombro e o apertou, como Daniel faria.

— Não me olhe assim. Não posso te levar para o trabalho.

— Eu não te pedi nada.

— Não, simplesmente me olhou *assim*.

Empurrei seu braço.

— Cai fora.

Ele mudou de ideia, me puxou para junto de seu peito e disse:

— Está tudo bem. — Eu queria ficar assim para sempre. As coisas não estavam nada bem, mas com Tyler tudo funcionava assim: ele me fazia pensar que podiam estar.

Eu me agarrei nele por um tempo muito maior do que seria adequado para uma mulher que estava noiva e um cara que estava com a namorada desaparecida.

— À noite eu volto — ele disse, afastando-se.

— Talvez seja melhor não — comentei.

— Por que não? A mãe dela acabou de aparecer e viu minha caminhonete aqui. Vai rolar boataria de qualquer forma — ele retrucou.

— Sua namorada desaparecida não é motivo de piada.

— Ela não está desaparecida. Só não está aqui. E acho que posso dizer, assim que ela aparecer, que nós terminamos.

— Meu Deus, pare de brincar com isso.

Ele suspirou.

— Não sei mais o que fazer, Nic.

Acenei com a cabeça para ele e apertei sua mão. Então observei enquanto ele partia. Assim que sua caminhonete desapareceu de vista, voltei para dentro e abri as gavetas da cozinha, despejando o conteúdo no chão, tentando juntar os pedaços da vida do meu pai nos últimos dez anos.

A chuva devia ter atenuado o calor, mas não. Era uma chuva quente, como se tivesse se manifestado na umidade, o ar não tendo conseguido segurá-la por mais tempo. A única coisa que fez foi impedir que fizéssemos uma busca na floresta.

Fui até a biblioteca depois do almoço, sentei em um dos computadores no canto e abri o site das Páginas Amarelas, procurando listas de casas de penhor. Anotei o número e o endereço de todas que ficavam a uma hora de carro, depois fui para o pátio dos fundos, que era basicamente o quintal de uma casa cercada por uma parede alta de tijolos, plantas nas laterais e bancos no meio. Estava vazio com a chuva. Fiquei recostada à parede, debaixo da saliência do telhado, a água caindo a um palmo do meu rosto, e disquei o primeiro número na lista.

— Casa de Penhores First Rate — um homem atendeu.

— Estou procurando uma coisa — expliquei, mantendo a voz baixa. — Deve ter entrado aí ontem, provavelmente. Ou talvez hoje.

— Vou precisar de mais detalhes — respondeu o homem.

— É uma aliança — eu disse. — Diamante de dois quilates. Cravejada de brilhantes.

— Temos algumas alianças de noivado, mas nada que tenha entrado recentemente. Já fez um boletim de ocorrência?

— Não, ainda não.

— Porque, se você não fizer, se o objeto foi roubado de você e aparecer em alguma loja, não vamos poder lhe entregar. Esse é o primeiro passo, querida.

— Tudo bem, obrigada.

— Quer deixar um número, caso ela apareça?

Fiz uma pausa.

— Não. Obrigada pela ajuda.

Merda. Enfiei a lista no fundo da bolsa para evitar que molhasse e atravessei a biblioteca para voltar até o carro. Teria que ver com meus próprios olhos. Percorrer as estradas na chuva, percorrer as lojas de quinquilharias nas esquinas. "Só estou dando uma olhada", eu diria. "A placa chamou minha atenção, foi isso."

Cinco horas mais tarde, eu precisava jantar. Não tinha encontrado a aliança, estava irritada e sabia que em parte era porque eu estava com fome, em parte era por causa da aliança e também porque o carro de Daniel estava na frente de casa, e eu queria ficar na minha. Precisava de tempo para pensar, para processar aquilo tudo. Precisava entender.

Corri pela chuva, segurando a bolsa no alto da cabeça.

— Daniel? — chamei da porta da frente. O único ruído era o da chuva no telhado, do vento nas janelas, do ribombar distante do trovão. — Daniel! — repeti no início das escadas. Sem receber resposta de novo, subi rapidamente os degraus até o patamar do andar de cima e atravessei o corredor, chamando seu nome.

Os quartos estavam vazios.

Voltei lá para baixo, liguei para o celular dele e ouvi o toque familiar de algum lugar da casa. Afastei o telefone do ouvido e segui o barulho até a cozinha. Vi seu celular na beirada da mesa, ao lado da carteira e das chaves do carro.

— Daniel! — chamei mais alto. Abri a porta dos fundos com tudo, os olhos fixos na floresta. Certamente, ele não estaria lá fora nessa tempestade. Acendi a luz da varanda e fiquei na chuva, chamando seu nome. Desci os degraus, andei ao redor da casa, e nenhum sinal de Daniel. Completamente encharcada, corri até seu carro e espiei pela janela. Vi algumas ferramentas no banco de trás, mas nada fora do normal. Então ouvi um baque forte, como o de um martelo, pouco mais baixo que o trovão, vindo da garagem. Uma luz suave parecia vir da janela lateral. Protegi os olhos da chuva e caminhei para mais perto.

As portas de correr da garagem estavam fechadas, e Daniel havia pendurado alguma coisa na frente das janelas. Bati com força na porta lateral.

— Daniel! — gritei. — Você está aí?

O ruído parou.

— Vá para casa, Nic — ele falou pela fresta da porta.

Bati mais forte.

— Abra a porra dessa porta!

Ele destrancou a fechadura e a abriu. As mãos estavam cobertas de cal, e o chão estava destruído, a terra abaixo exposta.

— Que porra é essa? — perguntei, passando por ele e entrando na garagem. — Que merda é essa que você está fazendo?

Ele fechou a porta atrás de mim.

— O que *parece* que estou fazendo? Estou cavando. — Passou a mão pelo rosto, a cal escorrendo com o suor. — Estou *procurando*.

— Está procurando... o quê? — perguntei.

— O que você acha, Nic?

Algo enterrado. Algo que foi enterrado há dez anos.

— E você acha que está *aqui*? Você *sabe*? — Apontei o dedo para seu peito, mas ele recuou. — Como você sabe disso, Daniel? Daniel, olhe para mim!

— Eu não sei, Nic. Não tenho certeza.

— Sério? Porque você está quebrando a merda do piso. Você parece ter muita certeza.

— Não, mas eu já cavei a porra do espaço embaixo da casa e o jardim, e este é o único lugar em que consigo pensar. Estávamos nos preparando para cimentar o chão no dia em que a Corinne desapareceu. Mas não cimentamos.

— Você não terminou?

— Não, eu não terminei. Achei que tinha sido o Tyler e o pai dele, mas não sei ao certo quem terminou. Isso não é um pouco preocupante?

Seu rosto era todo sombras. Eu estava tremendo com a chuva e queria estar em qualquer lugar, menos ali.

— Agora cai fora — ele disse. — Vá ver como a Laura está. Diga que estou trabalhando na casa. Diga para ela não se preocupar.

Corri pela chuva e voltei para casa, andando em círculos pelo andar de baixo. Liguei para Tyler, e ele atendeu ao primeiro toque.

— Oi — ele disse —, estou acabando aqui. Passo aí daqui a pouco, tudo bem?

— O Daniel fez cagada. Está cavando a garagem.

Uma pausa e a voz dele baixou.

— Ele está fazendo o quê?

— Está cavando a garagem, porque não sabe quem cimentou o chão dez anos atrás. — Segurei o telefone mais forte, esperando que ele desse uma explicação segura, uma resposta que fizesse sentido.

Silêncio.

— Foi você, Tyler? Foi você que cimentou o chão? Com o seu pai?

— Meu Deus, isso foi há dez anos. De verdade, eu não lembro.

— Bem, pense — insisti. — Foi você?

Ouvi sua respiração do outro lado da linha antes de responder:

— Eu acho que não, Nic. Sério.

— Ele levou uma marreta e uma pá, e está *cavando* a propriedade inteira. Ele perdeu a cabeça.

— Aguente aí — disse ele. — Estou indo.

Esperei quarenta e cinco minutos para Tyler aparecer, para podermos lidar juntos com Daniel. Não consegui voltar lá dentro e ter uma conversa franca com ele sozinha — não tinha ideia de como falar com meu irmão sobre qualquer coisa. Ele estava paranoico. Estava enlouquecido. Tinha uma marreta na mão, e eu não sabia se acreditava no motivo que ele dera para estar cavando o chão.

Eu estava na varanda quando ouvi a caminhonete de Tyler. Ele tirou algo da caçamba e foi direto para a garagem. Saí correndo atrás dele.

— O que é isso? — perguntei.

Ele já estava à porta, batendo. Daniel estremeceu quando abriu, franzindo o cenho para mim sobre o ombro de Tyler.

— Você ligou para o Tyler? Mas que merda, Nic?

Então ele viu o que estava na mão de Tyler, assim como eu. Uma maldita britadeira.

— Deixe-o terminar, Nic. Ele já começou — disse Tyler, entrando no cômodo, os olhos absorvendo tudo devagar, depois se fechando. — Tudo bem. Vamos lá.

Ergui as mãos.

— Vocês estão completamente fora de si.

— Temos que saber — disse Daniel.

— Não, não temos! — retruquei com as mãos na cabeça, procurando entender. — Por que isso está acontecendo? Como isso aconteceu?

Daniel bateu a pá no concreto.

— Você não está fazendo as perguntas certas. Você quer saber *por que e como*... Está ficando sufocada por essas palavras! Ouça o que o pai está dizendo. *Não venda a casa*. O que você acha que ele quer dizer? Quer dizer isso aqui. O piso da garagem. Não fui eu. Eu vim para cá um dia depois, e eles já tinham *terminado*.

— Não significa que tenha sido ele. Não significa que ele fez isso — falei, irrompendo para fora da garagem.

Bati a porta, o trovão estrondando acima de nós, abafando o som da britadeira. Daniel tinha esvaziado a garagem, e todo o material estava atrás dela, na chuva. Os utensílios de jardinagem, as ferramentas, o carrinho de mão. Peguei o carrinho de mão e o empurrei de volta à porta, xingando-os em silêncio, a mim e a meu pai, e sobretudo amaldiçoando Corinne por ter desaparecido. Tyler e Daniel pararam e me olharam quando abri a porta com tudo. Comecei a pegar pedaços de concreto, carregando-os até o carrinho de mão.

— E aí? O que eu faço com isso? — perguntei, com as mãos nos quadris, tentando me concentrar na tarefa. Apenas na tarefa.

Tyler fitou meus olhos.

— Leve para minha caminhonete — disse ele.

Levei o entulho até a caminhonete, debaixo de chuva, ergui a lona e joguei o concreto na caçamba, as mãos ficando cheias de cal, como as de Daniel. Quando voltei à garagem, Tyler estava a poucos metros de distância, me observando.

— Você devia ir para a casa do Dan — ele disse. A chuva caía de seus cabelos, ensopando suas roupas e descendo em uma torrente no meio de nós.

— Ele te mandou aqui fora para me dizer isso?

Ele se acercou, e não consegui ler a expressão em seu rosto no escuro, embaixo de chuva.

— Sim, mandou. — Outro passo. — Olha, pode não ser nada.

— Se você acreditasse nisso, não estaria aqui.

Então ele se aproximou e colocou a mão na caminhonete atrás de mim. Baixou a cabeça, soltou um suspiro que pude sentir na testa, descansando a sua contra a minha por um segundo.

— Estou aqui porque você me ligou. Simples assim. — E então seus lábios estavam deslizando sobre os meus na chuva, minhas costas contra a caminhonete e meus dedos em seus cabelos, puxando-o de um jeito impossível, desesperadamente para mais perto, até que o barulho da britadeira recomeçou. — Me desculpe — ele disse, afastando-se. — Eu queria que pudéssemos voltar.

Minhas mãos estavam tremendo. Tudo em mim estava tremendo, e a chuva caía cada vez mais forte.

— Você realmente devia ir — ele disse, voltando para a garagem com a cabeça abaixada.

Eu devia ter ouvido. Eu queria ter ouvido. Só isso.

Mas não era justo com eles ou com Corinne. Eu precisava testemunhar. Eu precisava pagar a minha dívida.

———

Daniel e Tyler passaram horas quebrando o piso enquanto eu levava o entulho até a caminhonete de Tyler, todos nós cobertos de cal.

Nenhum de nós falou nada. Nenhum de nós chegou perto de se tocar de novo.

O piso estava em pedaços, e Tyler recuou, as mãos nos quadris, respirando pesadamente por causa do esforço. A terra estava exposta, em estado de espera. Tyler pegou uma pá na caminhonete, Daniel usou uma que estava encostada em um canto, e eu, a pequena pá do jardim, batendo a terra até que ela cedeu, caindo em grandes torrões.

Só se ouviam os sons da nossa respiração acelerada, das pás batendo na terra nua, da chuva torrencial e do ribombar dos trovões.

E, no fundo da minha memória, as palavras de Corinne ecoavam em meu ouvido, o cheiro de hortelã de seu hálito, seus dedos frios e minha pele se arrepiando enquanto eu enterrava a pá novamente, atingindo algo que não era terra nem pedra.

Estendi os dedos, toquei o plástico e recuei. Usei as mãos trêmulas para limpar um pouco da terra. Era uma lona azul, como a que Tyler tinha na parte de trás da caminhonete.

Claro que fui eu.

Fui eu com a pequena pá, no canto da garagem.

Fui eu, e era adequado que fosse eu quem a encontraria.

Levantei muito rápido, a visão girando enquanto eu me recostava à parede. Tyler e Daniel pararam e se aproximaram para ver o que eu havia descoberto. Daniel usou a lateral da pá para tirar mais terra da lona, empurrá-la um pouco para o lado, expondo um pedaço de colcha.

Respirou fundo e rápido.

— Ai, caralho. — Tecido azul e linha amarela.

O cobertor de minha mãe, que ela usava em torno das pernas na cadeira de rodas. Cabelos longos e opacos espalhados pelo topo.

Como se, quem quer que a tivesse enterrado aqui, não suportasse a ideia de que ela passaria frio.

Minha mãe não morreu nesta casa. Ela queria, mas acho que em algum momento ela também quis viver. Intenção é legal, mas às vezes é uma coisa que se baseia mais na esperança do que na realidade.

Estávamos no inverno, e com o inverno vêm os resfriados, e todos nós pegávamos. Meu pai foi o primeiro a ser derrubado por ele, o que não era algo de que eu costumava me lembrar; Daniel e eu tivemos sarampo juntos, e lembrei que minha mãe nos deixava nos banhos de aveia, untando a gente com calamina, mas não conseguia lembrar quem de nós pegara a doença primeiro. Desse resfriado eu me lembro: a tosse seca do meu pai que ecoava à noite, a máscara de hospital que prendíamos nas orelhas da minha mãe, e ele dormindo no sofá. E então Daniel pegando o resfriado, depois eu, depois ela.

A doença passou rapidamente por todos nós, mas nela virou uma pneumonia. Nós a levamos para o hospital, houve uma entrada violenta de fluido nos pulmões, os tratamentos ineficazes e a morte súbita.

Ela era paciente terminal — tinha sido terminal — e, no entanto, sua morte foi inesperada. Pegou a nós todos despreparados. Acho que imaginei as últimas palavras de sabedoria da minha mãe, algo significativo a que me ater, algo digno de uma história para contar aos meus filhos. Algo importante que pertenceria apenas a mim.

Eu me senti roubada.

Foi culpa do meu pai. Até ele sabia disso. Para falar a verdade, sei que foi culpa do vírus e do câncer antes de mais nada. E ela podia ter pego esse vírus de qualquer um de nós. Mas, se meu pai fosse mexer nas lembranças — o que, é claro, ele tinha feito, pois ele era o tipo de gente que mexia em cada lembrança, não importava a quais labirintos essa lembrança o levasse —, isso acabaria com ele.

Talvez ele soubesse de onde veio, esse vírus. De um aluno na escola, de um colega na sala dos professores. Do homem atrás do balcão da cafeteria ou da mulher que pediu informação. Talvez ele tivesse uma origem para sua culpa. Talvez ele olhasse aquela pessoa com a namorada, rindo ao lado de seu carro, ou olhando pela janela distraidamente, e pensasse: *Você matou minha mulher.* E elas nunca souberam. Quantas pessoas por aí são responsáveis por alguma tragédia e nem sabem?

―――――

Era o que eu estava pensando quando vi a colcha. Foi o que fiz para me proteger por mais um momento. Eu me concentrei em minha raiva, em minha mãe, em quem era culpado — a culpa e a precipitação, talvez até a insignificância amarga —, e não no que estava embaixo do cobertor.

Ouvi o farfalhar do plástico quando Daniel moveu a lona novamente, e então minha própria precipitação me atingiu. *Corinne.*

Eu me lancei para fora da garagem, os joelhos na grama e o vômito na terra. Enxuguei a boca com o dorso da mão.

Daniel estava de pé ao meu lado, a mão em meu ombro. Eu o afastei. Ele puxou a mangueira da lateral da casa, embora já estivesse chovendo, para limpar a bagunça. E de repente, para variar, desejei que discutíssemos o que estava acontecendo ali de verdade. Ao menos que mencionássemos, que reconhecêssemos. *O que temos que fazer? O quê?* Minha boca se entreabriu, mas não consegui emitir nem um som.

Daniel já estava fazendo uma lista: *Limpe a bagunça.*

— Vamos queimar — disse ele.

— E então — disse Tyler lá de dentro — atrair os policiais aqui para eles encontrarem um corpo? Começar uma investigação?

Lá de dentro, à luz turva, eu conseguia distinguir o perfil de Tyler, ainda olhando para o cobertor, que complicaria alguém nesta casa. E a lona de plástico e o piso de concreto, que poderiam comprometê-lo.

Ele xingou, chutando as ferramentas no chão. Passou num rompante por nós e arrancou a lona de cima da carroceria da caminhonete. Jogou-a sobre o plástico exposto, usou a pá para encaixá-lo nas bordas. Fiquei lá fora, enquanto Daniel ajudava Tyler a enrolar a lona.

Daniel puxou o canto para verificar e acabou na grama ao meu lado.

— É a Corinne? — perguntei.

Ele não respondeu no início, só passou o braço pela boca, cuspiu qualquer coisa, o que foi resposta suficiente. Um corpo de cabelos longos enterrado debaixo da nossa garagem. Claro que era ela.

— São as roupas dela — ele disse, e então teve ânsia de novo, vomitando na grama.

— Nic — disse Tyler —, fique de olho na floresta.

Fiquei vigiando a floresta. Tentei não observar a lona enrolada e o cobertor por baixo, e Corinne embaixo dele, sendo transportada da garagem para a carroceria da caminhonete de Tyler. Tentei não imaginar a garota que fora ou os tempos em que eu havia ficado naquele mesmo lugar, a verdade apenas alguns centímetros abaixo da superfície.

Daniel pousou a mão no ombro de Tyler. Pegou as chaves da mão dele.

— A responsabilidade não é sua — ele disse.

Tyler passou a mão no rosto.

— Nós temos canteiros de obras.

— Isso não vai voltar para você — disse Daniel. — Obrigado.

— Daniel — eu disse.

— Eu conheço muitos lugares, Nic. Moro aqui desde sempre. Existem muitos terrenos abandonados.

Estávamos fazendo aquilo. Realmente fazendo aquilo. Transportando um cadáver sem saber como ele chegara até ali. Pensei em policiais, advogados, e como o fato de seu corpo estar embaixo desta casa podia ser deturpado de muitas maneiras. Então pensei em Everett tentando fazer os registros telefônicos serem rejeitados no caso Parlito.

— Deixe seu celular — falei. — Ele tem GPS.

— Está na cozinha — Daniel disse. E então, inclinando a cabeça para aquela bagunça, perguntou: — Você cuida disso? — Em seguida olhou para Tyler, já que, pelo visto, eu não era confiável. Tyler assentiu.

Daniel partiu na caminhonete, e eu comecei a chorar, esperando que a chuva me ocultasse.

— Preciso do seu carro — disse Tyler, fingindo não notar e mantendo o olhar concentrado na garagem enquanto falava comigo.

— Para quê?

— Cascalho. Cimento. Precisamos refazer o piso.

— Não podemos esperar até de manhã?

— Não acho uma boa ideia. Precisamos limpar a área. Nivelar. Consegue fazer isso?

Aquela era uma tarefa. Eu podia concluir a tarefa.

— Tudo bem — eu disse. — Sim.

Pare de chorar.

Concentre-se no piso quebrado, no pó, na lavadora de pressão, no trovão.

Concentre-se nos detalhes insignificantes.

Deixe de lado o que está acontecendo.

Recomponha-se, Nic.

Levante-se e mexa-se.

Tique-taque.

O DIA ANTERIOR

DIA 2

Foi pouco depois da meia-noite. *Um novo dia*, pensei. O longo caminho para casa ficou para trás. Eu e Cooley Ridge, ajustando-nos uma à outra bem devagar, mais uma vez. Eu dormiria um pouco antes do nascer do sol e a veria de novo com olhos descansados. E faria o que tivesse de fazer para meu pai falar, para ele lembrar o que tinha visto. Abordaria a questão por um ângulo diferente. Trabalharia para voltar a esse passado. Descobriria o que estava escondido, enterrado, nos últimos dez anos. O fantasma de Corinne, girando e desfocando em minha mente.

Preciso falar com você. Aquela garota. Eu vi aquela garota.

Desliguei a luz do corredor, e a casa ficou totalmente escura. Recostei a mão na parede, sentindo as lascas familiares na pintura dos cantos. Cinco passos daqui até a escada. Eu conhecia o caminho de cor.

Merda, a aliança. Esqueci de novo a aliança. Tinha deixado no meio da mesa da cozinha para que não se perdesse entre os produtos de limpeza. Dois passos de volta até o interruptor de luz, as tábuas cedendo na entrada da cozinha e o fraco piscar de algo na noite. Mantive a luz apagada e dei um passo até mais perto da janela.

Havia uma sombra subindo a colina. Consegui ver porque havia uma luz na frente dela. Um raio estreito que atravessava as árvores. Cheguei o rosto mais perto da janela. Estava descendo a colina e, por um brevíssimo momento, meu coração disparou e eu pensei: *Tyler, como sempre.*

Mas a sombra era muito pequena. Muito estreita. No meu quintal, seus cabelos loiros refletiram a luz da lua, e ela desligou a lanterna com dedos delicados.

Chegou a me ocorrer, enquanto encarava as janelas escuras, que ela não conseguia me ver observando-a.

Tinha um pacote branco encardido debaixo do braço, e eu a vi se curvar, desaparecendo de vista. Então, o som suave do papel deslizando sob a porta dos fundos. Não entrou por completo, mesmo quando ela tentou empurrá-lo algumas vezes. Ela se levantou, e a maçaneta da porta começou a girar devagar. *Que p...*

Minha mão foi à maçaneta por instinto, puxando a porta com tudo diante dela. Bati no interruptor, banhando a nós duas na luz. Ela pulou, segurando o envelope contra o peito, os olhos arregalados e inocentes. Piscou lentamente, o rosto impassível.

— Oi — falei, recuando para ela entrar. — Annaleise. — *O que posso fazer por você* ou *Fala aí* parecia inadequado, agora que eu havia percebido o avançado da hora e que ela estava prestes a abrir a porta dos fundos sem bater.

Ela entrou, hesitante, os nós dos dedos ficando brancos de tanto apertar o envelope.

— É para mim? — perguntei. Vi meu nome em letra de forma, escrito com caneta esferográfica. Apenas "Nic" e nada mais. — Esta é uma carta do tipo "se afasta do meu namorado"? Olha, você poderia ter economizado a viagem. Eu e o Tyler terminamos. Ele é todo seu.

Ela pigarreou e relaxou o aperto no envelope.

— Não, não é — respondeu, tirando o celular do bolso traseiro da calça e deixando sobre a mesa da cozinha. Em seguida se sentou à minha mesa, cruzou as pernas, as mãos se remexendo no colo. — Não é isso, de jeito nenhum. — Seus olhos grandes encontraram os meus, e seu sorriso se estendeu. Fiquei surpresa ao ver como essa Annaleise era diferente da garota de treze anos de quem eu me lembrava. Ela abriu o envelope e o virou, despejando o conteúdo na mesa da cozinha.

Primeiro vi a folha de papel digitada, "o custo do silêncio" e "o preço do pen-drive" e "deixe na casa abandonada dos Piper", e minha mente lutou para acompanhar as imagens escuras e sombrias espalhadas pela mesa da cozinha.

— Não estou entendendo — falei, tocando a superfície brilhante das fotos, em tons de preto e cinza, de péssima resolução. Tudo tão escuro. Eu me inclinei para mais perto, sem distinguir quase nada, mas, pela maneira como a luz brilhava em uma janela e o formato dos galhos das árvores, eu sabia que era a minha casa.

— Eu não... O que é isso? — perguntei.

— Nosso acordo — ela disse, com voz firme e comedida.

Examinei a foto cuidadosamente, concentrando-me na luz ao fundo, na forma como ela refletia alguma coisa — algo mais baixo, na varanda. Um montinho... um tapete? Um cobertor? Havia uma sombra pairando perto, na lateral da foto. E, na borda do cobertor, algo cor de bronze, espalhado. Cabelos. *Cabelos.* Cabelos cor de bronze espalhados para fora de um cobertor escuro. Joguei a foto de volta na mesa, recuando a mão.

— O que...

— Pergunta errada. *Quem.* Para mim parece o corpo de Corinne Prescott. Não há nenhum prazo de prescrição no caso de assassinato, sabia? — ela disse conforme meu rosto assumia o ar de compreensão horrorizada. Ali, finalmente, estava a resposta que procuramos por tanto tempo. Ali estava o corpo de Corinne Prescott, na minha casa.

— E você pensa que eu...

Ela me calou com um aceno de mão.

— Eu não penso nada. Na verdade, você vai me pagar para eu não pensar.

Peguei uma das fotos com o indicador e o polegar, esforçando-me para enxergar a sombra ao lado. Eu podia distinguir um braço, uma sombra escura, e mais nada. Por um momento pensei: *Daniel.* Porque havia o cabelo comprido de uma menina, nossa varanda dos fundos, e estava escuro. Mas também podia ser o meu pai... Não, podia ser *qualquer um.* Talvez eu só não quisesse que fossem eles.

— Essa parte é a polícia que vai decidir — disse ela, tocando a sombra em outra foto.

— Onde você conseguiu essas fotos? — A sala tinha ficado oca, e minha voz soava mínima e distante.

— Eu sempre tive, só não sabia. — Precisei me concentrar em suas palavras, que deslizavam pela sala como fumaça. — Eu ganhei essa câmera na semana antes do desaparecimento da Corinne. Estava fuçando nas configurações, tentando descobrir como tirar fotos à noite. Para mim, sua casa sempre pareceu um lugar assombrado, no meio das árvores. — Ela deu de ombros. — Talvez porque sua mãe tenha morrido, mas as flores se foram também. Eu costumava pensar que, de alguma forma, isso era contagioso. — Como a morte vazando do centro e se espalhando. — Então tirei essas fotos naquela noite, depois do parque de diversões, mas não consegui ver nada. Daí, no meu último ano de escola, consegui um novo software e um computador novo, e transferi tudo, para descartar as coisas velhas. Mas comecei a testar a configuração e o software, e olhe o que apareceu.

Como em uma polaroide, as sombras ganharam vida.

— Você parece enjoada. Você realmente não sabia? — ela perguntou. — Nunca suspeitou?

Eu *estava* ficando enjoada. Não havia ar suficiente na cozinha. Annaleise tinha visto aquelas fotos aos dezoito anos, uma idade perigosa. Meninos e sua paixão incontrolável, impulsivos a ponto de estourar. Meninas e seu desejo irreprimível de algo intangível.

— Não — respondi, tentando manter o controle. E então, para Annaleise: — Dá o fora daqui.

Ela inclinou a cabeça para o lado.

— Você acha que eu não vou contar? — Pegou o celular, um sorriso malvado no rosto, os dedos voejando sobre o teclado...

— Espere. Pare. O que você está fazendo?

Ela virou o telefone para eu poder ver.

— Eu estudei com o irmão de Bailey Stewart. Oficial Mark Stewart, conhece?

Minha visão ficou turva. Fiz um esforço para me concentrar na tela.

> Tenho algumas perguntas sobre o caso Corinne Prescott. Podemos marcar um horário para conversar?

— Você tem até amanhã de manhã para mudar de ideia.

Minha garganta queimou. Olhei as imagens mais uma vez. Estava acontecendo. Porra, estava realmente acontecendo. A sala estava zumbindo, o ar eletrificado.

— Como vou saber que você não vai divulgar essas fotos de qualquer jeito?

— Porque — ela disse — eu ainda não divulguei.

— Ainda?

— Eu deixei essas fotos para o seu pai anos atrás com o mesmo bilhete — ela continuou, inclinando-se para a frente na cadeira. — E ele pagou. Ele *paga*. Por que você acha que ele faz isso, Nic?

Meu pai pagou pelo silêncio dela. Por que alguém paga por algo? É preciso pagar suas dívidas.

Peguei o bilhete novamente; ele tremia na minha mão.

— Eu não posso pagar esse valor. — Dez mil pelo silêncio. Vinte mil pelo pen-drive.

— O Tyler disse que você vai se casar. Disse que a sua aliança vale mais do que esta casa. Que você é orientadora de uma escola particular chique e está em férias de verão.

— Eu não tenho dinheiro, Annaleise. Não tenho nada no meu nome. Aposto que valho menos do que você até.

Ela revirou os olhos e ficou de pé, mas eu ainda tinha que olhar para baixo para falar com ela.

— Você está aqui para vender a casa, não está?

Assenti com a cabeça.

— Vou te dar um tempo, então. — Ela encaixou o telefone no bolso de trás da calça.

— Você está bem louca — falei. — O Tyler sabe que você é maluca desse jeito?

Ela levantou as mãos, como eu tinha feito da janela enquanto ela me espiava.

— Eu só preciso de um jeito de sair daqui, Nic.

— Arranje um emprego — eu disse, então me lembrei do dinheiro que meu irmão tinha me dado para me ajudar a ir embora. Eu tive alguém. Eu tive ajuda.

— Sim, já estou providenciando. — Ela parou ao lado da porta. — Duas semanas, Nic. Vou te dar duas semanas.

— Não consigo...

— É sério — ela disse e pegou a aliança que estava no centro da mesa. — Aposto que só isso aqui vale a quantia, não é? — Não consegui responder. Eu não sabia. Ela deslizou a aliança no indicador. — Vou ficar com ela até você pagar.

— Você está cometendo um erro. Não pode levar isso.

Ela abriu a porta.

— Chame a polícia. Eu te desafio. Vou guardar isso como garantia.

Ela estava realmente me desafiando. *O que você vai fazer, Nic? O passado ou o futuro? Fugir de novo ou ficar e pagar suas dívidas?*

Eu não conseguia entender por que Annaleise estava fazendo aquilo comigo. Por que ela pensou que *podia*. Era uma garota tranquila, uma garota tímida, uma garota solitária.

Era o que eu conseguia enxergar nela nos fragmentos das minhas lembranças.

E o que ela deve ter visto de mim?

Eu do outro lado da porta, depois que minha mãe morreu, enquanto ela entregava comida e eu ficava lá, arrasada e silenciosa. Eu no parque de diversões quando Daniel me bateu, enquanto permaneci no chão, fraca e abalada.

Triste, silenciosa e intimidada.

Ela me via como a menina eternamente arrasada.

Ela não conhecia as outras partes de mim. Não conhecia mesmo.

―――

Depois de estacionar a caminhonete de Tyler atrás das cavernas, depois de ele colocar a aliança em meu dedo e eu me aninhar em seu colo...

Eu vi Corinne. Vi quando o carro de Jackson parou perto do estacionamento da caverna, através das árvores. "O que é isso?", ele dissera. "Nada", respondi. "Só o Jackson e a Corinne. Esqueça os dois. Eles não podem nos ver."

Vi Corinne abrir a porta, saltar e gritar alguma coisa para Jackson. Ouvi a voz abafada de Jackson gritando algo de volta, em seguida ele foi embora, os pneus levantando poeira. Através da floresta, por ali era o caminho até a minha casa. Mas ela desapareceu na curva, caminhando pela estrada.

— Vamos atrás dela? — perguntou Tyler, virado no banco, observando a mesma cena.

Mas eu estava cheia das palavras dela, me dizendo para pular, e de vê-la com meu irmão, o que parecia ser o máximo da traição depois que ele tinha acabado de me bater. Ela foi consolá-lo, não a mim. Ela sabia e ficou do lado dele. "Não ligue para ela", eu disse a Tyler, virando a cabeça dele para mim, e ele ficou muito feliz em obedecer.

Saímos pouco depois disso. Desci com a caminhonete pela estrada, os faróis altos no escuro, a aliança de Tyler em meu dedo. Pegamos a primeira curva, e lá, com o polegar erguido, a saia balançando na brisa, estava Corinne Prescott.

Ela estava em pé na beira da estrada, sem nada. Havia deixado a bolsa na minha casa mais cedo, uma manobra comum de Corinne para ver quem pagaria para ela. Se poderia conversar com os vendedores e pedir fiado, se conseguiria convencer um de nós a lhe pagar coisas. Eu paguei o ingresso da roda-gigante. Eu paguei tudo. Porque na ponta da língua de Corinne havia uma verdade que eu não estava preparada para compartilhar.

Um trunfo. Uma chantagem emocional. Um desafio.

Bailey tinha afanado alguns frascos de uísque em miniatura da coleção de seu pai. Puxou um no topo da roda-gigante, tomou um gole, passou para Corinne, que me entregou, as sobrancelhas levantadas. Peguei-o da mão estendida, levei-o à boca e senti o álcool queimando a língua e o fundo da garganta. Estava começando a tomar uma decisão naquele momento, quando deixei o álcool voltar para a garrafa.

Ela sorriu para mim.

— O Tyler está aqui — disse, apontando-o na multidão.

Eu me inclinei sobre a borda.

— Tyler! — chamei.

Ela deu outro gole, em seguida botou na boca um chiclete de hortelã.

— Verdade ou desafio, Nic — disse, balançando a cabine lentamente para a frente e para trás, enquanto Bailey dava risadinhas.

— Desafio — falei muito rápido. Havia verdades demais, perto demais da superfície.

— Eu desafio você a sair da cabine. Desafio você a andar na roda-gigante assim. Do lado de fora.

E, mais tarde, com o polegar erguido, seus olhos encontraram os meus através do para-brisa: *Eu te desafio a seguir em frente. Eu te desafio a fingir que não me viu aqui. Eu te desafio.*

Annaleise não sabia — eu sempre escolhia o desafio.

———

Eu ainda sabia o número de Tyler de cor. Ele atendeu o telefone, e percebi, pelo ruído baixo ao fundo, que ele estava no bar.

— Oi, Nic, e aí?

A luz da cozinha iluminava a superfície brilhante das fotos, e eu fechei os olhos, apertados.

— Você sabia que a sua namorada chantageou o meu pai?

— O quê? — ele perguntou.

— Ah, sim — confirmei. — Quer saber como eu sei? Porque ela acabou de vir até a minha casa, tentando me chantagear também.

— Calma aí. Espere um pouco. Quê?

— Sua namorada! A puta da sua namorada! Ela tem fotos, Tyler. — Eu as vi novamente na mesa e segurei um soluço com a respiração. — Fotos de uma garota. Uma garota morta. A porra de uma morta...

— Ai, meu Deus — disse ele. — Estou indo.

Olhei as fotos por tanto tempo, tentando me dissuadir do que eram, do que significavam, que elas ficaram embaçadas, tudo confuso e granulado. Mas era a minha varanda, e aquela era uma garota embrulhada em um cobertor.

E era o suficiente.

Eu estava esperando nos degraus da frente, no meio da madrugada, quando a caminhonete de Tyler estacionou, e eu o levei direto até a cozinha.

— Olha só — eu disse.

Ele pegou uma foto, segurou-a na frente do rosto, virou para lá e para cá.

— Eu não entendo. A Annaleise te deu essas fotos?

— Estão com ela faz cinco anos!

— Isso é...

— O que você acha, Tyler? Claro que é. — Segurei um soluço. — Caramba, o que ela está fazendo na minha varanda?

Mas não foi o que meu pai me disse quando perguntei? *Ela estava na varanda dos fundos, mas foi só por um momento...*

— De quem é essa sombra? — indaguei, imaginando se fora meu pai quem a colocara na varanda, ou se ele sabia disso pelas fotos. Porque, se não fosse meu pai, então era...

— Nic? — A porta da frente se abriu com tudo, e eu mergulhei sobre as fotos, puxando-as em uma pilha na mesa quando Daniel entrou. — O que está acontecendo aqui?

Tyler esfregou o rosto e olhou para nós dois.

— Ele estava sentado no bar do meu lado — disse ele. — Desculpe.

— Vocês têm que ir — falei, de costas para a mesa, escondendo desesperadamente as fotos.

— Nic. Se afaste dessa mesa — pediu Daniel.

Mas pensei na sombra, que podia ser de uma das duas pessoas.

— Vá para casa cuidar da Laura — eu disse. Estávamos todos prestes a escancarar tudo, a escancarar de vez. Era chegada a hora de compreender.

A linha entre os olhos de Daniel se aprofundou, e seus passos assumiram uma lentidão sonhadora, como se ele não soubesse ao certo se queria andar até ali e ver o que estava sobre a mesa da cozinha. Ele estendeu a mão ao meu redor, pegou uma foto do topo e estreitou os olhos quando a virou de um lado para o outro diante do rosto.

— O que é isso? — perguntou. Então, mais alto: — O que é isso? — Como se fosse minha culpa. E, em seguida, Tyler empurrou Daniel para longe de mim, e eu empurrei Tyler, porque eu tinha que fazer *alguma coisa*.

— São fotos da Corinne! — gritei de volta, lágrimas fazendo meus olhos arderem.

Daniel encarou a fotografia, a mão trêmula, os olhos se erguendo devagar, bem devagar, para encontrar os meus. Nós nos olhamos pelo canto escuro daquela foto. Mesmo naquele momento, tive dificuldade para perguntar. Silenciosamente, fiz com a boca:

— *Você...?*

Ele fez que não com a cabeça apenas uma vez.

Tyler virou e olhou para Daniel, depois para mim.

— Quem é esse, então? — perguntou, apontando para a sombra.

— É o pai — disse Daniel.

Tinha que ser, porque, do contrário, seria ele.

— Você sabia disso? — perguntei.

— Não — Daniel respondeu, franzindo a testa para as outras fotos. — Não, eu juro.

A floresta tem olhos.

— Onde você conseguiu isso? — ele perguntou.

Tyler ficou em silêncio, olhando para o gramado, para o fundo da floresta.

— Annaleise Carter — respondi.

O rosto de Daniel ficou rígido.

— Queime — disse ele.

— Ela tem um pen-drive — falei. — O pai pagava antes. E agora ela quer que eu também pague. Ela enviou uma mensagem ao oficial Stewart perguntando sobre a Corinne, disse que eu tinha que me decidir até ele ver a mensagem. Tive que concordar. — Senti as lágrimas brotarem de novo e lutei para contê-las.

Daniel passou a mão pelo rosto, balançando a cabeça.

— Tudo bem — ele disse, devagar. — Tudo bem, me diga. O que ela quer?

— Dez para ficar quieta. E vinte para nos dar o pen-drive.

— *Mil?* — berrou Daniel. — Cacete, como ela acha que vamos conseguir vinte mil dólares?

Tyler olhou para o chão, mas não antes de eu o encarar por bastante tempo.

— Daniel, estamos vendendo a casa. Todo mundo sabe.

— Precisamos do dinheiro. Não podemos pagar a Annaleise e o tratamento do pai.

— Eu sei.

— Sabe? — ele questionou.

Excelente. Estávamos prestes a brigar por algo que não tinha nada a ver com as fotos da morte de Corinne Prescott. Estávamos prestes a brigar por como eu não entendia de finanças, como eu me esquivei dos assuntos familiares nos últimos dez anos, como eu deixei toda a responsabilidade para ele, como sempre.

— São apenas fotos — disse Tyler. — E fotos bem ruins. Não provam nada.

— Mas são suficientes para reabrir a investigação — falei.

— Tudo bem, tudo bem — Daniel disse, andando de um lado para o outro na cozinha. — Temos um tempo. Mesmo depois que conseguirmos uma oferta pela casa, pode demorar meses para fechar o negócio. Isso dá tempo para a gente se virar. Vou falar com ela. Vamos falar com o pai. Vamos encontrar um jeito.

Comecei a rir, o peito se erguendo, os olhos escorrendo. Ergui a mão esquerda.

— Ela me deu duas semanas. E levou a minha aliança.

— Quê? — Tyler gritou.

— Isso mesmo. Como garantia, ela disse. Pensa que talvez eu vá dar o dinheiro mais depressa. Que não vou fazer boletim de ocorrência de perda.

— Quanto ela vale? — Tyler perguntou.

— Você não está falando sério. Não posso simplesmente dizer para ela vender e ficar com o dinheiro. A aliança está no seguro, e com certeza o Everett não vai *deixar barato*.

— Everett — murmurou Tyler.

— Sinceramente, Tyler — eu disse —, ela acha que eu tenho dinheiro por sua causa.

— Isso é ridículo. Ela não é assim — retrucou Tyler.

— Tem certeza? Como ela é, então?

Todos nós temos duas caras. Aprendi isso com Corinne.

— Ligue para ela — disse Daniel.

— Quê? — O pânico deixou minha voz muito alta e esganiçada.

— Ligue para ela. Traga ela para cá. Esta merda vai acabar agora — ele completou.

— Ah, claro — falei. — Vou dizer: "Oi, querida, sabe a chantagem que você está fazendo com os Farrell? Podemos conversar sobre isso?"

Tyler me encarou enquanto levava o telefone à orelha.

— Oi — ele disse. — Te acordei? — Ele tirou os olhos dos meus e saiu da sala. — Sei que é tarde, desculpe. Preciso de um favor seu. — Mais passos. — Deixei minha caminhonete na casa dos Farrell para o Dan carregar alguns entulhos amanhã de manhã. E agora estou achando que deixei minha carteira lá. Não consigo encontrar. — Encostou a testa na janela enquanto ouvia. — Você pode dar uma passada lá para mim agora? Quer que eu espere na linha? Valeu. Obrigado.

E desligou. Eu não sabia o que estava prestes a acontecer, mas estava acontecendo de verdade. Nós três nos apinhamos na cozinha.

— Apague as luzes — disse Daniel.

Tyler apareceu atrás de mim na escuridão.

— Me desculpe — ele sussurrou.

— Vamos — disse Daniel.

———

Eu a vi chegando do canto da casa onde me encolhi, sua bolsa pendurada no ombro, a calça de ginástica e o cabelo em um rabo de cavalo, como se tivesse acabado de sair da cama. Ela tinha uma lanterna e atravessou o quintal, passou pela lateral e foi direto até a entrada da garagem. Vi o momento em que percebeu: quando notou não apenas a caminhonete de Tyler, mas o carro de Daniel atrás. Ela diminuiu o ritmo e parou, e pude sentir sua dúvida. Retrocedeu um passo, hesitante.

— Espere — pedi. Eu a cerquei por trás, e Tyler estava em pé ao lado da caminhonete. Ele abriu a porta e ligou a luz do teto para que pudéssemos nos ver melhor. Pude distinguir sua silhueta, mas não seu rosto; não podia dizer se estava surpresa ou assustada, irritada ou triste. E não conseguia ver Daniel.

Ela virou a cabeça para trás e para a frente, entre mim e Tyler.

— Que porra é essa? — perguntou, mas ela sabia. Sabia *exatamente* que porra era aquela.

— Você cometeu um erro — disse Tyler. — A aliança. Devolva.

Ela prendeu a bolsa no ombro e cruzou os braços sobre a barriga.

— Ela te contou? — Annaleise perguntou. — Sobre as fotos?

— Você cometeu um erro — ele repetiu.

— Sério, Tyler? — Ela olhou para trás. — Onde está o Dan? Por que não estou surpresa? Você está aqui também? — quis saber. E então, mais alto: — Sabe o que eu percebi? Que vocês *todos* mentiram naquela noite, não é? Todos vocês. Vocês têm que saber. E estão encobrindo alguém.

Vi Tyler erguendo a cabeça, o corpo todo ficando tenso.

— Essas fotos não provam nada. É ilegal fazer chantagem — falei.

— Para isso servem as cartas anônimas — ela retrucou. — Pacotes anônimos com fotos de uma garota morta na sua varanda dos fundos.

— Me dê a aliança e o pen-drive, e vou fingir que você não sugou a vida inteira do meu pai.

— Sério, Nic? Você vai... deixar barato? Por que isso?

— Annaleise, pare com essa merda. Entregue a porra da aliança e saia da nossa vida — disse Tyler.

Nossa vida.

Ela deu uma risada maldosa e aguda.

— Tyler, cai na real. *Um* dos Farrell é um assassino.

— Você está errada — disse ele. — Não pode provar nada com essas imagens de péssima resolução, que provavelmente foram tratadas. Você sabe *o que* consegue provar? Chantagem. Está tirando dinheiro de um homem confuso, com problemas mentais há anos. Dê adeus ao seu futuro, Annaleise.

— Isso você também não pode provar. Mas sabe o que *conta* como prova? Um cadáver. Já pensou nisso?

Fiquei paralisada. *Ela estava na varanda dos fundos, mas foi só por um momento. Aonde ela foi? Aonde ele a levou?*

— Você roubou a minha aliança. Isso eu posso provar.

Um ruído soou atrás dela, vindo da floresta, e ela se virou quando Daniel surgiu por entre as árvores.

— Vamos resolver isso. Mas não desse jeito — disse ele. Sempre o razoável, sempre o responsável.

— Ah, olha só, o todo certinho. Você é um hipócrita do caralho.

— Devolva a aliança e vamos conversar — disse Daniel.

Seu corpo estava rígido. Estávamos em um impasse. Dois crimes, e nenhum de nós podia chamar a polícia sem arrastar o outro junto.

— Não estou com ela aqui — Annaleise disse, erguendo a alça da bolsa de grife.

Daniel assentiu com a cabeça.

— Então vamos buscar.

— Tudo bem — ela concordou, afastando-se devagar. Então caminhou alguns passos à frente de Daniel, comigo e Tyler atrás, a mão dele em minha cintura, me prometendo: *Vai ficar tudo bem, vai dar tudo certo, estamos com tudo sob controle.* Não sei se foi porque nós três a estávamos seguindo e ela estava com medo, ou se sentiu que suas opções estavam se esgotando, como se seu mundo e seu futuro estivessem se afunilando, mas ela pisou na linha das árvores — *o estalo de um galho, a escuridão como um manto* — e saiu correndo.

— Merda — Tyler exclamou enquanto voava atrás dela.

— Espere aqui, Nic — disse Daniel e partiu em disparada, seguindo pelo outro lado da floresta.

Fiquei parada na colina, à vista de nossas casas — escuras, exceto pela luz da caminhonete de Tyler. Fui mais perto da casa dela, então pude ver sua porta da frente melhor. E ouvi a floresta. Os monstros, os demônios e os olhos. Uma luta, um sussurro ou um grito.

Eu me agachei quando ouvi passos vindo devagar em minha direção. Meus músculos se contraíram, prontos para golpear.

— Nic?

Relaxei ao som da voz de Tyler.

— Aqui em cima — falei. — Você a encontrou?

— Não. E você?

Neguei com a cabeça enquanto ele se agachava ao meu lado, observando a casa.

Daniel voltou somente depois de vinte minutos, vindo de outra direção.

— Eu a perdi — ele disse, estendendo uma das mãos como se estivesse agarrando um fantasma. — Cheguei até o rio e depois a perdi.

— Ela vai voltar — disse Tyler.

— Agora vá — falei a Daniel. — Volte para sua casa.

Ele olhou o relógio e fez uma careta.

— Me ligue quando ela voltar. — Enfiou as mãos nos bolsos conforme se afastava.

— Você também — falei para Tyler. — Vá para casa. Eu fico de olho nela.

— Que nada — ele disse, sentando ao meu lado, no alto da colina. — Não vou a lugar nenhum.

———

Ficamos lá até o sol nascer, mas ela não voltou.

De volta à minha cozinha, fiz um bule de café enquanto Tyler andava de um lado para o outro.

— Caralho. *Caralho* — ele disse.

Encarei a janela, roendo as unhas. Aquela sensação, como estática, como se algo arranhasse, nos pressionando, estava espessa no ar — a sensação de que algo estava prestes a acontecer. Esperamos. Sirenes, a polícia, um telefonema dela, *alguma coisa*. Acendi a lareira, joguei as fotos nas chamas, observei quando borbulharam e se curvaram, desejando que desaparecessem mais rápido. Como nada tinha acontecido no momento em que Daniel passou aqui a caminho do trabalho, comecei a pensar que talvez não acontecesse nada mesmo.

— Alguma notícia? — perguntou Daniel.

— Ela não voltou — respondi. — O que você disse para a Laura?

— Nada, nem falei com ela. Como não voltei para casa, ela saiu. Provavelmente foi dormir na casa da irmã. Meu Deus. Agora está fazendo greve de silêncio.

— Diga que ficou aqui — falei.

— E o que havia de tão errado com você que eu tive de ficar aqui? — ele perguntou.

Suspirei.

— Tenho certeza de que você vai pensar em algo.

— Desgraça — xingou, passando a mão pelos cabelos. Então praguejou em voz baixa, agarrou a borda da mesa, respirando fundo e recuperando o controle. — Precisamos conversar com o pai.

— Eu converso — concordei.

— Você precisa ter cuidado — ele disse, e eu entendi. Eu não podia permitir que isso deixasse meu pai obcecado, que ele se perdesse na história e ficasse agitado demais com ela. Tinha que abordar o assunto sutilmente, perguntar por partes.

— Vão trabalhar — mandei. — Vocês dois. Está tudo normal. Tudo bem. Só liguem se souberem de alguma coisa.

Observei a casa vazia de Annaleise até o meio-dia. Quando sua mãe bateu na porta e voltou a bater. Quando tirou uma chave do bolso e entrou. Quando saiu e ficou parada na entrada, o telefone na mão, olhando para baixo. Quando percebeu que sua filha tinha desaparecido.

Meu corpo estava no limite durante o trajeto para Grand Pines, os músculos saltando com energia demais, apesar de eu não ter dormido desde o dia anterior. Eu não conseguia sentir os pés; eles formigavam com o peso.

Dei o meu nome na entrada e fui acompanhada por um jovem enfermeiro até o quarto vazio do meu pai.

— Ele está andando por aí — disse o enfermeiro. — Provavelmente no pátio. Está um dia lindo. Mas ouvi dizer que amanhã vamos ter uma tempestade bem pesada. — Ele estava recostado à janela ao meu lado, e eu o flagrei me olhando pelo reflexo. Seu olhar deslizou até minha mão. — Oi — ele disse, me cumprimentando. — Andrew. Eu trabalho aqui. — Seus olhos eram azuis, provavelmente era mais novo que eu e tinha um sorriso bonito que devia fazer o mesmo efeito em todos os lugares.

— Nicolette — me apresentei. — Na verdade, eu moro na Filadélfia.

— Que pena. Vai ficar na cidade por um tempo?

— Não. — Apontei para a janela. — Lá está ele. — Meu pai estava lendo um livro em um banco às margens do pátio, os cotovelos apoiados na calça marrom, como se estivesse mergulhado em pensamentos, procurando as palavras para conseguir mais significado. — Obrigada pela ajuda, Andrew. — Eu me forcei a lhe abrir um sorriso quando saí do quarto.

No pátio, algumas mulheres estavam sentadas ao redor de uma mesinha, com o almoço em caixinhas de isopor. Dois homens jogavam xadrez. Algumas pessoas caminhavam lentamente pelas imediações. Eu me acomodei ao lado do meu pai no banco.

— Oi, pai — eu disse.

Ele tirou os olhos do livro e se virou na minha direção.

— O que você está lendo? — perguntei.

— Nabokov — ele respondeu, me mostrando a capa. — Para o próximo semestre.

Ele não estava aqui. Mas não estava longe.

Limpei a garganta, observando-o de soslaio.

— Ontem — comecei — você me disse que viu minha amiga Corinne. Muito tempo atrás. Na varanda dos fundos.

— Eu disse? Não me lembro. — Ele correu o polegar pelas bordas da página, balançando-as devagar.

— Sim — confirmei. — Eu só queria saber... só queria saber se você sabe como ela chegou lá.

Ele não respondeu, a cabeça ainda focada no livro. Mas seus olhos não estavam se movendo pelas linhas; estavam fixos, a mente em outro lugar.

— Eu estava bebendo demais.

— Eu sei que estava. Não tem problema.

— Quer dizer, eu fui te buscar. Recebi um telefonema. Sobre você. Minha filha tinha aprontado alguma na roda-gigante. Eu disse que não podia ir, mas fui. Fiquei louco, entrei no carro e dirigi, porque tudo estava ficando mais complicado, até finalmente chegar a esse ponto. — Ele deixou o livro de lado e apertou os olhos. — Você estava abusando cada vez mais, porque eu nunca pus um limite. Nunca pus. Então entrei no carro. Naquela noite, eu seria *pai*.

Comecei a balançar a cabeça, pois não estava gostando do rumo daquilo. Tudo era demais, tudo muito direto. E nenhum lugar onde nos esconder.

— Cheguei àquela curva na frente das cavernas e pensei: *Isso não é ser pai. Dirigir bêbado. Não é assim que se faz.* Então parei. Simplesmente... parei.

— Onde, pai? — A pergunta saiu como um sussurro engasgado.

— Pouco antes das cavernas, tem aquele acesso sem saída. Parei e estacionei lá. — Ele olhou para mim. — Não chore, minha boneca. Eu não estava em bom estado. Eu precisava de um pouco de ar. Só precisava de um pouco de ar.

Ele precisava parar.

— Eu abaixei os vidros do carro, só precisava dormir para curar a bebedeira. — Ele cruzou as mãos no colo, tocando os nós dos dedos. — Ouvi umas pessoas gritando...

Eu tinha que saber. Já era hora.

— Pai. O que você fez?

Senti seu corpo tenso, partes dele que se contraíam.

— Como assim? — Ele olhou em volta, estreitando os olhos. — Este lugar é uma toca de coelho — disse.

E Corinne era o coelho. Nós a seguimos fundo, fundo, muito fundo, e ela nos deixou aqui.

Então, ele me disse:

— Eu não gosto daqui. Você precisa ir embora. Quero que você vá, agora. Nic, você precisa ir embora.

Eu me levantei, o ar muito pesado, suas palavras como estática. Minhas lembranças girando e desfocando como nossas fotos, como nossos fantasmas. Não consegui olhá-lo nos olhos quando saí.

———

A caminhonete de Tyler estava na entrada da garagem, mas ele não estava em casa. Encontrei-o nos fundos, sentado na beira da varanda, com os pés na grama.

— Alguma notícia? — perguntei.

— Não. Foi ver seu pai?

Eu me sentei ao lado dele, puxei os joelhos para cima e mergulhei a cabeça entre eles, para ver apenas a grama embaixo da minha sombra.

— Não entendo o que aconteceu. Não entendo aquela foto. Não faz sentido. Ele disse que estava dirigindo perto das cavernas. Ele disse que estava lá. Mas foi só isso que ele disse. Só. — Tyler estendeu a mão para pegar a minha.

— Você mentiu para mim?

— Eu não minto para você, Nic — ele respondeu.

— Mas o que você acha que aconteceu com a Corinne? — Os cabelos da minha nuca se arrepiaram quando eu a imaginei naquela varanda, a centímetros de distância, os cabelos escapando de um cobertor, a sombra pairando perto da borda da foto.

Ele pousou os olhos em mim e apertou minha mão com mais força.

— Você não percebe? Não me importo com o que aconteceu com ela.

— Bem. É hora de começar a se importar. — Respirei fundo. — Tem as fotos, e ela está morta. Então me conte. Diga o que aconteceu.

— Você não fez nada de errado. Eu juro. Deixa quieto.

Assenti com a cabeça e permiti que ele passasse o braço sobre o meu ombro. E me permiti acreditar nele.

Tenho que contar desse jeito, em partes. Tenho que abrir meu caminho até lá. Abrir caminho *de volta*. Tenho que mostrar as coisas lindas antes de chegar às feias.

É preciso entender que ela era problemática.

Primeiro, eu juro que a amava.

Corinne estava na beira da estrada, com o polegar esticado. Não diminuí a velocidade.

— Não vai parar? — perguntou Tyler.

— Não — respondi.

Meus olhos passaram pelos dela; seu polegar abaixou, e ela me encarou de volta. Apertei o acelerador com mais força — *Foda-se você, Corinne* — e pisquei. Só uma vez. Uma vez e ela já estava entrando na estrada, bem na frente da caminhonete.

As mãos de Tyler se estenderam para a frente quando pisei fundo no freio — puxei o volante com tudo e fechei os olhos com força, os pneus patinando. O cinto de segurança parecia me cortar ao meio, e não consegui respirar enquanto girávamos, a janela estilhaçando, e então o baque do metal quando paramos.

Eu me esforcei para encontrar um rumo enquanto a adrenalina deixava tudo muito nítido, e aí havia muito a processar. Estávamos na contramão, encostados em um guardrail, pairando muito perto da beira do penhasco. Um galho se enfiou pela janela na minha frente, a ponta cortando meu ombro, onde deixaria uma cicatriz. A voz de Tyler, sem fazer sentido, sem chegar até o fim. Eu não conseguia me mexer. Não conseguia sentir.

Até que consegui... tudo de uma vez.

Senti uma onda de náusea e uma dor que começou na barriga e se esgueirou pelas costas. Minhas mãos tateavam desesperadamente o botão do cinto de segurança. Não consegui. Tyler precisou soltá-lo para mim. Estávamos muito perto da beira de um penhasco, então ele me puxou para fora, do seu lado.

Um zunido nos ouvidos, a terra continuava girando, ou era eu que estava, procurando Corinne. Coloquei a mão no capô da caminhonete e percebi que estava ligada, quente ao toque. Tudo estava dormente.

— Onde ela está? — sussurrei.

Tyler também estava com as mãos no capô da caminhonete, os braços tremendo, como se estivesse prestes a voar para longe.

— Corinne! — gritei. — Responda! Porra, o que te deu na cabeça?

Em pânico, Tyler olhou embaixo da caminhonete, e meu estômago subiu até a garganta. A estrada estava escura e vazia, a floresta ainda mais escura, nossos faróis apontando na direção das cavernas.

— Corinne! — chamei de novo, curvando-me enquanto gritava seu nome.

Tyler olhou para a beirada do penhasco e desceu um pouco a estrada antes de voltar.

— Não encontrei.

— Eu atropelei a Corinne? *Eu atropelei?* Não, não, não — falei, freneticamente, avançando para descer pelas rochas. Tropecei, os joelhos raspando nas pontas afiadas, a palma das mãos segurando a pedra fria. O penhasco era escuro e íngreme, e eu não conseguia distinguir as formas nas sombras.

— Pare, Nic. Pare. — Tyler estava me seguindo pelas rochas. Eu não conseguia vê-la.

— Por que ela fez isso? Ela pulou na frente do carro!

— Eu sei, eu vi. — Ele agarrou meus braços para impedir que eu fosse mais longe. — Seu ombro — disse, apertando-o. Mas a dor era no abdome, irradiando para as costas.

Minhas mãos tremiam.

— Ela entrou na minha frente. Vão acreditar em mim, certo?

Seu aperto em meus braços se afrouxou por um momento, quando algo o fez retorcer o rosto.

— Ligue para a polícia — falei, porque não consegui encontrá-la e ela não estava respondendo.

Ele pegou o telefone com a mão desajeitada e olhou profundamente em meus olhos quando senti outra onda de dor passar por mim.

— Eu estava dirigindo — ele disse.

— Quê? Não. *Eu* estava dirigindo. Olhe para a sua mão. Você não podia dirigir!

— Você estava bebendo. Você não podia.

— Eu não engoli nada, juro.

— Você está fedendo a álcool. Não, fui eu.

— Por que você está falando isso agora? *Eu estava dirigindo* — gritei. — Não você. Não vou deixar você dizer isso. As pessoas me viram ao volante quando saímos. Lembra?

Ele balançou a cabeça novamente e devolveu o telefone ao bolso. Ouvi movimento nas árvores e virei com tudo a cabeça naquela direção.

— Corinne? — chamei. Nenhuma resposta, nenhum movimento.

Tyler estreitou os olhos para as árvores.

— Foi só o barulho do vento — disse.

— Onde ela está, Tyler?

Ele me olhou fixamente nos olhos, mas o mundo ainda estava girando.

— Você não atropelou a Corinne — afirmou. — É tudo um daqueles joguinhos de merda que ela faz.

— Onde ela está, então?

— Escondida. Zoando com a nossa cara. Rindo da gente. Porque ela é doente da cabeça.

Fechei os olhos, imaginando. Conseguia ver com muita facilidade. Era típico dela. *Claro* que ela faria aquilo. Claro que ela tentaria arruinar tudo o que havia de bom na minha vida.

— Posso consertar a caminhonete — ele sussurrou, numa voz quase inaudível.

Dei um suspiro quando outra onda de dor me atingiu e assenti com a cabeça.

E, naquele momento, tomamos uma decisão, fizemos um pacto. Empurramos a peça de um dominó, e ela desencadeou alguma coisa.

— Fique aqui — disse ele, me entregando a chave das cavernas. — Espere por mim lá. Vou pegar o carro do meu pai e volto para te buscar.

— Posso ir embora daqui — falei. — Eu sei o caminho.

Mas eu não ia chegar em casa a tempo. Quando fui acometida por outra onda de dor, soube que estava perdendo tudo naquela noite.

Ele olhou para trás, seu corpo inquieto.

— Tem certeza? — perguntou.

— Sim — confirmei.

Esperei até ouvi-lo dentro da caminhonete, então corri. Segui para as cavernas, porque era o caminho que eu conhecia para chegar em casa. Mas imaginei Corinne chamando, *Venham nos encontrar*, correndo até as profundezas, como sempre fazia, como costumávamos fazer juntas. Destranquei a corrente; ela trancaria? Se estivesse zoando com a minha cara... *Sim*, pensei, *sim, ela faria isso*. Então entrei, chamei seu nome enquanto agarrava a corda. Gritei seu nome no escuro várias vezes.

— A brincadeira acabou, Corinne! — Soltei a corda e usei o celular para iluminar o espaço à minha frente, procurando por ela na escuridão, tão certa de que podia ouvir sua respiração, embora não visse nada nem ninguém.

Mais uma onda de dor, e o medo deu lugar à raiva. Ela estava arruinando comigo sem nem fazer esforço.

Peguei a corda para sair de lá.

Só muito mais tarde naquela noite, quando estava sozinha, percebi que havia perdido a aliança de Tyler.

Ela tinha que ter saído do caminho. Tinha que ter se escondido. Tinha que ter morrido de outra maneira — outro carro, outro acidente, jogando-se da beirada do penhasco, em direção às pedras lá embaixo. Não era possível que meu pai tivesse nos ouvido e soubesse que tinha sido eu. Não era possível que ele a tivesse encontrado depois que saímos, que tivesse pegado seu corpo e o removido, para que não descobrissem o que eu fiz e minha vida não fosse arruinada.

Tyler jurou que eu não tinha feito nada de errado. E, então, deve ter sido outra coisa.

Do contrário, é brutal demais de tão simples.

Dez anos depois, e o passado ainda está aqui. Uma imagem que entra em foco. Uma lembrança que ganha clareza. Algo sussurrando para mim no escuro: *Olhe, Nic, você enxerga?*

Era hora de abrir os olhos.

O DIA ANTERIOR

DIA 1,
à noite

Eu estava cansada da longa viagem e da visita ao meu pai, e precisava de um bom banho após passar a tarde inteira limpando a casa, mas ainda havia muito que fazer. *Você precisa ser responsável*, pensei. Mas eu já era — só queria que Daniel enxergasse isso. Fiz promessas e negociações, e tomei decisões que nem passavam pela cabeça dele.

A torneira da pia e o ralo tinham ficado daquela tonalidade amarronzada, corroídos pela ferrugem. Eu fucei na caixa de suprimentos de Daniel, derramei removedor de ferrugem no ralo e ouvi o estalar da reação química.

Calcei as espessas luvas amarelas e peguei a escova de limpeza, mas a aliança estava atrapalhando, a pedra pegando a borracha por dentro sempre que eu dobrava os dedos. Retirei a luva, tirei a aliança do dedo e a coloquei no meio da mesa da cozinha, ao alcance da visão. Algo para me ancorar, um lembrete de que eu havia superado Cooley Ridge.

Ataquei a pia e os balcões, levemente satisfeita comigo mesma, esfregando meticulosamente e lustrando tudo até brilhar. O toque do telefone foi um alívio bem-vindo. Meus olhos tinham começado a ficar embaçados, passei o braço na testa para empurrar os cabelos para trás e puxei uma das luvas da mão.

— Alô?

— Oi! Desculpe estar ligando tão tarde — disse Everett.

Afundei na cadeira da cozinha, puxando a outra luva com os dentes.

— Não se preocupe. Eu sei que você está ocupado.

— Então você conseguiu.

— Consegui.

— Como está indo? — ele quis saber.

— Como o esperado. Meu pai está na mesma, o Daniel também. Ele deixou aqui a papelada para o médico. Já estou lidando com a casa. — Fiquei de pé, dando uma arrumada rápida antes de ir ao andar de cima.

— Quanto tempo até poder vender?

— Não sei ao certo. Não quero pôr à venda antes que tudo esteja resolvido. A primeira impressão é a que fica. — Vi que era quase meia-noite e bocejei.

— Durma um pouco — disse ele.

— Já estou indo. — Desliguei a luz do andar de baixo e saí da sala. Virei para encarar a janela, para ver as árvores e as montanhas iluminadas ao luar enquanto eu estava no escuro. *Adeus*, pensei.

Por um momento pensei ter visto um lampejo de luz entre as árvores.

— Vou tentar fazer meu pai assinar os documentos por conta própria. Não me sinto bem tirando esse direito dele — falei.

— Tudo bem — disse Everett, seu bocejo me fazendo sorrir —, faça o que precisar fazer.

— Eu sempre faço.

Dez anos atrás, corri aos tropeços nessa floresta, tentando voltar para casa. Desesperada pela proteção das paredes — *só chegue em casa*. Como se pudesse impedir o inevitável. O carro do meu pai e o de Daniel não estavam ali, e eu atravessei o jardim correndo, segurando a barriga com o braço, a dor lancinante nos dois. A lâmpada da varanda balançava, a porta de tela rangia, e eu ofegava, sozinha em casa.

Eu estava sozinha.

O restante daquela noite eu só conseguia lembrar em flashes. Não tenho certeza do que isso quer dizer, que eu possa me lembrar de Corinne por minutos a fio, mas não daquele momento. Tenho que chegar a ele sutilmente, devagar, apanhando peças aqui e ali. Não posso encarar tudo de uma vez. Eu nunca contei isso antes. Esta é a única maneira que conheço.

Estou chegando lá.

Tirei a roupa no banheiro em um pânico selvagem, tentando impedir algo que eu não podia controlar — exasperada por não poder —, a fúria dando lugar a algo vazio e silencioso no momento em que me rendi. Quando lembrei que o mundo não se dobraria à minha vontade, que nunca havia se dobrado, e certamente não começaria a fazê-lo naquele momento.

Liguei a água quente, larguei a roupa no chão, dobrei os joelhos e me sentei na banheira, com a cabeça apoiada nos braços, os olhos apertados, deixando a água escorrer por todo o meu corpo.

Dois dias. Tinha sido dois dias atrás, no banheiro de Corinne, que algo se revelara real e esperançoso em minha mente, e agora havia desaparecido. Como se nunca tivesse realmente existido.

Daniel bateu na porta um tempo depois.

— Nic? Você está bem? — Mais batidas. — Estou te ouvindo.

Prendi a respiração para interromper o choro.

— Responda ou eu vou entrar.

A maçaneta da porta girou e uma fria rajada de ar entrou. Daniel respirou fundo enquanto sua sombra parava ao lado das minhas roupas, empilhadas no chão.

— Você está bem?

Deixei escapar um suspiro.

— Não, não estou — solucei.

— Diga o que eu posso fazer. Diga como posso ajudar. — Tyler havia contado a Daniel que eu estava grávida, após a briga dos dois. Pelo jeito que Daniel me olhava, com tanto arrependimento, eu sabia.

— É tarde demais.

— Saia da banheira, Nic. Só posso te ajudar se você sair da banheira.

— Não quero sua ajuda.

— Me desculpe. Me desculpe.

Sua sombra recuou, a porta fechando.

A água acabou correndo fria, e eu me levantei e peguei a toalha.

Tirei as roupas do chão e levei para a lavanderia, lá embaixo. Em seguida me enrolei no pijama de lã que usava no inverno e afundei no meio da cama, ouvindo Daniel ao telefone, em seu quarto.

— Não, Tyler, você não está entendendo. Você precisa vir.

Gritei através do banheiro entre nossos quartos:

— Ele não pode.

Daniel desligou e parou na entrada do meu quarto, parecendo tão indefeso e perdido quanto eu.

— O que eu faço? O que eu posso fazer?

Comecei a chorar de novo — tudo aquela noite estava confuso demais —, querendo voltar anos, uma década, até o momento em que todas as possibilidades podiam existir. Então eu disse:

— Eu quero a mamãe. — O pedido mais insensato.

E Daniel, com sua expressão ilegível, o queixo encaixado, o nariz inchado, os olhos levemente feridos, respondeu:

— Bem, eu sou tudo o que você tem. — E se sentou ao meu lado.

Tyler veio mesmo assim. A pé. Atravessando o rio. Ouvi Daniel e ele lá embaixo, mais tarde.

Contei para ele na escadaria, em pé. Parei de chorar.

Eu tinha perdido sua aliança. Eu tinha perdido tudo. E não tinha certeza se seu pedido ainda se mantinha. Se era sério. Era mais fácil fingir que nunca tinha acontecido.

Tudo naquela caixa na delegacia pertencia a mim: o teste de gravidez, a aliança, até mesmo as histórias. E, de certa forma, era adequado. Aquela garota se desvaneceu na curva da estrada na última noite do parque de diversões do condado. Ela desapareceu. Mudou o cabelo e o sotaque, o número de telefone, o endereço. Não olhou para trás.

Faça o que precisa fazer, Nic.

Levante-se.

Comece de novo.

PARTE 3
SEGUINDO EM FRENTE

> É bem verdade o que a filosofia diz:
> a vida só pode ser compreendida olhando-se para
> trás. No entanto, esqueceram-se do outro princípio:
> ela só pode ser vivida olhando-se para a frente.
> — SØREN KIERKEGAARD

DUAS SEMANAS DEPOIS

DIA 15

A**o longe, as sirenes estavam** fracas, mas se tornaram cada vez mais altas. Tyler estava no meio da sala, e suas palavras — *corpo na Fazenda Johnson* — ecoavam em minha mente. Imaginei girassóis. O fantasma de Corinne girando no campo. Seu corpo descansando lá agora, dez anos depois.

Mas Daniel tinha dito que a levaria para um canteiro de obras. Não podia ser Corinne.

— Annaleise? — perguntei. — Ela está morta?

— Está — disse ele. — Estava deitada lá, no meio do campo.

— Ela foi baleada? — perguntei, porque Daniel tinha acesso à arma do meu pai, e ele a estava perseguindo na floresta. Porque eu tinha descoberto aquela fivela de bolsa perto do rio, onde Daniel disse que a tinha perdido, e ele estava com a chave dela, que devia estar dentro da bolsa.

Tyler assentiu com a cabeça.

— Uma família a encontrou... As crianças saíram correndo depois das fotos e... — Ele passou os dedos pelos cabelos, abandonando o pensamento. — Um cara com quem eu trabalho, a esposa trabalha na rádio da polícia e recebeu a ligação. Eu tentei chegar lá primeiro quando soube. Eu tentei.

— Ai, meu Deus. O Daniel?

— Eu não sei, Nic — ele respondeu, mas não me olhou quando disse isso.

Everett provavelmente já estava no aeroporto àquela hora. Eu não podia ligar para pedir conselhos de novo, não sobre esse caso, e não depois de todo o resto.

O que Daniel estava *pensando*? O corpo, todas as provas, apontando de volta para ele. E *Annaleise*... Jackson me dissera que havia rumores, e que Laura tinha deixado Daniel por um tempo por causa deles. Nas mãos de outra pessoa, os rumores se entremeariam em fato, em motivo. Eu sabia que meu irmão poderia se apaixonar pela pessoa errada — havia feito isso uma vez antes —, mas eu não podia imaginar Daniel permitindo que Annaleise tirasse fotos dele, se ele realmente estivesse saindo com ela. Só que alguém tinha vasculhado o computador dela tarde da noite, excluindo imagens de meses atrás. Eu tinha ouvido os passos dele pela floresta, vi sua sombra na casa dela. Alguém que conhecia o caminho no escuro, no meio da floresta, de cor. Daniel. Annaleise deve ter tirado as fotos quando ele não estava olhando ou quando estava dormindo. Como todas as imagens que eu tinha visto em seus arquivos, fotos de garotas distraídas, que não tinham ideia de que alguém estava observando. Annaleise, com seus olhos grandes e arregalados atrás da câmera, desaparecendo ao fundo. Ninguém sabia que tinha sido capturado por ela.

Ele devia ter sido mais esperto.

Daniel a alcançou no rio, agarrou sua bolsa, e a fivela quebrou. Ele pegou a bolsa, o telefone. Deve ter enterrado tudo em algum lugar ou abandonado dentro do carro, porque eu sabia que ele não estava com essas coisas quando nos encontrou novamente atrás da casa. Guardou a chave da casa dela, que agora estava enfiada no sapato do meu pai. Adicione meu irmão às lacunas e a história começa a tomar forma.

Ele deve tê-la encontrado e...

Mas não. *Espere aí.* Eu sabia que Annaleise havia conseguido escapar dele. Ela seguiu pelo rio. Chegou ao hotel e se esgueirou pela janela de trás antes de ligar novamente para Daniel. Do telefone do hotel, porque o dela estava na bolsa.

Eu não conseguia entender. Por que ela havia ligado para a casa de Daniel? Ela estava tentando *fugir* dele. De qualquer forma, era provável que Daniel estivesse aqui. Não faz sentido. Mas eu estive naquele quarto de hotel, apertei o botão de rediscagem e ouvi a secretária eletrônica — a voz de Laura, alegre e acolhedora, dançando em minha cabeça: *Você ligou para os Farrell...*

Laura. Não o celular de Daniel. Annaleise havia ligado para a casa, sabendo que Daniel não estava lá.

Ela havia ligado para Laura. Levei a mão à boca, em súbita compreensão.

— Não foi o Daniel — sussurrei. Tyler assentiu, olhando a bagunça ao redor, mas eu não tinha certeza se ele acreditava em mim ou se achava que eram apenas minhas esperanças.

Só que eu conseguia sentir tudo se juntando, ver todas as peças se alinhando de trás para frente.

O mundo inteiro de Annaleise estava encolhendo, e essa devia ter sido a única carta que lhe restara. Sua única saída. Dizer a Laura. Contar para ela sobre seu marido perigoso, a família perigosa dele. Não eram necessárias as fotos para chantagear se ela pudesse convencer Laura a dar o próximo passo.

Onde está o seu marido agora? Eu posso te contar. Me perseguindo pela floresta para me manter em silêncio. Ele está com a minha bolsa. O meu telefone. Você não está segura. Alguém naquela casa matou Corinne Prescott. Você precisa saber disso.

Tentei imaginar Laura atendendo o telefone, ouvindo Annaleise. Laura acreditaria nela? Daria ouvidos? Daniel tinha dito que Laura não estava em casa quando ele voltou, que provavelmente teria ido para a casa da irmã. Que estava chateada. Ela já havia feito isso antes, se os boatos fossem verdadeiros.

E se ela não tivesse ido para a casa da irmã? E se tivesse atendido aquela ligação e lhe dado ouvidos? O que ela *faria*?

E se meu irmão tivesse dito a verdade: que seguiu Annaleise até o rio e depois a perdeu? O braço estendido, os dedos se agarrando ao canto da bolsa e puxando. A alça quebrada, a bolsa caindo, a fivela perdida na lama. Tudo o que ele tinha era sua bolsa, seu telefone, sua chave. E ele tinha escondido tudo e esperado.

À medida que os dias se passaram e ela não reapareceu, ele deve ter sentido a rede se fechando. Todos os segredos ameaçando se revelar, os de antes e os de agora. Usou a chave para checar as provas na casa dela, vasculhou seus arquivos, apagando a si mesmo do histórico quando a investigação ganhou força. Escondeu a chave em sua escrivaninha, para garantir, onde imaginou que Laura não olharia — e onde eu a encontrei. A única coisa que meu irmão estava tentando abafar era o suposto caso amoroso. Ele sabia, assim como eu, a que isso poderia levar.

Mas, de alguma forma, Annaleise acabou morta em um campo de girassóis. Apenas *deitada* ali.

Daniel a teria enterrado. Levado o corpo para um dos canteiros de obras abandonados. Mas Laura...

Fechei os olhos e tudo foi ficando nítido.

Laura pegou Annaleise no hotel — *Onde você está? Vou te buscar* — com a arma do meu pai no porta-luvas. Então a levou na direção da Fazenda Johnson, longe da cidade — *para podermos conversar* —, e ouviu Annaleise acusar seu marido e a família dele. Laura, que já havia começado sua lista de mágoas veladas. Os boatos sobre Annaleise, ou talvez mais, que a fizeram deixar Daniel por um tempo, meses atrás; e agora *isso*. Aquela mulher, ameaçando acabar com tudo o que Laura havia planejado. Laura, que estava grávida de oito meses e tinha uma vida inteira pela frente, uma vida que incluía Daniel. Estava tão perto, ela conseguia até ver essa vida. A vida que ela queria, a vida que era sua por direito.

Laura, que não conseguia escavar em um jardim, muito menos enterrar um corpo, mas precisava de um lugar para afastar essa mulher de sua família.

Daniel estava certo, eu subestimei Laura. Subestimei o fervor com que ela amava meu irmão, minha família, seu futuro. Subestimei até onde todo mundo aqui iria pelo outro.

Subestimei quanto eu queria voltar.

Tyler olhou pela janela, porque as sirenes estavam ficando mais altas. Um tremor o chacoalhou.

— Eu tentei chegar lá primeiro, Nic. E *cheguei*. Eu estava tentando encontrar a aliança, mas ouvi as sirenes e acabou… Meu tempo acabou.

— Tudo bem — falei. As sirenes estavam mais próximas, movendo-se com determinação, e Tyler tremia no meio da cozinha.

— Não, não está tudo bem. — Suas mãos estavam trêmulas. Ele a tocou? Deve ter tocado. — Eles encontraram… — Ele passou as mãos no rosto.

— Eles encontraram a aliança? — perguntei, minha visão ficando turva. Ele fez que não com a cabeça.

— Uma carta.

— Ela mandou uma carta?

— Não. Não. Estava enfiada na cintura da calça. Eu não vi. Ouvi as sirenes e corri.

— Então como você sabe? — perguntei. Ele havia corrido, pelo que disse. E parecia que tinha vindo direto para cá.

— Todo mundo sabe! — ele respondeu. — O Jackson ligou pouco antes de eu chegar aqui. Para ter certeza de que eu já sabia. — Ele estremeceu e baixou a cabeça entre as mãos. — Para ter certeza de que eu tinha ouvido sobre a folha de papel dobrada e endereçada ao Departamento de Polícia de Cooley Ridge. — Fixou os olhos em mim. — Sem envelope. Como se ela pretendesse deixar para eles de alguma forma. Uma carta anônima.

Imaginei o papel em branco do hotel, que ela tivesse rabiscado um bilhete no desespero. Então a imaginei o escondendo quando Laura parou para buscá-la, guardando-o para depois.

— O que dizia? — perguntei num sussurro, todas as possibilidades terríveis ecoando na minha cabeça, todos os motivos por que Daniel havia ligado em pânico, me dizendo para dar o fora.

Nada se mantém neste lugar.

Tyler fez uma pausa e abaixou a voz.

— Que poderiam encontrar o corpo de Corinne Prescott na propriedade de Patrick Farrell. E recomendando que dessem uma boa olhada em Nic Farrell e Tyler Ellison.

Senti o corpo começar a tremer, refletindo o de Tyler.

— Meu Deus.

Annaleise não tinha a intenção de se vincular à carta. Um bilhete anônimo e Laura. Ela estava contando com os dois, em um esforço desesperado de sair ilesa.

— Olha, tenho certeza de que alguém viu minha caminhonete. A família que a encontrou estava esperando no acostamento da estrada. Mesmo que não tenham *me* visto, alguém viu a caminhonete. Podem dizer que eu estava no campo. Estou coberto de pólen. Isso não é bom. Eu preciso ir. Tenho uma cabana no Tennessee. Não está registrada no nome de ninguém, é só um lugar que eu construí sozinho alguns anos atrás. Preciso desaparecer por um tempo. Eu dei uma arrumada lá para garantir.

Tyler estava no campo de girassóis com o corpo de Annaleise, com um bilhete que nos complicava. Talvez ele pudesse explicar o que tinha acontecido com Annaleise. Talvez pudesse até mesmo provar sua inocência. Mas não sem revelar o que acontecera dez anos atrás. Corinne voltando para nós.

Para mim.

A caminhonete dele, que eu estava dirigindo. Ele sempre soube. Mas me fez acreditar que não tinha sido culpa minha. Que alguma outra coisa devia ter acontecido com Corinne na beira da estrada, depois que partimos. Ele me fez acreditar que eu era inocente.

A caixa está cheia de mentiras, mas nenhuma delas tem o mesmo tipo de força. Não há nada mais perigoso, nada mais poderoso, nada mais necessário e essencial para a sobrevivência do que as mentiras que contamos a nós mesmos.

Apontei o dedo em seu peito, um apelo desesperado subindo pela garganta, saindo com um arfar.

— Você jurou que eu não tinha matado a Corinne. Você jurou que eu não tinha feito nada de errado. Você jurou.

Seus olhos se fecharam, e ele deu um suspiro lento — o tempo se estendendo, parando, me dando mais um instante, apenas mais um.

— Você não fez nada, Nic. Ela se atirou na frente da caminhonete. Ela se matou. *Ela fez isso.*

"Tem um momento em que você sabe", disse Everett. "Quando você não consegue mais justificar. E não pode voltar atrás."

Até o momento em que vi aquelas fotos, todas as possibilidades ainda podiam existir. Ela se foi. Ela fugiu. Outra pessoa a acertou. Ela pulou.

Ela pulou.

Eu acreditava que ela faria aquilo. Ouvindo seu sussurro no alto da roda-gigante. Vendo-a entrar na frente do meu carro. Depois que Hannah Pardot a devassou, acreditei ainda mais. Corinne Prescott era a pessoa mais consciente que eu conhecia. Ela teria feito isso.

Mas tinha sido eu — eu estava atrás do volante, Corinne estava morta, e era Tyler que pagaria por isso.

— Vá embora, Nic. Agora. Pegue o seu carro e volte para a Filadélfia. Ainda tem tempo. Não olhe para trás.

Não, de repente eu percebi o que precisava fazer.

Como pedir a Cooley Ridge para me deixar voltar. Como pagar minha última dívida.

Agora é a sua vez, Nic.

— Você nunca esteve na Fazenda Johnson — eu disse. — Quem viu sua caminhonete está enganado. Você estava aqui. Me ouça, Tyler. Me ouça e faça exatamente o que eu disser.

———

As sirenes ficaram mais insistentes, mas Tyler estava errado, tínhamos tempo. Eu poderia fazer o tempo trabalhar a nosso favor. Agora, ele poderia nos salvar.

Eu conseguia ver isso com tanta clareza, as dívidas que eu precisava pagar. Dez anos. Esse é o custo. Essa é a troca. Corinne ponderou, avaliou e atribuiu valor. Os dez anos pelos quais lutei. Esse era o devido. Como se fosse um piscar de olhos. Como se não fosse nada.

Pague suas dívidas, como todos os outros.

Meu pai por esconder o corpo. Jackson por não a aceitar de volta. Tyler, que me permitiu tudo.

A justiça de tudo isso, o dar e receber, como um livro de erros e acertos. Eu conseguia senti-la nesta casa. Como eu não vi isso antes? Claro que ela estava aqui. Claro.

E era tão claro que eu faria aquilo. Eu pagaria. Mas não por Corinne.

— Vá para o banho — eu disse.

— Nic, é tarde demais...

— Deixe suas roupas no banheiro e entre no chuveiro.

— Estamos no meio do dia, e esta não é a minha casa. Não faz sentido. Eu passei para me despedir.

Segurei seu braço.

— Sei que passou. E estou lhe dizendo para ir para a porra do chuveiro, Tyler. Por favor, confie em mim.

Usei papel-toalha para limpar a lama que ele deixou pela cozinha, quando as sirenes se aproximaram. Estavam vindo para cá. Estavam vindo atrás de nós.

— Corre — eu disse. E ele correu.

Deixei suas botas de trabalho no fundo do armário do meu pai, como se fossem dele. Peguei a chave enfiada no sapato e joguei-a no respiradouro, o mais fundo que pude.

Então corri para o meu banheiro. As roupas dele estavam no chão, como eu havia pedido. Eu as juntei e corri para a lavanderia, com uma pilha de roupas minhas, e botei a máquina para funcionar. As roupas de Tyler da semana passada ainda estavam na gaveta da minha cômoda, e eu as joguei no chão do quarto. Tirei as minhas e as joguei no chão também.

— Tudo bem — falei, entrando no banheiro. — Está tudo bem.

A primeira coisa que eles veem é tudo. A primeira coisa que dizemos. Uma investigação vive e morre com as primeiras impressões. A história toma vida própria a partir daí.

A primeira coisa que precisam ver somos eu e Tyler saindo juntos do chuveiro. É a história que eles queriam lá no início. O motivo pelo qual queriam enquadrar Tyler. Eu e ele juntos, e Annaleise morta por causa disso. Agora, ao contrário, o ciúme seria o motivo de Annaleise.

Ouvi baterem à porta e, do banheiro, vi as luzes que atravessavam a janela do meu quarto, piscando vermelhas e azuis contra a parede ao fundo. Agarrei uma toalha, me enrolei, entreguei uma a Tyler para que fizesse o mesmo. Joguei um roupão por cima do corpo, desci as escadas e abri a porta para Mark Stewart, policial Fraize, Jimmy Bricks e aquele cara da polícia estadual — qual era o nome dele? Detetive Charles? Não importava. Realmente não importava.

A água pingava do meu cabelo no silêncio que se seguiu. Mark Stewart ficou corado e desviou os olhos do meu roupão.

— O que foi? — perguntei. — Aconteceu alguma coisa? Meu pai está bem?

Tyler desceu os degraus atrás de mim, pingando, abotoando as calças.

— O que foi? — ele perguntou. Ele, também, paralisado. — O que está acontecendo?

— Nic. Tyler. — O oficial Fraize assentiu com a cabeça para nós.

O detetive atrás dele estava franzindo a testa.

— Pensei que vocês não estavam se vendo — ele disse.

Cruzei os braços diante do peito.

— Não parece ser da sua conta.

— Mentir durante uma investigação... — Suas palavras cessaram quando um carro parou atrás deles. Estiquei o pescoço e vi o carro de Daniel por sobre seu ombro.

— Por que o Daniel está aqui? — perguntei. — Alguém pode me dizer o que vocês todos estão fazendo aqui?

— Temos algumas perguntas. Gostaríamos de pedir permissão para dar uma olhada por aí — disse o detetive Charles.

Tyler pousou a mão no meu ombro.

— Por quê?

— Receio ter más notícias — disse Bricks. — Encontramos Annaleise. Ela está morta.

A mão de Tyler se enrolou no meu roupão.

— Então vocês vieram me interrogar? — perguntou.

— Não — ele respondeu. — Não é por isso que estamos aqui.

O detetive Charles olhou por cima do ombro de novo, para Daniel, que corria em nossa direção, para a caminhonete de Tyler estacionada atrás do meu carro.

— Quando chegou aqui, sr. Ellison? Se não se importa que eu pergunte.

Tentei calcular quanto tempo havia decorrido desde que Everett tinha saído. Tentei dar a Tyler um álibi convincente.

— Há cerca de uma hora? Talvez mais? — falei, olhando para ele. Seus olhos fitaram os meus, os lábios se separaram um pouco, como se visse a história em minha cabeça funcionar, tornando-se real.

Ele assentiu.

— É. Mais ou menos isso — confirmou.

Daniel abriu caminho entre os homens. Tentou esconder a surpresa quando os olhos se lançaram entre mim e Tyler, ambos molhados e expostos.

— O Everett está voltando — ele disse. — Consegui falar com ele quando ele estava chegando ao aeroporto.

Meu estômago ficou oco, e senti Tyler tenso ao meu lado.

Daniel se virou para o detetive.

— Nosso advogado nos disse para não falar nada. Não deixar vocês entrarem. — Ele levantou as mãos: *Não é da minha alçada, estou apenas seguindo ordens.* — Desculpe.

Deixei Daniel e Tyler na varanda com a polícia enquanto eu me vestia, abrindo uma fresta da janela do meu quarto. Ouvi passos enquanto Bricks e o oficial Fraize rodeavam a casa, parando para espiar pelas janelas. Olhos, olhos em todos os lugares.

O detetive Charles estava perto da garagem, também espiando pelas janelas, às vezes se agachando para examinar algo no chão. Meu coração palpitava, e eu nem podia perguntar a Daniel sobre Laura, pois ele estava ocupado, vigiando a varanda da frente.

Não demorou muito para o táxi de Everett voltar, deixando-o a meio caminho da entrada. Ele ficou paralisado quando saiu do carro, depois levou um segundo para pegar a bagagem. Eu sabia que estava se recompondo. Processando a cena. O irmão da noiva e outro homem na varanda. Dois carros de polícia e um carro comum parados na rua. Policiais de uniforme e à paisana, circulando na minha propriedade.

Saí, e os olhos de Everett se voltaram para os meus com o rangido da porta de tela. Ele se apresentou à polícia de um jeito muito profissional, muito seco e da Filadélfia, que, sinceramente, não era a melhor abordagem, mas se fez entender.

— O senhor tem um mandado de busca? — ele perguntou ao detetive antes de falar comigo. Everett dos negócios. Everett da eficiência.

— Estamos no processo de conseguir um.

— Então, isso seria um "não" — retrucou Everett.

— Gostaríamos de fazer algumas perguntas. O senhor pode acompanhar. O mandado será expedido, posso garantir.

— Ótimo. Então, *nessa ocasião*, o senhor pode voltar. Eles não vão responder nada, e os senhores precisam sair. Por favor, saiam da propriedade. — Para mim: — Entre, Nicolette. — Ninguém se mexeu, inclusive eu. — Tudo bem, fiquem na propriedade e eu farei uma reclamação contra o Estado.

Não é assim que as coisas são feitas aqui. Isso nos faz parecer culpados. As aparências são tudo.

— Não é minha propriedade — falei. — Ainda não. Não sei o que meu pai iria querer...

— Nicolette, entre — Everett falou, ríspido.

Bricks ergueu as sobrancelhas e recuou. Os policiais caminharam devagar na direção de seus carros, mas não foram embora. O carro comum permaneceu na rua; o oficial Fraize falou com o detetive pela janela.

— Vamos — disse Everett, pedindo que todos o seguíssemos. — E você é...? — ele perguntou enquanto a porta se fechava atrás dele.

— Tyler Ellison.

O silêncio que se seguiu foi longo e excruciante, até que Daniel começou a andar de um lado para o outro, atraindo a atenção de Everett.

— Eles não vão embora — falei.

— Vão esperar o mandado chegar e, nesse meio-tempo, estão garantindo que vocês não vão tentar se livrar de nada. Jesus — Everett falou, deixando as malas perto da porta. — Podem me deixar a par do que começou essa merda toda? Puta que pariu, eu acabei de sair daqui. — Os remédios estavam fechados na mesa, e eu vi que ele percebeu, e também meus cabelos molhados, os pés descalços de Tyler.

— Encontraram o corpo da Annaleise — respondi. — Ela foi baleada. — Vi Daniel tenso. — E ela estava com uma carta. Que nos acusa do desaparecimento da Corinne.

— Acusa *quem*? — ele perguntou. — Seu pai ou todos vocês?

— É complicado, Everett.

— Tente explicar, então — disse ele.

Eu não conseguia encará-lo. Percebi que ele queria entender. Percebi que ele ainda tinha esperança.

Mas a gente precisa pagar as nossas dívidas.

Eu me virei para Daniel, que estava de pé, recostado à parede.

— Você devia ir para casa. Ver como a Laura está — eu disse. Imaginei se ele sabia. Se ele suspeitava. Devia saber que a chave já não estava em sua escrivaninha; talvez tivesse pensado que Laura a encontrou e guardou, punindo-o em silêncio. Afinal, ela não estava em casa naquela noite. Imaginei se ele perguntaria. Ou se iria para casa verificar a arma. Se diria alguma coisa.

Fui até ele e o abracei.

— Obrigada por ter vindo. — E então, com a boca perto de sua orelha: — Você foi para casa depois do bar. A Laura estava lá. Vocês estavam juntos. — Ele moveu as mãos para as minhas costas, encostando a cabeça mais perto do meu ombro para mostrar que estava ouvindo. — Não deixe que ninguém encontre a arma do pai.

Senti o corpo inteiro de Daniel mudar nesse momento de compreensão. Ele não olhou para mim, manteve a cabeça baixa, passou a mão pelos cabelos enquanto saía devagar pela porta da frente.

Eu o observei sair, vi o oficial Fraize estender a mão quando Daniel se aproximou do carro e quando estendeu lentamente os braços para os lados.

— O que estão fazendo com ele? — Encostei as mãos na janela enquanto o oficial Fraize revistava o corpo de Daniel de cima a baixo, antes de dar um passo atrás e menear a cabeça.

— Pode ser que o mandado seja para uma arma — disse Everett. — Eles estão garantindo que ele não saia com ela. — Ele fez uma pausa. — Tem armas aqui, Nicolette?

— Quê? — Eu me virei para encará-lo. — Não, não tem armas aqui, Everett. Ele olhou pela janela de novo, apertando os olhos contra o sol.

— Hora de me contar que porra está acontecendo aqui.

Eu me afastei e me virei para Tyler, que estava sentado no sofá, em silêncio.

— É melhor você ir para casa também — falei.

Ele fez que não com a cabeça, olhou de mim para Everett e disse:

— Vou estar aqui na frente. — A porta de tela bateu, e eu o vi sentar no último degrau, com o queixo apoiado nas mãos.

Everett me seguiu quando entrei na cozinha. Estava perto demais quando me virei.

— Tudo bem. O que está acontecendo é o seguinte. Annaleise Carter está morta — eu disse —, e está tentando nos derrubar também. Ela deixou uma carta dizendo que a polícia deveria me investigar sobre o que aconteceu com a Corinne. A carta diz que o corpo da Corinne pode estar aqui.

— E por que a Annaleise faria isso? Por que ela inventaria uma coisa dessas?

— Porque ela era louca. O mundo está cheio de gente louca, Everett. Você sabe quantas eu vejo todos os dias? E essas são apenas as que eu consigo ver.

— Mas a Annaleise está morta, Nicolette. Alguém a matou com essa carta nela. Consegue enxergar a situação?

— Ah, consigo. Você acha que eu sou idiota?

— Eles estão conseguindo um mandado. Um *mandado*. O que eles acham que vão encontrar aqui?

— Sei lá! — retruquei.

Everett se aproximou, e eu me afastei.

— O que o seu pai estava dizendo? Por que você precisava que os policiais ficassem longe dele? Por que você precisa que ele fique quieto?

— Dá um tempo — eu disse, a mão em seu peito. Abri a geladeira e peguei um refrigerante, ganhando tempo e clareza.

Ele parou, as mãos pendendo ao lado do corpo.

— Tudo bem, vamos pôr as coisas nos seguintes termos — disse. — Você é chamada para depor como testemunha. Um advogado pergunta: "O que aconteceu com Corinne..."

— Prescott — eu disse.

— "O que aconteceu com Corinne Prescott?" O que você diria, sob juramento, em juízo?

Tombei a lata de refrigerante na boca, mas ele não recuou. As bolhas fizeram cócegas em meus lábios.

— Bem — eu disse —, acho que eu invocaria a Quinta Emenda, meu direito de permanecer calada.

— Isso aqui não é uma série policial, Nicolette. E a Quinta Emenda só é admissível para se proteger.

Olhei pela janela de trás e abaixei a voz.

— Everett? Você fez um juramento, certo? Isso aqui é confidencial? — Coloquei a bebida na mesa, os olhos fixos nele, e odiei o jeito como me olhou, a cabeça inclinada para o lado. O que ele estava procurando? O que veria?

Ele cambaleou para trás, ou talvez eu o tenha empurrado; minha mão estava carregada, entorpecida, e eu não pude dizer.

— O que você fez, Nicolette? — ele sussurrou.

Everett vivia em um mundo que não chegava ao meu. Em um mundo onde via injustiças em outro lugar — em algum lugar inferior ao seu na vida. Sua bússola moral não hesitava. Seu mundo era preto no branco. Ele não podia olhar para dentro da escuridão, nem levá-la para casa consigo, ou adorá-la. Nunca receberia o monstro no coração de bom grado. Ele esconderia um corpo pela própria filha? Se livraria de um pela própria irmã? O mundo de Everett estava todo no papel, porque ele nunca havia sido testado. O que era mesmo que ele tinha me dito? A coisa terrivelmente sombria que ninguém sabia sobre ele?

Ele viu uma pessoa morrer.

E o que *eu* tinha feito?, ele queria saber. Tanta coisa. Tinha matado Corinne — era a única explicação que restava, não importava de quem fosse a culpa. Eu a abandonara na beira da estrada. Menti para a polícia na época e agora. Vivi com ela embaixo da minha casa. Fugi de Tyler e de casa por causa disso. Deixei que todos recolhessem os estilhaços.

Mas eu não devia a Everett essa verdade.

Pague suas dívidas, ela insistia. *Pague todas elas*.

Pensei em meu apartamento com o mobiliário pintado e na mesa com meu nome em uma placa, acordando e sentindo Everett ao meu lado no quarto escuro.

— Eu transei com o Tyler — eu disse.

Tudo em Everett ficou tenso, e percebi que ele foi pego de surpresa. Não era algo que ele esperava. Aguardei por segundos, momentos, enquanto vinha a compreensão.

— Repete — ele pediu.

Recuei, sentindo a parede fria e impessoal.

— Eu transei com o Tyler — repeti, o coração palpitando, a pele formigando.

Tyler estava lá fora, e éramos só nós dois agora. Esperei para ver o que Everett faria. Se correria lá para frente e socaria Tyler. Se pegaria meus ombros e me sacudiria. Se me falaria coisas que arderiam em minha memória. Mas ele fechou os olhos e baixou a cabeça enquanto recuava. Everett não era assim. Não mataria ou removeria um corpo, nem mentiria para assumir críticas ou culpa. Ele era uma pessoa melhor do que todos nós.

— Eu vou vomitar — ele disse.

Nós dois fingimos acreditar que era por causa da minha infidelidade.

———

Ele chamou um táxi — teve que pedir meu celular emprestado, porque o dele não tinha sinal, e ter que falar essas palavras pareceu matá-lo. Ele não olhou para mim durante a espera, não falou comigo enquanto eu me sentava diante dele à mesa, tamborilando os dedos.

Ouvimos o carro estacionar. Ele agarrou sua bagagem, dirigiu-se para a entrada e não olhou para Tyler quando atravessou a porta. Não cometeu nenhum ato violento.

— Desculpa — falei quando parei no alto da varanda, ao lado da porta de tela.

Não, eu estava errada. Enquanto estava saindo, ele pegou meu braço e sussurrou no meu ouvido algo sobre como ele realmente havia me amado, e algo mais, "Como você pôde" ou "Espero que seja feliz" — alguma platitude vazia —, mas eu não consegui ouvi-lo com clareza, porque estava concentrada em seus dedos se enterrando na minha pele, esmagando os tendões, pinçando um nervo, meus joelhos cedendo um pouco enquanto minha boca se abria numa dor silenciosa.

Ele foi embora, e o hematoma já estava se formando.

———

Sentei ao lado de Tyler nos degraus, observando Everett partir.

— Você está bem? — ele perguntou.

— Vem — eu disse. — Vamos entrar.

Eles voltariam. Foi o que Everett havia dito. Eles voltariam com um mandado de busca, e naquele momento estavam nos observando. Assim que a porta se fechou atrás de nós, eu me inclinei para Tyler e senti seus braços se fecharem lentamente à minha volta.

— Tem uma chave no respiradouro. Preciso me livrar dela — eu disse.

Tyler e eu decidimos jogar a chave no vaso sanitário e dar descarga, usando um desentupidor para garantir que não voltasse. Mas primeiro examinei o intrincado padrão do A no chaveiro e contei que o havia encontrado na casa de Daniel — eu lhe contei tudo o que eu achava sobre Daniel e Laura. Sussurrei tudo sob o som da água corrente enquanto ele limpava a lama das botas.

Observei que havia uma linha fina que dividia o chaveiro e, instintivamente, puxei as duas metades em direções opostas. Uma tampa deslizou, revelando um pen-drive.

Minha aliança por um pen-drive. No fim, acabou que eu paguei essa dívida também.

Imaginei quando Annaleise sentira aquele fio inquebrável crescendo entre ela e Corinne. Se foi depois que viu as fotos, se foi antes, se começou lá atrás, naquela noite no parque de diversões.

Imaginei Corinne desviando o olhar depois que Daniel a empurrou para trás, e Annaleise em pé, observando, seus olhos se fixando por um momento a mais. Imaginei Annaleise vendo Corinne chorar, sozinha, talvez, algo que eu nunca havia testemunhado. Ou talvez Corinne tenha olhado profundamente para Annaleise e visto algo obscuro e atraente dentro dela. Algo que as uniu.

Ou talvez tivesse sido alguma coisa breve e unilateral, como a maioria dos momentos aos quais atribuímos importância. Talvez Corinne nem tivesse percebido a presença dela ali, mas Annaleise viu algo de que precisava. Uma semelhança ou um consolo. Que até mesmo Corinne podia cair. Mesmo os fortes são solitários. Mesmo os adorados são tristes. Eu esperava que ela a tivesse amado naquele momento — quando ninguém mais a amava.

Ou talvez tenha sido só depois. Quando viu as fotos ficarem nítidas.

Eu sei o que é ir embora, voltar, não se encaixar. Sentir essa distância entre você e tudo o que conhecera antes. Mas Annaleise não conseguiu encontrar um lugar fora daqui. Não conseguiu se entregar o suficiente. Uma garota solitária, uma mulher mais solitária ainda. Voltou ao que conhecia.

Queremos acreditar que não somos as pessoas mais tristes do mundo.

Annaleise a encontrou lá, nas fotos. A garota triste, solitária. Encontrou-a na fotografia antiga, escura, coberta por uma manta. Mas ela quis ainda mais. Quis encontrá-la em Jackson e Daniel, em Bailey e Tyler. Quis arrancá-la da culpa de meu pai. Mais um fio quando eu apareci. Quis arrancá-la de mim.

Imaginei Annaleise encarando profundamente a imagem do corpo amolecido de Corinne, com medo, com anseio. *Eu sou você?*, ela pergunta. *É isso que nos tornamos? É assim que desaparecemos?*

A floresta tem olhos, monstros e histórias.

Nós somos eles, assim como eles somos nós.

Outro carro estacionou antes do pôr do sol, mas não muito antes. Os vaga-lumes estavam piscando no jardim. O detetive Charles subiu os degraus da varanda, com o mandado de busca na mão, detalhando o que estavam procurando.

Everett estava certo — eles estavam procurando uma arma. Uma arma e um corpo. Eu me afastei, grata por ter queimado os livros contábeis de meu pai e todos os recibos. O histórico de sua dívida comigo, seu dinheiro pelo silêncio de Annaleise. "Estou atrasado", ele me disse em Grand Pines. Atrasado com o pagamento do silêncio. "Minha filha não está segura."

Mark Stewart se sentou à mesa da sala de jantar comigo e com Tyler, como se fosse uma babá, mas não olhou diretamente para nenhum de nós.

Saí para a varanda da frente uma hora depois, quando uma nova equipe apareceu com máquinas. Eles abriram o piso novo da garagem, como se o concreto fresco fosse prova suficiente. Cavaram através do jardim. Trouxeram um cachorro para farejar o restante da propriedade, da estrada até o regato seco. Mas, no fim das contas, eles também foram embora.

E, no final da noite, quando eu estava sentada na cozinha com Tyler enquanto os oficiais terminavam de desmantelar a casa, Hannah Pardot entrou. Seus cabelos estavam mais longos, os cachos tingidos mais escuros, e ela havia trocado o batom vermelho por um marrom opaco. Seu corpo estava mais suave, mas seu rosto, mais rígido. E ela ainda não sorria.

— Nic Farrell — disse ela. — Então, aqui estamos nós de volta a isso. — Como se o tempo não tivesse passado. Estávamos apenas voltando a uma conversa que ficara interrompida no meio da frase, um momento antes.

— Não tem nada aqui — falei.

Ela se sentou na cadeira diante de mim e disse:

— Annaleise Carter, eu me lembro dela. Foi o álibi do seu irmão, você se lembra disso? De todos vocês, na verdade.

— Eu me lembro.

Ela tirou um papel de dentro de um saquinho lacrado. Prova removida da cena do crime.

— Quando foi morta, ela tinha esse bilhete com ela, Nic. Explique isso. — *Eu te desafio.*

Foi escrito em um pequeno retângulo de papel com uma letra perfeita — provavelmente do bloco do hotel. Mas a tinta havia escorrido com a chuva, amolecendo o papel, rasgando-o em alguns pontos.

— Eu voltei para a cidade, o Tyler terminou com a Annaleise, ela nos culpou. Ela não era uma pessoa legal, detetive.

Hannah inclinou a cabeça quando o detetive Charles parou ao lado dela.

— Você mentiu sobre o seu relacionamento com Tyler — disse ele. — Ou mentiu antes, ou está mentindo agora. De qualquer forma, é difícil acreditar em você.

— O senhor mentiu primeiro, detetive. Em pé no meu jardim, fazendo aquela ceninha. Me dizendo que não queria envolver o Tyler em problemas. Por favor.

Hannah franziu a testa para ele, depois voltou a atenção para mim.

— Explique, então. Quem, além de vocês dois que ela implicou nesse bilhete, teria motivo para matá-la?

— Ah, a senhora não conhece a Annaleise muito bem, não é? — perguntei. — Ela tinha muitos inimigos. Pergunte às pessoas com quem ela estudou. Ela gostava de expor essas pessoas, contar seus segredos. Como se as desafiasse a fazer algo em retaliação. Tenho certeza de que ela se meteu em alguma confusão em que não devia se meter. Ela se achava muito melhor que todos os outros. Escancare a vida dela, assim como fez com a Corinne. A senhora vai ver.

— É mesmo? — disse Hannah Pardot.

— Sim — Tyler respondeu.

Está ouvindo o que estou dizendo? Ela incitava raiva demais, sentimentos demais. Não tem culpa, mas também não é inocente.

Foi ela que causou isso, sabia?

— Tudo bem, vamos aos detalhes, então. Vocês sabem como funciona. — Hannah colocou o gravador entre nós, na mesa. — Onde vocês estavam, os dois, na noite em que Annaleise desapareceu?

— Aqui mesmo, limpando a casa — eu disse.

— Quem pode atestar isso por você?

— O Tyler. Eu liguei para ele, ele estava no bar e veio. Ele terminou com a Annaleise do outro lado da sala por mim, para fazer a coisa certa. E ficou aqui a noite toda.

— Então vocês são o álibi um do outro, não é?

Tyler se recostou na cadeira.

— Jackson Porter estava comigo quando a Nic ligou. Ele me viu sair. Sabia que eu estava vindo aqui.

Hannah se inclinou sobre a mesa.

— Seu pai tem uma arma registrada no nome dele.

— Tem?

— Tem. Alguma ideia de onde possa estar?

— Não vi arma nenhuma. — Dei de ombros. — Nós o levamos para a casa de repouso no ano passado. A tranca da porta dos fundos está quebrada faz um tempo, preciso arrumar. Outro dia, alguém remexeu as coisas por aqui. — Olhei para o detetive Charles. — Pode ter sido qualquer um.

Hannah mexeu o maxilar.

— O concreto estava fresco na garagem. O que vocês estavam fazendo lá, Nic? Tyler? Suponho que ela teve ajuda.

— Estamos reformando — disse Tyler.

— Para trazer o meu pai para casa — acrescentei, oferecendo-lhe um sorriso. — Ele sempre gostou de você, Hannah.

Ela fechou a cara.

— Eu pensei que você fosse se casar com um advogado da Filadélfia.

— Está vendo alguma aliança? — perguntei.

Ela se moveu na cadeira, incomodada.

— Você entrou com um processo de tutela para vender a casa. Nós vimos a papelada.

Minha mente vagou, mas apenas por um segundo. Balancei a cabeça e sorri para mim mesma.

— Não, não é para vender. Não tem placa. Não está no mercado. Temos uma audiência para a tutela. Vou trazê-lo para casa comigo. — Como se aquele tivesse sido meu plano desde o início.

A distância, como o tempo, é apenas uma coisa que criamos.

Todas as peças se encaixando em um belo crescendo — alinhando-se para me trazer em segurança de volta para casa.

TRÊS MESES DEPOIS

Em algum lugar, há um depósito cheio de móveis pintados. E, quando o dinheiro acabar e eles não conseguirem me encontrar porque não deixei nenhum endereço, vão leiloá-los ou levá-los para a caçamba no estacionamento atrás do prédio.

Aquela pessoa vai desaparecer. Um fantasma em suas lembranças.

Mudei meu número de telefone. É mais fácil desse jeito.

A aliança não reapareceu. Talvez o irmão de Annaleise tenha encontrado antes de a polícia vascular. Talvez a mãe a tivesse escondido para salvar a filha de algo que não entendia. Talvez esteja enterrada na bolsa com todo o resto, onde quer que Daniel tenha deixado. Talvez apareça um dia na forma de um carro novo, uma garagem reformada ou um ano de faculdade.

Nada fica perdido para sempre por aqui.

Desmantelaram a vida de Annaleise e a remontaram de novo. Devassaram a família e as pessoas com quem ela havia estudado, rastrearam pistas da faculdade, cavaram seu passado. Quanto a mim, eu já tinha contado tudo. Não precisava falar novamente. Eu sabia disso por Everett.

Tyler parou de falar também, e depois Jackson, Daniel e Laura, até que devagar nos tornamos uma cidade sem voz. Poderiam nos culpar, depois da última vez?

Havia murmúrios sobre nós. Mas com os murmúrios eu podia lidar.

Se toda a investigação de Annaleise existisse dentro de uma caixa, imagino que ela teria as seguintes provas: uma carta dobrada, endereçada ao Departamento de Polícia de Cooley Ridge; um relatório de autópsia com os seguintes resultados: ferimento à bala no peito, hemorragia, simples assim; todas as outras provas eliminadas; seus registros telefônicos, que Daniel explicou — "Eu disse para ela parar de ligar. Ela estava me assediando" — enquanto embalava sua bebê nos braços; e mentiras: "Ele estava em casa comigo", Laura jurou. "Chegou do Kelly's logo depois da meia-noite. Nós estávamos aqui, juntos. Eu estava enjoada com a azia da gravidez, e ele fez macarrão para acalmar meu estômago. Ficamos juntos aqui o restante da noite."

Houve progressos na casa. Primeiro concluímos a garagem, para o meu pai. Às vezes, eu pensava que talvez não houvesse nada de errado com ele; ele estaria melhor em casa, cercado pelas coisas que conhecia. Outras vezes, ele perambulava e acabava do outro lado da cidade, e alguém sempre o trazia de volta. E outras ainda, ele caminhava em casa pela manhã e se sentava à mesa da cozinha e me chamava de Shana, como se estivesse em outra época. Seus olhos pairavam sobre minha barriga naqueles dias, e ele podia dizer algo como: "Espero que seja uma menina dessa vez. Ele precisa de uma irmã. Alguém para proteger. Isso vai torná-lo um homem melhor".

Uma semana depois de termos trazido meu pai para casa, percebi que estava quatro dias atrasada com o anticoncepcional. Duas semanas depois, percebi a mesma náusea, a mesma sensação de cansaço que senti no banheiro de Corinne, dois dias antes de tudo mudar.

Tyler estava reformando cômodo a cômodo, montando uma casa para nós dois. Meu quarto vai ser o quarto do bebê. O antigo quarto de Daniel será o escritório de Tyler. Ele precisou reformar de cima a baixo o quarto dos meus pais antes de eu conseguir dormir lá. Ele pintou, colocou carpete e móveis novos. Pensei em Laura, em tudo que ela obrigou Daniel a fazer, e achei que entendia.

Apesar do cansaço, ainda tenho problemas para dormir durante longos períodos. Às vezes não consigo diferenciar a noite do dia, o dormir e o acordar.

E, às vezes, o tremor da mão direita volta. Então eu a aperto sobre a barriga para mantê-la firme. Ainda tenho medo. Sinto que tudo está muito perto da superfície. Que só precisaria de um empurrãozinho, e nossa frágil história cairia por terra, nos expondo.

Mas ainda não caiu.

E acho que vamos ficar bem.

———

Como eu consigo dormir afinal? Depois de tudo isso?

Não sei a quem adiantaria dizer neste momento: Corinne era linda e um monstro, e um dia eu a amei. Mas, no fim, eu a abandonei, como todos os outros. No fim, ela me obrigou a matá-la.

Aí. Aí está minha confissão. Mas ela era a pessoa mais consciente que eu conheci — ela sabia o que estava fazendo. Tinha que saber. É assim que eu durmo à noite.

Às vezes, porém, só consigo pensar nela. E naquela noite, ela vindo direto na minha direção. Às vezes, quando estou adormecida, vejo seus olhos nos faróis, travados nos meus.

Nessas noites, como naquela, Tyler me puxa para perto, como se soubesse.

Se existe uma sensação de que estamos em casa, é esta: um lugar onde não há segredos, onde nada permanece enterrado, nem o passado nem você mesma. Onde é possível ser todas as versões de você, ver isso tudo refletido lá atrás, quando passa pelas mesmas escadas, os mesmos corredores, os mesmos quartos. Sentir o fantasma de sua mãe quando se senta à mesa da cozinha, ouvir as palavras de seu pai circulando várias vezes durante o jantar, e seu irmão passando em casa, querendo que você fique um pouco melhor, um pouco mais forte. Apenas checando, para ficar tranquilo. E Tyler. Claro, Tyler.

São quatro paredes ecoando tudo o que você já foi e tudo o que você já fez, e são as pessoas que ficam apesar de tudo. Mesmo com tudo. Por tudo.

Onde você pode parar de temer a verdade. Deixar que ela seja parte de você. Levá-la para a cama. Olhá-la no rosto com um braço te envolvendo.

A verdade, então.

A verdade é que estou apavorada por tudo o que tenho a perder e por quanto sempre estarei perto de perder. Mas já aconteceu antes. E eu sobrevivi.

Gosto de acreditar que tenha sido isso que Everett viu em mim e que Tyler sabe. Que eu sobrevivi. É apenas uma coisa. Mas também é tudo.

Levante-se.

Comece de novo.

AGRADECIMENTOS

A minha agente, Sarah Davies, que incentivou esta ideia quando era apenas uma sinopse, que ofereceu conselhos inestimáveis ao longo do caminho e cujo apoio e crença inabaláveis neste projeto ajudaram a lhe dar vida.

A minha editora, Sarah Knight, que soube exatamente como engrandecer este livro, me mostrando como chegar lá. Sou muito grata por seu olhar aguçado e sua percepção. E a toda a equipe da Simon & Schuster, especialmente a Trish Todd e Kaitlin Olson.

A Megan Shepherd, que leu tantos rascunhos deste livro que perdi a conta, e a Elle Cosimano, Ashley Elston e Jill Hathaway, por todas as sessões de brainstorming, pelo retorno dado e pela amizade. Um agradecimento imenso a todos da Bat Cave 2014, por suas ideias e pelo incentivo neste projeto.

E, por último, a meu marido, Luis, a meus pais e a minha família, por todo o apoio recebido.

Impresso no Brasil pelo Sistema Digital Instant Duplex
da Divisão Gráfica da DISTRIBUIDORA RECORD DE
SERVIÇOS DE IMPRENSA S.A.